行行重行行

程致中◎著

安徽师范大学出版社
ANHUI NORMAL UNIVERSITY PRESS

· 芜湖 ·

图书在版编目(CIP)数据

行行重行行 / 程致中著. — 芜湖:安徽师范大学出版社,2019.7
ISBN 978-7-5676-3834-1

Ⅰ.①行… Ⅱ.①程… Ⅲ.①散文集–中国–当代 Ⅳ.①I267

中国版本图书馆CIP数据核字(2018)第245158号

行行重行行
XINGXING CHONG XINGXING

程致中 著

责任编辑:李克非
装帧设计:丁奕奕
出版发行:安徽师范大学出版社
　　　　　芜湖市九华南路189号安徽师范大学花津校区
网　　址:http://www.ahnupress.com/
发 行 部:0553-3883578　5910327　5910310(传真)
印　　刷:江苏凤凰数码印务有限公司
版　　次:2019年7月第1版
印　　次:2019年7月第1次印刷
规　　格:700 mm×1000 mm　1/16
印　　张:21.5
字　　数:300千字
书　　号:ISBN 978-7-5676-3834-1
定　　价:45.50元

莫道桑榆晚，为霞尚满天

程致中先生的散文随笔集《行行重行行》，字里行间有一种质朴、坚韧的人生情意，有一种关怀时世、不忘使命的知识者情结，有一种向往美善、寻找精神家园的理想情怀。一篇篇文字，写家国、故土、亲朋，写时代、文学、自然，流注其中的是人生的风雨和生命的情热，熔铸成一个在大地上"行走的人"的形象。"行走的人"是寻梦的旅人，他被远方的故乡所召唤，不曾停歇四处求索的脚步。而支撑寻梦者不倦求索的，应是一种信仰的力量。程先生这样赞美信仰：

> 信仰是初春的种子，它播种在荒芜的大地，沉睡的灵魂被唤醒，洋溢着生命力的新芽破土而出，希望的森林洒满阳光。信仰是参天大树，它植根在广袤的原野上，根深叶茂，茁壮成长。它是林中的伟丈夫，不惧风霜雨雪，抗逆酷暑严寒，它那芬芳美丽的花朵，迎来春色满园。信仰是驶向彼岸的方舟，洪水滔滔时，拯救起不幸落水的人们；茫茫大海中，导引我们到达地平线那边幸福的家园。（《信仰花开》）

美好的信仰能焕发出强大的生命能量，它让寻梦者在人生的坎坷途程中脚踏实地，执着前行；它让寻梦者对生活永远充满信心和期盼，永远敞开真诚的人生情怀。《行行重行行》的第一辑，就在"一蓑风雨任平生"的抒写中，透露出这种坚韧的意志和质朴的胸怀。虽然，父亲早逝，早年生活不易；下放劳动和山区执教，"饱尝羁旅动荡、辗转漂流的况味"（《跋》）；八十年代后又长时间遭遇住房困窘等，但这一切并没有使寻梦者"沉浸在悲哀孤寂中",或者成为"孤独的'一匹'"离群的野牛,而是"将个人理想和创造热情融入大众的事业,做'大众中的一个人'"(《闲话"孤独"》),而是怀抱"人生有梦终须圆"(《人生有梦终须圆》)的执着信念和人性必有美善的坚定信心。惟其如此,即使在"左"倾路线肆虐的年代,也就仍能看到"普通人内心还充盈着善良和爱意",仍然"确信人世间还有温暖光明"(《凤阳山高淮水长》);即使是秋雨连绵的夜晚在工棚值班,也会觉得"是一件孤独而浪漫的事儿",甚至在写给母亲的书信里,"有时会诗意地描绘大山里这座工棚"(《山那边有座工棚》);即使迁离京城、落户山区执教,也决不自怨自艾、落落寡欢,而是让单身的小屋里经常"高朋满座"(《年青的朋友来相会》),并且与一届又一届的同学在教学互动中结下"相互关爱、至真至诚的师生情谊"(《授课中文1977级》)。

寻梦者心中总是怀有热情和挚爱。乡土之情悠远绵长:《故乡的东河》寻根家乡历史,《望母楼的传说》触摸故土脉动,《那遥远的"年味"》追忆旧家"年味",《梧桐树下的童年记忆》祝福小学母校。赤子之情深刻动人:《父亲的诗稿》讲述"为人耿介率真,不随风波,不肯参与政事,却无法躲避政治风雨"的父亲,"指望通过个人奋斗找到一条自食其力的路,却到处碰壁,四处飘零,终于无路可走",竟至很长时间"被埋葬在遗忘中","人之子"的愧悔溢于言表。故旧之情真诚宽广:无论士廉的从容、达观(《新茶杯/旧茶杯》),启新先生的高明、友善(《启新先生》),还是牛维鼎先生对鲁迅研究和中文系教学改革的独到见解(《纪念牛维鼎先生》),王明居先生对学术的"孜孜以求"和"厚道热情""低调平和"(《王明居先生二三事》),都被娓娓道来,如在目前。不只这些,还有浓浓同学情(《深秋的思念》),深深师生情(《怀念我的老师》),对普通劳动者的赞美之情(《护工小鹿》)。各种人间情味汇入生命的逝川,融入血脉深处,化为寻梦者坚实的脚步。

寻梦者总是关注时世,直面现实。他不沉迷于个人的情感世界,也不高蹈于精神的象牙塔中，而是怀有一种自觉的知识人的使命，倾听高墙外面此起彼伏的风声雨声。鲁迅先生在二十世纪二十年代中期有感于当时文坛，"最缺少的是'文明批评'和'社会批评'"，于是《莽原》的创办，"大半也就为了想由此引些新的这一种批评者来"（《两地书·一七》）。《行行重行行》第二辑"风声雨声读书声"就有一组这类批评文章，"尝试着用杂感形式对精神文明建设等社会问题发出微弱的声音"（《跋》）。程先生在高校教书治学，自然会格外关注高等院校的教育教学改革和人才培养。在《参观钱学森图书馆感言》中，程先生认为，"钱学森的'现代科学技术体系'，突破了当下高等教育专业分工过细，学科过于狭窄的弊端，提供了高端人才培养的新型模式，展现出培养和造就具备大师潜质的优秀人才的广阔前景，对于我们正在进行的教育教学改革，对于我们提高'创新型'学者群体的整体素质，具有迫切的理论和实践意义。"与此相关联，程先生还尖锐批评了重返校园的《二十四孝图》所宣扬的愚忠愚孝，以及让小学生佩戴"绿领巾"背后的"等级制的遗风"。此外，对于"要面子"和"不要脸"等社会心理的批评，也都聚焦于人格提升和精神文明建设等题旨。

程先生的杂感在批评社会负面现象时，并没有独标高格，而是持平而论，或者自觉拷问自己。所以，对于那些为中华民族添光彩、为中华文化做贡献的中华儿女受到非议，主张以持平之论多加爱护（《生命不能承受之重》《一"叶"惊天下》《从"大师"说到"脊梁"》）；面对功名心和虚荣心的诱惑，告诫自己要保持警醒（《有一种诱惑叫"荣誉"》）。总之，程先生的"社会批评"和"文明批评"没有止于宣示一己义愤，没有把自己放在道德的制高点上，也没有陷入社会阴暗面的泥沼，而是"相信我们这个社会尽管还有种种缺陷，然而到处生长着爱意、友善和希望的新芽"（《跋》）。贯穿其中的仍然是寻梦者的良善、自省和信心。

《行行重行行》还有两类文章分别是作家作品随笔和国内外旅行散

记。前者徜徉于文学审美感知,后者陶醉于自然风光体验。无论是文学之美还是自然之美,都是寻梦者生命中的良朋益友,值得为之不停歇地吟唱和追寻。程先生长期研治中国现代文学,深深沉浸于一个又一个优秀作家、诗人的文学家园和心灵世界,在爱与美的生命深处与之共鸣。鲁迅、郁达夫、沈从文、萧红、师陀、闻一多、冯至、戴望舒、殷夫等,他们都是脚踏大地、仰望星空的寻梦者,都用真情实意为读者捧出自己的心,吸引着一批又一批后来者与之同行。教书治学之余,近些年程先生去海内外旅行,饱览名山大川和文明遗迹,且边走边唱,写就多篇美文,编为本书中的第三辑"直挂云帆济沧海"。这些文章以生动优美的文字呈现自然人文之美,又处处融入观赏者的思想和情志。诚如程先生所言,"无论读书抑或旅行,其实都是生命的延展,人生的扩大,我们在阅读和旅行中感知世界,思考人生,探寻生命存在的意义"(《跋》)。

程致中先生是安徽师范大学文学院教授,是我大学时代的老师。捧读程老师的这本散文随笔集,唤起当年听程老师讲课、和程老师聊天的很多记忆。在鲁迅研究课上认识了程老师,后来又在教学实习和毕业论文写作中得到程老师的悉心指导,我深深感受到程老师这一辈老师和学者身上那种平实真诚的人格、甘于奉献的精神。那正是寻梦者的人格和精神。

在《寻梦者之歌》中程老师说:"'梦'是照亮前途的灯火,'梦'是探索前进的方向,有梦的人是幸福的;'寻梦'的过程也是幸福的,它美化了生命的路,彰显了人生的意义;当我们历尽千辛万苦,在'鬓发斑斑了的时候'寻到'桃色的珠',还有什么可遗憾的呢?"是的,将要步入耄耋之年的程老师仍然在执着前行。"莫道桑榆晚,为霞尚满天",风雨平生路,寻梦者总在旅途。

洪　宏

2018 年 7 月 3 日

目　录

一蓑烟雨任平生

风声雨声读书声

直挂云帆济沧海

附 录

跋 / 333

一蓑烟雨
任平生

故乡的东河

　　我的故乡是苏北平原上一座小城，那里没有山，也不见海，河川港汊纵横，四面围有一条护城河，相传是公元1140年（南宋绍兴十年）岳飞在此地作战时开凿的。那时金人大军压境，城内粮草渐缺，岳飞号令三军深挖护城河。四门的吊桥高高挂起，金兵只好望城兴叹。将军又在城里垒土成山，山顶上盖满锅巴，金人远远望去，以为城中粮草堆积如山，不敢恋战，拔寨而逃。不知从何时起，"锅巴山"上修建了岳王庙，新中国成立后这里辟为"泰山公园"。小时候最爱和少年朋友结伴上山游玩，在岳飞父子神像前磕头鞠躬，向赤膊跪在殿外的秦桧夫妇的石像吐几口唾沫。"气吞丑虏直捣黄龙，魂为鬼雄焉用玄牝"，"天水河山今再造，海陵星日此增光"，家乡百姓世世代代传颂着岳家军以不战屈人之兵的故事。岳飞精忠报国、威武不屈的民族精神，流淌在普通人的血液里。千百年来，无论遇到什么天灾人祸，这里的人民从来没有屈服过。

　　护城河最迷人的地段是东城河。东城河水面开阔，最宽处200多米，终年河水清澈，碧波荡漾。我出生在东河之滨，因此有许多机会与东河亲近。春天，和渔民、车夫的孩子一起到河边钓虾，捉蝌蚪，打水漂；夏天，顶着骄阳到河边的灌木丛中采撷绿的、红的果实，有时呆看鱼鹰用它的尖嘴巴捕鱼，当晚霞吻着夕阳，舟子唱起渔歌归航时，才意犹未尽地走向回家的路；秋天，和小伙伴们驾一只小木船在河上游弋，那水平如镜的河面上便响起"一条大河波浪宽"的歌声；冬天，河面上结一层薄冰，取一块冰凌含在嘴里比冰激凌还要透心凉。东河,是我儿时的乐园。

记忆中的东河对岸是一带高坡,坡上没有人家,多是荒坟,覆盖着黑压压一片灌木林。古人有《吴陵冶春词》,即是描绘旧时东河景色的:"莺飞草长昼初长,蛮樯家家上冢忙;记得凤凰墩畔路,纸鸢风里菜花香。"故乡城郭形似凤凰,素有"凤凰城"之称,那"凤凰墩"自然是凤凰栖息、腾飞的所在了。因其荒冢连绵,大人不准小孩黑天瞎火地去凤凰墩玩耍,有几个天不怕地不怕的少年,却偏要在夜间瞒了爸妈去潇洒走一回,第二天便成了中学生景仰的"英雄"。

听老人说,东河西岸老城墙东南角,早先有一座高耸的望海楼。据考证,望海楼(原名海阳楼)始建于南宋,明嘉靖年间重修,抗战初期(1938年)国民政府下令拆除城墙,望海楼毁于一旦。坊间至今流传着家乡先贤储巏修筑"望母楼"(即"望海楼")的传说,相传储巏是明代一位绝顶聪明的大学士,父亲是渔民,母亲是猿人,父亲带着他从遥远的海岛回乡后,他发奋读书,后来中了状元。荣归故里的第一件事便是高筑望母楼祭拜母亲,每逢九月初九,一定登高眺望那海岛上的母亲。

东河南通长江,东去大海。东河边长大的孩子,"身居村邑而志存高远,徘徊泥途而心在沧海"(余秋雨:《望海楼新记》)。18岁,我告别故乡到省城读书,在京城和外省漂泊数十年,见识过长江大河的惊涛拍岸,也领略了茫茫大海的浪遏飞舟,时常梦回故园,重游美丽神秘的东河。从平原上走出去的家乡游子,无论海角天涯,总不会忘记养育他的父老乡亲,大约从小就感染了储巏那样的"恋母情结"吧。

2004年,应家乡政府和师专之聘,我在泰州师专人文系担任了一部分教学和科研工作,能够以花甲之年为家乡教育事业奉献绵薄之力,真的圆了我一个梦。这些年高兴地看到家乡经济建设突飞猛进地发展,见证了家乡高校办学规模和教学水平持续不断地提升。高校园区坐落在东河一侧,有较多的机会在东河之滨徜徉。在改革开放大潮中,过去的小城已发展为大市,东河发生了斗换星移的变迁,如今"凤城河景区"名闻遐迩。老城墙早已被宽阔的环城马路代替,河滨新建了图书馆和公园,东河上的迎春桥比从前更高、更宽了,昔日的荒坟和枯树不翼而飞,河东岸风格独具的梅苑和桃园竞展新姿,古色古香的老街引导游人观摩明清文化遗产。每到阳春三月,姹紫嫣红的桃花在桃园绽放,桃园内有"孔园",相传清初戏剧家孔尚任在此地创作了大悲剧《桃花扇》。梅苑有"梅兰芳纪念亭"和"梅兰芳史料陈列馆",还有刘开渠先生的杰作"梅兰芳雕像",史料陈列馆的匾额为赵朴初先生题写。高洁、清雅的梅、兰、松、竹,将梅苑点缀得春意盎然。故乡人以独特的方式纪念这位从小城走向世界的京剧艺术大师,梅兰芳和他的京剧艺术给这座城市带来浓得化不开的文化气氛。

一座重建的望海楼于2007年矗立在东河西岸——文昌北宋时代的古城墙遗址上。据文献记载,家乡在六千年前濒临大海,后来海边形成三百里冲积平原,便与大海渐行渐远了,然而大海终归是孕育这方土地的母亲。今天重修望海楼,正是"海之子"对大海母亲的怀念,是故乡人对大海的感恩和遥望。望海楼高31米,建筑面积2126.5平方米,从底层到顶部有四层,上下楼可乘电梯,让人感受到这座古城在现代化道路上不断攀升;楼的建筑风格是宋式平角重檐,黑褐色琉璃瓦,墙体为花岗岩,象征着它坚如磐石地扎根在古代文明的地基上。登上二楼"序厅",一块大型镏金漆书屏风扑入眼帘,上书《重修望海楼记》,此文为北宋文学家、政治家范仲淹第28代孙范敬宜所撰。文章思接千载,纵论古今,"感世界潮流之变","感孕育万物之德","感一碧万顷之美"。当年范仲淹在《岳阳楼记》中,也曾借景抒怀,议论风生,留下"先天下之忧而忧,后天下之乐而乐"的千古绝唱,今天他的后裔又撰《重修望海楼记》,可谓文脉相传,珠联璧合,一时传为佳话。

望海楼的重建,在我国古典园林建筑史上,意义非凡。如所周知,名扬四海的"江南三大名楼"(岳阳楼、黄鹤楼、滕王阁)始建于唐代;当代人参照明代洪武年间撰写的《阅江楼记》建造了南京阅江楼,现在又重修泰州望海楼,填补了长江下游(江北)历史文化名楼的空白。今日,望海楼成为与岳阳楼遥相呼应的、长江流域的第五大名楼而载入史册。

我在清明、重阳时节,也尝登临望海楼,眺望脚下这座天水相连、人杰地灵的凤凰城。只见阡陌纵横,高楼林立,河水清明如镜,鸥鸟成群,明代郑梦赍有诗曰:"蜃楼缥缈依天开,仙客凌空驾鹤来。气夺湖光吞五岭,剑横秋影薄三台。"这位知州浮想联翩,写出望海楼远近的自然风光,可他无法预言这片热土的沧桑巨变。故乡东河天翻地覆的变化,令我联想起凤凰涅盘的古老传说,烈火中更生的凤凰不正在唱一支新歌,从凤凰墩上展翅高飞吗?

(2012年2月)

那遥远的"年味"

　　小时候家贫,过年不能像别人家孩子穿新衣,戴新帽,食鱼肉,放花炮,然而小小的心也和所有孩子一样盼望过年。盼什么呢?盼的是那份带有自由闲适、喜庆祥和气氛的甜甜的"年味"。

　　除了上学念书,那时最爱小人书,喜欢和小伙伴去野外嬉戏。父母担心我荒废学业,在外边闯祸,管教甚严,一旦发现书包里藏有小人书就会吓唬我:"再看这种书,烧了!"如果玩得很晚回来,母亲也会生气:"打折你的腿,看你还敢蹓出去!"唯有过年时节,大人忙于洒扫庭除,送灶掸尘,做糕糖,买年货,孩子们才特别自在欢乐。碰到大人高兴,多给几文钱,能租到更多更有趣的小人书,《三侠五义》啦,《七剑十三侠》啦,《彭公案》《施公案》啦,许多古旧的小人书,大都是在过年的鞭炮声中读过去。春节那几天没有月亮也没路灯,即便四外漆黑一片,也阻挡不了孩子们在桥头、土场捉迷藏、"大比武"、玩"官兵捉贼"的游戏。

　　教过书的父亲卧病多年了,他总是手不释卷地读古文,作旧诗:"若将身世话从头,老泪潸潸坠不收。眼前黑暗多歧路,江上波涛一小舟。"他叹息"五年身不起,消费国家多",躬逢盛世却形同"废人",内心极度痛苦。父亲从来不苟言笑,只在家人团聚的节日里,他那支离骨瘦的脸上才绽开笑意。他给我们讲苏武牧羊的故事,韩信胯下受辱的故事,张良路遇黄石公的故事,教我下棋,唱歌,有时说几句笑话,这时我觉得父亲原来是世上最亲近的人。写对子、贴春联的事都是父亲去做,除了大门上一副春联,堂屋总要贴个大"福"字,院墙和居室还贴些"抬头见喜""万象更新""诸事遂心""童言无忌"等吉庆词语,以渲染节日气氛,表达辞旧布新的愿望。父亲去世前那个除夕的早晨,他已衰弱得不能握管了,母亲取来红纸,父亲口授春联叫我写,上联是"南枝未发北枝先",下联是"弟弱先由姐作鞭",横批呢,他沉吟一会:"'大地春回'罢。"小学六年级孩子哪能写出好字? 不过这是父亲命我写的唯一的春联。父亲过早地去世了,他的期待和激励,成为鞭策我奋发向上的原动力。

除夕夜,至亲好友贺年,都要互相馈赠些礼物(所谓"馈年""辞年"),我送你两盒点心,你还礼一筐青菜;我送你两尺布,你送我一双新鞋:平民百姓的来往就这么实在简朴,不用摆谱讲排场,而是诚意相待,增进彼此的感情。在不知苦辣的孩子们玩耍、放鞭炮的时候,家家户户的砧板乒乒乓乓地响起来,大人们忙着剁肉、切菜,"三十夜的砧板,元宵夜的灯",为了给孩子们准备过年的食品和年夜饭,母亲已经好几天彻夜不眠了。

吃罢年三十的团圆饭,小时候喜欢到空荡荡的街上转转,店铺大都关门了,街上弥漫着放鞭炮的烟火味,也能欣赏到写得好的毛笔字和门对子。回来后家人围坐在一起"守岁"聊天。按照家乡习俗,守岁要吃些干果、甜点(讨口彩),譬如吃花生长生不老,吃年糕步步高升,吃枣子添丁进口,吃柿饼事事如意,等等。月尽岁穷,除旧布新,既是对如水岁月的依依惜别,也是对新一年的美好期待。"一夜连双岁,五更分二天",老规矩得通宵守夜,孩子们自然没瞌睡,父母亲再也熬不起通宵。孩子睡下后,长辈悄悄给孩子压岁钱,放在枕头下面。相传古代有一种叫"祟"的怪物,一摸小孩脑袋就偷去他的灵魂,大人给孩子八个铜板,就能发出八道金光把祟吓退,这八个铜板就叫"压祟(岁)钱"。小时候父母亲给我压岁钱一毛、两毛,也能吓退鬼祟,佑护我长大成人。

大年初一照规矩要穿新衣,我和妹妹没有新衣,换上飘着皂角味的干净衣衫也一样精神漂亮，穿一双妈妈亲手纳鞋底的新棉鞋（鞋底抹一层防水的桐油），给爸妈拜年后，再给邻居、亲戚拜年，花生、糖果装满衣兜裤兜，然后高兴而归。

春节期间，群众文艺活动十分红火，街头巷尾三五步就能看到文艺表演。舞龙灯，舞狮子，扭秧歌，打腰鼓，荡花船，跳大神，踩高跷……舞龙灯最有气势，一会儿蛟龙出海，一会儿龙摆尾、头尾齐钻，一会儿二龙戏珠，龙腾虎跃，真佩服玩龙灯的叔叔阿姨玩出那么多花样。看见踩高跷的过来，孩子们老远就欢呼起来，踩高跷的演员身着戏装，扮演各种角色，大都能歌善舞，他们吆喝着，蹦跳着，翻滚着，你替他们捏一把汗，他们让你特别开心。那时我们寒假作业也不多，学校和街道会组织参加各种兴趣活动。小时候喜欢热闹爱折腾，既参加腰鼓队，又挤进业余剧团，有时下乡演出到下半夜，会有两位大哥哥负责地送我回家，在群众文艺活动中既分享过年的快乐，也感受到人与人之间朴素的友爱与温暖。

（2013 年 2 月）

听　歌

歌声留下一个时代的影像，留下生命成长的记忆。吴伯箫先生说："感人的歌声留给人的记忆是长远的。无论哪一首激动人心的歌，最初在哪里听过，哪里的情景就会深深地留在记忆里。环境，天气，人物，色彩，甚至连听歌时的感触，都会烙印在记忆的深处，像在记忆里摄下了声音的影片一样。"（《歌声》）我们每个人都有自己喜爱的歌，都有如痴如醉唱歌、听歌的记忆。

从小就爱听歌，也喜欢和朋友们一起野调无腔地歌唱。60年前的流行歌曲《解放区的天是明朗的天》，如今很少有人唱了，但它刻印在我记忆深处。偶尔听到这支歌，就会想起家乡解放那一天的情景。初春的早晨，我和父亲起得特别早，打开大门就看见十字街头药铺的露天台阶上卧着一排排熟睡的士兵。原来这天深夜大军进城，不肯扰民，解放军士兵夜宿在县城的大街小巷里。不一会儿，市民们从四面八方涌上街头，锣鼓声，歌声，腰鼓，秧歌，红旗，人人沉浸在"天亮了！解放了！"的欢乐里，那时唱得最响的歌就是《解放区的天是明朗的天》。电影《上甘岭》在1956年上映后，中学生最爱唱的就是电影插曲《我的祖国》。此后无论走到哪里，只要听到"一条大河波浪宽，风吹稻花香两岸……"，心中就会泛起涟漪，就会想起家乡，想起母亲，想起那个快乐的暑假高中同学泛舟东河的情景，好像又回到那个单纯无忧的年代，好像嗅到东河两岸野花的馨香。《花儿为什么这样红》也是一支烙印了青春记忆的温暖人心的歌，记得那年看电影《冰山上的来客》后，大学校园里此起彼伏地回荡着这部电影的许多好听的插曲，二十来岁的男生女生，谁个不为艾米尔和古兰达姆的"友谊和爱情"迷醉？还有《好人一生平安》，每当听到"谁人与我同醉，相知岁岁年年？"心里就像打翻了五味瓶，当年看电视剧《渴望》万人空巷的情景，"悠悠岁月"的艰难和困惑，内心深处对光明与温暖的渴望，犹如滔滔洪水似的奔涌到眼前……

听歌是一种休闲和享受，也是一种情感传递，灵魂升华与洗礼。去年夏日在公园散步，中道遇雨，躲进长廊，许多中老年朋友在长廊听歌。歌者是一位50多岁的盲女，她唱《老房东查铺》，唱《一道道山来一道道水》，一首接一首，旁有二位老者竹笛、二胡伴奏。歌者如泣如诉，声情并茂，奏者如醉如痴，默契配合；不是大舞台演出，也不追求技巧，那么朴素无华，那样真挚动情，所有的人都在聆听，没有喧哗，更无打闹，连孩子们也安安静静地听歌。我被眼前的情景感动了：哦，歌声真是安抚人心、和谐社会的一剂良药啊！

诗和歌都是动情的艺术，它使生活美化，它以情感人。东汉时期经学家郑康成研究《诗经》，他家的丫鬟也能背诵《诗经》了。一次有个丫鬟被罚跪，其余的丫鬟用《诗经》的诗句嘲笑她："胡为乎泥中？"她也不甘示弱，用一句诗来回敬："薄言往诉，逢彼之怒。"最震撼的莫过于"四面楚歌"的典故了。项羽兵败垓下，张良一支箫在清风明月之夜吹出离乡背井、哀怨凄绝的调子，四野里此起彼伏地唱响楚人思乡的歌曲，楚霸王的士兵思念家乡，感动泣下，终至丢盔弃甲而逃散。项王兵多将勇，最后竟然败在"四面楚歌"声中。东邻日本也流传着一则用歌声感化盗贼的故事，相传日本古代有个名叫慈门的妙龄尼姑，不幸庙门失盗，她被缚在廊柱上不能反抗，聪明的慈门超然地唱起一支和歌：

> 编织的篱栅，/本来是难波地方的芦苇。/
> 逾过来也是当然的道理呀，/夜里的白波。

"难波",地名;"芦苇",喻指"东西";"白波",日文中有"强盗"之意。这支和歌运用暗示和比喻,表面上说波浪越过芦苇,实则暗示说:我这里的东西本来是外面取来的,你们进来拿东西也是当然的道理。这支歌唱罢,奇迹出现了:强盗将她从廊柱上解下,财物一件不取,然后各自逃散了。这两个千古流传的故事虽然不免浪漫夸张,却是歌声"以情感人"之非常生动的证明。(参看郭沫若:《文艺之社会使命》)

歌声传达友谊和爱情,传布真理,净化心灵。迄今,我怀有一个天真信念,以为人人心中都有诗,人性是可以改善的;爱唱歌、爱听歌的朋友内心深处大抵有一片洁白无尘的圣地,有一方可以冰释融化的净土。我和我的朋友爱听优美动人的歌,唯愿歌声唱响,人心向善,天地平安!

（2012 年 5 月）

望母楼的传说

　　小时候听老人说，家乡东河的烟涛微茫处有一座望母楼，它是家乡先贤、明朝大学士储巏修建的。相传储巏的父亲是渔民，有一回出海打鱼，狂飙骤起，巨浪排空，海浪撞碎了渔船，渔夫抓到一块船板，随波逐流，飘到一座小岛上。醒过来时，一个长发飘飘的猿人俯在他的面前，刹那间他吓得战栗，紧闭了双眼。他感受到一股温暖的气息，猿人并无加害他的意思，便睁开眼睛。只见那猿人不仅五官端正，慈眉秀目，而且毛发光亮，健美活泼，原来是她在海边猎食时，将奄奄一息的渔夫驮回洞穴的。洞前是茫茫的大海，后面有一条蜿蜒曲折的溪流，岛上长满了奇花异草。美丽的母猿天天送来新鲜蔬果，用海螺和蚌壳到溪边汲水，用晒得暖烘烘的杂草为他铺床。朝夕相处中，他们相亲相爱，生下一儿一女，他们的儿子就是储巏。

　　冬去春来，渔父在猿人世界里自由自在地过了六七年，虽说他和母猿两情相悦，孩子也一天天懂事了，渔夫却无时无刻不思念家乡，做梦也想驾起渔舟捕鱼撒网。这一天，天空万里无云，大海风平浪静，储巏和父亲在海滩上叉鱼。远远地一艘大船从海面上缓缓驶来，原来是一艘商船，海上遇到风暴，才偏离航向驶近海岛。惊喜的渔夫脱下衣袍搭在渔叉上大声呼救，船上的水手立即放下舢板，靠岸救人。渔夫请求船上人稍等一下，他还要把妻子和女儿接来。

　　就在这时，只见那母猿抱着小女儿向海边追来，双目圆睁，泪如雨下，上肢在空中抓挠，口中声嘶力竭地长嚎，身后紧跟着一群呜哩哇啦叫唤的猿人，水手们唯恐来者不善，急忙起锚扬帆，商船旋即向海中驶去。那母猿惊恐地扑倒在地，哀号着，绝望地抱着孩子扑向大海，直奔大船，一会儿，海水漫过脖颈，头顶，沉没了，海空中回荡着母猿凄厉的长嚎声……父子俩亲眼看见自己的亲人被大海吞噬，顿足捶胸，悲痛欲绝，父亲大叫一声昏死过去，儿子也要纵身跳海，被水手抱住。这悲惨的一幕，天地为之变色，鬼神为之动容。

渔夫带着儿子终于回到家乡，储巏拜见了祖父母。说到储巏母亲跨海追儿、以死殉夫，全村男女老少唏嘘不已。储巏的父亲日夜思念海岛上的妻女，郁郁寡欢，没过几年就去世了。储巏汲取大自然的真气，自幼聪慧好学，少时巧对楹联，四座皆惊。后来发奋读书，16岁选为拔贡，18岁中举子，20岁以一甲一名进士及第，皇帝面试三鼎甲，御笔钦点状元。储巏金榜题名后，不肯安享荣华富贵，回家乡修葺了父亲的三间茅屋，又高筑"望母楼"，每逢重阳佳期，必斋戒沐浴，面向大海，呼唤远方的母亲。

听老人说，我的曾祖母储氏是储巏的后裔，我的乳名"巏子"寄托着父亲对我的期望。望母楼的传说，使我从小感染了储巏那样的"恋母情结"。中学时代，踏遍东河十八弯，乘小船漂流到江边海岸，都没有找到梦中的望母楼。不过，家乡在古代是麋鹿栖息的海滩，物换星移，沧海桑田，望母楼或许移建在别的什么地方？

18岁的少年，编织着五彩梦，告别了家乡。北国的风雪，江南的烟雨，餍足了好奇的眼睛；青山的丛莽，荒原的飞沙，望母楼的梦依然沉淀在金色记忆里。登上八达岭长城和黄山、峨眉的峰顶，跨过东海的碧波和扬子江滔滔大浪，也没能问出望母楼的消息。

美好的东西总在幻想的彼岸，当我们在生活中看到太多的缺陷，往往把隐秘的情感、真诚的愿望和最高的理想指向遥远。哪怕今生今世找不到传说中的望母楼,情愿将它珍藏在梦境里,永久地立在我的心中。熟悉的朋友知道我喜爱登临,因为高处远离尘垢和雀噪,有白云缭绕,有天籁之音,有灿烂的阳光,有清新的空气,而且视通万里,思接千载,最适于心骛神游。所以每到一处,必攀缘最高的山峰,顶层的塔楼,在那高耸入云的地方温习儿时的梦影。于极目远眺中,我仿佛化作空中一朵云,飞向远方,去探望那方生我养我的土地,去问候那株银杏树下白发飘洒的老母亲……

(1996年4月)

梧桐树下的童年记事

　　小时候,我在家乡城东小学那株高大的梧桐树下做过许多幼稚的好梦,在新生共和国的第一缕阳光下,跟着音乐老师萧先生的风琴节拍,唱起《中国少年先锋队队歌》。那时我还是一个顽皮淘气的少年,学习不认真,考试很粗心,最爱在学校门前的小池塘"打水漂",喜欢和小伙伴们爬上落下地"大比武",饿肚子也要省下几文钱租看小人书,给班主任沈老师和教导主任许老师添了许多麻烦。

　　我用最美好的语言赞美我的启蒙老师们!在新中国刚刚成立,物质生活极度贫困,教学条件十分简陋的情况下,他们怀抱着建设新中国的理想,艰苦创业,排除万难,把知识的种子撒向小学生的心田;他们用美丽的心灵和人间真情,以谈心、家访、个别辅导和少先队活动等形式,温暖了天真烂漫的少年;他们全心全意地教书育人,无私奉献,不愧为新中国的第一代建设者!英国诗人华兹华斯歌唱"简朴的生活,崇高的思想",我的小学母校的老师们,都是具有崇高思想的美丽的天使,不愧为人类灵魂的工程师。

　　我是新中国第一批少先队员。少先队组织我们参观工厂、农场,去接近工人农民,培养我们热爱劳动、热爱劳动者、热爱新中国的感情;我们举办故事会、歌咏会,歌唱劳动、歌唱和平、歌唱祖国新生;我们种植向日葵,学会织渔网,节省每一分钱捐献飞机大炮;我们给志愿军叔叔写慰问信,绣慰问袋,每当接到"最可爱的人"回信时,真比吃了冰激凌还要甜蜜。半个世纪过去了,内心深处还珍藏着星星火炬红旗下这份美好的记忆。

我出生在一个没落的书香世家,世态炎凉,饥饿贫困,烙印在幼小的心灵里。城东小学的老师和少先队,让我这个平民孩子深深感受到人世间的暖意和新中国的光明,开始懂得生活的意义和做人的道理。城东小学是我人生旅途的一个起点,母亲,学校,老师,共产党,毛主席,用爱——人世间最美好的语言温暖了我的童年。此后几十年的生命旅程中,我也努力做一名春天的使者,把爱与美,光明与温暖,撒播在大江南北,长城内外,回报养育我的土地和人民。

经过一个多世纪耕耘,我的母校城东小学已建设成为一所师资力量雄厚,教学成果斐然的名校。她是我国基础教育园地里一支美丽的花朵,一面鲜艳的红旗,她不仅培育了千万株社会主义建设事业的苗壮幼苗,而且为启蒙教育积累了富有特色的丰富经验。我在花甲之年,衷心祝愿母校年轻一代的老师们,在新的时代条件下,发扬百年老校的优良传统,以开拓进取、求实创新的姿态为社会主义教育事业再创辉煌。

(2003年11月29日,城东小学百年校庆献辞)

我的故乡在远方

第一次聆听《橄榄树》^①，是在湖滨公园。那是一个寂静的夏夜，草木丛中音箱里传出女高音苍凉的歌声："不要问我从哪里来 / 我的故乡在远方 / 为什么流浪 / 流浪远方 / 流浪"。听到第二段："为了天空飞翔的小鸟 / 为了山间轻流的小溪 / 为了宽阔的草原 / 流浪远方 / 流浪……"不知触动了哪根神经，我的双眼泛起了泪花。后来知道这首清新如水的歌是三毛的词，李泰祥的曲，齐豫的原唱。

诗人三毛是喜欢流浪的人，她在异国他乡漂泊 14 年，足迹遍布世界各地，20 世纪 70 年代应作曲家之请写这首歌词时，还没有结束流浪之旅。《橄榄树》的中心词是"流浪"，唱出诗人一种独特的生存状态。她是一位精神漂泊者，不倦地行走着，去寻找心灵的故乡。三毛要寻找的不是都市的繁华和喧嚣的人群，她的心灵像飞翔的小鸟，飞过小溪，飞过草原，飞向远方，而那"梦中的橄榄树"就是她飞翔的动力和远方的精神家园。她说过："（我）很爱橄榄树，橄榄树美。我的丈夫荷西的故里在西班牙南部，最有名的就是产橄榄。"《橄榄树》的歌词抒写出现代人那种精神漂流，没有归属感，孤独无依的情怀。

---

① 齐豫说，三毛歌词的原题叫《小毛驴》，第二段原词是"为了天空的小鸟，为了小毛驴，为了西班牙的姑娘，为了西班牙的眼睛"，写的是对美好事物的憧憬，对心灵自由的渴望，突显出三毛的西班牙情结。李泰祥在谱曲时觉得这段歌词不好演唱，就把歌词改成"为了天空飞翔的小鸟，为了山间轻流的小溪，为了宽阔的草原，流浪远方，流浪"，歌名则确定为《橄榄树》。修改后的歌词，亲切动人，朗朗上口，用隐喻的方式表达对自由的向往。

三毛在文学史上不算是最好的诗人和作家，但她一定是影响力最大的漂泊和旅行作家，在资讯不很发达的年代，她是"诗和远方"的代言人。三毛说："常常我跟自己说，到底远方是什么东西？然后我听见我自己回答，说远方是你这一生现在最渴望的东西，就是自由。很远很远的，一种像空气一样的自由。在那个时候开始我发觉，我一点一点蜕去了束缚我生命的一切不需要的东西。在那个时候，海角、天涯，只要我心里想到我就可以去。我的自由终于在这个时候来到了。"（《远方》）可以说，《橄榄树》是现代物质社会里，一位特立独行、执着地追求精神自由的行吟诗人的抒情独唱；加以作曲家如泣如诉、荡气回肠的音乐，歌唱家磁性的嗓音及独异的风格，给歌曲注入丰富的情感和生命，回荡起淡淡的乡愁和忧伤的情调，营造出一种空灵洒脱、自由随分的意境；这或许就是它经久不衰，能够感动几代人，并且成为流行歌坛经典之作的深层原因？

三毛的歌词和她的精神流浪，让我想起人类历史上那些独异的精神流浪者。被楚怀王放逐的屈原，是中国文学史上第一位行吟诗人，他长期漂泊在湘水、沅水流域，痴心不改地寻找心目中的"香草""美人"，为了实现国家统一和百姓安宁，他唱出"路漫漫其修远兮，吾将上下而求索"这样千古不朽的诗句。德国哲学家尼采在结束了十年教授生涯之后，也踏上了漂泊之旅，他失望于现代人，抨击现代文明，似乎永远在追寻那一直未曾找到的东西（"超人"）。鲁迅对尼采这种脱出常规的生存方式有过心灵感应，他笔下的"过客"形象，便是人类精神探索者的具象化。这位独行旅客从小就孤身一人在路上行走，他不愿"回转去"，只听从"前面的声音"的召唤，在无边的荒原上永远朝前走。"走"，就是过客脱出常轨的生存方式和个体生命定位。就像罗丹的雕像《行走的人》，那没有头也没有双臂的残缺的躯体，非常强烈地突出了"走"的姿态和"走"的意义。这跨出的第一步，就是人类探索前行的开端，永无止境地走，一直走到天涯海角，走到个体生命的尽头。我们没有理由怀疑,"过客"和"行走的人"是对于生命自由的呼唤,也是鲁迅和罗丹一类精神探索者的"夫子自道"。

耳边又响起《橄榄树》的歌声:"还有,还有/为了梦中的橄榄树,橄榄树/不要问我从哪里来/我的故乡在远方/为什么流浪/为什么流浪,远方/为了我梦中的橄榄树"……人类已经走了很长的路程,不知道将来还会走多远。然而,就像三毛所说:"生命是美丽的。"为了"梦中的橄榄树",我们只有义无反顾,一路向前。

（2012 年 7 月）

夜宿麻碾村

那年"五一"长假,天气晴好,秋泉打算去当年下放的农村看看,邀我同行。我自从离开"五七干校",也有许多年没下乡了,自然乐意同行。

我们乘车先到X镇,在镇公所见到值班的同志,说明来意后,请他帮忙找到30多年前下放时的熟人,麻碾大队的会计老周。老周热情地留我们午餐,特意下池塘捉两尾大鳜鱼,两位亲家也请过来叙叙。饭后,我们去看望当年的老房东。秋泉兴奋地对我说:"房东有一双儿女,大女儿金娣和我都是'铁姑娘战斗队'的成员,那个还不满十岁的男孩小冬子,已结下娃娃亲。我在河塘游泳,怕'水猴子',小冬子总是答应我,笑眯眯地划一只双桨小船,屁颠屁颠地跟在我后面。"秋泉沉浸在故人往事的回忆中,我则分享她昼思夜想今朝梦圆的快乐。一路上遇见不少村民,听说"下放的小李回来了",无论相识不相识的村民,都热情地围拢来问长问短,孩子们也咧开嘴巴瞅着我们笑。

远远地见到房东家宅基地上一排平房掩映在树丛里,当年的知青屋已不见踪影,泥草房翻盖成三间瓦房了。房东沈老汉不在家,只有金娣妈和儿媳小艾子歇在堂屋里。像妈妈一样疼爱"小李"的金娣妈70多岁了,低垂着头,精神有些委顿,小艾子见到当年的小伙伴"小李",欠起身,笑了笑。"小冬子呢?"小艾子嗫嚅地讲述了不幸的往事。原来几年前冬子的喉头长个血泡,村里人以为不是什么大病,就没去看医生,小艾子用一根钢针挑破血泡,冬子糊里糊涂地感染上破伤风,40多岁的汉子匆匆走完了辛苦的人生路。我们的来访,竟勾起她们失子丧夫的悲痛,心中很是不安。老周随后赶来,说是带我们到村子里转转,我们留下几句慰勉的话,怅然地和婆媳俩道别。

村里村外转了一圈,满目是碧绿的稻田和纵横交错的河塘,河塘里一家一户地放养了鹅鸭,也有养殖螃蟹、珠贝和甲鱼的。秋泉说,这个濒临大江的小村庄变化不是很大,只是河水不如30年前清澈了,再一个变化,就是当年20岁上下的小青年,如今都做了爷爷奶奶,有的不到50岁,已是六个儿女的父亲,新近还添了孙儿孙女。

十年前,麻碾的交通不很方便,过下午三点就没有回W城的交通车了。主人盛情相邀,我们就在此地住下了。老周家屋前栽了几十株高大的水杉树,屋后水塘里养殖了鱼贝和鸭子,大儿在南京读研,女儿外嫁了,小儿在家开诊所,乡亲们有头疼脑热的找上门来看看。老周过去做过赤脚医生,懂点医道,且乐于助人,朋友也多,日子过得殷实而滋润。

乡村的最美,是在夜幕降临的时候。九时许,我和秋泉在屋前板车道上散步,于月色朦胧中,聆听四外静悄悄的原野,阵阵庄稼和草木的香气随风袭来。仰望天空,钻石似的繁星在漆黑的天幕上闪烁。远远望去,除了月光笼罩下一条隐隐的青白色的泥土路,就是铺天盖地的神秘的黑暗了。遗憾的是不能携妻到田间去散步,不能尽情地享用乡村大自然赐予的盛宴,主人太殷勤了,几乎寸步不离地陪我们聊天。

东头大屋是老周儿子的新房,装修时尚,冰箱彩电洗衣机俱全,西边大屋是老两口的住房,除了大立柜,双人床,什么装饰都没有。主人安排我们住东屋,睡前问这问那,愿我们像在家里一样做个好梦。许多年没下乡与农民同吃同住了,麻碾村这一夜既陌生又浪漫,但几乎彻夜难眠。我们谈乡村明月夜的神秘和美丽,谈老周、老房东家和小冬子的悲剧;中国内地乡村一部分农民的物质生活虽然有所改善,但是30年过去了,很多地方依然演绎着蒙昧、闭塞与贫穷……于万籁俱寂中,我们倾听田野里一浪高过一浪的蛙鸣,看天色怎样一点点地从漆黑走向光明。

我们赶早起床,习惯地去屋后小河边洗了脸。想到老房东一家遭遇的不幸,秋泉去村东头看庙老人的杂货店买些茶食,到小艾子她们家辞行。早饭后,告别老周全家,信步走回 X 镇。一路上,和背书包上学的小朋友说说话,跟镇上买菜回来的村民打打招呼。秋泉说 30 年前这条路上看不到自行车,现在开通了乡村公路,有摩托车、小汽车往还了;过去村民们进城爱走水路,可惜如今少了一道水上交通的风景。

十多年过去了,夜宿麻碾村的情景犹历历在目。老周、老房东和小艾子过得还好吗?麻碾村又会有怎样的发展和变化呢?我和秋泉约定,再找机会去看看那个渴望着变革和改善的小村庄。

(2012 年 6 月作,入选中国文联出版社 2014 年版《中国最美散文》,卞毓方主编)

重返叶家湾

离开叶家湾30多年了。那是皖南山区的一个小山坳，30多年前那里办过安徽劳动大学（省属综合性大学）。离开教育部五七干校后分配到劳动大学教书，我和秋泉在那里相遇，相爱，结婚，生子，风华正茂的十年在那里度过，回想起来真是感慨万千。

用什么方式庆祝我们的结婚纪念日呢？我说："去叶家湾看看？"她高兴地响应了我的倡议。那个春天，我们去了一趟叶家湾。

W市和X市之间早已通了火车，近年又修了高速公路，交通自然极便利，可是从X市再去乡间，却要在一个杂乱无序的工商停车场搭乘私人承包的中巴继续前行。X市到叶家湾的公路两旁，绵延不绝的小山峦铲平了，远近是一畦畦农田和一排排店铺民居。这条公路据说年年修，年年破，越向前去，汽车颠簸得越凶，路面大抵坑坑洼洼，烟尘弥漫，行人掩面而行。前面发生了什么情况，所有车辆原地熄火，堵在路中央。原来两个中年汉子横坐在两条板凳上，拦住过往车辆，不让车子通过。公路两侧的居民，用一种不文明的方式抗议汽车的烟尘污染。终于有两个交警模样的人出面调停了。大约半小时，所有旅客绕过横在公路上的两条长凳，换乘对面开过来的中巴，然后掉头驶向叶家湾。想到很快就见到阔别30多年的叶家湾，难免有些激动，然而一路行来的所见所闻，老掉牙的中巴，破碎的公路，漫天的烟尘和横亘在公路中央的两条板凳，心中泛起的诗意荡然无存。

正午时分,在叶家湾下车,向一位当地老乡打听当年熟悉的邮局,熟悉的店铺以及它们的主人,老乡说大学拆迁后这些人也先后离去了。公路边横七竖八地停放着摩托车和三轮卡,紧挨公路的依然是两排灰蒙蒙的陌生的小店。跨进路边一座高大的水门汀大门,才渐渐地辨认出那座"山沟沟大学"的面影。唔,这里是我们当年扛椅凳看露天电影的操场,如今已是杂草丛生的荒滩;这里是校园中部的池塘,新婚宴尔我俩经常在月下洗衣裳;这里一座桥,我们千百次地从桥上走过,桥下发生过一些鲜为人知的故事;这里原来有一道小河沟,那年山洪暴发,住在河沟窝棚里一对可怜的老人被洪水冲跑了……

前面就是教职工住宅区了。树还是当年的树,更加高大翁郁了;房还是早先的房,只是改变了模样。我俩在当年的单身教师宿舍"27间"的第N间驻足良久,在这间10平方米朝北的小屋里我俩牵手、结婚,没有香车豪宅,没有鲜花美酒,清风明月和两个兄弟见证了我们的婚姻。后来我们在一座两层小楼的斗室里度过了婚后最初几年,我们在灯下读书、备课,上山扒松毛、捡松果,去远近的小水塘汲取饮用水,天天做煤球、生火炉做饭,后来我们有了自己的孩子,那小楼的蜗居里贮满了小两口的辛酸与甜蜜。楼前那三株高大的枫杨树一定还记得我们曾是这里的居民,它们婆娑起舞,在温暖的春风里向我们摇曳致意。那一排熟悉的灰色平房和一楼一底的破旧小楼,如今已是茶林场职工的住宅。此地留有我们太多的希望和梦想,可是已经没有我们熟识的朋友,穿越岁月的河流,我们只能默默地回望那一道道风景。

1977年恢复高考后,学校有了较大发展,西边建起两座教学楼和几排学生宿舍。在没有新教材的情况下,我在教学楼开讲中国现代文学史,她在楼下图书资料室上班。在那个物质生活极其艰苦,办学条件极其简陋的特殊时期,这所大学却奇迹般地为30年的改革开放输送了一大批党政干部、大中学校教学骨干和企业家。经历了30年风风雨雨，两座大楼依旧黑瓦红墙，矗立在麻姑山下，一所职业学校和军分区的民兵训练基地分别占用了两座大楼，但不知当年劳动大学的文脉能否继续薪火相传？

沿着熟悉的小路，向山谷里迤逦而行。正是采茶季节，妇女们埋头干她们的活儿，只有当我们借问"水库在哪里"时，她们才向山那边指一指。茶林场老职工说，自从山里有了茶园，减少了松树种植，不再每年喷洒666杀虫粉了，水库的水质大为改善。30年前劳大师生饮用水的重金属（铜、钼、铁等）严重超标①，即使用明矾净水，也洗不去毛巾上的锈迹斑斑，多少年轻少壮的教职工因为年复一年地饮用这种不洁水而慢性中毒，有的染疾，有的病殁于中年。麻姑山下的水患，给劳大师生留下不堪回首的记忆。学生为此屡屡上访省城，文理茶农各个系科在1982—1989年分期分批地撤并到省内其他院校。

听说水库的水今非昔比了，我们自然要去水库看看。走进那条峡谷，便听到"哗哗哗"的水声。原来是连日淫雨，水库溢出的水从峡谷流出，如果不是好心人垫上几块水泥板，行人只好蹚水过河了。穿过峡谷，一汪清澈碧蓝的湖水扑面而来，远山映衬下，宛如一幅泼墨山水图。我俩情不自禁地登上水坝，掬水洗面。从山那边过来的游客说，前面正在兴建一座寺庙，有老僧骑摩托过来，证明那些游客没有忽悠我们。远远的，果然见到一座新建的"玉皇宝殿"，四面还有没拆除的脚手架。到处都在开发旅游景点，麻姑山也不例外。为什么此地新修玉皇圣殿，而不是传说中的麻姑仙子庙呢？问山，问水，问不出消息。

晌午过后，天色渐渐阴晦，山谷里人迹越来越稀。也无心再探究竟，远远望一眼新建的庙宇，原路返回。茶林场门口拦住一辆开往X城的中巴，乘客早已超载，还是挤了上去。司机见两个银发老人和小青年挤站在

---

① 据悉，麻姑山蕴藏有丰富的铜、钼矿资源，宣州麻姑山铜钼矿山已建成并投入生产。

一起,便腾出驾驶台旁侧的一点空隙,让我们挤坐上去;如此折腾大半天,早已精疲力竭,他的这番美意救了我们的险,所以至今念念不忘这位热心肠的中年司机。

调迁 W 市 30 多年来,一向穷忙,往事只残留在梦境里。那天去叶家湾寻梦,肢体疲乏劳顿,心情五味杂陈;当天往返奔波的苦与乐,叶家湾 30 年前后的变与不变,如影随形地总在脑海里纠缠,我们这片广袤的土地还远远没有消灭落后和贫困,文明与愚昧的冲突依然十分尖锐,中华文明的复兴还有待我们砥砺努力,奋斗不息。

(2012 年 4 月)

张自忠路1号怀旧

早年，我在教育部（直属）北京函授学院任教。该院是当年高教部创办的高等函授教育"试验田"，从北大、清华、人大和北京师大四校抽调有经验的教师，1963年起再从全国各地高校选调应届毕业生，设立中文、政治、数学、物理、农学等系科，以北京为中心，覆盖华北地区的城市和乡村，开展函授教育调研和教学实践。北京函授学院的院址最初设在西单大木仓胡同教育部大院红星楼，1965年6月搬迁到张自忠路1号（如今的张自忠路3号），与中国人民大学清史所和书报资料社共享一个大院。

20来岁，我是在教育部大院和张自忠路1号度过的。1970年，教育部撤销，改设国务院科教组（1975年恢复教育部），直属单位北京函授学院也在无声无息中寿终正寝了。很少有人知道原教育部还办过这样一所院校，神通广大的"百度""谷歌"竟也搜索不到一点信息。但是从教育部五七干校（八连）被派送到全国各地的百余名北京函授学院教职工，没有人会忘记红星楼和张自忠路1号，没有人不记得当年在北京、天津、唐山、秦皇岛、呼和浩特、太原等站点怎样辛苦辗转地创建函授站，怎样编写教材、函授、面授，无怨无悔地奉献青春。我于1972年户口迁出北京东城区之后，就再也没有回来看望这个释放过青春热情和梦想的大院了。

11月初的一日午后，我和秋泉从什刹海步行到张自忠路。这条路原名铁狮子胡同，因崇祯皇帝所宠幸的田贵妃之父（田弘遇）都督府门前一对铁狮子而得名。张自忠早年曾是冯玉祥的部下，"七七事变"后受命代理北平市市长,率部参加"台儿庄大战",后任第33集团军中将司令和第五战区右翼兵团总司令。1940年5月16日,在湖北"枣宜战役"身中六弹,马革裹尸。张自忠是为国捐躯的官阶最高的国民党抗日将领,为纪念抗日英烈,旧北平市政府以张自忠、佟麟阁、赵登禹的名字命名三条街道。新中国成立毛主席亲自为三位抗日名将签发烈士证书,西城区的佟麟阁路、赵登禹路和东城区的张自忠路至今沿用三位英烈的姓名。

"铁狮子胡同"拓宽了,现在是平安大街的一段。原张自忠路1号大门的门厅犹在,两尊石狮子挪移到大门两侧。左侧墙上镶嵌了"全国重点文物保护单位"的标牌,注明此地曾是"清陆军部和海军部旧址",是1912年袁世凯总统府和1924年段祺瑞执政府的旧址,一侧还立有"三一八惨案发生地"的石碑。1926年3月12日,日军在天津大沽口炮击冯玉祥国民军,国民军将日军军舰逐出大沽口,日本联合英、美等八国向段祺瑞政府发出最后通牒,提出撤除大沽口国防设施的无理要求。3月18日,北京群众千余人在天安门集会要求政府拒绝八国通牒,段祺瑞卫队在执政府门前开枪,死46人,伤200余人。鲁迅于当天深夜写下《无花的蔷薇》,称这一天是"民国以来最黑暗的一天",又撰文《纪念刘和珍君》《淡淡的血痕中》,指出"墨写的谎言,决掩不住血写的事实。血债必须用同物偿还。拖欠得愈久,就要付更大的利息!"。周作人、林语堂、朱自清、蒋梦麟、闻一多、梁启超等也纷纷撰文,谴责段政府虐杀爱国学生和无辜民众的罪行,中国知识分子在"三一八"惨案中表现出社会良知的觉醒和高昂的爱国热情。

1928年此地进驻北平卫戍区司令部,"七七"事变前宋哲元的二十九军军部、冀察政务委员会设在这里,抗战胜利后十一战区长官司令部、北平警备司令部先后设在这里。一个大院,先后驻扎这么多军政首脑机关,见证一个世纪的风云变幻,在中国近代史上确乎少见。

现在的张自忠路3号大院还保留着20世纪初许多建筑。迎门而立的西式大楼便是北洋政府修建的。这座欧洲古典式灰砖主楼,总体风格是维多利亚式的,而在局部装饰上则有巴洛克风格的痕迹,顶部的钟楼又分明受到哥特式的影响。西洋各种建筑风格的融合,反映了清末民初我国建筑师学习西方文明的迫切心情。而大楼外墙砖雕的装饰图案,则大量采用"寿"字、"万"字、卷草等中国传统元素,从而显出中西融通、珠联璧合的特点。主楼北面的东西配楼和后楼,白墙红柱,外有卷廊,装饰简洁,则是典型的英国殖民地式风格。这组保存完好的西洋风格建筑群,在中国建筑史上具有重要价值。

既是段祺瑞执政府旧址,"三一八"惨案的发生地,又较为完整地保留了当年的建筑物,新中国成立后许多电影导演看好这个大院,《南征北战》《鄂尔多斯风暴》《佩剑将军》《阳光灿烂的日子》等影片,都曾在此地拍摄过外景。

张自忠路1号一直是北京市榜上有名的重点防火单位,许多砖木结构的老楼早就不宜住人了。现在,主楼已是人去楼空的危房,周边楼群也剥蚀破损,亟待重修。当初各个系科用过的南楼现在是社科院几个研究所的办公场所,而单身教师起居的铁皮房小院已隔成许多单间,成为外地农民工兄弟的蜗居。原北京函授学院院部办公楼(灰3楼)早已改造为职工宿舍,楼道里塞满了炊具。还记得老同事Z先生、F女士夫妇从"五七干校"返城后一直住在此楼,分隔多年,消息渐阙,上楼打听一下,说是几年前二位都已归西了……

晚秋时节,遍地都是黄叶,老树上时有乌鸦"哇!哇!"地叫。带着一种怅然的心情再度别离大院。管理人员说,这个重点文物保护单位,已在着手维修了。

（2013 年 12 月）

人生有梦终须圆

儿时读杜诗《茅屋为秋风所破歌》,对诗人的贫困生活,不幸际遇,极为同情,特别佩服诗人广大的胸怀和气度,以为老杜是"天下寒士"的好朋友。1954年家乡大水,我家租赁的旧平房进水一尺多深,"床头屋漏无干处,雨脚如麻未断绝",锅碗瓢勺小船似的在室内漂弋。某日凌晨,轰然一声巨响把我从梦中惊醒,紧挨右臂的山墙坍塌了,幸而所有墙砖齐刷刷地向外倾倒,否则就不会有日后的我了。从此,古代诗人对于"广厦千万间"的梦想,伴我走过漫漫人生路。

走出校门后,南北辗转,搬了无数次"家"。住过段祺瑞执政府遗下的摇摇欲坠的木楼,也住过凤阳城里曾经关押过国民党战犯的(原安徽省第四监狱)的牢房,我们当然不是囚徒,而是"接受再教育"的"五七战士"。那时还是不知苦辣的小伙子,"山当书案月点灯,盖着蓝天铺着地",无忧无虑无所谓。真的为住房操心发愁,焦头烂额,那是在有了家小之后。远的不说啦,单讲调进A大学的故事吧。

在学生宿舍凑合住了两年,过道是烟熏火燎的厨房。好不容易搬进一座建国初期建造的小楼,总算厨卫俱全,自成一体,可妻子脸上的笑靥绽开不到一年,就被预想不到的"灾难"扫荡殆尽。对面十几米处拔地而起一座高耸的灰楼,我们这套本来就埋在山脚下的一楼一底旧房失去了四季阳光,即便是晴天,室内也得开灯照明。老化的电线不时喷出吓人的火焰,天花上剥落的石灰无情地砸在娃娃头上。有一回厕所管道破裂,泱泱臭水冲刷掉老小三代人过大年的欢乐。本来已经朽坏的地龙承受不住几张书架的压力，日日向地下陷落，人走在地板上像醉汉似的摇晃，安放不稳的家什发出苦闷的呻吟。一到梅雨季节，地下的动物竞争着爬上地面，蜈蚣、蟑螂、鼻涕虫，扰得人心烦，最可怕的是室内蛇鼠大战的"奇观"，壮着胆子和友邻一道驱赶了三尺和五尺两条灰白的长蛇（那时缺少动物保护意识）。一条小蛇从孩子脚背溜过，糊涂小子直呼："妈妈，黄鳝爬到我脚背上啦！"

无论环境怎样纷扰，教学和科研是不好须臾放弃的。学做气功，自我调节，排除干扰，回到内心，以维持较长久的工作。冬季，冰冷的北窗下难以伏案，就到户外有阳光的所在预备新课或构思新稿，三伏酷暑便携妇将雏，带一卷凉席，到公园树荫下小憩，寻一个乔迁的梦……那年深秋在陋室会晤了家乡报社两位采访"外地泰州人"的记者，异乡漂泊多年，乍一见到故乡人真是百感交集，不能在较为敞亮的空间款待乡亲，抱愧不已。不过从老乡的话语和目光中，已得到理解和鼓舞了。清贫、潦倒不是耻辱，是社会改革进程中难以避免的历史痕迹，随着社会改革的深化和发展，知识者的经济苦闷总会消除的吧。

壬申（1992）岁末，终于接到选房通知，60套76~90平方米的住宅在全校教职工企盼中落成了，即使要交数千元集资款，还是有200多名正副教授和处级以上干部参加竞争。这次福利分房争议大，省教委副主任坐镇，避免了意外事件的发生。当我们领到钥匙和房票，在月光朗照下第一次跨进新居时，妻伏在我肩上哭了……亲友和同事向我们祝福，建议如何装饰，如何美化。我们在一天内将新房洗刷完毕，以"胜利大逃亡"的心情和速度搬进新居。在鸡年春节的爆竹声中，在全无装饰的新居，我们迎接了灿烂的朝阳和融融春风。

人生是多梦季节，有人圆了发财梦，有人圆了升官梦，那空头的梦与我毫不相干。在我两鬓霜染，老之将至之时，总算圆了个新房梦。每当案前枯坐，冥冥怀想那些做了一辈子新房梦却不幸早逝的朋友时，禁不住潸然泪下……在这70多平方米的套房里，我们从中年走向老年。为了支持孩子读书，成家，买房，我们一直没有换房，近年爬楼梯越来越吃力了，倾毕生之力，换了一套带电梯的商品房。这是我们今生第一次也是最后一次装修新房啦，快乐，也有几多酸辛。

耳畔又响起杜甫的绝唱："安得广厦千万间，大庇天下寒士俱欢颜，风雨不动安如山！"当下中国知识者的境遇当然比古人幸运，但要完全解除"天下寒士"安居之忧，让我们的父老兄弟不再有子美"我有新诗何处吟"的叹息，恐怕还要走一段坎坷路程。少拆些民宅，少建些豪华别墅，多建些平价房、廉租房吧，"公平和正义比太阳还要光辉"！

（2012 年 9 月）

怀仁堂纪念鲁迅大会侧记

1991年8月底,接到"纪念鲁迅诞辰110周年组织委员会"的信函,我的一篇论文入选,邀我作为正式代表出席首都举行的学术研讨会。组委会由国家文化部、社科院、文联、作协和广播电影电视部五个单位联合组成,林默涵、贺敬之任主任委员。

9月24—28日,纪念大会和学术讨论会先后在北京召开。24日上午,代表们参加了中南海怀仁堂召开的纪念大会。8时半,走进怀仁堂。戴红领巾的时候就听说,这里是党和国家领导人举行重要会议,接见英雄劳模和国际友人的圣地,心情自然有几分激动。9时整,怀仁堂灯火通明,江泽民总书记、李鹏总理走上主席台,与会1100多名代表肃然起立,热烈鼓掌。贺敬之作《开幕词》,指出:"鲁迅的骨头是最硬的,鲁迅也最具有不断进取的精神。我们过去在推倒三座大山的时候需要鲁迅精神,今天在社会主义现代化建设和改革开放中同样需要鲁迅精神;我们在和拿枪的敌人斗争中需要鲁迅精神,在不断提高人民的思想道德素质的过程中,在抵御和平演变、反对资产阶级自由化、克服腐败现象的教育和斗争中,同样需要鲁迅精神。文化艺术工作者有义务深入学习鲁迅精神、热情宣传鲁迅精神。"江泽民总书记在《进一步学习和发扬鲁迅精神》的长篇讲话中,重申毛泽东主席对鲁迅的崇高评价,称颂鲁迅是"空前的民族英雄""伟大的共产主义者",还指出:"面对错综复杂的国际形势和艰难繁重的国内建设与改革任务,不仅文化战线的同志要义不容辞地学习鲁迅,宣传鲁迅,而且广大工人、农民、知识分子和各条战线的干部,都要进一步学习和发扬鲁迅精神。"尤其要进一步学习和发扬鲁迅的爱国主义精神,韧的战斗精神,博采众长、勇于创新的精神。

出席纪念大会的还有李瑞环、李铁映、丁关根及主办单位的领导人。大会9时开始,9时40分结束。下午2时,中国作协党组书记玛拉沁夫在国谊宾馆会议厅主持了学术讨论会的开幕式,中国社会科学院副院长汝信致开幕词,鲁迅生前好友黄源发言。出席这次研讨会的正式代表100人,特邀代表6人,列席代表11人。提交大会的学术论文45篇,它们是从156篇应征论文中遴选出来的,论文作者大都是中青年学者。

第二天上午大会发言,袁良骏先生(鲁迅研究会秘书长)担任主持人。首先被安排发言的是十名"青年学者"(王乾坤、杨义、程致中、张梦阳、顾农、阎庆生等),于是我不得不在宣读论文之前加一段"开场白",大意是在下已进入天命之年,不再年轻,真是一个尴尬的年龄;我是前辈的学生,青年人的朋友,主持人将我划入"青年"之列,惶恐之至。我的发言是《鲁迅对阿尔志跋绥夫的接受与超越》,学术组几位先生给予热情肯定,走下讲台便有作协创作组、《解放日报》和几家刊物的朋友索要打印稿,两个月后论文刊于《鲁迅研究月刊》第11期,并入选会议论文集《空前的民族英雄》。下午的小组讨论会上,吴宏聪先生(中山大学)说:"中央这样隆重纪念鲁迅,出乎意料,能在怀仁堂参加这个盛会,聆听总书记报告,平生之大幸也!"老先生的话语,说出与会近120名代表的心声。杨占升先生(北京师范大学)从上午的发言说到鲁研界新人在崛起,这是和过去全国性学术会议不同的;他强调指出"鲁迅的中心思想是'反封建',鲁迅的反封建思想并不过时,有世界意义"。

学术讨论会连续开了五天,除了两个下午参观新建的北京图书馆(白石桥新馆)和亚运村,观摩著名画家裘沙、王伟君的画展《鲁迅的世界》,白天全部时间是大会发言或小组讨论,跟时下"开会一天多日游"的风气大不同。裘沙、王伟君二位画家以他们对鲁迅作品的独到理解画出《鲁迅杂文100图》,笔法集中而强烈,选材具有深沉的历史感和现实感,受到参观者的赞赏和欢迎。代表们每天晚上的休闲娱乐是看电影,一部法国片《嫁给影子的女人》,表现人性的善恶之争;大陆和台湾两部轻喜剧片《过年》《女朋友》,很热闹;香港片《赌神》,看了开头不想看下去了。

28日下午,举行学术会议的闭幕式,鲁迅研究会副会长林非先生致《闭幕词》。他认为鲁迅研究的"根本目标在创造中华民族的社会主义新文化,清除资产阶级金钱主义和封建主义极权文化对中国人心灵的腐蚀"。他谈到鲁迅研究在某些领域还需要深化。颇有意味的是,这位儒雅温和的学者毫不客气地批评了"无限膨胀自己、欺世盗名"的作风,指出"学术研究中任何一种霸气都是不足取的"。依我看,林非这些观点至今没有过时。

(2001年10月)

给留学生竹野讲鲁迅

香港回归那年,对外汉语教学部约请我给一位日本留学生讲鲁迅。这位22岁的女生竹野美惠来自京都,是日本在校大学生,读到三年级,第四年来中国学汉语。他从《语丝》杂志上读到鲁迅的作品和传略,对鲁迅发生了浓厚兴趣,特邀我给她系统地讲授鲁迅生平和鲁迅小说。每周两节,授课将近三个月。

第一次授课,我说鲁迅是现代中国最具影响力的作家,是日本人民的朋友,你对鲁迅的选择很有眼光。她的汉语说得很流畅,个别生僻词语,写到笔记本上也能认得。我用谈话方式上课,彼此交流没有障碍。按照我的要求,她在上课前复印了一份鲁迅传略,买了一本《鲁迅小说全集》。她不断地向我发问,十分专注地倾听解答。她问:

老师为什么喜欢鲁迅?

鲁迅当初为什么弃医从文?那个"幻灯片"是真实的吗?鲁迅传略说,那个充当俄国间谍的中国人将"被斩",而《藤野先生》中说他被"枪毙",那个影片是否不存在?"幻灯片"是鲁迅弃医从文的唯一原因吗?

鲁迅杂文为什么说是成就最高的?

鲁迅为什么对日本怀有深厚感情?

她提出了鲁迅阅读和阐释中带有关键性的许多问题,我一一作答。说到"为什么喜欢鲁迅",我记起鲁迅1936年在《答托洛斯基的信》里写的一句话:"那足踏在地上,为着现在中国人的生存而流血奋斗者我得引为同志,是自以为光荣的。"这是鲁迅在抗日救亡高潮中对自己的立场、志向和人生观的直白表达,我说鲁迅正是这样一位脚踏实地"为着现在中国人的生存而奋斗"的爱国者,有良知的中国人对于本民族的爱国者,为什么不喜欢、不尊重呢?张学良将军在抗日战争时期也说:"鲁迅是每一个不愿意做奴隶的中国人的鲁迅。"最后一个问题很敏感,看得出她在用心考察中国老师对日本的态度。我说鲁迅对日本军国主义者和日本人民的态度不同,鲁迅反对日本当局杀害进步作家小林多喜二,严厉谴责日本侵略中国东三省,"渡尽劫波兄弟在,相逢一笑泯恩仇"(《题三义塔》),许多事实表明鲁迅希望中日人民世世代代友好下去,鲁迅的立场其实也是绝大多数中国人对于日本的立场。

第一课,她似乎很满意,她不无感慨地说:"这是来到中国后,和老师第一次长时间的交谈。"我鼓励她从阅读、了解鲁迅入手,进而了解中国文化,了解中国国情。她说将来要致力于日中文化交流,我赞许她的选择,希望她为中日友好做出贡献。

开头几节课,讲鲁迅生平,鲁迅在日本的留学经历和文学活动,鲁迅的思想特点,然后循序渐进,先读《故乡》《一件小事》《孔乙己》。这几篇她不陌生,但是对小说的创作背景和思想内容了解不多,于是抓住若干关键词语和人物形象重点解析。《狂人日记》《阿Q正传》读得有点难,后来改变方法,先让她掌握文章大意,再重点解读某些章句;并以"知人论世"的方法,结合中国近现代史,联系鲁迅的相关作品解读("以鲁释鲁"),建议她不囿于从学汉语这个视角去阅读,她似乎豁然开朗。她对《伤逝》颇感兴趣,觉得这篇小说对她思考人生很有意义,她说日本人的现实生活很严峻,多数人缺少理想和精神。在讲课和对话过程中,她好像明白这位中国老师很认真,有点感动地说:"不知道将来怎样回报老师……"我说你回国后为日中友好做出成绩,偶尔报告我喜讯,我会很高兴。

有时,留学生教室的门打不开,她提议"到老师家里听课"。我的70平方米的居室装修粗糙,狭窄拥挤(三代人居住),除了两排书橱,别无长物。课前着意收拾一下屋子,准备一点水果清茶,不让日本孩子看到中国教授居然那样清苦寒酸。竹野美惠在华留学只有一年,但她的目标明确,我的课也是她学习汉语,了解中国社会、文化,接触普通中国人并了解中国人生存状况的一个机会。所以她总是准时来听讲,下课也不肯离去,要跟我说很久的话。当然,我也愿意她多了解一点中国历史文化,让她感受到中国民众和知识分子的道德良知。谈话有时会涉及社会问题,她也能明白,中国虽有一部分拜金主义者沉湎于荒淫奢侈的生活,还有更多的知识者谨记古代贤者"先天下之忧而忧,后天下之乐而乐"的遗训,清贫自守,鞠躬尽瘁。

竹野性格内向,很少说到自己的事,偶尔也会透露心声。她说自己缺乏自信,父母亲怕她远离,问我怎么办,我只能结合自己的经历和人生体验谈一些看法。她还说个人理想是在将来经营一个农场,她好像并不欣赏都市文明,而倾心大自然。快要毕业了,她送我一只京都烧制的小小茶盏,并以我的陋室做背景,拍几张照片留念。第二天,她送来合影的相片,照片背面写下几行工整的汉字:

  程老师:

   您是我的人生道路上的导师

   我决心

   回国以后重新做人

   您给我讲的话

   永远会留在我心里

      竹野美惠 1997.7.10.

竹野美惠听我十次讲课后的留言,让我感受到这位日本青年的友爱和诚实。由此我想到,消弭中日两个民族的隔膜,需要一代一代人的努力,要从许多小事做起。今天某些日本政要不肯承认当年侵略亚洲,屠杀人民的罪行,妄图篡改历史,侵占我国领土钓鱼岛,其所作所为,与中日两国人民和青年的意愿是完全背道而驰的。

（2012 年 5 月）

新茶杯/旧茶杯

又是金风送爽，登高赏菊时节，18年前士廉来作客的情景如在目前。那天他也不按门铃，站在门外大呼"小林！小林！"我赶紧放下活儿，抢先几步去开门，呵，是阔别多年的士廉兄驾临！除了满头飘洒的白发，脸上添了几道皱纹，他还是年轻时候那么挺拔、结实。哪怕我已年过半百，也不论我是否乐意，反正他心目中的我，还是那个少不更事的"小林"。这回他是重阳节登黄山，归途中特意绕道来看望老朋友的。

士廉知我在此地困顿多年，最近才迁新居，于是进门第一件事就是考察我的居室，一直走到阳台，他说六楼（顶楼）风水好，"半壁见海日，空中闻天鸡"，登高望远，益寿延年，说得我心里美滋滋的。

20世纪60年代在北京工作时，我俩是同室而居的老同事，士廉为人宽厚、热情，出名的好脾气。比我长八岁，解放前跟父亲跑过小生意，在那唯成分论的年代里，他被内定为"行商"，政治气候有变，便有了"反"字号的嫌疑，曾被剥夺过授课的权利。每当受到怀疑和不公正待遇，他晚上不能入睡，噙着泪水，对我掏掏心里话，第二天照样高高兴兴做分配给他的工作，管理图书便管理图书，经营食堂便经营食堂，拉板车便拉板车，无怨无悔，总要做得大家满意。我敬重士廉，除了他是复旦大学陈望道先生的研究生，还佩服他能够非常平静地面对生活中的一切屈辱和打击。

那时我刚刚走出校门，年轻要强，一片天真，每天伏案十多个钟头，干起活来不懂得休息。他常警示我："这样干不行！"几乎用了强制手段，工间操时间一定赶我下楼踢踢腿,弯弯腰。士廉小时候患过肋膜炎,后来参加大学生摩托训练,为了避让从车前穿行的同学,猛地急刹车,跌落了满口牙齿。他说受过损伤的身体就像一只裂缝的旧茶杯,旧茶杯小心使用可以代代相传,新茶杯掉以轻心会摔得粉碎。从苦痛的教训中他领悟到一个极为平常的人生哲理,当时我历世不深,少年气盛,并不真懂得这个譬喻的深长意味。

"文革"后期单位连锅端到教育部五七干校,我俩不在一个连队。他烧石灰,认真,坚韧,两年后成了无人能替代的有经验的"看火"窑工。我是先遣队、插秧突击队的主力队员,"一不怕苦,二不怕死",有几回累得脱水。那次在县城住院,他专程送来鸡汤,又给我讲起"新茶杯,旧茶杯"的道理。在那个囚首垢面接受再教育的环境里,说这些话不免有宣扬"活命哲学"之嫌。那时感激他的兄弟情谊,现在回想起来,更钦佩他的真率和勇气。干校分手后,士廉回家乡教中学,后来教大学,全身心投入教学和班主任工作,连续七年评为优秀教师。无论怎样忙,也不忘寄语老弟:"生命在于运动!"鼓励我走出书斋,亲近大自然。A地的湖光山色秀丽迷人,但我身不由己,难以摆脱沉重的生活负累,也无法躲避无聊的挤兑,终于大病一场,成了伤痕累累的"旧茶杯"。

听我给妻儿大侃过去的传奇,士廉乐得开怀大笑。吃饭时想起他那满口假牙,问他"尚能饭否",回答是"午餐三大碗,食量大如牛"。他从中文系主任岗位上退休后,黎明即起练气功,然后做自己想做的事情,心平气和,其乐融融,没查出任何慢性病。

第二天湖边散步,提起学校评职称的话题,他坦然说出"三不主义":不写文章,不考外语,不申报教授。他说:"如今凭真本事吃饭的人太少了,何必自寻烦恼?"他的"主义"未免偏激,但仔细琢磨,并非全无道理。而我,竟皓首穷经地考外语,如醉如痴地填写许多"申报表",如今纵然忝列教授,听君一席话,似乎也确凿地嗅到一种类似猫腻和腐鼠的气味了。我惭愧自己太过迂执,何以不能达到他那样炉火纯青的境界呢?

再去山那边看菊展,他见我拾级而上时气喘吁吁,关切地说:"你要加强锻炼。"他像孩子似的在花丛里转来转去,赞美那姹紫嫣红的秋色和辛勤的护花使者,连声说:"一饱眼福!大开眼界!"我也爱自然之美和高洁情操,但喘息未定,早已失去了赏鉴的意趣。

第三天士廉告辞,我有两节课,秋泉代我去送行。临别时,他叮咛秋泉让我千万记住"新茶杯,旧茶杯"的故事,约定20年后再相会,我答应了他。后来听说他临上车还送我两句话:"遇事从容则有余暇,处世从容则有余年",我很感动。从此,每当太阳初升的时候,我便走向旷野,享用大自然的慷慨赠予。

弹指一挥间,18年过去了。士廉夫人已于三年前病故,女儿远嫁北美,他一人独处,打太极,练书法,做公益,依然精神矍铄,笑对人生。日前接到电话,邀我年内携夫人到他那里叙旧,期待着兄弟重逢,不亦乐乎!

(2011年10月)

启新先生

在安徽劳动大学单身屋（"27间"），我和启新先生是门对门的邻居。他住南屋，我住北屋。教育部"五七干校"1972年初大分配，他被派到合肥工学院去了。老朱毕业于复旦大学教育系，工学院专业不对口，一个多月后转到劳大中文系来，我们在一个教研组，一起编教材，一起教鲁迅专题课，他教杂文，我教小说。

启新先生长我18岁，按说是我的前辈先生，因为一起蹲过干校，彼此称呼略分老小，没有尊卑，我们大家都叫他"老朱"。他的课排在我前面，给了我随堂听课观摩的机会。他讲课注重教学法，主张教学内容宁可少些，但要讲清字词句。譬如讲《灯下漫笔》，偏重注疏、串讲，并不擅长文学分析。老夫子教课极其认真，唯恐学生听不懂他的湖州普通话，孔孟的语录不仅查出原文，还要工工整整地写在黑板上，让学生抄下来。他的用意是好的，效果未必如愿。学生搞不懂的问题，他会另找时间课外辅导。老朱是原高教社的编辑，没有做过语文教师，"五七干校"不管专业对不对口的大派遣，给老朱添了乱。

干校分配根本不考虑夫妻两地分居，老朱一家三代人都在北京，他以"被迫单身"的身份做了我的友邻。奔50岁的书生却要过单身汉的日子，他调回北京的心情比谁都迫切。"27间"北京来的同志老朱年纪最大，他和我们朝夕相处，谦和而融洽。一起讨论教学，一块打饭散步，总是张大缺牙的嘴，笑得那么爽朗灿然。老朱也不是谦谦君子，他用巧妙的方式批评学校的不合理现象。教工食堂的大锅饭僵硬生冷还有沙粒，一天午餐老朱咯嘣了半颗牙，他涨红脸敲着饭碗校园里转半圈，去学校领导家里"讨饭"，弄得校革委会主任赔笑脸，来道歉。他摸准了某些人的脾气，玩世不恭地抗议，风风火火地游说，为三年后调回北京做了有力铺垫，我们大家都调侃他"老头子狡猾狡猾的"。

老朱只要想去北京就一定能成。他学的是教育学专业，中文不是他的老本行，去北大听课进修是堂而皇之的理由，所以专题课一结束，他就提个包包出差了。有一次他还带回人教社一个《怎样学习鲁迅杂文》的组稿计划，要大家讨论讨论。出书当然是好事，颇能调动中文系领导和老师们的积极性。随之而来的是老朱家里来了电报，催他立即回京。于是他快速请假，上下活动，出差北京。老朱私下里从不掩饰，他就是要"不花一分钱"地回去探亲。那时我们以为他"巧猾"，回头看看，他用一种高明而圆熟的技巧，有效地抗议了五七干校"棒打鸳鸯两纷飞"的不合理分配。

在北大听课，他关心着苦于找不到资料的老弟，寄过一份北大编写的《鲁迅小说概述》和"中国现代文选"目录给我们，当我们还在黑暗中摸索的时候，北大已开始选讲郭沫若、茅盾、朱自清、闻一多、蒋光慈、殷夫、李季、贺敬之、孙犁、康濯、田间、李大钊、刘半农的作品，探索现代文学教学的新路了。他还传过一则小道消息，廖承志在外语学院说：大学不要在温室里培养人；《圣经》敢不敢讲？听一听国外的广播也可以嘛，不然一出国门就往人家那里跑。犹如冬季里升起破冰的信号，人在饥渴中如饮甘霖。也是老朱的引荐，我去北大及高教社拜会了王瑶先生和吴伯箫先生，向两位前辈请教现代文学教学及有关《歌声》创作背景的相关问题。

在"27间"，我俩开门就能见面，彼此无话不谈，相处很是随便。出差北京，他不忘记把门钥匙丢给我，冬天我便搬进他的南屋，躲避北屋的冰寒；我和秋泉结婚后，一时没有双人床和家属房，老朱不在校的时候，我俩就使用南北两间。国庆节,老朱到我们"家"喝杯水酒,在远离北京的地方,一起过个快乐的节日。有一回老朱返校后问我:"你代领了我的烤火费?"我说"没有呀"。秋泉狠狠地数落我一顿,怪我代人办事没记性,老朱却不介意。我是文字上还算敏感,经济上马马虎虎,智商不及中学生的人,这脾气一辈子没改过来。

1976年3月的一天,老朱笑嘻嘻地宣布,他要去北京文物出版社上班了。还说中央文物局成立了鲁迅研究室,要推荐我去。其时我们新婚后好不容易搬出单身宿舍,有了一个20多平方米的家属房,没出息的苟安心理抬了头,就不想求人调动了,婉谢"老头子"的美意。

临行前,教研组为老朱举办饯行晚宴。大家从十里外的洪林桥采购鸡、鹅、鱼、鳖和蔬菜,分别由几户人家加工。这是我们全组第一次大聚会,大家举杯庆祝老朱终于实现了阖家团圆的心愿,席间气氛甚是热烈。老朱一走,原教育部在劳大人员便寥若晨星了。我的北京老领导MY同志风趣地形容我是"干部地方化"了。其实我虽身在地方,却没有"化"在劳大,后来经过一番痛苦的折腾,认命了,才实现了"地方化"。

老朱调回北京后,曾寄我一册《文物与语文》,此后联系就少了。但我获悉,他撰有《看得见的古人生活》《说文谈物》等多种著述,还主编"纸上博物馆"(绘画本中国文物小丛书)和"20世纪中国考古与文物丛书"等。老朱以天命之年改行做文物研究,爬梳考辨,竟然取得如此丰硕成果,成为全国知名文物专家,令我钦佩。

(2017年8月)

护工小鹿

住了几天医院,病房里认识一位护工。浓重的苏北口音,40多岁年纪,上身一件黑毛衣,外套紧身的绯红背心,一条藏青长裤,在病区走廊白色、蓝色和杂色的人群里并不起眼却引人注意。老远听见20来岁的小护士捏着尖音喊"小鹿! 小鹿!"才知道她姓鹿。住进病房第一天,快出院的朋友说小鹿是这个病区的护工,踏实细心,体贴周到。即使有家属陪护,手术后的病人没有不请她帮忙的。她护理过的病人都夸她服务优质,人品也好。

凭着十多年的职业敏感,她密切关注病人的需求和整个病房的动态。及时给病人打开水,送汤饭,该换输液瓶了提前通知护士台,病人想要起坐就赶过来摇床。她一人负责两个病房,最多时八个病员全都做了手术。每天给所有的病人擦身两次,夜间12时最后清洁一次才能歇下,凌晨四点半又打开照明扶病人洗漱、擦身、足浴,开始新一天的工作了。她从来不曾弄错病人的脸盆、脚盆、牙具、面巾、浴巾,她一天只有四个半小时的睡眠。

每天早晚,她准时来到病人床前,第一件事是把床与床之间的帷帐和窗帘扎成一个临时浴帐,她懂得给病人遮羞,保护病人隐私,跟某些忽视病人权益的"白衣天使"比起来,小鹿的"临时浴帐"传递出人间温暖和人性光辉。她总是轻言悄语,面带微笑。平和的目光,从容的举止,精心的护理,透出内心的素白和澄明,一种特别的感动和敬意会从你心底里油然而生。每天清晨,将夜间的虚汗拭净,换一身干净内衣长吁一口气,那是病友们最惬意的时光。便是起初怀有疑虑的年轻女眷,一两天后也会被小鹿的淳朴、敬业所折服，情不自禁地加入赞美的行列。一位病友动情地说："她是上帝派来帮助我们的人呐，她给我们带来康复的福音！"事实上，护工"小鹿们"的精心护理和辛勤劳动，为医护人员治病救人的业绩锦上添花，有效地缓释了剪不断理还乱的医患关系，构建了社会的和谐与文明。

医生说排队等候床位的人太多，同病房的四位要在同一天出院。头天夜里，小鹿第一次睡到病房窗下来。她说医院只准护工每晚住在走廊，住进病房护士长会骂人。星期天护士长不上大夜班，可以进来躲躲走廊里的风寒和噪音。一块不足二尺宽的工地上捡来的木板搁两张椅子上，便是她的床，一床陈旧、单薄的被褥是她长年累月在走廊里抗御冬寒的全部装备。她没有温暖的被窝，没有安逸的居所，却有一颗善良仁厚的心。

这个没有护士长值班的夜晚，有机会跟小鹿多聊几句。原来，她家在建湖农村，种田，却摆脱不了贫困，村里青壮年劳力都出来打工了。丈夫在济南、合肥一带跟着工程队干活，她到上海打工十七八年了。尽管每天劳务报酬的三分之一要交管理费，沪上打工的收入还是比老家高些，这些年夫妻俩靠打工收入挣了两套住房，乡下一套，城里给儿子一套。说到儿子，她的声音略略高扬，透露出满心欢喜和自豪。26岁的儿子大学毕业后在苏州、南京考公务员没能通过面试，就在建湖工商局上班。今年五月儿媳就要坐月子了，她打算回去抱孙子。我问她还来不来上海，她说"讲不好"。这位在异地拼搏十余年吃尽千辛万苦的农妇，内心怀有一个不灭的梦想：她要给孩子们创造一种新的生活，让后辈人不再像自己一样受苦受累，漂泊无依。

出院十多天，医院里所见所闻的人的事，记忆模糊了，唯有那件绯红的背心还浮现在我的眼前。

（2015年1月）

深秋的思念

老同学发来一组深秋校园照片，随园的银杏叶灿然如金，绿茵茵的草坪和红墙绿瓦的古建筑，勾起我对母校和老同学的绵绵思念。

那年九月，我们怀揣梦想，跨进鸟语花香的菁菁校园。寝室不够用，就在中大楼铺稻草，打地铺；和建筑工人一道拉砂子，扛沙包，做小工，18岁的身影活跃在学生宿舍和食堂工地上。在共和国的三年困难时期，学校叫停体育课，改练"太极拳"；大食堂飘溢着木香的饭桶里，盛满了男生女生互助的友情。多少个饥肠辘辘的日夜，图书馆长条桌挤满了书包讲义；中大楼201室明亮的灯光，弥漫着浓郁的荷尔蒙气息，人来人往的门厅里，张贴着中文1959级的壁报，《朝阳》《灯》《扬子江》，诉说青春的激情和求知的渴望。授课老师多为当年国内知名的中文教育专家。大师的背影远去了，他们渊博的学识和厚生重德的人品，润泽南师学子。1963年，我们唱响《毕业歌》，到祖国最需要的地方去，呼和浩特，满洲里，银川，北大荒……22岁的雷锋，是我们献身教育的榜样。

毕业后，最难忘的是"入学50年"和"毕业50年"两次聚会。

2009年，举国欢腾的国庆长假，我饱受带状疱疹折磨。几位学兄学姐在电话那头急切召唤："只要还有呼吸，就来吧！"太想见见久别的学友啦！可我遍体鳞伤，怎能成行？秋泉说："我陪你去，日后不会后悔。"第二天凌晨打过针，瞒了主治医生，包一辆出租车，向南京疾驰。正午抵达南山宾馆，在餐厅会见了同学们。哦，当年的帅小伙全是白头翁了，青春靓女也都是奶奶外婆,还有人拄着拐杖……心里一阵热,一阵酸。有同学见我一瘸一拐如此狼狈,迟疑地问:"你——是谁?"

午后不能去仙林校区参观,找个房间洗洗伤口。今天是秋泉的生日,却不能送她一枝花;她指给我看宾馆走廊里一簇簇五彩缤纷的鲜花:"这些花儿真美!"参观回来,大伙儿说起老同学浩文,那天课后回到宿舍高声朗诵:"我是一条天狗啊,我把月来吞了,我把日来吞了,我把一切的星球吞了……"没等他读完一节,士魁举起一把小勺调侃他:"你连这支勺也吞不下!"大家特别想念浩文,那年因为写下"生命诚可贵,爱情价更高;若为自由故,二者皆可抛"的"厕所文学",在极"左"思潮下受到批判。几十年音讯全无,他现在过得好吗?

我们班如期实现了"毕业50年"的历史性聚会。"相约2013"筹委会通过网络搜寻,电话联系,甚至查询档案,找到失散数十年的老同学浩文、秀瑛、志良。浩文在满洲里师范学校,如今半身不遂,几成植物人,想起他当年受的迫害,心里特别难过;秀瑛的爱人原为坚守上甘岭的志愿军连长,丈夫去世后贫病交加,手扶轮椅寡居度日,大家筹集数千元慰问款聊表心意;志良突发脑梗,不能来了。我们班原有68人(专升本班并入),过世11人,33人来聚,年长的81岁,最小的71岁,任课老师大都作古,有三位当年的青年教师应邀出席。人群中没有仰佑,他于去年病故了,女儿代表父亲赠每人一册《玉兔集》。强忍住悲痛,我在送给她的新书《现代文学风景谭》扉页上留言:"沈××贤侄女存念!怀念我的好同学、好兄弟沈仰佑先生!"立于一旁的伦临,触景生情,潸然落泪……

第二天,全体同学在中大楼欢聚一堂。无限的沧桑,无限的感怀,说不完的知心话;风雨50年,每个人都走过一条坎坷曲折的人生路。尽管华发苍然,伛偻蹒跚,精神依然矍铄,意气不减当年。向远逝的老师同学默哀敬礼!祝母校欣欣向荣蒸蒸日上!会后校园漫步,100号楼前的草坪依然青翠,随园的雕梁画栋装饰一新,"正德、厚生、笃学、敏行"的校训,泽被南师学子永世今生。荷塘边，有孔子塑像迎风而立，绿茵里，授业先师的风姿（塑像）卓然，贻芳园传递着"金陵精神"，国际友人明妮·魏特琳（当年金陵女子文理学院的校务，日军南京大屠杀期间，她负责的难民所救助了许多中国女性）用生命诠释了爱的奉献。半个世纪风雨磨砺我们的意志，深秋的风景如画，如诗，如灿烂云霞。

一年又一年，南京学友经常派代表去镇江、常州、海安等地，慰问有特殊困难或被疾病困扰的同学，用友爱的红丝带把全班同学紧紧维系在一起。老同学到芜湖来看我就有两次。2010年，南京同学牵挂我的健康，来贺70岁生日。捧出珍藏数十年的毕业纪念册，传看一张张记录我们青春风采和友情的黑白照片，美贤的《水调歌头》风华独具：

明月几时有，何须问青天？不知此间一别，相期在何年？我俩乘风远去，沙漠草原冰宇，北国不胜寒。丈夫摩天志，天堂建人间。

过玉门，涉戈壁，至极边。千种风情，人人事事年年圆。革命自有离合，边疆人才尚缺，应为事业全。但愿人长久，千里共婵娟！

亲切的话语，殷殷的嘱咐，暖我心房，催我上进。

2015年大病手术后，老同学执意顶风冒雨来探视，说是"风雨兼程更显同学情深"。都是七八十岁的老人了，一见面就打趣：你须发全白还满脸稚气，你风风火火脾气一点没变，你脸上可见少女的笑靥，你还是当初那样狡猾淘气……80岁的孙大姐对我说，你不像有病的人，一直以来"你就是我的弟弟，你一定能渡过难关"！时空仿佛回到50多年前，你我好像都没有改变，提起同窗趣事，客厅里爆发出快乐的笑声。美贤、世明说，康复治疗"是一项综合工程，除了中西医药物，还要有合理的膳食营养，适当的有氧运动，并介入免疫治疗。""良好的心态，坚强的意志，就一定能战胜病魔！"永年、瑞芬每次相聚都提醒我改变久坐、熬夜的坏习惯，可我的任性害苦了自己，实在是个不听话的坏同学。

　　话题转到仰佑，大家都为失去好同学伤心，谁也没料到2009年一别竟是永诀！学生时代他是我上下铺的密友，永远记得他笑意盈盈、淡泊无争的面孔。此后无论教书、从政，唯一爱好就是爬格子码字，他在全国报刊发表杂感时论百余万字，自费编印《心语集》《枝叶集》《玉兔集》等九个集子。他在《"同学"的含义》中写道："非是今生好，前世已相亲。""同学就是一种契约，受它的约束，我们要为他人多尽一些义务，多一些理解和付出；同学就是一条碧波荡漾的河流，清澈见底，没有污沙淤泥。"是啊，同学的情义是万里送爽的秋风，是润物无声的春雨，是甘苦与共，风雨同舟，一生牵挂，三世相亲。岁月可以改变人的容貌，无法改变"精神血亲"的友爱和牵挂呵！仰佑怀着"清澈见底"的情意远去，给生者留下永久的疼痛和思念。

　　备好午餐，秋泉请来年轻司机，端出热腾腾的碗碟：鳜鱼汤，红烧甲鱼，茼蒿豆腐，芦蒿干丝，木耳娃娃菜，红烧肉，烤全兔，小蘑菇鸡仔……全席土菜，原汁原味，共庆新春。厨师问："咋样？"食客竖起拇指："好，美美哒！"说起日前收到"毕业50周年纪念册"，格外热烈。编委会把能够征集到的照片、简历、通讯录、诗词、书画、回忆录汇编成册，寄到每位同学手中，它密切了彼此联系，记录了半世纪的人生风雨，彰显了一代知识者无怨无悔的青春激情和献身教育的赤子之心。在策划、征稿、编辑、集资、印刷的整个过程中，南京学友满怀同窗情谊，不辞辛苦地为文明建设与社会和谐费心劳力。《相约2013》的编印，见证了中文1959级（1）班持久的凝聚力，母校负责人赞不绝口，说是"很有价值"，要向历届校友推荐。

　　窗外，雨下个不停。年初二起，江城就笼罩在蒙蒙烟雨中。春雨染绿了寒冬剥蚀的干枯的枝条，水灵灵的雨丝滋润大地，草木渐次地散发出沁人心扉的芬芳。季节转换总会伴随一场天地间隆重的典礼，春雨春风便是辛勤的报春使者，饱受严冬戕害的大地上一切生灵接受它热情的洗礼和温暖的抚慰……

（2017年12月）

纪念牛维鼎先生

到安徽劳动大学不久，就有人说起中文系副主任牛维鼎先生（1923.10—1987.8），说他很有学问，是"活字典"，由于健康关系，不能在教学一线工作。老师们说，多找他谈谈，可学到不少东西。一直想去拜访牛先生，没想到在七月的一天，他出现在我的小屋里。

先生50岁上下，个头不高，一双睿智、探索的眼睛，亲切，和蔼，带有浓重的阜阳口音，初次见面我就认定他是一位可敬可亲的长者。他关切地问我来劳大生活是否习惯，工作遇到什么问题。知道我正在编写教材，他说也在读鲁迅著作，研究鲁迅早期思想。鲁迅是我俩热聊的话题。我说很难找到参考资料，分析鲁迅作品很吃力。他说通读《鲁迅全集》很好，完全依靠前人的研究成果不大可靠，"还是要多读原著""以鲁释鲁"。譬如读一篇鲁迅杂文，须结合鲁迅的相关作品，弄清楚它的写作背景和鲁迅的思想特点，才会有比较正确的解读。牛先生所说的解读方法，其实就是后来学界提倡的"从原著出发""知人论世"的方法，他的点拨解了我的饥渴，给了我钥匙，让我受用许多年。

他家住在"27间"前面一排草房的东头，备课中碰到什么难题，我就登门求教。他身体不好，经常咳喘，每天吃大把的药。见到我来，他欠起身，热情地让我坐得离他近些，夫人朱老师如果在家，会送上一杯热腾腾的茶来。我请教过关于"礼教和家族制度""中国根柢全在道教""鲁迅小说语言的创造性运用"之类问题，无论何时我提出什么问题，先生总是有问必答。遇到有歧见的问题，也并不规避，靠在藤椅上想一想，说出他的见解。

先生有一观点，认为读鲁迅不可忽视早期文言文。在他看来，鲁迅在《说鉬》中就显示出朴素的唯物论，《破恶声论》反对了"兽性爱国"，《文化偏至论》就透出朴素的阶级论因素。牛先生国学功底很深，对鲁迅早期著作烂熟于心，他抱病给学生做讲座，阐明鲁迅早期进化论思想的特点及其革命意义，他的讲座不是高头讲章，无哗众取宠自吹自擂之意，有引导学生多读原著之心。他还写出了十多万字的论文、札记，在鲁研界还少有人关注鲁迅早期思想的70年代初，毫不夸张地说，他的《鲁迅早期小说述论》（油印本）有补白意义。复旦大学陈鸣树先生就看好他的"述论"，专门来信让我寄去一册。

先生身体欠佳，直接影响到他的教学和研究，许多独具我见的观点也没有精力公开发表出来，系里若派给他一位助手多好呵，可是人人有教学任务，他不好开口。牛老师指导我改写过"述论"中的一篇，发表在《安徽劳动大学学报》（1978年）上。劳大有一种风气，无论领导或教师，都喜好出点儿名。学报上发几篇文章便抬高了身价，要是在省报或别的地方占了一角，就会有人吹嘘，被捧的人也觉得高人一等了，而低调读写、做人的，反被奚落。牛老师公开发表的论文不多，便有人在人前背后损他"江湖骗子"，这种随心所欲的贬损，其实是自以为是的轻狂。

先生对年轻人关怀备至，常见中文系教室外边有十几位同学将老师围坐中间，听他讲《红楼梦》《水浒》，讲《摩罗诗力说》，先生也聚精会神地倾听学生的发言。这时，先生脸上泛起红晕，笑得灿然。他还不定期地给青年教师辅导"中国文学史"，鼓励大家缺啥补啥，提高专业能力。我在"劳大学报"发表的几篇文章初稿，请先生看，他总是给予热情鼓励。知道我胃不好，食堂饭菜吃不惯，他说你可以常到我家来，不要见外。1973年初教材校对任务紧，没回家过春节，我便买几斤肉，请师母朱老师帮我洗净，切好，配上冬笋、生姜、小葱，回来在小煤油炉上炖煮，平生第一次吃到自己炖的冬笋烧肉，真是鲜美无比。大年夜，先生邀我去他家过年，吃饺子，喝小酒。满屋子的小客人，除了两位老师，儿子，女儿，还有几位插队落户的小青年，先生要比我小不了几岁的孩子们叫"程叔叔"。大家边吃边聊，海阔天空，人多气场大，驱散了冬夜的寒冷。此后每到大年夜，我都会想起这个夜晚，先生在逆境中和我邂逅于麻姑山下，给了我胜似亲人的爱。后来从北京买几本新版的书，如俞平伯的《红楼梦研究》，《鲁迅手稿选集三编》，给先生奉上。

和先生多次聊到中文系教学改革，他认为文科应以社会为工厂，在社会实践中改革课程内容。他说教育革命是一场社会变革，不是个别人所能为，纵然有谁搞了什么小改革，大家也不会理解的，如猴子对于站起来的猴子一样。他设想中文系可设置"语文教学""文艺创作"等新课程，培养语文教师和创作、评论人才。先生的设想在劳大没能实现。他是中文系副主任，却没有建言和实施的权力，我不明白他为什么会有那么一种忧郁的眼神？

直到十一届三中全会后，先生调出劳大，回家乡担任阜阳师范学院中文系主任，我才渐渐明白，这"忧郁的眼神"背后隐藏着一场大灾难。先生和他的夫人都是早年为革命出生入死的老战士。抗日战争最艰苦的岁月，阜阳11名高中毕业生去西安考大学，10名考进大学，牛维鼎一人去延安参加革命，奔赴抗日前线。新中国成立后在阜阳参与创建新政权，一两年后蒙冤入狱，获释后以"戴罪之身"调任阜阳一中教师，1956年调安徽省教育厅，后辗转执教于安徽教育学院、安徽劳动大学。1980年平反昭雪，恢复党籍。

先生在平反昭雪后写有《七律·祭武穆王》：

丹心今已无遗恨，九百年前事具存。

三字狱成莫须有，千秋论定欲忘言。

　　风波荡落如山气，俎豆馨香映酒樽。

　　望眼清霜河朔路，笙歌处处奠忠魂。

　　他将数十年的委屈和不幸深深地埋在心里，虽受到"三字狱"的迫害而痴心不改地献身教育事业。正如他的学生、著名作家戴厚英在回忆录中所说："他在委屈中保持了尊严，他挺直了腰杆对抗不公正的命运，他在沉默中不曾丧失自信，他在漫漫的长夜里没有放弃希望和等待。"（《维鼎老师的成就》）1986年在获准离休后，又作《六州歌头·病休吟》寄意抒怀：

　　如烟往事，永夜梦魂吟。辞乡里，向关陇。鬓发青，醉颜红。初意在勋名。吊秦宫，越灞陵。执长缨，事远征，气豪雄。休言路回，大雪满天穹，画角悲鸣。欲洗家国恨，尘旅自悾偬。志取边庭，戍龙城。

　　归来岁晚，霜风动，彤云重，黯刀弓。骐骥老，貂裘蔽，髀肉生，冷剑峰。日暮杖新节。疏篱东，绕溪行。小苑中，黄花丛，秋色浓。兀然寒宵独坐，阶前月，似水空明。此情须莫问，渔唱起深更，天外惊鸿。

　　病入膏肓的老人，于获准离休后反顾一生，没有功臣自居的骄矜，没有哀怨悲观的泪痕，却以从容恬淡的情愫，吟唱金戈铁马、投笔从戎的豪情，老骥伏枥的壮志，以及对于将来的希望。64岁，就在先生以昂扬的激情迎接第二个春天时，他被病魔夺去了生命。他给我们留下一部黄山书社出版的《临清集》和一部没有出版的《鲁迅早期思想述论》，由于环境和疾病的摧残，先生的著述不算斐然，但是先生用生命书写出来的宠辱不惊、独立不倚的人格，赢得了中国知识分子的"最高成就"（戴厚英评语）。

　　先生逝世后，阜阳人民建立了"牛维鼎朱伊君先生纪念馆"，这是家乡人民为先生树立的一座有形丰碑。在这个浮躁喧哗的世界里，牛维鼎先生的精神人品是一道汩汩清流，世世代代地润泽他所挚爱、所献身的人民和青年。

（2017年7月）

王明居先生二三事

手机上至今留有王明居先生去年9月26日发给我的最后一则短信："程、李××好！国庆将至，谨表祝贺！我于月底由沪赴美，为期三周。十月下旬返回芜湖。祝节日快乐！全家幸福！明居上。"每读这段文字，眼前就会浮现起王先生睿智的微笑的面影。先生离开我们一年了，这个短信却一直不忍删除。

拾一点文字碎片，以为纪念。

王先生大学毕业那年受到反右扩大化的牵连，"文革"期间又因同情受害者而遭到批判斗争，但他并不介怀，他的心思全用在文学风格和模糊美学研究上。他时常鞭策自己："不搞出点名堂来，要自己的臭皮囊有什么用？"20世纪80年代，他的四个孩子还在中小学读书，老母亲重病在床，"家庭经济负担重，待遇又低，且受到帮派势力的排挤"，他夫人赵女士说起当年领取五块钱的补助，双手掩面，泣不成声。如此艰难的境遇下要静下心来写作真不容易，"写到夜深人静时，饥肠辘辘，就啃一个馒头。如此情景，坚持了许多年"（《王明居文集·自序一 我的写作生活》）.先生并不掩饰著书的初衷"只为稻粱谋"。第一本书《通俗美学》于1985年出版后，好评如潮，一位成都读者来信说他读后"仿佛在沙漠中见到一片绿洲"。一时洛阳纸贵，一版再版，累计印数达9100册。《通俗美学》的获奖与畅销，读者的激励和鼓舞，王先生迎来了学术研究的春天，从此一发而不可收。

80年代后期，先生的学术研究取得了突破性成果。先有《文学风格论》出版,在此基础上加以拓展、延伸,"将文学风格辐射到唐代诗苑文坛,而有《唐诗风格论》《唐代美学》的面世"(《王明居文集·自序一 我的写作生活》)。由于受到模糊数学启发,先生对模糊美学产生浓厚兴趣,模糊美学引进模糊集合论,用模糊集合论去阐释、解析美学,完成了《模糊美学》和《模糊艺术论》两部著作。二书面世后受到学界高度评价,被认为是"模糊美学研究优秀的奠基专著","至目前为止,对模糊美学贡献最大的是王明居先生"。季羡林先生在《比较文学》一书的序言中也给予热情关注和肯定性评价:"谈比较中西文论而不顾模糊美学的存在,那是绝对行不通的。……我现在正在读王明居教授的《模糊美学》,觉得颇有收获。"

王先生61岁晋升教授,他戏称自己是名副其实的"老教授",他始终努力地站在教学第一线,模糊美学研究就是他研究生教学的结晶。无论上课还是指导学生,先生都特别仔细认真。经他批改的研究生作业(论文),密密麻麻的红笔批改,倾注着老先生的心血。他指导的论文发表了,绝不署名掠美。王先生为人师表,有口皆碑,他的学生由衷地赞美:"他淡泊名利,从不炫耀自己;他为人低调谦逊,待人以诚,和蔼可亲,童心不泯,并常常热心提携青年后学,是学生和青年朋友的良师益友。"(朱志荣:《〈王明居文集〉序》)

王先生是学问家,为人却厚道热情,低调平和。80年代初,我从外校调迁师大中文系。先生瘦削清癯,双目炯炯,谈吐从容,嘴角总是挂着笑影。他长我11岁,却平易近人,亲切热情,从来不欺生,不摆架子。80年代中期他用出书的第一笔稿费买一台彩电,盛情邀我带孩子去看电视,30多年过去了,儿子还记得小时候在王伯伯家看电视剧《西游记》(六小龄童主演)的情景。先生的书一本一本问世,总是第一时间亲自登上六楼送给我。我和秋泉私下里赞叹:这位身材不高的老人何以具有如此旺盛的精力和爆发性的创造激情?

　　我敬佩先生融通中西,学问做得好,不在一个教研室,却愿意找他说说话。谈得最多的是彼此正在撰写的著作或论文,心里有难解的疙瘩也找他聊聊。先生两位公子和我儿子都做建筑设计,孩子们有了设计成果,遇到怎样的麻烦,也是我俩热烈的话题。校园里树木草坪被毁,恶狗奔走袭人,生态环境恶化,我们也爱瞎操心。为此,先生多次投书校长,我也发表诗文,热望创造"书声琅琅,泉水清清"的育人环境。偶尔也会提及不愉快的往事,先生总是轻描淡写,一笑了之。每次造访,他都亲自奉上最好的香茗,亲手剥开橘子香蕉糖果皮,无论说话怎样晚,也一定要从他家四楼送你到楼下,说是"下楼走走"。

　　王先生待人诚恳,乐于助人。谁要请他帮忙,无论是论文、著作的推荐、评改,还是给即将出版的书稿作序,从不推脱,也不计回报。他先后撰写七篇序文,最后一个"序"是应我之约为家乡学者的书稿《秦少游》作序。当时我在那里做兼职教授,某公托我找"德高望重"的专家作序,最佳人选当然是王明居,他已是81岁耄耋老人,忐忑地不好开口。先生却不迟疑,"你的朋友就是我的朋友",高兴地接过书稿。在多雪的冬季的严寒里,20天便送来亲笔撰写的2000多字的"序言",还在20多万字的书稿上留下许多纤细的铅笔书写的修改建议。他与作者素昧平生,却沉静地通读全稿,一丝不苟地撰写了辞章精美、奖掖有加的序文。我被先生尊重学术、提携后学的品质打动了,赶紧踏着积雪将"序言"连同书稿快递给作者。

　　王先生长期坚守教学岗位,与青年学子近距离交流,无论说话、写文章都要替学生和读者着想。他的美学著作有深厚的学术功底和生活底蕴,与读者贴得很近,既注重学理性科学性,又不忽视通俗性和可读性。先生的文字质朴优美,深入浅出,清新婉转,睿智而富有情趣,他让读者感到审美是精神生活的常态,审美和我们每个人是息息相关的。

去看望他夫人赵女士,赠我一部新出版的《徽派建筑风韵》,她说《王明居文集》(五卷)不是先生美学著述之大全,文化艺术出版社即将出版他的文集第六卷,其余手稿也有望整理出版。

王先生虽已远逝,他在困境下孜孜以求,献身学术,不倦探索文学和美学真谛的精神永存。先生的背影渐行渐远,他的美学著作和学术精神垂范后人。

附:七绝·忞斋寂寞出名师(三首)

(一)

一代文星驾鹤辞,云垂风冷泪淋漓。

卅年交谊君仁义,恨别归来我已迟。

(二)

谦谦笑影念相知,袅袅余音感慧慈。

荆棘危崖安困厄,书山学海探珍奇。

(三)

模糊美学展新姿,风格纵横说旧诗。

五卷辉煌遗泽厚,忞斋①寂寞出名师。

(2015年3月)

---

① "忞斋",王明居书斋名。先生曾用笔名王忞。《王明居文集》五卷,文化艺术出版社2012年10月出版,收美学专著11部,共约240万字(论文未录入)。

梦会开出花来的

1月15日上午，接到外甥电话，他说"妈妈今天凌晨走了"，我不相信这是真的，但不得不接受二姐病情恶化突然去世的现实。临时买不到高铁票，只好乘坐普通快车16个小时后赶到北京。19日，遵从二姐遗愿，在积水潭医院吊唁厅举行了只有家人参加的告别仪式。见到静卧在鲜花丛中的二姐，上方是她早年的相片，那么沉静，那么美，遗体上覆盖一面鲜艳的党旗。我不敢相信僵卧在这里的瘦弱、冰冷的老人就是二姐。当天午后，去八宝山殡仪馆最后送别了一程，直到天边升起一柱香烟，二姐的灵魂飞向另一个世界去……

二姐出生时（1933），我们这个"书香世家"一天天败落了。二姐亲历了家道中落，日寇的残暴，国民党的腐败无能，她不满社会黑暗，家庭沉闷，梦想做一个独立自主的新女性，渴望像小鸟冲出笼门，飞向高远自由的天空。

1949年初春一个早晨，十字街头药铺的露天台阶上坐卧了一排荷枪的士兵。原来这天深夜大军进城不肯扰民，解放军战士露宿在县城的大街小巷里。不一会，街头响起欢庆家乡解放的锣鼓、口号声，此起彼伏的歌声。老百姓颂扬解放军是纪律严明，救苦救难的天兵天将。二姐就读的学校（时敏中学）也有解放军工作队进驻，宣传共产党主张，号召学生参军参干，"打过长江去，解放全中国"，为千百万"劳苦大众谋解放"，渴望自由的二姐决心投奔革命去当兵。

在工作队引荐下,二姐瞒过家人,偷偷报考了正在招生的华东医学院,想毕业后做一名军医。进医学院后,担心父母阻拦,天天盼望大军渡江南下。果然在一个黄昏,母亲哭到医学院驻地,对二姐说:"你才15岁,长大了再出去也不迟!"原来"这小鬼"是背着父母跑出来的,部队领导动员二姐跟妈妈回家,做通了家长的工作再回来。

我们的父亲是一位恪守传统的教书先生,子女管束极严,女孩子更要守规矩,这回竟然自作主张去报考军校,岂能容忍?一到家,二姐就被父亲锁在房间里,不准离开一步,否则就"打断你的腿!"关了半个多月,大军已渡江,医学院也随军南下了,二姐无奈,只得继续上学,找机会再跑。

上学路上,看到一张苏北文工团的招生广告,也顾不上考虑什么"职业"、什么"团体",只要是革命队伍就行。在报名处,文工团团长接待了她,经过测试,当场录取。第二天二姐佯装上学,书包里塞些日用品和换洗衣裳,逃出家门。那时,她刚满16岁。

文工团是个200多人的大家庭,上下级之间一律平等,新老同志相互关爱,共同进步,有如兄弟姐妹。单位实行供给制,领几斤小米的津贴,管理军事化,一切行动听指挥,吃饭、睡觉、集合,"号声就是命令"。二姐来到这个"革命大熔炉",感到新鲜,亲切,一片光明。虽然未能随军南下,总算找到了一支"为劳苦大众谋解放"的革命队伍。

文工团活跃在苏北沿江地区,为农民和士兵服务。大家学政治,学文化,学歌舞,学演戏。生活虽苦,劳动也累,但是享受到别样的生活乐趣。文工团经常下农村、部队巡回演出,打起背包就出发,昼夜行军,百里远征,脚底磨出水泡、血泡,挑破了继续前进。乡村的打谷场、祠堂、寺庙、学校,农家的屋檐下、猪圈旁,都是文工团栖息的地方。有一次夜宿在老乡家猪圈的长凳上,长途行军,又困又累,很快进入梦乡。第二天黎明有人发现"枕头"不见了,低头一看,掉进猪圈啦。那"枕头"是几件随身衣服,沾满了猪粪,小河边汰洗汰洗,晾干了照常套上身。大家共享一个脸盆,洗脸又洗脚,擦洗干净了,再用它装饭菜。

苏北沿江地区的乡间小道,农家田埂,留下文工团的足迹。所到之处多是新解放区,敌特和地主残余武装十分猖獗。男同志荷枪实弹在队伍前后护卫,到达目的地立刻拉开场子,表演歌舞、说唱、快板、活报剧。人们从四面八方涌来,席地而坐,黑压压一片,有的老乡爬上树枝和房顶观看演出。

文工团也排演大型歌剧和话剧,如《白毛女》《保尔·柯察金》等。二姐年纪小,大抵担任剧中的小角色。扮演保尔的初恋情人冬妮娅,她记忆尤深。话剧《保尔·柯察金》(根据奥斯特洛夫斯基小说《钢铁是怎样炼成的》改编)演绎革命者保尔·柯察金艰苦奋斗的一生,苦难的童年、革命战争和艰苦劳动的锻炼,坚强了保尔的意志。富家小姐冬妮娅偏偏爱上了穷人的孩子保尔,保尔后来参加红军,走上革命道路。冰天雪地的筑路工地上,冬妮娅遇见衣衫褴褛、形容枯槁的保尔,爱情产生了危机,等到再见面时,冬妮娅已是工程师的阔太。刚接到演出任务时,二姐担心演砸了,导演说你只要记住两点,就一定能演好:"热情而倔强"的性格和"阶级的烙印",是冬妮娅始而热恋保尔,后来背叛保尔的根本原因。在导演和同志们帮助下,经过刻苦排练,出色地完成了任务。

1950年,二姐调到《苏北日报》社。17岁的小姑娘,正是天真烂漫、读书求学的好年华,报社激发了她进取求知的强烈欲望。从此,她夜以继日地阅读中外文学作品和全国各地报刊,积累知识,学习写作。在实际工作中,文字水平和工作能力大有提高,除了完成本职工作,也有文字见诸报端。

同年,朝鲜战争爆发,战火燃烧到鸭绿江边。在"抗美援朝,保家卫国",参加志愿军的热潮中,二姐报名参军,做好了跨过鸭绿江的准备。父亲从《苏北青年》公布的报名参军的爱国青年名单中，读到"程敏"的名字，欣喜非常。本来二姐离家出走挑战父亲权威，许久不通信了；可是女儿"胃弱衣单"，父亲悬着一颗心。现在二姐一腔热血不输男儿，父亲以为"无上光荣"，立即写信支持她参军赴朝，还说"故园闲碎事，不累汝心烦"。后因"报社工作离不开"，未获批准，领导说"做好本职工作，也是援朝抗美。"

报社那几年，二姐长了知识也长了身体，收获了友谊也收获了爱情。姐夫是《苏北日报》年轻帅气的"名记者"，抗战后期、14岁入党的"老革命"，他们在烟花三月的扬州一见钟情。二姐办公室后园栽种了一畦西红柿，闲暇时大家都去地里劳作。西红柿苗壮生长，发芽，抽条，开花，结果，同志们开玩笑说："小程敏就像西红柿在长大！"

1952年，《苏北日报》接到中央主管部门调函，二姐去北京外文出版社上班。赴京之前，回乡看望双亲，父亲用诗歌抒写他欢喜又不舍的心情："一觉扬州梦，单人上九天。相依毛主席，小燕亦翩翩。"(《五绝·一觉扬州梦》)"千里独行客，离别在今夕。男子痛断肠，女儿心铁石。"(《五绝·千里独行客》)去北京后，父亲抱病作"念敏儿""寄敏儿"18首寄赠二姐，例如："单人北上若登仙，屈指儿才弱冠年。代父木兰身扑朔，突围荀灌马无前。而今女子如男子，莫让先贤胜后贤。党国栽培时不息，迎头赶上各争先。"(《七律·单人北上若登仙》)"南枝未发北枝先，弟弱先由姊作鞭。邗上羁迟怀旧梦，家乡归去订明年。奔腾山岳前如电，跨夺江河远破烟。一日长途千万里，京都遥望彩云边。"(《七律·南枝未发北枝先》)又如："热情赋性率天真，身体还宜耐苦辛；争取前途无止境，相依况是自家人。"(《七绝·寄敏儿》)等等。

这些诗章写出父亲的自豪，喜悦，和埋藏在心底的父爱。二姐进京第二年，父亲病逝。失去父爱的12岁少年，好像风暴中的小船，茫茫大海上找不到方向，任性地玩耍，盲目的交友，给高小和初中班主任老师添了乱。那些年鼓励我读好书，向上走的，是学校的老师和长我八岁的二姐，二姐寄给我《马列耶夫在学校和家里》《古丽雅的道路》《卓娅和舒拉的故事》《钢铁是怎样炼成的》《恰巴耶夫》《真正的人》《普通一兵——马特洛索夫》等，这些作品，让我在少年时代就对俄罗斯（苏维埃）文学发生了兴趣。

二姐早年投身革命，没有完成中学学业。跨进外文出版社那一刻起，就下决心学一门外语。最初在资料室工作，自费上夜校，学俄语。后调任翻译部秘书，学外语，补差距，大病康复后调到德文部，边工作，边学习。德文部有民主德国专家和德文专家授课，又去北京外国语学院、南京大学进修两轮。1977年南京大学德语系结业，回来参加德文翻译和核稿工作。

20世纪60年代，国际反修斗争如火如荼，反修文件要作为政治任务完成。为了抢时间，重要书稿由德文组译员直接送印刷厂。印厂突击校对通常是深夜回家或24小时不得休息，要到清样付印后译员才能离开。当年印厂周边全是农田土路，没有公交，往返印厂只能徒步或骑行。深夜回转时，男士骑车女士坐"二等"，手执砖头当武器，发现情况便扔砖自卫。下厂的校对人员，有年长的领导，也有外籍专家。没有奖金加班费，没有夜宵，大家不辞劳苦，拧成一股绳，保证按时完成任务。

自党的"八大"起，二姐多次借调到党代会、人代会翻译班子工作，主要承担打字、校对，工作量大，要求质量高、速度快。党代会闭幕后，周恩来总理及其他党和国家领导人在"台湾厅"接见参加翻译工作的全体人员，邀请大家登上观礼台，参加国庆盛典。二姐说："每每想起，心潮澎湃！"（《难忘岁月》）

二姐是新中国培养的第一代对外宣传工作岗位上的老同志。"她热爱本职工作，钻研业务，积极肯干，认真负责，任劳任怨"，尤其精通外文出版业务。据不完全统计，她编排的各类图书760多册，共5800万字，其中《鲁迅小说》获装帧设计奖,她还为《旅游》一书选编80多幅插图,广受欢迎。她不仅是德文图书校对的一把好手,还翻译文稿20多万字,核稿100多万字。她在文化部管理学院讲授《关于外文书稿的编排工作》,受到师生好评。外文局德文组职称评审小组认为:二姐"对编排设计,校对,打字和生产管理,造诣很深,有独特的研究","为德文图书出版做出了贡献"(摘自外文局的职称"评审意见")。

二姐是追梦的人。早年"为劳苦大众谋解放",走出家庭,投身革命。在文工团指导员的启发下,"誓为共产主义奋斗终生!"1952年第一次提出入党申请,因为辗转调动未能如愿。1957年反右期间,写小字报《关于支部书记×××的二三事》,被批判"思想右倾,立场不稳,客观上帮助敌人向党进攻"。政治上受挫,信念梦想没有改变。此后主动请缨,下放四川江津农村劳动锻炼(1960),去山西忻县孙村搞"四清"(1965),"文革"期间局面纷扰,入党申请再次受挫,自封"党外布尔塞维克",聊以自慰。二姐心直口快,办事认真,追随红旗数十年,在职期间终未能实现入党的夙愿。2008年,75岁高龄、离休多年的二姐,递交了一生中第三份入党申请,经过一年党课学习,"老革命"做了"新党员"。入党宣誓那一刻,二姐百感交集,热泪涟涟……

诗人写道:"梦会开出花来的。/梦会开出娇妍的花来的:/去求无价的珍宝吧。""你去攀九年的冰山吧,/你去航九年的旱海吧,/然后你逢到那金色的贝。""你的梦开出花来了,/你的梦开出娇妍的花来了,/在你已衰老了的时候。"(戴望舒:《寻梦者》)二姐以"党外布尔什维克"的姿态,不忘初心,矢志不渝,奋斗60余载,最终实现了梦想和诺言,她的梦"开出娇妍的花来了"。真的,我替二姐庆幸。

在外文局举办的庆祝建党90周年座谈会上,二姐说:"我虽然已是耄耋之人,仍要发挥余热,为实现'中国梦'尽力。我肯定看不到共产主义那一天,但我坚信:党一定能带领人民世世代代奋斗下去,国家会越来越富强,人民生活会越来越美好,英特纳雄纳尔一定能实现!"二姐逝世后,读到她的回忆录《我的追梦之旅》,才恍然为什么她的网名昵称叫作"成梦"(梦想成真的欣慰啊),才明白为什么她的遗体上覆盖一面鲜艳的党旗,她的生命和这面红旗永不分离。

（2019年3月）

怀念我的老师

　　单位同事的女儿丹丹在南京师大中文系读书，去年暑期社会实践的一项内容是"访谈校友"，她听说我是南师五六十年代的校友，邀我谈谈在南师就读的体会和感想。我欣然命笔，写下"访谈录"，表达我感恩母校和老师的心情。

　　我怀念德高望重的系主任孙望教授，博学严谨的词学专家唐圭璋教授，怀念古汉语和古代文学专家徐复教授、杨白华教授，怀念敬业厚生的许汝祉教授、朱彤教授、葛毅卿教授、吴调公教授，怀念悉心教导我们的所有授业老师，他们当中不少人是大师级的学问家，大都已经作古了，他们为我国中文专业建设做出的杰出贡献，他们呕心沥血、教书育人的高尚人品和严谨求实的学风教风，铭刻在学子的心里，成千上万南师校友已将这种精神和人格一代代传承下去。

　　朱彤老师的选修课和葛毅卿老师的课外辅导记忆犹新。

　　朱老师个子不高，脑袋很大，穿着全不讲究，有点不修边幅。他是鲁迅研究家和美学家，学生见到他好像总在思考问题，不经意间就能读到他新出版的大著，或在国家大报的学术版上读到他的重量级文章。朱老师讲课从容流畅，出口成章，笔记很好记。他分析现代文学作品《祝福》《阿Q正传》《雷雨》，不囿于当时流行的"政治第一""图解作品"式的分析，而从审美的、悲喜剧美学的角度分析小说和戏剧作品。他擅于敏锐地从作品中提出几个关键性问题，在课堂上进行细密的学理分析，发表独具我见的一家之言。他认为,祥林嫂的悲剧是"旧秩序、旧观念支配下的人被旧秩序吞灭的令人'窒息'的悲剧"。祥林嫂的性格有反抗的质素,但她以旧秩序严格要求自己,她争取的是旧秩序下做人的资格,而她精神上备受折磨。祥林嫂带着"人死了到底有没有灵魂的?"疑问恐怖地死去,给人以"窒息"之感,她是旧秩序的牺牲者,她的悲剧属于"窒息"的范畴。朱老师谈到"《阿Q正传》的喜剧构思"时,认为"不切实际的幻想和现实的差距构成喜剧的基础,找出这差距,帮助人们认识现实,是它的任务",如塞万提斯的《唐·吉珂德》,鲁迅的《幸福的家庭》就是。《阿Q正传》的喜剧构思也以幻想和现实的差距为主,现实对于阿Q愈来愈残酷,幻想与现实的差距愈来愈大,从而愈来愈充分地揭示了精神胜利法的危害性,喜剧的调子愈来愈沉重。

他认为《雷雨》的主要戏剧冲突"不是周朴园与繁漪那样'静止'的冲突,而是周萍与四凤'动态'的冲突"。他提请我们注意:"冲突,是一连串的危机",繁漪早已看透了周朴园,她对周朴园的感情已经死去,这种停顿的冲突绝不能构成主要的戏剧冲突,把死了的、静止的冲突看成活的、前进的冲突是错误的。悲剧冲突是具体的、发展的"一连串的危机",而周萍和四凤的关系在每一幕里都充满了危机,他们的冲突才是《雷雨》的主要冲突。先生一言既出,四座皆惊!你是否赞同他的观点并不重要,他在这里给你提出了一个值得思考的问题,开拓了你的学术视野,加以先生鞭辟入里的剖析,幽默风趣的谈吐,少男少女们无不折服,课堂上经常回荡起阵阵笑声。

葛毅卿老师身材矮小有点单薄,戴一副近视眼镜,脸上时时绽放出笑意,特别和蔼可亲。他是专攻方言的语言学家,他的课堂上学生举手最踊跃,他会一个一个地倾听你的发言,还给你记高分。他知道我是泰州人,便叫我到他办公室去个别辅导。那天晚上他一遍又一遍地矫正我的发音，我第一回明白了泰州方言缺少儿化韵和卷舌音，而且n、l不分，z、c、s和zh、ch、sh也分不清，老师的亲切教导真的让我受用一辈子。还有一次课外辅导，葛老师应我们几个学生之请，教我们南调近体诗的两种吟诵法，老师用吴语普通话吟唱《忆江柳》（平起）和《九月九日忆山东兄弟》（仄起），音乐系同学帮忙记谱，于是有好几天，男生女生寝室里小和尚念经似的响起古诗吟诵的歌声：

　　曾栽～～杨柳江南～～岸，一别咯江南～两度春～～；遥忆青青～～江岸上，不知～～攀折是何～人呢～～。

　　独在异乡～～为异客，每逢～～佳节倍思～亲；遥知～～兄弟登高～～处，遍插咯茱萸～～少一人呐～～～。

朱彤老师的锐意创新和葛毅卿老师的因材施教，对我几十年来从事教育教学工作，产生了潜移默化的影响。二位老师当时已是50岁开外的老人了，在物质生活极为清苦的境遇下，他们淡定从容、鞠躬尽瘁地教书育人，令我肃然起敬。学高为师，身正为范，南京师大这些学养深厚、默默奉献的老专家、老学者，为后世学人树立了楷模。

（2011年9月）

父亲的诗稿

父亲留下147首旧体诗,就与世长辞了。这些诗写在他生命的最后两年(1952—1953)。那时新中国刚刚成立,战争创伤尚未抚平,父亲卧病多年,家中经常无米断炊。"五年身不起,消费国家多",病榻上的父亲自认为形同"废人",内心极度痛苦。贫病交迫中,唯一能做的事便是读书、写作,"泪干蜡炬留灰在,丝尽春蚕作茧忙""好将翰墨常消遣,诗句吟成笑语频"。书香世家出身,满腹诗书又极敏感的老人,只能以旧体诗来抒发爱恨悲愁,这些文字清晰地浮出沉疴不起的老人心雄无奈、愁惨孤独的面影。

父亲做诗时,我在他的旁侧。每天泡一壶清茶,父亲便开始读书写作了,堂屋里弥漫着剧烈的咳嗽声……生命像一盏残灯渐渐熬尽。小学放学回家,照例由我替他洗笔磨墨。还记得他凝神结想,低首吟哦的样子,每当得着佳句,支离骨瘦的脸上便绽开灿烂的笑影,这时我觉得父亲是世上最亲切的人。后来他衰弱得不能握管了,由他口述,我笔录,他用手指沾水在茶几上一笔一画地教我写生字,从不肯中断苦吟,"尚喜榻前儿伴读,也尝炉上女烹茶",便是他读书写作的情景。

"性亦耽书史,时偏感旧新"。记忆中,父亲总是手不释卷地披阅先秦诸子(如《荀子》《墨子》)和《史记》《汉书》《历代名臣言行录》等古书典籍。父亲的诗多半是咏史杂兴,其中《咏史》30首,以七绝形式评述历朝的兴亡变迁,谴责封建专制。他认为夏禹开了"私家传子"的风气之先,西周实行封建制,"功臣贵族尽诸侯";秦始皇"权不均分归独掌""皇帝称尊制度更";后世"效颦"秦专制,一直到明清。他讥评刘邦"神话自称赤帝子,居然粉墨又登场",抨击"隋家处处似秦皇""成吉思汗扰亚欧",而朱明王朝最黑暗:"君权独掌比秦王,八股文章设计凶。举国皆成无耻汉,当庭笞杖血衣红。"在文化思想上,父亲对后世尊崇的周公并不恭维,认为人人墨守周公之礼"贻害"无穷。他对战国时期诸子百家评述不多,唯独"民贵君轻"说大加赞赏:"纵然仍是称王制,看得君轻已有人。"看来,父亲虽然熟读儒家经典,很强的平民意识和要求变革发展的历史观点,已越出儒家正统的藩篱。

咏史诗中多有歌唱英雄和农民起义的篇章。相传岳飞于公元1140年(南宋绍兴十年)曾率部在家乡一带抗击金兵,坊间至今流传着岳家军抗金故事,这大概是父亲格外推崇岳飞的缘故吧。他做过几首咏唱岳飞的诗,如:

> 留得芳名万古流,成仁取义几春秋。
>
> 英雄民族谁为首? 第一惊人是岳侯。

又一首:"黄龙直捣饮诸君,一战朱仙胜负分。不是高宗秦桧力,谁人撼动岳家军?"他还说史可法同明末那些"无耻为官死节难"的权奸不同,"梅花观里花如血,应与他枝别样看"。父亲希望大力弘扬以岳飞为代表的"不屈不挠民族性""千秋万岁寄精神"。父亲对历史上"陈吴起义迄中山"的人民革命,持肯定、颂扬态度,例如:"张角黄巢只一呼,中原掀起大风波。纵然以后皆消灭,李闯洪杨又如何?"他认为农民起义爆发的社会原因是"压迫加强抗力强",历史上尽管演出了一幕幕旗倒人亡的大悲剧,农民革命的火焰是扑灭不了的。《太平天国》一首,试图探寻起义的历史教训:

> 无才领导诡称天,天父天兄信口编。

北方孤军方喋血，南中大将忽相煎。

江头士勇旌旗指，沪上淮兵炮火先。

起义攸关民族性，英雄常为泪涟涟。

从发扬民族精神这个角度肯定农民起义的历史功绩，跟他特别推崇岳飞等英雄的初衷是一致的。

咏史诗中还有不少具有忧患意识的反帝篇章："日割朝鲜法越南，日俄东北霸权争。八国联军起祸端，群犬猖猖恼煞人。"为什么近代中国内战频仍、民不聊生呢，父亲认为：

欧风美雨亚东来，鸦片相侵各口开。

内战百年因外患，分明傀儡在前台。

近代中国"军阀混战乱不休"的政治局面，归根到底还是帝国主义支持、扶植中国各派反动势力相互争斗所致。新中国成立初期，美帝坚持敌视中国的政策，对中国大陆实行封锁和制裁，父亲作《七律·美帝》，对其"疯狂援蒋""武装德日""侵略朝鲜"，炫耀武力，推行殖民政策的倒行逆施进行猛烈抨击。

诗稿中也有许多个人抒怀之作，或咏叹人生，或抒写情志。父亲生前从来不跟小孩子讲他的个人经历，听母亲说他三岁丧父，幼年在曾祖（前清贡生）家塾中启蒙，后来进新学堂，教书，学生意，做会计。为人耿介率真，不随风波，不肯参与政事，却无法躲避政治风雨。父亲指望通过个人奋斗找到一条自食其力的路，却到处碰壁，四处飘零，终于无路可走。他的"自感"诗诉说着旧社会的心灵创痛："入世未逢辰，颠连老此生。生本多傲性，不屈不挠人。""若将身世话从头，老泪潸潸坠不收。眼前黑暗多歧路，江上波涛一小舟。"此类抒怀之作，记录了一个落魄文士身世飘零、颠连潦倒的人生，回荡着苍凉悲怆的调子。

父亲不苟言笑，管教子女极严——小孩子要用功读书、好好做人；不要畏惧强者、不可恃强凌弱；早起要向长辈请安，夜间不可私自出门；女孩男孩都要有规矩，严守"男女之大防"；等等。在一种传统保守的家庭氛围里长大，几个儿女一辈子循规蹈矩，没有大的出息。只有16岁的二姐不甘心束缚在无望的"封建"家庭里，家乡一解放她就溜出家门，跟几个同学一起投奔革命了。出乎意料的是，父亲不仅容忍了二姐的叛逆行为，竟至于欢喜非常。他写给女儿的诗中道："单人北上若登仙，屈指儿才弱冠年。代父木兰身扑朔，突围荀灌马无前。"又一首《寄儿》诗云：

> 一觉扬州梦，单人上九天。
>
> 相依毛主席，小燕亦翩翩。

从旧时代走过来的父亲，竟是与时俱进的人，他拖着久病之身，跨进了新中国。十几首"寄儿"诗，把家事辛酸，儿女情长，报国之志，写得真切动人。那时我十岁出头，不很懂得诗意，但"相依毛主席，小燕亦翩翩"的教诲，烙印在心头。诗中也有对我的希望："南枝未发北枝先，弟弱先由姐作鞭""所望弟能随姐后，欣看女尚比男强"，这些诗句特别带有撩拨性，成为我奋发进取的动力。

从黑暗与寒冷中走过来的父亲，感受到初升太阳的温暖。他以美好的语言歌唱共产党和新中国内政外交。他至少写下八首《抗美援朝》绝句，揭露"外强美帝内中干"的侵略本性，赞美志愿军健儿"个个沙场血染刀"，"吾人血肉是长城"的英雄气概。他密切关注中苏友好条约的缔结："中苏友好联盟固，世界和平基础深。狮虎山林先合力，豺狼郊野敢相侵。"他还写有《共产主义》《五年计划》《人民海军》《贺龙将军》等洋溢着时代气息的诗篇。那时没有电视、收音机，家中也无余钱订阅报纸，他终日蛰居书房，不知从哪里接受这么多信息。

一旦把旧社会的生命体验融入新中国的歌唱，诗便写得真切自然。例如《七律·鸦片》：

一榻横陈是卧龙，吞云吐雾气如虹。

相公墨面归朝去，子弟乌衣入巷中。

细末还须偷粉白，匀圆正遂借桃红。

后人毒品称难禁，今日相看亦不同。

这首诗从一个普通人的视角，见证了建国三年禁毒的历史功绩。《七律·游首都》则别有情味："逐日偷来解放身，天阶闲步踏清尘。王朝宫殿平民舍，万国衣冠四季春。伟大辉煌文化史，和平光耀自由神。登高极目山河望，密密基星拥北辰。"父亲没去过北京，只因女儿在京工作，才依凭北斗，遥望京华。诗歌传达出走进新社会的父亲对新中国的热爱，对自由与和平、光明与温暖的憧憬。

这些古朴的诗句让我进一步理解了父亲，原来，他冰冷的外表后面跳动着一颗热烈的心。他眷恋中华五千年文明，疼爱膝下每一个子女，在绝望无助的境遇中神往温暖与光明。过去少不更事，忽略了父亲性格中温暖、慈爱的一面，花甲之年才渐渐走进他的内心。父亲对新生活的歌唱不免浮光掠影，沉疴不起的老人能以如此巨大的热情关注时事之变，瞩望中国和人类的将来，令后辈感动不已。

在新与旧、希望与绝望之交，父亲内心充满了苦痛与矛盾。每当说起疾病和过去噩梦似的岁月，便流露出悲凉和惆怅，像"月白风清谁是伴？病中人对一枝秋。"（《赠菊》），"自顾生平何自处？好将当作废人看。"（《寄儿》）一旦想到小燕翩翩的儿女和新中国各方面的成就，便拨动了慷慨激越的琴弦，唱出"群犬相惊将自散，睡狮已醒复何疑"（《五年计划》），"奔腾山岳前如电，跨夺江河远破烟"（《寄儿》）这样慷慨激昂的诗句。解放才两三年，父亲无缘读到许多进步书刊，不可能运用先进世界观和方法论考察世事变化，通常只是根据个人体验判断善恶是非。他的诗说不上有怎样深刻的思想，想要客观地评说历史和现实，却往往捉襟见肘，不时透出旧式文人挥之不去的清高、孤独和感伤。

而在体式上，大抵采用五、七言绝、律（其所谓"四体具备"），讲究平仄、对仗和用典，读起来朗朗上口，间亦有丽句佳篇。从诗艺上考察起来，题材显得狭窄，缺少鲜活的意象和灵动的想象，语言锤炼也不够。我想，大概是重病在身，感到来日无多要赶紧做，写得过于紧张逼促吧。最后一年，他天天在病榻上沉思苦吟，诗稿还没来得及推敲润饰，死神就夺去了他的生命。可以说，父亲用他整个生命唱出了内心的苦痛和梦想，他对艺术上的得失并不介怀。《杂兴》一首表明他的诗歌主张：

> 莫作推敲但任情，自将鉴赏自知音。
>
> 等闲得着惊人句，不去收留怕盛名。

"任情"而作，不务虚名，是一种可贵的人格精神，"莫作推敲"，病中歌吟，难免有疏漏之憾了。那时，母亲识不了几个大字，"榻前伴读"的我还在读小学，除了偶尔寄给二姐几首，谁人是他的知音？长大后每当读到这首《杂兴》，尤其"自将鉴赏自知音"句，就忍不住心酸，深深体味到父亲难言的孤独与悲凉。

还记得父亲弥留之际，眼角几滴泪水，默默地望着母亲和膝下小儿女，不提生前身后事，无有一句遗言。披麻戴孝扶灵柩永别了父亲之后，12岁少年将所有零落的诗稿收集起来。反右后期，有高中同学读到这些诗作，不久有校团委书记找我谈话，接下去团支部将我收藏诗稿和父亲"历史问题"挂上钩，召开支部大会劈头盖脸地批判，勒令交出"反动父亲"的全部手稿，付以一炬。所幸我连夜"偷"抄另册①，否则人与诗既灭，不仅父亲的心血付诸东流，而且敌乎？友乎？跳进黄河也洗不清。

梦魇似的批判，一波一波的"调查"，我们全家套上沉重的精神枷锁，

---

① 笔者先后三次抄录父亲诗稿：反右后期（1958）第一次抄写；父亲百年诞辰（1998）校勘重抄，分类编排；第三次（2016年）改制电子文本，编印《又芳诗稿》。1995年岁末，撰文《父亲的诗稿》《最后的歌吟》，先后发表在《华商时报》《泰州市报》文艺副刊上。

从此,父亲被埋葬在遗忘中。父亲和曾祖父的遗像也在"文革"中被造反派抄去,就连父亲辛苦收藏的古书字画也被破了"四旧",至今找不到父亲一张相片、一页手稿。我们好像真的成了传说中的商朝宰相伊尹,只知道空桑是他的母亲,忘记缥缈的天上还有一位会写诗的父亲。这是人之子的不肖,是长眠于地下的父亲所不知道的啊!如今欣逢盛世,极左阴霾已被扫除,父亲在新旧交替时代用心血和生命写下的诗章,虽不是万世流芳的大家之作,然其咏叹古今,情系天下的文字,还有欣赏、吟味的价值吧。

(1998 年 3 月)

风雨中都城

　　教育部五七干校先遣连到凤阳这天下午，我们在古城的南北大街走了个来回，然后登上鼓楼眺望全城。这鼓楼原有台基和殿楼两部分，几百年来屡屡兴废，现在我们见到的只是台基。中间三个门洞，中门上方有朱元璋亲书的"万世根本"四字。台基东侧一排柱础，每个直径一米左右，可以想见当初那排廊柱是怎样的壮丽辉煌。凤阳老乡自豪地说："这是我国最大的鼓楼，这里有世界上最大的鼓和最小的鼓。"我走的地方有限，历经数百年沧桑巨变，老乡的话是虚是实，无从考证了。

　　干校筹备组负责人宣布了先遣连的任务：落实毛主席"抓革命，促生产，促工作，促战备"的指示，用自己的双手，白手起家，建设干校。房子要砌，地要种，果树要管理。先遣连兵分两路：一排去殷涧搞基建、生产，二、三排留在凤阳拆城墙。不知什么牛人瞄准了老城墙的城砖，凤阳县成立了"拆城墙办公室"，干校盖房急需大量建材，于是一声令下，拆城墙，运城砖，修公路，盖新房。

　　据有关史料记载，凤阳老城墙（明中都皇城）始建于明洪武二年（1369），距今600多年了。朱元璋完成全国统一大业后，即诏告天下，以临濠（即凤阳）为中都，取"中天下而立，定四海之民"之意。可是，当中都城修建了六年颇具规模时，朱皇帝不知为什么突然下令停建，而以南京为京师，凤阳为陪都（仍称中都）。此后，朱皇帝时常命皇太子及诸王到中都出游，"观祖宗肇基之地"。中都城严格遵守传统的对称原则，重点突出中轴线上的宫阙建筑。内城为皇城，周长3.68公里，平面近方形，规模比北京故宫还大一万多平方米。在中国古代都城建筑史上，明中都皇城占有重要地位，它是后来营造南京明故宫和北京故宫的蓝本，1982年被列为全国重点文物保护单位。

今天看来，拆除中都古城的行为显然触犯了保护国家重点文物的刑律，可在"文革"时期，就有人敢冒天下之大不韪，兴师动众拆城墙，声称："这是对朱皇帝的批判！"

颇具讽刺意味的是，我的下放劳动生涯就从拆墙取砖开始了。

过了护城河，来到古城墙脚下。墙高约三丈，绵延数里，历经数百年风雨，墙体还相当完好。和巍峨高大的城墙相比，我们这支小小队伍是如此微不足道。老墙根下盘根错节着一丛丛藤蔓荆棘，分外耀眼地竞放着一簇簇野花，张扬着野蛮的生命力和激情。轻抚雨打风吹的老城砖，攀上杂草丛生的城头，回望几百年的历史烟尘，我们的锹头停在半空中迟迟不能凿下，但终于还是"一切行动听指挥"，打开了最初的缺口。

开始几天不懂得墙体为何坚不可摧，蛮干硬拼，进度特慢。后来渐渐明白，中都城的城砖都是当年明朝皇室从全国各地调集来的，每块砖上刻有依稀可见的产地地名，如南昌、安庆、兖州等，块块砖都是上等材质，十分坚固耐久。砌砖的灰浆是石灰、桐油、糯米汁等材料混合而成，在城墙的关键部位，甚至用熔化的生铁代替灰浆灌铸。好不容易打开一个缺口，你得小心翼翼地用锹挖，用手扒，才能取出整砖或半块砖。大约半个月后，劳动效率才略有提高。我们班个个是"精壮劳力"，十几个小伙子，平均每人每天挖41块砖，为此我们六班受到连部一次次口头嘉奖。

运砖也不轻松，要将四五十斤重，潮湿苔滑的大城砖从城头一块一块地传递下去，得使尽吃奶的气力。在挖砖、传送过程中，手掌打泡，砸伤流血，是家常便饭。北方小伙子摸不着南方季候的脾气，光膀子在墙头干活,没想到暮春的日头那么毒,一个个满背晒出血泡。军管会要求先遣队加快步伐:"利用封建主义的废墟,铺设五七干校的大道!"于是晴天拆墙,雨天修路,常常是头顶雨水,脚踩碎砖泥泞,抬起一两百斤重的箩筐,去乡间铺路。年轻人干活靠的是一股子热劲儿,傍晚收工时,才感到头重脚轻,恨不得倒头便睡。也有几个不知苦辣的小伙子,跳进路边清凌凌的河水游几个来回。下放一个多月,大家都没洗过澡,更别指望热水浴,跳进河里洗把澡,要的就是痛痛快快透心凉。

在凤阳,我们开始了一种准军事化的生活,每天早晨五时半起床,晚上九时熄灯。白天挖砖,修路,八小时劳动之外,还有两小时"天天读"(读毛主席的书)、"天天听"(听中央台的广播),然后在如豆的煤油灯下缝补破烂衣裤,去凤阳中学小河边洗涤汗湿的衣裳。有时熄灯后,借着手电微光给远方的母亲和朋友写信,倾诉下放劳动的苦与乐。夜间最要提防大雷雨,那是南方特有的大雷雨啊,雨水打进教室的窗户,湿了地板,浸透了被褥,那一宿只好拥着被子盼天明了。

(2015年6月)

有惊无险殷家涧

按照军管会和"五七干校"领导小组要求，先遣连是一支不怕吃苦、能打硬仗的队伍，我们最初的任务是拆城墙，但是根据干校建设的需要，随时听从调遣。头几个月，大抵是居无定所，流动作业，今天在这儿挖砖，明天到那里盖房，就像当年一首边防军的流行歌曲那样："毛主席的战士最听党的话，/哪里需要到哪里去呀，/哪里艰苦哪安家；/祖国要我守边卡吧，/扛起枪杆我就走，/打起背包就出发！"

干校第一个创建基地在殷家涧，民间流传着"鹰夹箭"的传说。据说朱元璋军师刘伯温竭力反对建都凤阳，他说中都城地势险恶，城外方邱湖芦苇接天，可藏叛军百万；城内蚂蚁山支起大炮，一炮即可轰毁紫禁城。刘伯温从地理、经济和人文背景考察，以为定都南京方为上策。他建议朱元璋站在中都午门城头向东南方向射一支箭，箭落处即为建都之地。朱皇帝果然张弓搭箭，一箭射到城南20多公里的殷家涧，箭镞将要下落，被太白金星化作老鹰衔住飞到南京落下。朱元璋听说有神仙相助，以为"此乃天意也"，于是罢建中都，定都南京。那个"鹰夹箭"的所在，便成了殷家涧（谐音）。今天你若去殷家涧旅行，可见到大路口一座高高的雕塑：一只苍鹰嘴里夹一支箭！"鹰夹箭"的传说给殷家涧这个美丽乡镇，平添一重神秘色彩。

干校初建时，先遣连一排驻扎在殷家涧。驻地附近有条溪涧，那边便是重峦叠嶂、百转千回的凤阳山，抗日战争时期这里是凤阳山游击队出没的地方,新四军在殷家涧曾端掉日军据点,歼灭日伪军一个营。先遣队在一望无际的荒原上临时搭盖了两间油毛毡工棚,十几个人住一间,没有厕所,男同志荒野如厕,女同胞围一圈席棚方便。没有水井,便挖坑取水,加些明矾,沉淀一下泥沙就是食用水。我们二排经常奉命送砖,卸砖,挑水,和泥,砌房子。午间拼几块木板作床,垫一块城砖作枕,躺在四面透风的工棚里歇晌。春夏之交的天气忽冷忽热,山野的风刮起来,冷得打战;有时天气猛然热起来,衣服穿不住,晒得皮肤起泡。有一回卸几车石灰,浑身不自在,跳进工地旁边的溪涧洗澡。一霎时中,陷入泥潭,水草缠身,急得无计可施,在河水中拼命挣扎……很孤单,很恐怖,后悔也无济于事,慢慢镇定下来,拨开纠缠满身的水草(蛇一样的水草啊!),从淤泥中拔出,才侥幸游上岸来。呵,单独的一个人其实是极其渺小的,个体生命只是一缕微光,它以有限的光和热,温暖并照亮自己和他人,往往会在不经意间被风雨或什么有形无形的东西扑灭。殷家涧的意外历险,是个警示,此后再不敢糊涂胆大,独自下水了。

经过一个月筹建,干校基建工程和大田生产都要迅速上马。原计划在凤阳城拉400万块砖,据说十辆汽车风雨无阻每天拉两趟,得拉一年多,而教育部大部队年内就要下来,于是改变计划,在殷家涧抢修1300平方米(50间)住房。这个月虽已运砖两万多块,显然远远不够。领导小组决定从殷家涧附近的采石场就地取材。生产组则规划了大田生产指标,500亩水稻已下种,耕牛买了十几头,拖拉机、水泥源源不断地运来,三合树果园年内就要收获葡萄,干校还接管一个林场。在这种任务紧急,人力奇缺,建材不足,运输工具稀少的情况下,上级号召发扬"一不怕苦,二不怕死"的彻底革命精神,苦战红六月,夺取新胜利。再调一个排(三排)去殷家涧砌房,跑运输的担子全都落在我们二排肩上。

去殷家涧送砖,采石场运石,每天乘车来回奔波百余里,干活十几个小时，夜间十一二点返回驻地，困极了，边走路边打盹。有时头天去蚌埠拉杉杆、运稻种、水管、机床和汽车配件，改天又去临淮关运水泥、油毛毡，去五河拉苇子。后来干脆留下我们"尖刀"班，采石场运石头。第一次扛麻包（稻种），腰杆直不起来，带队的工宣队说："小伙子不干谁干？！"不由分说，抱起大麻包压到你背上。都是平日没干过重活的书生，从没经受过劳役的历练，就连当过兵的六班长也不免发几句牢骚："没办法呀，弟兄们，起床！"工宣队批评他带头说怪话，他抗辩道："没有枪毙的罪，大不了开除回乡！"可真的干起活来，没一个装蒜，扛200斤的麻包，抬三四百斤的石头，咬咬牙，也就挺过去了，人的潜能发挥到极致。

在亟需人力支持的情况下，六月初北京下来六七十人，有木工、瓦工、司机、炊事员，还有20多名青少年（干部子女）。三排和凤阳建筑工人联手，突击两天，在殷家涧搭建几座临时工棚，殷家涧的第一眼水井打出水来。汽车调出去支援夏收，我们班的任务又有新的变动，凤阳城留几个人跑运输，多数同志进驻殷家涧基地脱土坯、盖房子。原计划住牛棚，后来还是和建筑工人合住工棚。工棚四面透风，总比牛棚强，地上太潮湿，木板下面多垫几块砖。打开背包，睡在这样的床上，什么娇气、暮气、官气，一扫而光。

第二天开始脱土坯，平场地，和稀泥，脱了鞋袜，跳进泥水里乱蹦乱跳。有四排的小青年加盟，说说笑笑，还挺热闹，大家你一句我一句："荒滩草棚，四海为家；脚踩污泥，胸怀天下；娇气扫除，私字斗垮；志在农村，生根开花。""文革"时期，知识分子思想改造的流行口号是"扫除'娇''骄'二气"，"狠斗'私'字一闪念"，先遣队员们七嘴八舌拼凑的这支顺口溜，是干校劳动生活的速写，也是那个年代颇为时尚的微型"作品"吧。

（2015年6月）

凤阳山高淮水长

　　先遣连下到凤阳，组建了一支"毛泽东思想文艺宣传队"，宣传队不能没有编写人员，我被推举入列，而且干校三年，铁定地成为干校和连队的文宣队员，每有中心任务，便不舍昼夜地编排、演出。我的"不幸"在于，一向腼腆木讷的书生却要敲锣打鼓，歌舞说唱，奔走四方。"五七干校"的历史终结，熄灭了文宣队的生命，但文宣队的年轻人，曾经披星戴月地"宣传毛泽东思想"，那些歌舞说唱不免是"图解政治"的产物，却融入年轻人对领袖、人民和土地的热爱和希望；那是我在"五七干校"一段真实的生活，一个挥之不去的记忆呵。

　　宣传队上午组织起来，下午就在中都午门前"咚咚""哐哐"地拉开场子，"凤阳山高淮水长，战士心向红太阳；千歌万曲高声唱，毛泽东思想传四方"。老大娘听我们唱凤阳花鼓唱到"背井离乡去逃荒"，想起旧社会的辛酸，潸然泪下；年轻人热情地帮我们纠正凤阳花鼓的唱法和鼓点，希望我们多排节目，多演几场。有一回殷北大队宣讲《五七指示》，宣传队锣鼓刚进村，队长就派人腾出小学一间大屋，人们从地头回来，匆匆吃过晚饭，汗顾不上擦一把，换件干净衣服就赶来看演出，小伙子放鞭炮，姑娘们送板凳，老婆婆端茶水，全村老少喜气洋洋地看我们在电影放映机的灯光下演出。还有一次大卢大队专门写信邀我们去联欢，农民们过节似的点起两盏汽灯，搭起临时舞台，拉起幕布，隆重地欢迎文艺宣传队。演出时，台前黑压压一片小光头，后面站立一排排村民，社员也为我们表演他们自导自演的歌剧《白毛女》(片段)。还有一天我们在村庄、地头、车道、河边,连续演出九场,观众是挑柴、锄地的社员,捞河草的村姑,白发苍苍的老人。每次演出前后,许多青年、妇女、儿童围拢来,起劲地背诵毛主席诗词和语录,一起唱红歌,先是几个胆大的孩子轻轻唱,后来是几十个大人孩子跟着文宣队员的手势,放声歌唱起来。

村民们如此热情地欢迎文艺宣传队,当然不是节目有多精彩,而是农民们内心深处潜藏着改变山乡落后面貌的迫切愿望,有一种对精神文化生活如饥似渴的要求。凤阳本是好地方,由于历史原因和极左路线影响,20世纪70年代凤阳县经济发展仍处于水平线下,地少人多,土地贫瘠,粮棉产量上不去,老百姓生活苦不堪言。我们亲见一般农家屋里,除了锹、锄、粪勺等几件简陋农具外,没有别的家什,最扎眼的是一张用几根树枝和纵横几根草绳缠绕的床,这种境况比结绳而居的古代生民好不了多少。至于精神文化生活,就更加枯窘贫瘠了,生产队高音喇叭里日日播放的就是几个样板戏,如有放映队来打谷场放电影,便是全村男女老少的狂欢节。宣传队几乎走遍凤阳城和干校九个连队周边的四乡八镇,对于我们这些安享城市文明便利的"国家干部"深入底层体验民间疾苦,对于我们这群书生在艰苦环境里磨炼意志,不失为一个机会。

宣传队并非先遣连的脱产人员,平日照常参加班、排的各种生产活动,每到毛主席"最高指示"发表,重大节日或干校有中心任务,临时抽调出来,突击编排节目,迅速出动宣传。通常是一边干活,一边编台词打腹稿,有时晚上熄灯后,就着手电光编写文艺节目。风雨中赶路,风沙中说唱,而且越是风狂雨骤,越要"下定决心,不怕牺牲",越要精神饱满,热情高涨,村民们自然也是站在雨地里善始善终地观看演出,大家以实际行动表达对毛主席的热爱和"无限忠心"。

宣传队巡回演出,通常是徒步数十里,昼出夜归。走在伸手不见五指的乡间小路上，有一回"鬼打墙"，迷了路。看天，天上没有星星，看地，地上没有光明，四面全是稻田，不时有人踩到水里去。小同志（干部子女）害怕回不了家，又担心下雨，有些着急；大同志有的也沉不住气，坐卧在田埂上，守望天明，有的四处乱窜，寻找归路。还是队长有办法，循着狗吠声，摸进村子问路，这才领大伙儿踏上归途。就这么走走停停，停停走走，八里地走三个时辰才回到驻地，个个累得直喘气。七月初一次活动中，突然头晕目眩，夜里突发高热。那时最怕生病，担心的不是健康受损，而是病倒了不能干活。这场无名高烧侵扰我八九天，其间带病参加了欢迎先遣二连130名新战友的演出活动。以今天的观点看，如此不珍惜健康和生命，十分幼稚、愚蠢；可在当时却痴心地以为，为着某种使命而忘我劳动，没有什么不可以的。

"共患难"的艰苦劳动中，原本交流不多或者有些芥蒂的同事，倒是越来越亲近了。有一回去大青山，雨后汽车不好进山，只好挑着锣鼓乐器，去红石碾盘、下河、上拐子、周圩、穿井流，长途跋涉数十里，演出五场，最后赶到大青山林场，那里也有我们先遣连的同志。山里水源奇缺，挖坑汲水，同志们保证了我们洗脸、饮水，临走还把我们每个队员的水壶灌得满满的；粮食、蔬菜运过来挺不方便，可我们吃的是鸡蛋挂面，洋葱炒肉丝。回到驻地已是凌晨两点，班里同志都熟睡了，他们早已帮我铺好被单，放下蚊帐；第二天清晨，大伙儿去上工，留下我在家休息，便找来各位的脏衣服，帮忙洗一洗。

这一桩桩互助友爱的生活小事，让我看到，即使在极左路线肆虐的年代，普通人内心还充盈着善良和爱意，从而确信人世间还有温暖光明，所以即使生活中有太多的丑陋和黑暗，也绝不悲观失望，坠入颓唐，相信总有雨过天晴，人性复苏的那一天。

（2015 年 6 月）

山那边有座工棚

先遣二连到凤阳后，我们一连六班接受了大青山建窑、烧石灰的新任务。"老青山"是一座苍莽连绵的荒山，这里村庄寥落，人烟稀少，青山口有山涧汇成的"龙潭"，山谷里有清泉淙淙地流淌。八月天，山外赤日炎炎似火烧，山谷里迎面扑来凉爽的风，一刹那暑气全消。我们打着先遣连的红旗走进龙王山一座大院落，这是定远、凤阳两县的社会福利院，也是我们六班的新驻地。此地收容了100多名孤寡老人和残疾人。山外有人来了，听说还是北京下放干部跟他们同住，老人和孩子们个个欢天喜地，围着客人转。

第二天，我们在接近青山口的山腰选定窑址，运来木材、苇席、油毛毡，动手搭盖工棚、挖窑基。山里干活满眼见不着人，可以脱光膀子，可劲儿地流汗。工间休息时，在清澈见底的山涧里洗把澡，喝几口清凉的山泉，简直是蒙神仙所赐。山里孩子见我们下水了，故意神秘兮兮地说："立秋了，不能下水，要闹病的！"可他们见我们玩得高兴，也忍不住光了腚，一个接一个地跳下水去。

几天后，工棚搭起来了，窑基建好了，接下去就是盘窑。班里选派几个同志向老窑工学盘窑手艺，这技术活儿自然轮不上我，只能打下手：和稀泥、运石头，有时到采石场打锤、采石。盘窑的"能人"故意拿腔捏调地戏要你，常常被调遣得手忙脚乱，出了力气不落好，心里挺不服气。

秋雨连绵的夜晚在工棚值班，是一件孤独而浪漫的事儿。工棚里除了几张床，便是钢锤、钢钎、通条、镐、锹、斧、凿，还有一架煅钎的小风箱，这都是我们深山建窑、烧石灰须臾不可缺少的生产工具,此外别无长物。工棚三面环山,北面是出山的通道。油毛毡的棚顶,半截透风的芦席的四壁,棚外是杂草丛生的荒野,十几米处有一条山上宛然而下的小溪。入夜,四野静悄悄的,山谷里没有别的声音,只听见毡棚顶上的秋雨淅沥。一人值班时,我会就着煤油灯读几页鲁迅和马列(在干校,不允许读其他书),偶尔也会念天地之悠悠,叹此生如飘蓬,谁曾料想我这株蓬草会飘落在大青山呢。有同伴一起值班,谈论最多的是国庆节想回北京去,和母亲、家人团聚,欢度共和国的20年大庆。而现在,我们只能在深山盘窑、烧石灰,"老青山"的工棚离北京实在是太遥远了,离凤阳县城还有三十多公里呢。这座工棚虽说十分简陋,可远近就这么个遮风挡雨的棚子,过往行人倒很乐意来这里喝喝水,聊聊天。工棚里时常是高朋满座,采石的工人、打草的社员、放牛的娃子……我们离北京远了,与水平线下的群众走得近了。

这小小工棚,每每唤起我连绵的情思和感动。在写给母亲的书信里,我有时会诗意地描绘大山里这座工棚,鬼使神差地美化我现在的居住环境。有一天我在工棚值日,看门烧水之余,锹、镐并举,在棚外一小片荒坡上开出一方菜地来,种一点青菜萝卜,不是很好吗?过往行人见我开荒种菜,不住地赞叹说:"安家落户啦,好样的!"

偶尔我们也会有半天休息,照例地帮助福利院的老人和孩子做点事。一起读报、讲故事,教孩子们唱唱歌,帮他们编排迎国庆文艺节目。有个13岁的瘸腿孩子拄一根很短的拐杖,腰弯成弓字形了,会木工活儿的老尹起早摸黑,给这孩子制作了一支新拐杖,孩子的腰慢慢地直起来了。有时,我们也会走很长的山路去水库游泳。山上其实没有路,满是密扎扎的齐腰深的野草,刺得浑身又痒又疼,空阔的水库风大浪也大,划水很吃力,但我们熟悉了偏僻的山村,习惯了深山的栖居,在艰苦环境里自寻其乐。

经过一个多月努力,灰窑越砌越大,用料越来越多。这天,大伙儿正在热火朝天地运土、打夯,窑基突然崩塌了一角。有人对"窑工"盘窑的技术表示怀疑,有人对盘窑的土坯质量提出质疑。土坯是委托邻近生产队给打的,办事人员没讲清楚规格,土坯的麦芟子放得太少,又薄又脆,断裂太多;窑师傅(技术指导)则埋怨我们参加砌窑的同志技术不过关。干校领导视察之后说,窑体还是挺坚固的,号召我们"继续加油干""争取国庆节前点火"。于是刨土的刨土,打夯的打夯,砌窑的砌窑。我们这些城里来的知识分子,做梦也没想到会有一天到深山里建窑、烧石灰,现在除了埋头苦干,拼命硬干,和时间赛跑,还能有什么高招呢?后来石灰窑不幸又严重塌方一回,领导终于决定调来专业窑工抢修。国庆节前两天,再调集精锐劳力驰援龙王山,日夜装窑,终于在十月二日点火了。

国庆节后,先遣队员奉命回原单位参加"斗批改"。石灰窑点火这天晚上,回到福利院,跟这里的老人和孩子告别。孤儿们一拥而上,有的要毛主席纪念章,有的要《毛主席语录》,我胸前的最后一枚像章也被孩子们"抢"去了,挎包里几本语录也送出去了。十时许离开龙王山,夜间一时半赶到八连驻地小葛家。四个半月的先遣队生涯,至此画上句号。

(2015年6月)

风寒水冷秧苗青

　　十多年未耕作的荒地改成秧田,光靠拖拉机不行,拖拉机耕过的地坑坑洼洼,无法下秧,还得靠人力将土坷垃砸碎铺平,然后小拖拉机耕作,才能放水下秧。荒地里蛇多,蚂蟥多,烂草多。蚂蟥叮咬是家常便饭,出点血,拍它一掌就没事了。女同志怕蛇咬,我心里也犯嘀咕,可转念一想,下乡一年多也没听说谁被蛇咬了,又有老乡说:"水蛇咬一口,活到九十九",便释然了。胆大的小伙子,机敏地捉住蛇的尾巴,甩得远远的,是毒蛇便砸它的七寸。工间休息有人找乐儿,用铁丝穿刺小蛇的身体,绑架到衰草枯枝上烤炙,围观者说是"金蛇狂舞",直到蛇被烧成炭灰才歇手,实在是一种残忍的游戏。

　　"三夏"时节,久旱后的雨水极其金贵,饥渴的秧田守望着雨水,麦子熟了又怕久雨不晴。越是风大雨狂,我们越是小心谨慎,踏遍八连的土地排查水情,麦田的水要排掉,秧田的水得堵住。雨停了,立即整地,打秧草,拔稗草,插秧。节气虽在立夏后,江淮平原依然风寒水冷,早晚泡在水田里,穿了棉衣还是冷得牙颤。女同志来了例假照样赤脚下田,许多小伙子泡出关节炎。轻伤不下火线是下放劳动不成文的规矩,有一回不小心碰破脚趾,鲜血染红了脚板,鞋里满是血块,涂点红药水照样下田。伤口浸白了,担心感染,几天前关于"如何对待苦、累、病、死"的讨论记忆犹新,还有那位踩粪积肥被玻璃碴儿刺得下肢鲜血淋漓的"活学活用"积极分子做榜样,这小小伤痛又算什么呢。

　　将割下来的豌豆苗挑到秧田里做肥料，当地人叫"打秧草"，据说每块田都下它几十担秧草，亩产超800斤不是问题。从小没下过秧田，现在是"大姑娘坐花轿——头一回"，最初怎么着也分不清哪是秧苗，哪是稗草，一时丧失了信心，后来留心稗草的特点，才渐渐辨认出稗草的杆子长，叶深绿，红茎，无绒毛，把握住要领，也就越拔越快了。

　　对我来说，插秧比读书写字难多了。它首先是个技术活。开头那些日子笨手笨脚，洗秧、握秧都不会，插秧总是落在后面。尤其社员群众帮忙插秧时，无论老少男女都插得飞快，包饺子似的把你夹在中间，大姑娘小媳妇笑话你"烧锅"（当地方言），当时真的恨不得有个地洞钻进去。你不得不咬牙发誓埋头追赶，这样猛赶一天，腰就直不起来，腿也打晃荡。连续几天突击插秧，进度渐渐跟上了，但体力超支，最后只能用左肘支撑着一步一步慢慢挪，手指也疼得发胀。这时有人带头背诵毛主席语录："这个军队具有一往无前的精神，它要压倒一切敌人，而决不被敌人所屈服。"于是咬咬牙，继续干下去。收工后，一个个弓腰驼背，话懒得说，迈步也难。

　　抢收抢种的"双抢"时节，通常是晴天（收麦）一身汗，雨后（插秧）一身泥，"五七战士"变成了"无毛两栖动物"。经过一个多月苦斗，到六月中旬，干校麦收取得了"全面胜利"。还没来得及喘口气，又下达了新任务，今后一个月内，八连要插秧230亩，还要做好夏粮入库、管理旱田数百亩的工作。第一天40多人起早摸黑不休息，才插秧五亩，照这个进度猴年马月才能交差？于是实行插秧、拔秧分工制，劳作时间再延长，全连干群一起上，"鸡犬不留"下水田。八连人手不够，担心秧苗烂在地里的时候，驻地附近的社员们经常敲锣打鼓来帮忙。记得有一回下庞家生产队出动全部45名青壮劳力，风卷残云似的包干了我们来不及插的好几块大田。这天插好最后一块地，人人兴奋得手舞足蹈，我抹你一脸泥，你泼我一身水，这是当地一种风习,老乡们用这种方式表达他们完成插秧的喜悦心情。

经过几次插秧竞赛,我这个当初只配"烧锅"的小生,赶上并超过了连队一些"插秧能手",从此被刮目相看,选为专业队员,而且"专业"插秧两个夏天。插秧是意志+体力+经验的拼搏,除了苦干实干,无有捷径可寻。有时顶着毒日头你追我赶,当弯腰90度以上屏息凝气地栽插时,能够听到汗滴入水的很有节奏的"滴答"声;有时风狂雨骤乌云翻滚,还剩下最后一行或是最后一担秧苗时,你也一定不肯歇手。我本不算强壮,难免有时头昏眼花,有时直不起腰,有时脾胃受寒,有时手指扭筋疼痛不已,想要退出插秧专业队,又不甘心当"逃兵"。

"三夏"大忙时节,传达中央"决定"和周总理重要批示:教育部撤销,北京函授学院撤销,教育部"五七干校"委托南京军区转安徽省军区代管。"决定"下达后,人人心中布满了乌云:今后的出路在哪里呢?

即使插秧怎样忙,连队依然"绷紧阶级斗争一根弦",军代表在全连大会上高调指出"新动向":近来有人穿花裙,唱"黄色歌曲",自己生火炒鸡蛋,炖王八;有人小病大治,小病大养,公然叫嚷"你让我干活,先给我备好棺材!"有的"专政对象"也猖獗起来,吹胡子瞪眼不服管教;还有人敌我不分,发牢骚说怪话,同"专政对象"一唱一和……军代表要求全连战士警惕"阶级斗争新动向",继续开展革命大批判,搬开"继续革命的绊脚石"。在这样一种人人自危的气氛里,谁还能提出"我们今后的出路在哪里"以及诸如此类的问题呢?

（2015年10月）

留守在八连

　　下放三年,在干校过了两个春节。第一个春节没放假,随干校宣传队在凤阳巡演,年初一那天在八连打谷场演出,雨越下越大,观众不耐烦话剧《张思德之歌》(自编)的冗长对话,前呼后拥地挤塌了临时舞台。1971年春节放假一周,允许大家就近探亲访友。六班战友小张邀我一道探亲,他爱人所在的医疗机构一年前也从北京下放泰州了,我俩结伴行正是难得的机会,可是想到回乡后不免陷入惶恐和尴尬,便迟疑了。30岁的男人孑然一身,母亲和姐妹们都着急,她们到处求托,寻找目标,希望尽快结束我的单身之旅。当亲人的爱变为沉重压力时,万般无奈,有苦难言。为避免误会,除了不回家,还能有什么法子呢? 如同今日大龄单身男女,强忍思念父母亲人的疼痛,编出千般理由不回家过节一样,都是逃避相亲。

　　放假前一天凌晨,有解放军野营训练部队经过八连驻地,我是听到战士们"提高警惕,保卫祖国""向革命知识分子致敬"的口号声从床上跳起来的。战士们背着背包、枪支,踏着泥泞小道,数千人排着长长队列,寂静无声地一直向南挺进。几天前我们八连也学解放军野营拉练一回,黎明前紧急结合,20分钟打好背包,不走大路抄小路,走了半小时黑路天才亮,从小葛家,穿过二连、九连到六连(殷家涧),然后沿公路返回驻地,一路上不少人摔跤出洋相。事后军代表说:"嗯,掉队的还不算太多。"

　　假日第一天,洗衣,刷鞋,写信,铺床。荒野里的冬夜很冷,抱一些稻草垫在床上,胜过一床褥子。过年有稻草御寒,比去年好多了。然后去总铺(公社)打长途,报告大姐我不回家过节了。坐等两个多小时,没接通电话。据说这长途电话要在凤阳、合肥和南京等地中转,很难接通。已是11时许,干等也无用,改发电报吧。顺便再给大妹寄去50元和一封信。小学教师的大妹在常州结婚了,没去参加婚礼,遥寄一份祝福,祝小两口同舟共济,白头偕老,"永远忠诚党的教育事业"。除夕夜,八连留守的同志们聚在一起,唱样板戏,唱革命歌曲,下象棋,自娱自乐。

第二天春节。听不到鞭炮锣鼓声,也没有喜庆的春联、彩灯、鲜花和美酒,远近是一片苍凉的田野和萧索的荒村。清早去马场值班,拉草,喂马。南京军区拨给干校一批马,增强干校的畜力。鸡鸭牛马成群,给冷清的节日添了几分活气。下午,九班战友拉我去下庞家看宣传队彩排。此前我曾热心地送去八连自编的文艺材料,台词多,不顺口,很难排练;他们进行了改造加工,三两天就排练出那么多乡土气息浓郁的节目。这些演唱、快板虽然幼稚粗糙些,毕竟是他们自己的创作。农民们在节日里禁绝赌博,破除迷信,牛棚里彩排文艺节目,当然是一件好事情。当晚,他们带着十几个节目和我们留守的同志们联欢,聊补节日里的寂寞和冷清。

之后两三天假日,时有小葛家、下庞家社员来访,抽烟的老王掏出大前门招待他们。三毛钱一包的大前门在70年代堪称上品,小伙子接过香烟闻了又闻,说"好香好香",农村难得见到,还从来没有抽过。问他们都去过哪些地方,有的去过合肥、芜湖,有的去过上海、南京,都是小时候跟父母要饭去的。生产上不去,地里收成不好,只好顶风冒雪去外乡"搞副业"。生产队怕饿死人,给村民开具证明:"兹证明我队社员×××贫农出身,因生活困难,外出要饭,请予放行为荷。"还有生产队长和村支书亲自带队外出乞讨的。

小葛家放鸭老人的独生子结婚,我们过去凑个热闹。那是一座低矮的茅草盖顶的土坯房。屋子翻修过,麦芨子、泥巴做成毡子,代替苇草把子做墙，没钱买铁丝麻绳，稻草抹上泥巴，用来捆绑梁架。满屋子劣质烟草味，一道土墙将小屋隔成里外两小间，门洞上挂一张暗黄色的老棉布门帘，那里面就是新人的洞房了。没有花香，没有鞭炮，不足十平方米的阴郁的外间挤满了吸烟唠嗑的男人女人，土坯垒成的桌子边站起两位长者，邀我们坐下。新郎是黑瘦的18岁的小伙子，他叫新娘过来给客人递烟点火。穿红袄的又黄又瘦的女孩走近前来，战战兢兢的老是划不着火柴。我们不吸烟，问她几岁了，回答"17岁"。还是个孩子，怎么就嫁人了？这话只能憋在肚里，说出来会大煞风景。儿子大喜的日子，老人还在队里放鸭，生产队一个工分三毛五分钱，这钱不能不挣。儿子结婚一顿饭都请不起，更无力置办什么家什。几根粗麻绳系在长方形的木框上，再用四根短木桩做床腿，便是新人睡觉的床了。如此贫困的家境，老人照常挣工分是硬道理。面对两位小小新人愁苦的面影，我满腹忧伤。无力帮助他们，留下钢笔、日记本和《毛主席语录》，祝福小两口和睦友爱，白头到老，然后拖着沉重的脚步告别新人。

村头，远远望见田埂上有人燃起一串火苗，刹那间条条火龙四处奔突飞腾。照南方的传统习俗，春节元宵要张灯结彩闹花灯，老乡们穷得玩不起龙灯花灯，一到夜间就去田埂上点火。枯枝衰草点火就着，顺风漫卷，天地间好像腾起无数条金龙，漆黑的荒野里蔚为壮观。回连队的路上，我陷入沉思，放鸭人父子两代触目惊心的贫困击打着我的心。他们愁苦着，缄默着，但不甘于贫困，荒原上四处奔突飞腾的火焰传达出凤阳人顽强求生的意志和变革现实的决心。

最后一天假日，去县城探望六班战友小徐，他在校办工厂做木工。凤阳城里熙来攘往的都是挑担送肥的人群，那时不独干校，全省乃至全国都在"农业学大寨"。凤阳大院显得空空荡荡，工厂也和连队一样，探亲访友的走了许多。小徐带我去食堂饱餐一顿回锅肉，洗个热水澡，午后骑车赶回连队。

　　小张兴高采烈地探亲回来了,他说除夕晚上到我家,小妹以为我回来了,脱口叫声"哥哥!"直到迎面才知道失言。大妹出嫁后,知青小妹盼我回家过年格外心切,她的心思却被我忽略了。小妹后来写信诉说她的孤独和不安,我自责而且感伤。我是一个独行旅客呵,至今无法主宰个人的命运,欠她一份兄妹情。

（2016年4月）

龙口夺粮记

小满前后，八连的农事愈加繁忙了，每天凌晨四时敲钟（一段废弃的铁轨，连队上工的信号）起床，晚间何时收工，要看老天爷的脸色。谚云："立夏小满正栽秧""秧奔小满谷奔秋"。"麦子黄了"是一道无声命令，全力以赴割麦抢场就是硬道理。"六月天，娃娃脸"，江淮平原的气候瞬息万变。那时天气预报不很灵光，全凭分管生产的副连长和几位农学专业出身的"高参"指挥。非常恶劣的天气，急如星火的气氛，暂停了"深挖""大揭大议"，割麦，抢场，疾风，飞雨，激活了我们的心情。

数百亩小麦亟待收割，连队人手太少，凤阳大院派来数十名工厂战友支援夏收，去县城参加"批陈（伯达）整风"的党员们也赶回连队了。开镰头几天，七八十人割倒160多亩"华东一号"，赶着天晴脱粒了这批麦子。一支"战斗小分队"冲锋在前，我荣幸地加入突击队，经过两年锻炼，可以随时听从调遣干些重活了。

为了迎接次日"220亩"大会战，全员休整半天。次日有生产队群众来支持，要组织地头文艺宣传，连部命我"辛苦一下"，起草几份致生产队的"感谢信"，再和工厂战友合作，组织些广播稿、文艺节目。做好这些准备工作，已过夜间12时。

次日3时40分起床，匆匆吃过早饭，带齐语录、镰刀，检查锣鼓乐器，向"220亩"小麦地进发。老乡的队伍也举着红旗过来了，下庞家、小葛家、榆树王、小李家四个生产队180人，加上八连的100多人，汇成浩浩荡荡的劳动大军,在金色田野里排开阵势,"龙口夺粮"。

老乡们在地头学习"老三篇",背诵毛主席语录,你呼我应,热情高涨。小葛家大队发出劳动竞赛"倡议书",要跟其他几个队比试,看谁割得干净割得快。宣传队和老乡一起干活。身边一位哑巴社员脸红脖子粗地比画着,指责我割得不干净。自以为干农活还行,顺着哑巴兄弟的手势往回看,老乡们果然一棵不落,我这边却有稀稀拉拉的残留。我竖起拇指,点点头,向哑巴兄弟示意,接受批评。中午时分,天气闷热,割一把麦,流一串汗,开水供应不上,葛队长派人回村挑凉水喝。眼瞅着大雨将至,我们和老乡一起抢场,堆麦垛。到下午四时,割下的230亩小麦,有180亩运回场院。霎时间一场暴雨,人人淋得透湿,浑身冰凉。老乡说得好:"干校的粮食是国家的,一粒也不能糟蹋!"收工不一会儿,天又放晴了,洗刷了衣服鞋子,"天天读"后,倒下头就睡着了。

此后接连几个阴雨天,无法下地。场上堆放着160亩已脱粒和180亩待脱粒的麦子,地里还有放倒的50亩麦子没运回,眼看到手的粮食要遭殃,却束手无策,"农夫心里如汤煮"呵,人人祈祷天晴。

天晴就是命令,全体出动,整理场院。场上的麦子受潮受热,有的麦垛上长出了麦苗,有的发芽变质异味难闻。校革委会派人来指挥抢救,麦捆一个个立在场院大路边。新做的秧田积了水,必须及时下秧。可秧地整得匆忙,土坷垃坚硬如石,插秧半天便手指僵直,疼痛难忍,许多人踩上竹桩,脚趾鲜血淋漓。连续几天在麦草碎石中踩踏,泥水粪水里浸泡,伤口化脓了。卫生员给包扎一下,换个工种,拉碌子压场,夜以继日地脱粒。在脱粒机后面跟班干活,汗水灰泥麦芒沾满头脸,眼睛睁不开,吐出来是黑乎乎的一堆。

终于有一天,副连长宣布:230亩小麦全部脱粒了,先前脱粒的160亩"华东1号"晒得及时,损失也不大。听说抢收了几万斤粮食,"农夫"们高兴地欢呼起来。

那天收工后，值夜班的同志说他白天没睡好，要求换班。大家都很累，谁换岗呢？"我来。"夜间，独自一人在万籁俱寂的旷野里，打谷场传来脱粒机遥远的轰响，四外的蛙鸣是夏夜里悦耳的乐章。第一回守望麦田，地形不熟悉，须格外小心，田埂上转来转去，偶尔坐在地头打个盹。野地里蹲守十个小时，月亮升起又落下。夏夜，寒凉，裹着20多斤重的老羊皮直打战。没有恐惧，只有寂寞，没有思考，只有思念——在北极星照耀下，想念远方的母亲和下乡的小妹。太阳出来了，长吁一口气，拖着沉重的脚步，踏着晨露，返回驻地。

又一场大雨到来之前，将割倒的50亩麦子全部抢运上场。吸取上回教训，飏晒过的麦子盖严实了，场院堆放的麦捆也采取了防雨措施。此后一周果然大雨滂沱，无有晴天。"千峰挂飞雨，奔流翻石矶"，庄稼地里到处哗哗流水，所有的池塘水势汹汹。就连我们住的简易平房（四张单人床的"蜗居"）也进水了，鞋子漂在水上。猪圈倒塌了，母猪在水中游泳；茶炉间进水了，没有干柴烧水；灶间积水了，水漫到锅底，调抽水机来抽水，炊事员站桌上烧锅，维持一日三餐。

最不放心场院里那几万斤麦子，再淋几天全泡汤了。连部征求公社粮站同意，借国家粮库晾晒。公路上开来几辆卡车、拖拉机。急促的钟声响起，四排平房里冲出几十条汉子，扛起200斤的麻袋从场院送上机车。天空飘着细雨，小路满是泥泞，突击搬运三小时，场院上淋湿的麦子全部运到总铺（公社）粮库去。

几天后我们六班去粮站翻晒小麦。七八个人，两万多斤粮食，扬净又囤起，任务很重。在麦雨和烟尘里蚂蚁搬家似的扛笆斗、背麻袋，上午扬晒毕，眼、耳、口、鼻满是麦芒和灰尘。班长小庄邀我午饭后去附近的鹿塘游泳，没想到下水就冷得打战，上岸后咽喉梗死，脑袋昏沉，浑身火辣辣得好像散了架。可晾晒在场院里的两万多斤麦子必须囤起来，班长说声"干!"扛起百余斤的笆斗爬上高高的粮仓。傍晚，麦子全部归仓，收工时只想躺下来。回连队的十里路真长呵，跟着大伙儿，跟跟跄跄地，一个多小时回到连队，一头栽倒在床上起不来了。

全连病倒20多号人。昨天还庆幸自己没倒下，今天发热38.9℃，实实在在地病了。卫生员给扎了针，吃点药。第二天在床上修改七八份文艺材料(庆祝党的50周年诞辰)，请病休的战友一起校对复写，这天好像比平日还要忙乱些。夜间发热，早起头更疼，好想再睡一觉呵，突然电闪雷鸣，"麦子又要遭殃!"本能地换衣下床奔向场院，能下床的病号也都赶过来了。才装几袋麦子，瓢泼大雨劈头盖脸地横扫过来。板车运输太慢，扛麻袋。雨越下越大，身子淋透了，麻袋压得直不起腰。班长说:"你发烧，不要扛。"人真是奇怪的动物，喜欢跟自己较劲，数十袋麦种运到库房后，赶紧回宿舍钻被窝。说来也怪，此后头疼了几天，竟然烧退无恙。

次日雨过天晴，连里组织突击晒场，粮食获救了。

1971年夏天，凤阳县乃至安徽省发生严重水灾，《新安徽报》发表社论《雷厉风行战阴雨，拼死拼活夺丰收》，号召全省人民抗洪救灾，夺取午季丰收。为了抢救国家财产，在"五七干校"这个"接受再教育"的特殊环境里，我们争分夺秒、拼死拼活地参加"龙口夺粮"大会战，体验到"农夫心里如汤煮"是什么滋味，获得终生难忘的人生体验。

(2016年7月)

没有围墙的大学

1972年1月28日，我们一行十人在教育部"五七干校"军代表"陪同"下，来到宣城叶家湾。汽车停在一座三米多高的水泥门楼旁边，横匾上有郭沫若题写的"安徽劳动大学"几个字。从空阔的大门看过去，远近零落地散布着一座座瓦房，杂树丛中掩映一间间草房，这些房屋后面便是起伏连绵的麻姑山和一眼望不到边的茶园。山上万木争荣，松涛飒飒。山谷中奔流出一道小溪，溪水顺着地势由北向南穿过校园，给校园带来生机。叶家湾去宣城20公里，去芜湖90公里，烟尘斗乱的公路两旁，层层山，重重树，还有麦苗儿返青的原野。没有国内高校随处可见的巍峨漂亮的教学楼，也没有绿莹莹的草坪和鲜花盛开的回廊，它就是我在"五七干校"梦寐以求的新岗位吗？

接待我们的是一位副校长和政工组同志，安顿我们在黑瓦白墙的新建招待所暂住。这位老农似的副校长热情地介绍学校情况，非常自豪地说，劳动大学办在皖南山区，是一所新型的社会主义大学，校舍简陋，没有围墙，条件艰苦，空气比城里好。我们刚从凤阳"五七干校""毕业"，早有艰苦奋斗的思想准备，在一所朝气蓬勃的乡村大学，照样可以努力工作，培育新人。

第二天，学校召开欢迎会，驻校军宣队工宣队、校革委会负责同志会上致辞，热烈欢迎教育部下放干部（10名）、转退军人（20名）和1969届毕业的大学生（30名）参加劳动大学的工作。校领导热情地说："山沟里办大学,是一个创举,欢迎同志们和我们一起为新型社会主义大学添砖加瓦,奉献青春!"会上获悉,安徽劳动大学(以下简称"劳大")是20世纪60年代"两种教育制度,两种劳动制度"的产物,"农学院办在城里不是见鬼么"。劳大创办于1965年1月1日,是一所由中共安徽省委筹办,经国务院批准的高等师范院校性质的大学,学校设政治、中文、数理、农学四个系、四个专业,学制四年。1966年1月安徽大学政治系并入劳大,1969年原合肥师范学院政教系和安徽教育学院并入劳大,1970年招收首届工农兵学员,1971年改制为综合性大学,设四个系七个专业(哲学、政治经济学、政治教育、汉语言文学、数学、物理、农学等),有师生800多人,茶叶系在筹建中(1975年正式招生)。

学校没有行政楼和教学楼,各单位分布很散,麻姑山下,放眼望去,你所看见的房屋,土地,都是劳大的。会后,我们到路北山坡,去看校舍、教工宿舍、水库和山林。劳大流行一个顺口溜:"麻姑山下一片房,草房瓦房不成行,纵横两条路,中间一个塘。"说起学校现状,带路的老张略有调侃,却不悲观,他说去年新建一批房,仍然满足不了办学、招生需要,正规划新建几座大楼,解决教学和住宿需求。学校困难很多,老职工信心满满,新来的同志,没有理由不为劳动大学的建设努力工作。

刚到劳大那些日子,天阴雨湿,乍暖还寒,领教了早春时节皖南无晴天的恶劣天气。招待所闲住无聊时候,大家说起干校突然袭击大分配,几乎被驱赶着离开凤阳,心里不是滋味。军代表要求人随车走,行李托运,后来是劳大后勤组派车去芜湖拉回淋湿了的行李。有了自己的被褥,学校安排我们暂住山坡上黑瓦白墙的新房,这几排瓦房是给校领导准备的。劳大许多教师、工人、学生,还住在稻草压顶的屋子里,我们算是享用了几天特别优待。

至于工作岗位,校领导说春节后再安排。听说教育部来的同志大抵分在行政部门，做教师的也得改行。这个传说对我压力很大，从来没有搞行政的思想准备。又听说教务处、学报编辑室指名要人，很不安。我把专业看得太重了。我的兴趣、志向和作风，不适合搞行政，站讲台，搞教学，或能发挥一点作用。我向校方陈述了个人意愿，又不得不做好服从调配的思想准备。

春节探亲回来，政工组正式通知我到中文系教书。这天春意融融，我兴高采烈地持政工组介绍信去两公里外的林家岗报到。林家岗是个灌溉渠贯穿的小村庄，村前是20多户农工宿舍，村后新建四栋学生宿舍兼教室，四栋教工宿舍和一个食堂，清一色的平房，还有水井，水塘，篮球场。林家岗周边是广袤的农田和茶园，这里空气清新，远离尘嚣，环境幽静。教职工家家养鸡，户户种菜，池塘浣衣，挑水做饭。中文系设在林家岗，据说可以和农工同住、同劳动，更好地打成一片。

系革委会副主任YM同志在家中接待了我（没有系行政办公室），表示"热烈欢迎"。这位分管教学的系主任毫不掩饰她的喜悦："本来校部不肯放人，要留你在行政部门。我们去要了几次，第一把手TY同志（军代表）点头，这才调你来。"一席话说得我心里暖暖的，既然中文系紧缺教员，早该到系里来。她还说，中文系目前有毛泽东文艺思想、文选、写作三门课，至于教什么课，系里研究再通知你。我说听从分配，个人倾向于教文学史和作品选，我原本是现代文学教师呵。

下午在中文系学生宿舍，和1970级二班工农兵学员一起学习中央四号文件。这座大约60平方米的男生宿舍，纵横排放着20张双层床。这边系领导讲话、读文件，那边同学师生开小会。系主任介绍我这个新面孔，同学们探询地问我怎么从教育部下放到干校（是不是犯错误了）？又为什么来到叶家湾（是否别有使命）？我说今日起我是劳大中文系一名教师，和同学们一起学中文，搞教改。

尘埃落定。经过几年折腾,我在皖南山区重新找到自己的位置。告别了熟悉的人熟悉的环境,一切从零开始。从凤阳到叶家湾,"校园"变了,岗位变了,同事变了,学生变了;不变的还是在农村,满目青山,茫茫原野。

(2016年6月)

麻姑山下的小屋

北京托运的最后一批行李到芜湖了,跟车去火车站取我的两只书箱。江南三月,东风刮起来,便是淅淅沥沥的雨。取回行李天色已晚,去工农大学(今安徽师大)找老同事借宿。工农大学住房有点挤,原教育部人员至今还住在狭仄的招待所,五人一间,五张床,再堆放箱笼杂物,就转不开身了。

老同事聚在一起,绕不开干校分配的话题。专业不对口,两地分居,留下许多后遗症。教外语的搞起中文打字,数理编辑审校文艺作品,大学教授在县城教初中,还有不少业务骨干改行打杂⋯⋯人在命运低谷总不免奋力一搏,找门路,托关系,死活要调回北京。而在此刻,阿Q主义却奇怪地占据我的内心,我想既被放逐,何必操那份心?城市的繁华,小资的矫情,功名富贵,都是浮云。可见我是怎样一个胸无大志,没出息的人哪。

离开芜湖返校那天,天气晴朗,站在敞篷车上闲看,柳枝绿了,菜花黄了,麦苗儿长得半尺高。公路上跑得最欢的是拉毛竹的货车,大抵从广德方向过来,公路两边的茶园也喧闹起来。走出大学校门,辗转漂流,经历了"脱胎换骨的改造",如今回到江南,算是幸运的吧。

卸了行李,就接到后勤腾房子搬家的通知。大塘边几排新建平房本来就是校级领导的专用住宅,我们不过临时借住几天,搬出去是迟早的事。新落成一排"27间"单身宿舍,分给教育部和北京政法学院新来的教职员八个单间。办事员老韩交给我朝北一间的钥匙说:朝南的13间给年纪大的老师，"你们年轻人，风格高，住北边吧！"分到一个单间，谢天谢地了，南北不是问题。大汗淋漓地清扫房间，兴冲冲地立马搬家，把干校和北京运来的家什归拢一起，再配单人床、三屉桌、木椅各一张，竹书架两只，床前码几块砖，垫放纸、木、皮箱。北窗紧挨大路，师生农工，熙来攘往，老李同志的两位千金帮我缝一窗帘，挡挡路人的视线。

"27间"是一排连体平房，中间有贯通的过道，南北有13/14小间，27位单身（或准单身）教工优先入住。这里紧挨教工食堂，排队打饭极其近便；吃喝洗漱，共享一个水龙头；没有卫生间，须远走三四百米到318国道旁边的公厕去。夜间紧急情况下，男生就在户外撒野，也不管前面紧挨着的一排黑黢黢草房里是否还有醒着的眼睛。忽然有一天，北窗下装了水龙头，政治系数百名学生早晚到这里抬水，洗衣，扰攘嘈杂，喧闹非凡。

梅雨季节北屋里湿气重，散发出一股霉味。冬日地冻天寒，北窗下备课，孤灯冷影，冻成冰棍。大雷雨的夏夜，独自躺在床上，静听山鸣谷应的雷声和呼啸奔腾的急雨，不时有刺眼的闪电破窗而入，照得室内如同白昼。雨夜，在斗室里检阅大自然的奇观，很久没有这样惊心动魄的炸雷，没有这样痛快淋漓的暴雨了，兴奋得不能安眠。突然发现好几处滴漏，赶紧披衣下床，用脸盆瓷碗接水。新屋仓促交付使用，屋瓦没盖严。

北京来的同志，也并非人人都有进"27间"的好运，探询原委，说是中老年单身（或准单身）且有教学任务的教师和副处级以上干部才有资格入住。我算什么类型呢？考虑到我有"重点教材"编写任务吗？漂泊十年，如今有了属于自己的10平方米，这是平生拥有的第一个单间呵，我的可支配空间比工农大学同志们多了去了。中文系同事和新结识的伙伴来访，都说劳大住房条件改善啦，你住进"神仙居"了。

从北窗望出去，参差不齐地排列着几幢教工宿舍，再往上便是荒草坡，一直延伸到茂密的松林里。这一切之上是明净的天空，有鸟儿在蓝天飞翔,那起伏绵延望不到头的就是麻姑山了。麻姑山最高峰不过海拔300多米。"山不在高,有仙则名",传说专司人间福寿的麻姑仙子曾在此地普度众生,"麻姑山"因而得名,山上至今还有麻姑庙遗迹,"麻姑晓日"是过去的宣城十景之一。相传诗人李白晚年七次游历宣城,留下"众鸟高飞尽,孤云独去闲。相看两不厌,只有敬亭山"(《独坐敬亭山》)的千古绝唱和"江城如画里,山晓望晴空。两水夹明镜,双桥落彩虹。人烟寒橘柚,秋色老梧桐。谁念北楼上,临风怀谢公"(《秋登宣城谢朓北楼》)、"清溪胜桐庐,水木有佳色。山貌日高古,石容天倾侧。彩鸟惜未名,白猿初相识。不见同怀人,对之空叹息"(《宣城清溪》)等脍炙人口的华章;还有咏唱麻姑山的佳句"溪流琴高水,石聳麻姑坛"(《登敬亭山南望怀古赠窦主簿》),等等。在李白笔下,宣城和麻姑山是青山秀水,人杰地灵的胜境。诗人晚年穷愁潦倒,不再像青壮年时期踌躇满志,而把胸中郁积不平之气寄托于山水之间。

假日里,相约几位同事山中漫步。暮春阳光下,麻姑山峰峦起伏,层林碧透,满山松树青葱滴翠,阵阵山风吹得人心乱神迷。映山红和许多不知名的花儿迎风绽放,山谷里弥漫着野草和鲜花香气,有人说这里水草繁茂,生长有数百种药材。我们兴冲冲地采摘许多野花,姹紫嫣红,装点得小屋生辉。而在黄昏后,山谷里少有人迹,肃穆而庄严。从后山腰望过去,学校全景收入眼底,新修的大水库轻波荡漾,黄灿灿的菜花点缀着原野,那星星点点的青黛则是如网的水塘。山顶上远眺山那边一片深绿,不就是白居易吟咏的南漪湖么:"风回云断雨初晴,反照湖边暖复明。乱点碎红山杏发,平铺新绿水萍生。"(《南湖春早》)

麻姑山的景色其实很美。春天,红的是杜鹃,青的是树叶,绿的是茶园;夏天,蝉儿在枝头欢歌,鸟儿在林间啼唱,少年在池水中徜徉;秋天,远山像画屏似的镶嵌在蓝天上,枫杨、梧桐的落叶给大地披上金色衣裳;冬天,炊烟袅袅,书声琅琅,积雪的田野和山岗,披上炫目的银装。"风声雨声读书声,声声入耳"的麻姑山,常留在劳大师生的记忆里。听说麻姑山已开发为宣州区的著名景点,山林更美,流水更清;但我有闻,明慧之士声声呼唤"劳大文脉归来",宣州人民期待麻姑山下再度响起郎朗读书声。

（2017 年 9 月）

年轻朋友来相会

我的小屋在叶家湾校本部，中文系学员从林家岗到校本部办事，会想到"27间"有个新来的单身老师，比他们大不了几岁，于是我在劳大头两年，小屋里经常是高朋满座。劳大没有休闲娱乐场所，工农兵学员喜欢课余到老师家里坐坐，天南海北地聊聊天。

来自全省各地的学员，十有八九是下放或回乡知青。我也有下放经历，兴许是年轻朋友走近我的一个原因？他们带着青春热情和乡土气息，带着强烈的求知欲和亲人嘱托上大学，他们内心激动又迷茫，迫切地想找老师谈文学，谈教改，谈人生，谈未来，希望老师释疑解惑，学到"为人民服务"的真本领，于是我的单身小屋便成了师生相聚和年轻人的雅会之所。

一年级新生求知心切，不知从何做起，求教读书、笔记的方法；毕业班同学手不释卷地抄书，却不知"读什么书，要做哪些准备"。我的经验也有限，以为"读点哲学"很必要，学会"知人论世"读书法，不要盲目地摘句抄书。理论书固然要读，名词概念上钻牛角尖没意思。

在劳大，无论老师学生，能够在报刊发表作品是很有面子的事。中文系学员向省地报刊投稿的积极性很高，有写新闻报道的，有写诗歌、小说的，也有写剧本、相声的，只是发表的概率不高。有一天《安徽日报》以整版篇幅发表了短篇小说《伏虎记》，小说作者、1970级学员小马激动地送样报给我看。小说讲一位党支书发动群众降服疯老虎灌水保苗的故事，从联系群众、艰苦朴素、吃苦在前、支持新生力量几个侧面突出带头人的好品质。他说这篇作品是去年在淮北柳溪大队学农的收获,要我提提意见。我说"写得不错,我写不出来",他很受鼓舞;若能写出保守人物思想转变过程及主客观原因,是不是更可信?

工农兵学员肩负"上、管、改"的任务,他们对中文系教学改革积极性很高,也关注"世界观的改造",但没有"文革"初期"造反派"那种戾气,大都诚实有礼,亲近老师,友爱同学。也有小心翼翼,开口闭口"求指教""最尊敬"的;我是青年教师呵,不喜欢这样矫情,不必如此拘谨。渐渐地,来我小屋的同学,能够自由随意地表达意见,我也给予力所能及的帮助。有要我读解鲁迅作品的,有修改会议发言稿的,有班干诉说工作中烦恼的,还有要针线、纸张订书本的,想借书又不好意思开口的。1973年江青和戏剧工作者谈话,推荐《红与黑》《琥珀》《简·爱》《约翰·克里斯多夫》《飘》《巴黎圣母院》等七本书。当年外国文学名著尤其稀缺,图书馆早已封存,老师也不外借,本来我也想控制一下,终于还是同意学生在书架上翻翻。教育实习期间,有找我帮忙分析课文的,还有个到我这里来试讲的同学声音洪亮,震得附近几个房间嗡嗡响。最有趣的是,有男生女生先后来我这里喝茶聊天,然后双双告辞,毕业后结为伉俪我才恍然,他们选了一个多么堂皇而又安全的约会场所呵!

聊天的同学,坐下就不想走,晚上在校本部看电影再告辞也有的。碰上节日,给客人冲一杯香茶,北京带来的糖果散尽。夏季,学校从宣城运来一批桃子,教职工每人分几斤,是招待客人的果品。新年,七八位同学来聚,食堂打来十七八碗菜,两瓶葡萄酒,年青人杯盏往还,热闹得爆棚。放寒假了,有同学买不到车票受阻在我这里,又有高烧39℃的女生,除了安排食宿,带她去医院看病,打针,煮姜汤,三天退烧后她帮我洗了被褥,然后欢天喜地地回上海过年。春节,有山里学生家庭困难不想回去过年的,说要陪我"同吃同住聊聊天";好吧,给他找个闲置的单间,我们同吃同住两个星期。那时我还年轻,不会拒绝学生的请求,即使正在备课也会搁下笔,白天消耗的时间夜间补。

频繁交往中,彼此建立了默契和友谊。林家岗开会或下课迟了,会有同学邀我在学生食堂用餐;最忙碌的时候,有同学主动帮我拆洗被褥,协助校勘文稿和教材。也会有好高骛远、心浮气躁的同学来访,譬如有人说他将来"有权"了,帮我出书,我敬谢他的美意;不经意地问他:"墨西哥在哪里?"答曰:"非洲!"惊诧之余,提醒他多看地图,关心一下时事,他理直气壮地回答:"我学中文的,又不学地理。"盲目自信如此,毕业后怎么胜任领导工作呢?同学们也不回避对学校教学管理工作的意见,什么不搭洗澡棚啦,生病无人问啦,外出学工学农宿舍门被撬开啦,小放牛到大教室宿舍来放牛啦……还有同学批评某系主任在公开场合骂学生的:"中文系学生如乌合之众,打起仗来,不是逃兵,就是叛徒!"学生的呼声无处不在,只要有校系领导不耻下问,我便如实反映。

除了中文系学员,我的朋友还有麻姑山农场知青。上海知青小李喜欢写作,今天送来散文《放心》,明天送来短篇小说《飞翔》,边读边改边讲解,一来二去的,便成了好朋友,我留他吃香肠盖浇面,他请我吃家乡红烧肉。他还说起上海佬的许多"三六九",什么笑面虎、两面派,什么诌媚、弄权、行贿、取巧……这些"厚黑"故事从一个比我小十几岁的青年口中说出,惊得我一身冷汗。我得承认,大墙里面的书生,根本没读懂社会这本大书。教育部老同事几位知青女儿从东北兵团调回麻姑山农场做农工,也经常到我这里聊作文(准备高考),讲许多有趣的故事,小屋里灌满了女孩子欢悦的笑声。

小屋的客人还有新结识的几位青年教师。爱好文艺的小魏找我讨论文艺节目,不善言辞的小钱掏心窝子地讲述他小家庭的欢乐和烦恼,会讲故事的小张给我们带来快乐和笑声。他们是安徽农学院 1969 届毕业生,在白湖农场锻炼几年,我们同期进劳大,年龄相仿,兴味相投,一起聊天,对酌下棋,夏天太阳落山后找个池塘去游泳。学校附近遍地水塘,如果不是旱季,倒是池水清冽,凉爽宜人,只是牛虻太多,水草纠缠。夏日池塘是魔鬼,时有不幸发生。明知野塘有凶险,有人偏向水中行。傍晚池塘边汰洗被单,只要有人冒出头来喊:"程老师,下水!"跳下去,绝不迟疑。清清的水,蓝蓝的天,满山青翠,无法抗拒的诱惑呵……

(2017 年 11 月)

知青小妹高邮来

我们家最艰难的时日，小妹呱呱坠地了。大家庭的败落，父亲的病，一家人愁苦在风雨飘摇里。两个大女远嫁，三个小儿女怎么养活？父亲将小妹送给朋友，说是"放孩子一条生路吧"，母亲死活不肯，把小妹抱了回来。父亲去世的时候，她才五岁。母亲去北京带孩子，我和两个妹妹相依为命。没有父母可以依靠的孩子，境遇可想而知，小时候我们饱尝人情冷暖，世态炎凉。

我在"五七干校"下放劳动时，大妹做小学教师，小妹是高邮龙奔公社的下放知青。家乡有大姐照应她俩，我略略放心。大概下放干校第二年，先后收到小妹和她男朋友的信。她本来被推举参加县"积代会"（学习毛主席著作积极分子代表大会），一夜间忽然被取消了代表资格，公社不知从哪里找到一份检举我家是"地主"成分的材料。在某部通讯连服务的小蔡也来信说，部队从旧档案中查出我父亲的"历史问题"和"地主"成分，不仅"提干"的希望成了泡影，想要继续留部队，就得放弃跟小妹的婚姻。后来虽然澄清了莫须有的指控，那时的小妹承受了多少旁人的冷眼和无助的煎熬啊！

现在，我在劳大有了单身小屋，可邀小妹到麻姑山下过暑假啦。七月底，小妹兴冲冲地来了。知道我胃不好，带一只煤油炉来。几年不见，小妹长高了，广阔天地里晒得红扑扑的。我去路边买一只24斤大西瓜，农场五七连的西瓜大又甜。

这是我在劳大的第一个暑假,学生陆续回家了,老师离校的也不少。下学期讲授鲁迅专题课,我得抓紧时间备课;教材《鲁迅杂文选读》的校对任务和一堆教学以外的杂事(改作文啦,教材编写总结啦)落在我头上。每天跑印刷厂,有小妹帮我校对,倒也能够应付,写总结有点头痛。新来乍到摸不着北,况且教材编写还在进行中就急于推广"经验",实在是勉为其难。鲁迅教学组只有我和年迈的高老师在校,遇到难题只好求教老先生了。还是老人家点子多,讨教几回居然弄出个初稿来。

小妹爱好文艺,她说到哥哥这里来还有个读书任务。一道去图书馆,管理员说学校藏书有限,小说只借一本,上、下册你得分开借。本来就无书可看,又撞上一条荒诞莫名的规则,失望之至。总算翻到一部长篇《渔岛怒潮》,小说讲述抗战胜利后渔岛人民反蒋反霸保卫胜利果实的故事,塑造一群老少渔民的英雄形象。这个政治色彩很浓的长篇满足不了小妹文学阅读的渴求,她就在书架上翻翻书。读鲁迅杂文和小说,翻阅《古代散文选》《普希金文集》,看我的读书笔记和新编教材,谈这个作家那个作品。学校每周一场雷打不动的露天电影,小妹在这里看了两场,《铁道卫士》和《智取威虎山》,后一场没看完就被大雨冲跑了,她却高兴地说:"过了一把看电影的瘾!"

小妹喜欢普希金抒情诗,她激情地诵读《致大海》,背诵《假如生活欺骗了你》——

假如生活欺骗了你,/不要悲伤,不要心急!/忧郁的日子需要镇静:相信吧,快乐的日子将会来临。/心儿永远向往着未来,/现在却常是忧郁。/一切都是瞬息,一切都将会过去,/而那过去了的,就会成为亲切的怀恋。

溪边或山中散步,她会情不自禁地背诵《囚徒》——

我们都是自由的鸟儿,是时候啦,弟兄,是时候啦!/让我们飞到那儿,在云外的山冈闪着白光,/让我们飞到那儿,大海闪耀着青色的光芒,/让我们飞到那儿,就是那只有风……同我在游逛着的地方……

她眼里闪烁着热情的光,有时似乎忘记我的存在。普希金流放南方写的这首诗,触动她的心思。远离亲人,孤独无依,她内心有难言的苦恼。跟社员干一样的活,一天挣八分工,一分工八分钱,满工六角四分。这点收入,加上哥、姐微薄的资助,只够吃饭穿衣。但她总是说:"邻村知青还不如我,那里一分工两分钱,一天只挣一角六分。"凭借自己努力,小妹克服了女知青在乡下的种种困难,逆境中磨炼意志,她多么渴望有一天像鸟儿一样在"云外的"山岗和海滨自由飞翔啊!

受台风影响,这个夏天不很热,小妹说:"麻姑山真是避暑歇凉的好地方!"到什么地方去逛逛呢?学校除了交叉几条路,就是纵横几排房,没啥可看的。上山走走吧,后山的杂草又深又密。教职工和农工一样,假日里带孩子上山割草,打松果,扒松毛,家家门前有个晒草场,房前屋后草垛堆成一座座小山。小妹说:"原来大学老师也跟生产队社员一样,在家没人给你送柴米,要自己动手割草种菜呵!"

每逢节假日,劳大师生结伴到洪林桥去采购,那是十里外一个小镇。这天有1972级新学员来访,她是上海知青,留校集训的校乒乓球队选手,跟小妹年龄相仿。她俩一见如故,一起读书,看画报,谈文学,热烈交流上山下乡的体会,1966年高中毕业的小妹羡煞1969年初中肄业的新生上大学。小妹说她所在大队至今没给上大学的名额,有过一次上调县城当讲解员然后直接当教师的机会,材料齐备,手续办好了,却被有"后台"的角儿挤出局。午后,提议到洪林桥走走。陪小妹逛洪林桥的心情,就像当年在北京带大妹逛西单、王府井一样开心。不过这小镇只有一条狭窄的街,街两边拥挤着凌乱的小商铺和摊贩。劳大师生通常带着赶集的心情去小镇买些鸡鸭鱼肉蛋、日用品,或香瓜、桃子、松花蛋、糖果之类零食,我从不烧锅做饭,随便看看罢了。教工食堂的夹生饭和带腐臭味的鱼肉难以下咽,小妹在劳大也没吃到可口的饭菜,买些蛋品和挂面,煤油炉也能做出香喷喷的鸡蛋面。

那时我俩都是单身,小妹可比我勤快、能干多了。她帮我翻箱倒柜,洗晒发了霉的衣物,缝好被套,做了纱窗,让我有更多时间备课。小妹性格单纯温和,总是高兴地埋着头,一针一线地缝补一大堆破烂衣裤。我默默注视她的劳作,想要给她更多的关爱,如果在北京,我会带她去北海、颐和园,买些她喜欢的东西,但现在不能。麻姑山下这个假期,不啻是兄妹俩在蹉跎岁月的相互取暖吧。

短暂的相聚,终须一别。行前,她又拆洗了我的被褥。兄妹同胞,不说感激的话,去劳大茶厂买几包茶叶,找出些我不适用或许姐妹们还有用的东西,请她带回去。她很乐意为我当"运输大队长"。明天就分别了,小妹又要回高邮乡下孤独地走一条漫长的知青路,我有些不舍,她有点惆怅;陪她说说话,再买一只大西瓜,吃了西瓜再启程。来去都是一只瓜,我问小妹日后还来不来劳大,她笑笑说:"来!"也许,小妹对劳大的记忆就是两只大西瓜?

1979年,知青返城后小妹做了教师。顶风冒雪,带着爱人和两个欢蹦乱跳的儿子,小妹举家来叶家湾团圆。我也有了爱人和孩子,婚后搬进家属楼一套20多平方米的居室,我母亲也乐不可支地从北京到乡下来看孙子。一家三代人欢天喜地地在麻姑山下过了个温馨热闹的春节。

(2017年12月)

寻访鲁迅的故家

　　1975年安徽省教委组织安大、师大、劳大三校的现代文学组协作编写一套鲁迅教材,我和启新先生作为劳大代表参加编写计划、教材篇目和编写提纲讨论,其后的绍兴三日文化考察,留下美好的记忆。

　　那天乘坐93次快车离沪,午间抵达绍兴。浙东地区山水相依,小桥流水,吴音侬语的胜境,令我等未游先醉了。在人民旅馆住下,下午去鲁迅纪念馆,负责同志建议我们在绍兴小住三日,去探访少年鲁迅的足迹。当天下午参观鲁迅纪念馆,晚上步行到丁字街,瞻仰"秋瑾烈士纪念碑"。再登府山,鸟瞰绍兴市容,然后在大街小巷转悠。绍兴是一个与广袤乡村紧密相连的精致小城,石板的地面,老式的街宇,尽管已是仲夏季节,这里还是微风拂拂,凉爽怡人。也许从小生长在小城,从情感上并不流连北京、上海那样的大都市,倒是对带有浓郁乡土气息的绍兴城感到亲近。

　　第二天清晨拜谒禹陵。洪水汤汤的时代,大禹治水扎营在会稽山,后代人民修建禹陵大庙,纪念这位为民立极的英雄。可惜年久失修,"文革"期间的禹陵处处是颓垣断壁。在秋瑾故居,注目秋瑾一张飒爽英姿的照片,束发,紧身衣,手执短剑,"鉴湖女侠",名不虚传呵。据说秋瑾女士善骑,手拍马鞍,即奔驰如电。晚间从东湖回来,再去胜利路,参观秋瑾工作过后来在那里被捕的"大通学堂"旧址,这里现在是绍兴一中分部。当年鲁迅在绍兴担任学监期间,也尝带领学生瞻仰禹陵和鉴湖女侠的碑亭,以先贤的功业和精神激励青年。

上午在鲁迅纪念馆,会见闰土(《故乡》主人公)的孙子章贵,一位质朴恭谨如他祖父却文质彬彬的中年汉子。《鲁迅的青少年时代》的作者张能耿介绍了鲁迅故家的变迁,随后在工作人员带领下参观鲁迅故居,从百草园到三味书屋。鲁迅家道中落后,房子卖给朱姓地主,现在的故居是偶然保存下来的两座老屋,其余几个台门都改造过了。百草园是个二亩见方的后花园,留下一道与梁姓人家相隔的矮墙,墙上长满杂草,余下的土地已成为纪念馆馆员义务劳动的场所。鲁迅故居向东大约250步,过一座小石桥,便是三味书屋。这是鲁迅小时候读书的私塾,中堂高挂一幅有青松、梅花鹿和孔圣人的国画,西边墙角鲁迅课桌右上方刻一个"早"字,还十分清晰。书屋后面有一两丈见方的后园,园里长了两株蜡梅树,这个小天井是少年鲁迅和小同学课余的乐园。在纪念馆门前,我们和章贵、张能耿二位合影留念。

下午,我们一行八人分乘两只乌篷船去东湖(鉴湖)游览。这船两头尖翘,有三道船篷,上涂桐油黑漆,故称乌篷船。船有两道中舱,人可站立,行动自如。是否周作人笔下的"乌篷"和"明瓦"呢?摇橹的船公称是。乌篷船是江南水乡的地域符号,迄今已有2500多年历史。过去,村民们耕田种地,捕鱼捉虾,走亲访友,婚丧嫁娶,都离不开小小船儿;水巷乌篷,一摇一荡,穿过小桥,划过村庄,摇曳着烟雨江南一曲离殇。

周作人说坐在船上"应该是游山的态度",我们向两岸张望,随处可见的山,各式各样的桥。前面就是烟波浩渺的东湖啦!畦畦碧绿的水田,排排整齐的房舍,迤逦曲折的水流,起伏连绵的山影,湖心还有人工开凿的高峻的石洞——仙桃洞和陶公洞。驶近两座石洞时,乌篷船艰难地冲过一段湍急的涡旋。千百年来,会稽人在如此险峻的石山上施工,开凿了如此陡峭、婉转、空灵、水深18米,高约40米的石洞,其排除万难的决心和坚韧不屈的意志,令人叹为观止!两只乌篷船游弋在扑朔迷离的石洞中,如坐井观天。我们击掌，欢呼，尽情享用这巧夺天工的美景。老船工体谅我们的心情，将船停靠在岩下，等候我们上山。沿石级攀爬，恍若足踏千层浪，身登青云梯，从两个洞口俯瞰湖面，如瑶池眺望人间，惊悸、兴奋不已。倏忽间已近黄昏，不得不作别东湖，轻舟回城。

第三天，两只乌篷船驶进鲁迅外婆家皇甫庄和安桥头，给两个村庄的居民带来了新鲜和惊喜。那个年代没有旅游热，这两个美丽乡村还隐藏在灵山秀水的犄角里。男女村民在河边、村头笑脸相迎，孩子们涌进我们歇脚的小屋，无拘无束地玩耍、嬉闹。这些闰土、阿Q、祥林嫂的子孙们，驱除了旧时代的重重雾幛，绽放出灿烂的笑靥。历史终究在曲折艰难地前行呵，我们这些远方客人也受到感染，和孩子们开心地逗乐起来。

在一位小学老师陪同下，我们参观了鲁迅外婆家白墙青瓦的民居和少年鲁迅跟农民孩子月夜看社戏的包殿，老师向我们热情地介绍外婆家的家族变迁史和皇甫庄特异的社戏习俗。农民们在固定的时间、地点，一连搭几个戏台，唱许多天戏，大家借这个机缘与远近的亲眷欢聚。戏台搭在包公殿的前面，一半搭在岸边，大半搭在水上。戏是唱给鬼神听的，唱戏的人面向包殿，人们在包殿的前侧看戏。社戏是绍兴乡村一个盛大的节日，宽阔的河面上停泊各式各样的船，四乡八镇的农民都在航船上看戏。老师关于社戏的讲解，纠正了我们过去对社戏的误解。

外婆家在哪里呢？有的说皇甫庄，有的说安桥头。安桥头全村鲁姓，少年鲁迅的朋友双喜、阿发、六一公公都是安桥头的居民。跟我们一路走来的安桥头村民，七嘴八舌地讲述鲁迅外婆家在安桥头的理由，强烈要求"把历史的颠倒再颠倒过来"。和村民们一起，你能深切地感到他们对家乡先贤的热爱和崇敬。

两座村庄离绍兴城都有30余里，我们清晨六时出发，下午五时返程。惬意在乌篷船里，听船底潺潺的水声，河上飘散着水草的清香。我们是在

鲁迅当年走过的河道上航行啊,有人即景赋绝一首:

> 烟雨江南诗画眠,白墙青瓦乌篷船。
>
> 诗人兴会外婆家,卧听船娘拨清弦。

我们在船舱中歇凉,艄公终日在船尾的一把遮阳伞下,双臂掌舵,双脚摇橹,大汗淋漓。为了我们参观访问,鲁迅的故乡人真诚、无偿地奉献心力。临别时紧握艄公满是茧子的手,道一声"辛苦了!"目送老艄公和乌篷船在水面上渐渐远去。

这是今生最值得回味的鲁迅故乡行了。25年后又去过两次,一次纪念鲁迅120周年诞辰,一次单位组织的"红色旅游",两次大规模活动都辗转在纪念馆、沈园、兰亭一带,没有乌篷船,没有东湖水草的清香,呼吸不到小百姓的空气。人工造设的景点,摩肩接踵的人群,琳琅满目的旅游商品,久违了原汁原味的水乡。私心还有一个再访鲁迅故家的计划,去看望淳朴友善的外婆家的村民,再乘坐一回乌篷船,圆一个畅游东湖的梦。

(2017年7月)

高高的脚手架

经过两天动员和准备，中文系 1975 级新生去泾县学工。出发那天，大风，春寒，旧式的小嘎斯，车上冷得瑟缩。山道崎岖，激烈的颠簸，几位女同学晕车呕吐了，两个多小时到达纪村工地。我和吴老师带两个组的男生住在一间闲置的厂房里，工人师傅已给我们搭好通铺，我们要在这里住 40 天。

这是一个四面环山的山谷，青弋江从谷底流过。大坝和电站工地上此起彼伏的劳动哨音，高音喇叭播放着革命样板戏，大吊车、搅拌机突突地响个不停，水电十四局的水电站工程正在紧锣密鼓地施工，青山绿水点缀着沸腾的工地。第二天，工程技术人员带我们参观工地，了解八个工程项目的基本情况。拔地而起的大坝，大约有五六十米高，恐高症患者只能望坝兴叹了。师傅说水电站建成后，年总发电量 1.735 亿千瓦时，可供电，灌溉，航运，不用两年就能把建设经费找回来。

第一阶段是参加劳动，深入采访。我带一个组，采访对象是建筑大队外厂木工。外厂木工转战大江南北，有不少 20 多年工龄的老工人。跟随老工人定点劳动，或安装木模，或传递木板，或钻进蜗壳层清渣。说起这份工作的艰辛，师傅们感慨万千，一再关照大家注意安全。吴老师年纪大了，我带几个男生上脚手架。和师傅一起高空作业，扛木头，放木材，吊木模，汗湿了衣衫，点燃了豪情。虽说是定点劳动，"围着师傅转"，对高空作业的同学还是放心不下，经常要爬到厂房顶部叮嘱同学注意安全，千万小心。那时我还年轻，胆子也壮，脚手架上攀高下低满不在乎，可也不敢大意,摔下去就呜呼哀哉了,心里还是怯怯的。

第二阶段在深入调查研究基础上写通讯报告或文学作品,新生班同学第一次到工地学工,充满了激情和好奇,不习惯做深入细致的调研。有了点滴体会,就浮想联翩,笔下龙蛇,难免华而不实。请工区的青年作者谈写作经验,他们反复强调通讯写作的真实性,无论写什么都要有真情实感,学生受到很大触动。我和吴老师分头参加学生小组会,一块儿选题、列提纲。有个小组,5/6是女生,她们汇报采访的收获,很仔细,很认真,做了不少工作;可她们开会也没正经的,她们有说不完的悄悄话,一肚子的搞笑故事。20来岁的女孩子,什么时候做过这样认真严肃的采访呢? 只好开会一阵子,歇一阵子,再继续下去。文章题目和写作提纲终于拟出来了,这是建筑大队的重点通讯呵,老师得多关心点。

五四运动57周年纪念日,1975级学生和全工区的团员青年,听取云岭新四军纪念馆同志讲"皖南事变"的历史悲剧和新四军的战斗故事。团支部组织一次登山活动,老师们也参加。

荡起小船,渡过青弋江。春天雨水多,公社的秧田片片新绿,竹林里竹笋疯长。60人的队伍沿公路迤逦而行,前面高举一面鲜艳的团旗。离泾县城关三华里的宝塔山下,点齐了人数。我们老共青团员的任务是先上山,插红旗,为登山比赛计时。找一条似乎可走的小路上山,可走不多远路断了。拨开荆棘,竹丛,径直冲上去。滑倒了,手刺破了,衣服挂住了,很可笑,挣脱了再向前。最后30米心跳得快蹦出来了,举旗的小伙子将我们甩得远远的。我们在山顶的树杈上绑好红旗,共青团员们冲上来了。准备一束野花,奖励第一名优胜者,徽州的山路走惯了,小伙子一路攀爬并不吃力。十分钟不到,全体团员在山顶聚齐。不一会儿,狂风骤起,大雨如注,抄近路,往回赶。这次登山活动,同学们玩得开心,缓释了调研、写作的紧张心情。

第三阶段狠抓进度,写出初稿并定稿。"木工四组"的通讯《纪村水电站奋战半年厂房到顶的事迹》，调查做得深入，初稿基础好，但文字饾饤多。"钢筋组"的初稿连自己都看不过去，只好返工，重新规划提纲、细目，重写一稿。执笔同学不好意思地说："怪我个性太强了，没听老师的建议。"虽然进度受到影响，学生在写作实践中有了进步。《十四局支持开门办学的先进事迹》和表彰青年司机的通讯，有动人事迹，有文艺通讯意味，修改后誊写、定稿。小说《我的师傅》，表现青年女工的优秀品质，文字活泼，条理清晰，刻画出主要人物的精神风貌，但是把少数群众的"松劲""迟到"作为斗争对象，未免小题大做；次要人物写得太弱，红花少了绿叶扶。学生写小说主要不是技巧问题，而是生活阅历和思想境界问题。学工活动与写作实践相结合，对于提高学生的观察力和写作能力，大有裨益。

学工接近尾声，举办一场赛诗会。建筑工人的诗，激情满怀，憎爱分明，学生诗歌（《五一登上诗台》《女钢筋工》《工地夜景》《会战颂》等）表达向工人阶级学习的决心和愿望。老师也即兴朗诵一首《情深似海》："……登上大坝顶，/天地多广阔，/机声隆隆人大干哪，/水电工人绘宏图。/师傅领我上高跳，/白云深处学立模，/别看我师傅鬓发白呀，/他攀高下低赛小伙。/撕片白云擦擦汗，/师傅拉我身边坐，/说罢旧社会逃荒担笸箩，/再讲20年治水英雄多。/遥指高耸入云的拌合楼，/他心潮滚滚难平伏：自己安装自己造呵，/毛泽东思想奏凯歌……"此类"民歌体""通俗化""革命化"的白话分行，诗味不多，大话套话，一时风气也。建筑大队选出40多首，由我带四位学生"秀才"，日夜突击，修改编集。

返校不久，建筑大队派人送来通讯集《纪村新貌》和诗集《工地风雷》，工人和学生的作品合编成集，展示"教育革命的成果"。那时我和秋泉新婚不久，约请三五师生，小锅小灶接待客人。清晨就挑水，生煤炉，剖黄鳝，过节似的忙乱一天。当年二位政工干部出差劳大，没有公款接待。

（2017年10月）

黄山鲁迅会议散记

　　1978年5月,新华社转发《光明日报》发表的《实践是检验真理的唯一标准》一文,在全国展开关于"真理标准"的大讨论,解放思想的春风吹到麻姑山。是年二月,安徽人民出版社修订再版安徽劳动大学中文系教材《鲁迅杂文选读》,鲁迅教学组几位老师倡议:"天时、地利、人和,我们为什么不牵头举办一次鲁迅研究黄山会议呢?"这个想法得到学校和兄弟院校的大力支持。于是,安徽劳动大学中文系联合杭州大学中文系,向全国高校和研究机构发出200多封邀请函,教研组派出专人登门邀请前辈专家和知名学者莅临会议。经过几个月酝酿、筹备,10月18—24日,在黄山举办为期一周的"鲁迅学术讨论会"。

　　大会会务组的主持人是沈明德(劳大)、郑择魁(杭大),劳大现代文学组的老师们安排在会务组和接待组,我和明渊先生作为代表参加。16日上午七时从劳大出发,驱车九小时,下午四时到达黄山宾馆。18日晚,全国各地200多名代表陆续到会。与会前辈专家和知名学者有王瑶、戈宝权、孙席珍、华忱之、黄源、许钦文、钱谷融、邵伯周、李泽厚、林非、陈鸣树、范伯群、袁良骏、陆耀东、易竹贤等等。十年"文革"禁锢了思想和精神,鲁迅研究被贴上政治标签,鲁迅也被神秘化、妖魔化、庸俗化、工具化了。十一届三中全会即将召开,在新的时代条件下,老中青学者带着学习交流的渴望汇聚到黄山脚下,无论熟人朋友还是第一次见面,代表们格外亲密、欢畅。

10月19日，鲁迅逝世42周年纪念日，大会正式开始。没有领导的报告，没有高蹈的讲章。各地代表带来新的研究成果，就"鲁迅思想发展""鲁迅杂文和小说创作""鲁迅《野草》和《故事新编》""鲁迅著作译介和鲁迅海外影响""鲁迅研究的历史和现状"等议题，展开了广泛的研讨交流，台上台下，争论十分激烈。黄山会议在热烈、友好的气氛中开了七天，除了登山二日，大会交流五天。这是一次民间的学术交流会，是在中国鲁迅研究会正式成立（1979年12月12日）之前召开的一次全国规模的鲁迅会议，没有高层的策划筹备，没有严密的组织领导，没有巨额的经费支持，在当时历史条件下也不可能就鲁迅研究中的热点或重大课题进行深入探讨；可这个名不见经传的民间研讨会，却是粉碎"四人帮"之后全国鲁迅研究界第一次声势浩大的集合和预演，是鲁迅研究学者的第一次学术苏醒，是长期受到思想禁锢的知识者在新的历史条件下发出的思想解放呼声，它吹响了全国鲁迅研究队伍的集结号，对于新时期鲁迅研究的深入开展有毋庸置疑的推动力。

第五日天气晴好，代表们集体登山。那时没有索道，山路崎岖曲折，黄山上下60里（最高莲花峰海拔1864.8米），全靠四肢攀行。跟我同住一室的浙江师大戴林淹先生，60多岁了，壮心不已，兴味益然。两年前我上过黄山，山路比较熟悉，便成了戴先生和几位同路人的"导游"。走过有董老（必武）题字的"慈光阁"，在半山寺小坐，饮一杯香茗。到龙蟠坡，俯瞰群峰，像一个巨大的盆景，奇松，怪石，云海，温泉，素称黄山"四绝"，同行者无不叹为观止。过天门坎，再上天都峰，从莲花峰脚下绕行（莲花峰封山）。过龟、蛇两块巨石，最陡峭难行处就是"百步云梯"了。那100级台阶历经千年风蚀，磨损不堪，加以天色渐渐阴晦，脚下打滑，人人须手牵手，小心翼翼、步步为营地探索下行。我们几个年轻人紧拽着戴老先生的手，好不容易到达鳌鱼洞。回望百步云梯好像是靠在峭壁上的长梯，上有云雾缭绕,下临万丈深渊,真是险峻十分。过了鳌鱼洞便踏上大路,经光明顶,直奔北海宾馆。

当年,宾馆客房有限,条件也差,大多数与会者在厅堂、过道的双层床过夜。没想到11时过后,冷风嗖嗖,寒气逼人,纷纷扬扬降下一天大雪来。透过门窗,隐约可见暗夜中黑幽幽的荒山野岭,大雪中仿佛有无数怪力乱神张牙舞爪地飞腾,令人浮想联翩,心生敬畏。宾馆的棉大衣不够分配了,尽量保证年长体弱者,我的大衣递给了邻铺的ZH同志,他在第一时间没借到棉衣。第二天清晨雪后初晴,峰峦接受了大雪洗礼,千山万壑白茫茫一片,满山的琼枝玉叶,更是皎然一色,如梦似幻,美得窒息。雪后黄山,不似北国"千里冰封,万里雪飘"那样辽阔,而是雪与松、石、云雾的完美融合。银装素裹的山谷里,到处是冰挂、雾凇和云海,那是一种如仙境一般妖娆大气的美呵!古人有云:"三十六峰图画,张素锦列冰柱,几缕,翠烟聚,晓妆眉更妩。"(张可久:《新安八景其二——黄山雪霁》)下山须格外小心,一行人从雪皑皑的山道上小心地踩出第一道脚印。行路十分艰难,人人兴奋不已,有谁说;"如果不是黄山会议,哪有黄山雪景的艳遇?"下到山脚,已是午后,一派艳阳天。我们亲历了"一日三副脸"的黄山气象魔变,山上山下两重天,真是妙不可言。

对于鲁迅学人来说,黄山的登攀好像一则寓言。鲁迅就是一座"一览众山小"的大山,鲁迅研究就是一条崎岖曲折的道路,山上有无限风光,也有漫天风雪,从来没有平坦笔直的登山路。鲁迅这座山吸引了前赴后继的朝山人,无论山上有"黑夜的恐怖,悚骨的狼嗥,狐鸣,鹰啸,蔓草间有蝮蛇缠绕",朝山人永不退转,勇敢前冲,"冲破这黑暗的冥凶,冲破一切的恐怖",终于惊现"莲苞似的玲珑",登上"你那最想望的高峰"(徐志摩《无题》)。只有不畏艰险,齐心协力,勇往直前,才能领略那奇松、怪石、云海、雾凇、温泉之美,才能登临"一茎上矗天,千瓣开蒙蒙"(莲花峰)的最高境界。

黄山开会那几天，我们经常会遇见在这里取景拍戏的《小花》剧组演职员。同一座大楼借宿，一个饭厅用餐，彼此的活动并不回避。从宾馆过道里昂首穿行的意气风发的刘晓庆，在敞篷车副驾驶座上颔首低眉的小姑娘陈冲，还有温泉浴池排队等候、侃侃而谈的唐国强，他说夜间拍戏的夜餐费只有七毛钱……几位今日大牌明星那时刚刚出道，未免青涩单纯；没有青春期的勤苦奋发，哪有生命的茁壮成长与烂漫辉煌？《小花》剧组在黄山取景拍戏，给鲁迅学术会议镶嵌了一道花边，平添几分艺术气氛。

黄山会议开幕这天，也正是我孩子的百日，我是带着对妻儿的牵挂和歉意参加会议的。妻子秋泉天天上班，带一个哺乳的婴儿。是否出席黄山会议呢，有过犹豫，她说："去吧，家里的事你别操心。"她的支持鼓起我的勇气决心。麻姑山下太闭塞啦，纠缠于柴米油盐，堵塞了思路，委顿了精神，怎能放弃这个十载难逢的好机会呢。18日晚给她写信："不能和你一起抱孩子百日留影是一件憾事"，最不放心的还是"挑水请谁帮忙？你已经很久没挑水了，不要逞强……三餐怎样对付呢？……不急于办的事且放一放，等我回去再说"。麻姑山下困窘的生活环境改变了粗心的人，不能不替他们母子操心。

（2017年8月）

授课中文77级

1977年,我国高等教育的车轮在停止运转11年后,又轰隆隆地启动了。恢复高考使学校风气焕然一新,"读书无用论"的恶劣影响和知识分子被打入另册的歪风邪气受到沉重打击,"知识改变命运"成为广大知识青年的座右铭。1977级学生冬季高考春季入学,来自全省各地的劳大新生1978年3月进校后,我接下了"中国现代文学"的教学任务。这是70年代后期我在劳大开设的又一门新课,没有新教材,也没有教学大纲,可资参考的新资料严重匮乏,教学计划和教学安排须自行设计。

第一步是确定现代文学史的分期及重点讲授哪些作家作品。能够找到的只有五六十年代的几本文学史和民国时期的旧书刊,像王瑶的《中国新文学史稿》,刘绶松的《中国新文学史初稿》,丁易的《中国新文学史略》,李何林编著的《近20年中国文艺思潮论》,还有赵家璧主编的《中国新文学大系》(十卷),从旧书刊及各种索引中搜寻作家作品研究资料更是一个浩大工程(案头幸有我在学生时代手抄的人大书报资料中心出版的《中国现代文学研究资料索引》)。当时认为王瑶对新文学史性质、分期和作家作品的论述是可取的,视野较为开阔,文学发展线索较为清晰,唯作家作品分析不够充分。没有教研室集体备课的要求,任课教师自行选择,自己负责,大框架设定后,便埋头读、写,无论工作量多大,大半年间写出了多半部文学史(讲稿)。

次年九月,在新建的教学楼二楼77级教室上课。50多位同学,一个横空出世的学生群体呵！年龄小的18岁，大的36岁（比我略小一二岁）。高校招生叫停许多年了，十几届知识青年千军万马过独木桥，当年文科录取比例是1：60，竞争之激烈，录取率之低，在国家高考历史上是绝无仅有的。第一讲《概论——中国现代文学的性质、分期和学习方法》，从同学们如饥似渴的眼神，看到一种嗷嗷待哺、急切求知的心情。

77级是一个与工农兵学员及"文革"前大学生迥然不同的群体。他们大都来自生产第一线，大都是有丰富阅历的实际工作者，他们当中汇聚了十几届中学毕业生的精英。同学们亲历了天翻地覆的社会巨变和转型，入学前就形成了独立思考的习惯和立场，就有实践中培养出来的看问题的眼光。根据这个特点，采用自学、讨论和写评论的方式组织课内外教学，期末实行开卷考试，自命题，写评论。

77级学生亲历了社会变革的阵痛，经历了"读书无用"到"为中华崛起而读书"的社会转型，他们并不介意偏僻山区和简陋的办学条件。知青学生以跳出农门、改变命运为旨归，学子不嫌母校穷，有人接到录取通知书说："××大学都去上！"在他们眼里，劳大校园环境清幽，风景秀丽，林木葱茏，鸟语花香，是求学读书的好地方。在校期间，他们亲历了当代中国的伟大历史转折（党的十一届三中全会），参与了"实践是检验真理的标准"的大讨论，同学们的学习热情就像干柴遇见了烈火似的瞬间点燃起来。他们不仅课堂上如饥似渴地听讲，恨不得把老师说的每一句话都记录下来，课余也孜孜不倦地读书、讨论、求索。他们特别关注社会上出现的热点问题，如"伤痕文学"、弗洛伊德主义、存在主义、人生观问题、西方马克思主义、摇滚音乐、邓丽君歌曲、台湾校园歌曲，等等。他们收听中央广播电视大学的远程教学，学英语、日语，努力提高外语阅读能力和会话水平。

刘心武《班主任》和卢新华《伤痕》的发表，以及中文系老师关于《人到中年》(谌容作)、《一个冬天的童话》(遇罗锦作)的讲座,激发了同学们对"伤痕文学"探讨的浓厚兴趣。77级学生是这段历史的亲历者,于是也有同学写出类似伤痕文学的作品。学生文艺刊物《百草园》刊登过一个短篇《耳轮》,讲述"文革"中期一个小青年和哥们儿在马路上轮奸下夜班的中年女工,女工在抗争中咬掉小青年的耳轮,从昏迷中醒来的女工艰难地回到家中,发现儿子的耳轮被咬掉一角,母亲悲痛欲绝,儿子羞愧难当的故事。这篇小说在中文系学生中不胫而走,引起热烈的争论,有人说写得真实,震撼,有人批评编得离奇,自然主义。

77级的现代文学课以讲授作家作品为主,鲁(迅)、郭(沫若)、茅(盾)、巴(金)、老(舍)、曹(禺),"左翼作家"田汉、蒋光慈、艾青和"进步作家"叶圣陶、闻一多、朱自清、冰心、许地山、王统照,"解放区作家"赵树理、丁玲、李季、贺敬之等,进入我们的阅读视野,周作人、郁达夫、沈从文、徐志摩、张爱玲等有争议的作家,现代派诗人和作家,还关在课堂外面。学生当然不满足于讲述几个作家作品,课余他们会追问如何评价胡适、徐志摩、郁达夫? 如何评价30年代那些左翼文学家? 怎样看待延安时期胡风、王实味的旧案? 我的启蒙课激发了学生继续探讨中国现代文学的兴趣,1978年恢复研究生考试,就有没学完中文系本科课程的学生考上杭州大学和天津师大的现代文学硕士研究生。这门学科刚刚起步时,老师的思想还没松绑,没有能力就许多敏感而有争议的问题给出明确答案,就像当年一幅漫画《自嘲》所描绘的:一个曾被囚禁在罐中的知识分子,罐已被打破了,他还保持着罐中姿态不能解放。这幅画形象地描绘出70年代末、80年代初中国知识分子的生存状态,而我的同事沈先生率先开设"伤痕文学"讲座,冲破"性"的禁区,可谓与时俱进。

刚进校门,有的同学颇有"皇榜中状元"的优越感。和75级、76级师兄师姐(工农兵学员)在食堂打饭发生口角时,会有人流露出"我们是全国统考进来的正牌大学生"的情绪,同年九月78级新生入学后,这股骄矜之气渐有收敛。中文77级后来从政的、在党政机关担任领导职务的多,据当年的辅导员说,全班56人中,后来担任副厅级以上领导职务的约占2/3;无论文、教、政、商,都涌现出开拓创新的杰出人才,他们在改革开放大潮中起到承上启下、继往开来的作用。历史给了77级机遇,同学们做出了无愧于时代的奉献。

由于麻姑山水源严重污染,1982年安徽劳动大学撤并调整,77级、78级中文系学生取得安徽大学毕业文凭,但在学子心中都有一个挥之不去的劳大情结。安徽劳动大学消失了,广大师生在新旧交替时代为高等教育艰苦奋斗、摸索前进的一页,怎能忘记呢?

在麻姑山下,与历届工农兵学员和77级同学在教学互动中结下深厚友谊,这种相互关爱、至真至诚的师生情谊伴随我的大半生,直至今日。每当收到学生遥远的问候,每当师生愉快地聚会或重逢,每当获悉同学们在各自岗位上做出优异成绩,我会受到激励和鼓舞,老迈的生命变得年轻。

（2017年8月）

风声雨声
读书声

参观钱学森图书馆感言

坐落在上海交大徐汇校区的钱学森图书馆,自2011年12月11日钱学森诞辰100周年对外开放以来,已接待了两万多名观众,在社会上激起较大反响和广泛好评。它是上海交大的图书馆,也是国内第一个国家级科学家纪念馆和全国爱国主义教育基地。我在参观钱学森生平事迹和辉煌业绩后,深为前辈科学家"爱国、奉献、求真、创新"的崇高精神所感动,由钱氏全面发展的成才之路,产生了一点感想。

馆内陈列分为"中国航天事业奠基人""科学技术前沿的奠基者""人民科学家风范"和"战略科学家的成功之道"四部分。钱学森赴美留学后,师从美国著名空气动力学教授冯·卡门,成为冯·卡门教授最得意的学生和最得力的助手。留美期间,钱学森享受着优厚的待遇和优越的工作条件,但他一刻也不忘记养育自己的祖国和人民。他说:"我是中国人。我现在所做的一切,都是在做预备,为的是回到祖国后能为人民多做点事。"新中国成立之初,他冲破重重阻力回到祖国。在回答美国移民局官员的问询时;他说:"我是中国人,当然忠于中国人民!"钱学森表现出"高度的民族自尊心、民族自信心和民族气节",堪为爱国知识分子和科技工作者的杰出榜样。

展览第四部分,陈列着两张醒目的图表,一是"建立现代科学技术体系"的设想,一是"钱学森涉足的主要学科领域及其时序"。从两张图表可见,钱氏不仅是应用力学、航空工程、空气动力学、工程控制论等领域的专家,而且在自然辩证法、唯物史观、数学哲学、地理哲学、建筑哲学、军事哲学、人学、美学、文艺学等学科领域多有建树。他从自己以及许多杰出科学家的成才之路,反观中国高等教育,于1979年从研究人类整个知识体系的高度,以马克思主义哲学(认识客观世界和主观世界的思维)为指导,运用实践论、系统论的观点提出了建立现代科学技术体系的设想,希望用这个新的体系解决中国高等教育人才培养和社会主义现代化建设中的问题,显然,这是一个具有远见卓识的倡议,一个创举。

钱学森一直非常关注创新型人才的培养。他在临终前留下一篇《谈科技创新人才的培养问题》的谈话稿,提出几个问题:"我们的大学该怎么办?为何中国大学培养的人才创新力不足?大洋彼岸的加州理工学院,这所为我国培养了许多著名科学家的美国高校,又能为中国今后的办学提供什么样的启示?"这就是著名的"钱学森之问",其核心之问是"我们的学校为什么培养不出大师级的杰出人才"?

钱氏生前不止一次地强调,培养创新型人才的基本途径在于实现自然科学和社会科学的结合,实现科学和艺术的结合,他主张搞科学工作的,应该学点艺术。他认为"处理好科学和艺术的关系,就能够创新,中国人就一定能赛过外国人。"在钱学森看来,科学和艺术是相通的,搞科学的人不仅需要数据和公式,同样需要"灵感","我的灵感,许多就是从艺术中悟来的"。1991年一次颁奖会上,他特别提到夫人蒋英对他的帮助:"蒋英是女高音歌唱家,而且是专门唱最深刻的德国古典艺术歌曲。正是她给我介绍了这些音乐艺术,这些艺术里所包含的诗情画意和对于人生的深刻理解,使得我丰富了对世界的认识,学会了艺术的广阔思维方法。或者说,正因为我受到这些艺术方面的熏陶,所以我才能够避免死心眼,避免机械唯物论,想问题能够更宽一点、活一点,所以在这一点上我也要感谢我的爱人蒋英同志。"2005年7月温家宝总理去医院看望他时,回忆起小时候父亲让他学理科，又送他去学绘画和音乐的经历："我觉得艺术上的修养对我后来的科学工作很重要，它开拓科学创新思维。"钱氏深谙科学和艺术犹如鸟之双翼车之两轮，二者完美结合共同作用，正是创新人才脱颖而出的奥秘。

展馆陈列的上述两张图表，清晰地表达了钱氏主张科学与艺术结合、自然科学与社会科学结合的思维特征，在他看来，"创新"是逻辑思维、形象思维和灵感思维三种思维的融合，是人类智慧中"性智"和"量智"两种智慧共同作用的结果。事实上，"两弹一星"元勋钱学森、钱三强、邓稼先等人都是既有坚实的科学基础，又有深厚的人文底蕴，学贯中西，融汇古今的大师，他们身上充分体现了"科学、艺术、人文的共同基础是人类的创造力"这一真谛。

钱学森的"现代科学技术体系"，突破了当下高等教育专业分工过细，学科过于狭窄的弊端，提供了高端人才培养的新型模式，展现出培养和造就具备大师潜质的优秀人才的广阔前景，对于我们正在进行的教育教学改革，对于我们提高"创新型"学者群体的整体素质，具有迫切的理论和实践意义。切实研究并且参照实施"现代科学技术体系"，中国的大学培养出"大师级"创新人才或许不再是梦想。

（2012 年 3 月）

信仰花开

19世纪后半叶,整个欧洲沉浸在物质的狂欢里,知识精英也失落了信仰。德国哲学家尼采在《查拉图斯特拉如是说》中严厉抨击物质社会,象征地嘲讽所谓"文化之邦",不过是"一切颜料罐之家乡","今日之人"没有"内脏",一切似乎是"颜料与胶纸片塑成的",他诅咒"缺乏信仰"的人是失去"生育"能力的"活着的骸骨",预言没有信仰的现代人必然"凋落!"他瞩望在遥远的幸福岛上有意力强大的"超人"出现。

尼采的"超人"太过渺茫,但他抨击现代人"缺少信仰"并非虚妄。世界跨进21世纪,依然物欲横流,权力至上。君不见,人类最丑陋、最无耻的一幕幕仍在层出不穷地上演,没有信仰的人缺少生机、活力和创造性,像一株枯萎的病树,不能开花结果;没有信仰的生活是精神的荒原,没有信仰的灵魂沉没在黑暗里。

信仰是初春的种子,它播种在茫茫的大地,沉睡的灵魂被唤醒,洋溢着生命力的新芽破土而出,希望的森林洒满阳光。信仰是参天大树,它植根在广袤的原野上,根深叶茂,茁壮成长。它是林中的伟丈夫,不惧风霜雨雪,抗逆酷暑严寒,它那芬芳美丽的花朵,迎来春色满园。信仰是驶向彼岸的方舟,洪水滔滔时,拯救起不幸落水的人们;茫茫大海中,导引我们到达地平线那边幸福的家园。据"生活科学"网站报道,一项由美国乔治梅森大学心理学家卡什丹(Todd Kashdan)主持的研究中,研究者发现精神信仰有助于提升学生的自尊和保持正向的心情,接受调研的87名有信仰的学生中,93%可以加强自尊,100%对心情有正面影响,研究表明信仰能让生命更有意义。

有坚定的信仰,就会目标明确,信心满满,产生无穷无尽的力量。古往今来,多少志士仁人为所信仰的科学和真理奉献出热血和生命!公元前六世纪希腊数学家希勃索斯发现无理数"根号2"的存在,被保守的毕达哥拉斯学派以"叛逆经典"和"渎神"的罪名处以淹刑;16世纪意大利科学家布鲁诺以超人的预见丰富和发展了哥白尼的"太阳中心说",坚持认为太阳系以外还有无以数计的天体,被宗教裁判所活活烧死;发明人类第一具望远镜观察星空的伽利略,因为信仰科学真理,与《圣经》教义发生冲突,被宗教法庭以"异端邪说"的罪名判处终身监禁,1642年深冬孤独地死去。中国近现代史上,有冲破旧家庭的桎梏,漂洋过海去法兰西、去伏尔加河畔寻求真理的前驱;有戴着沉重的脚镣高唱《国际歌》,面对死亡放声大笑的人;有冒着敌人的炮火,爬雪山、过草地,不惜抛头颅洒热血的人……在这些追求真理、传布信仰的人那里,信仰开花了,它激发出无限的生机和钢铁的意志,彰显出无坚不摧、攻无不克的力量。

信仰使我们的生活充实美化,激发我们向善爱人,对辽远的国土充满了憧憬和向往。即使遇到极端的痛苦或致命的打击,也能处变不惊,点燃希望,突破重围。罹患绝症的人,有了坚强的信心和美好的理想,病魔也退让三分;即使惊涛骇浪,也能扬起信仰的风帆,冲出逆境,开辟新的航向。有信仰的生活洋溢着蓬勃生机,苦难而庄严的人生充满了热情和梦想。

宗教是一部分教徒的信仰。佛教讲慈悲为怀,普度众生;道教讲大道无为,返朴归真;基督教讲博爱和平,赎罪救世……不信教的人未免与宗教有些隔膜,但每当看见"朝山人"不畏艰险地向着光辉顶点攀登,每当听到教堂里天籁般幽美的音乐响起,宗教的浪漫与庄严深深震撼人心,油然而升起对它无限的尊重和敬意。任何宗教都有内容与形式,也通常借助形式来表现内蕴。宗教哲学充满智慧，值得我们用心灵和智慧顶礼拜诵。然而，寺庙和教堂里那些磕头烧香祈祷诵经的善男信女里面，虔诚的教徒、慷慨的施主又有几人？求神拜佛者各揣心思，有的求子，有的谋财，有的行贿，有的避祸，有的坏事做绝祈求佛祖网开一面，妄图开溜。所谓"人力穷而天心见，径路绝而风云通"，这些人精神空虚，情急而求诸圣灵，对天地人神缺少起码的敬畏和诚意。

我们不要虚假的形式的信仰，尤其要摒弃伪装的充满神秘色彩的邪教迷信（所谓"邪信"）。邪教采取各种卑劣手段掌控信徒，使他们俯首就范。更不要法西斯主义的"信仰"，希特勒为了推行强者霸权，扬言要做"地球的主人"，曾利用宣传、外交和武力，狂热地鼓吹"种族优越论""生存空间论"。臭名昭著的自传《我的奋斗》，就是邪恶"信仰"的产物。有人统计，书中每一个字使125人丧失自由，每一页使4700人丧失生命，每一章扼杀120万人的生命与自由。法西斯惯于制造谎言，把天堂说成地狱，把地狱说成天堂，邪恶的信仰将人类引向战争、仇恨、灭绝和死亡。

信仰也不是个人迷信，盲目服从。冰心小诗云："信仰将青年人扶上'服从'的高塔以后，便把'思想'的梯儿撤去了。"（《春水·六七》）冰心憧憬母爱、童真、大自然，摒弃一切虚伪和空谈。鲁迅也希望中国人有"确固之崇信"（《文化偏至论》），以为"人各有己，不随风波"（《破恶声论》），中华民族才能屹然独立于世界民族之林。

（2014年4月）

生命不能承受之重

在伦敦110米跨栏预赛的跑道上，刘翔冲出七步重重地摔倒在栏下。全世界都震慑于这个惨烈的镜头，每个人心中都留下深深的伤痛。倒地的刘翔迟迟不能起立，多少年与伤病抗争不就是为了再圆一个奥运梦想？可是展翅飞翔的雄鹰在奥运会上又一回折了翅膀。他单腿跳跃着进入赛道，噙着泪水走完全程，然后动情地吻别最后一个栏架……他显得无奈而悲怆，整个世界在刹那间的静寂中，被刘翔所做的一切感动了。

全世界对"刘翔现象"众说纷纭，褒贬有加。有人赞誉他是"民族英雄"，有人斥之为"欺骗""做秀"，有关部门号召大家"向刘翔学习"……而在我看来，刘翔是一位意气风发、出类拔萃的运动员，他和千百万朝气蓬勃的年轻人一样，需要雨露阳光，他还在成长，观众和媒体既不要将他"棒杀"，也不可将他"捧杀"。十数年来，刘翔参加了48次国际跨栏大赛，获得冠军36次，亚军6次，季军3次，无论于人于己，他都可以自豪地说："我尽力了"。他是一位顽强拼搏、顾全大局的运动员，他没有亏欠任何人，他的"过失"或许只是为了某些人的"金牌"冲动而不顾伤病地出场了。假如在赛前他公开承认脚伤复发毅然退赛，更能得到公众和媒体的理解。自从雅典夺冠以来，这位20来岁的运动员受到千百万粉丝追捧，从此扮演了"全民偶像"和商界"黄金代言人"的双重角色，甚至背负着13亿中国人伦敦夺金的希望，真的是生命难以承受之重呵！21岁的刘翔早在雅典奥运的跑道上就创造了伟大和辉煌，我们不能对他再苛求什么了。他的跟腱之伤到底治愈了没有？他还能不能在伦敦奥运会上冲金？最知根底的还是跟他朝夕相处的教练和体育界的官员；假如明知他不能参赛而讳莫如深，明知悲剧不可避免却不肯说出真相，这些人不仅是悲剧的直接导演者，而且伤害了13亿人民的感情，倒是应该受到谴责的。

刘翔单腿跳跃地走过110米跑道，深情地吻别最后一个栏架，给全世界定格了一个坚毅而壮美的身影。这是个体生命对于跑道的倾诉，是梦想对于栏架的缠绵，他用自己的方式抒写了一个运动员奋斗十年的依恋，诗人唱道："你那单腿跳跃/会永载奥林匹克历史/你那深情一吻/会永远印在世人心上。"谁也没有对他指手画脚、说三道四的权利。鲁迅说："我每看运动会时，常常这样想：优胜者固然可敬，但那虽然落后而仍非跑至终点不止的竞技者，和见了这样竞技者而肃然不笑的看客，乃正是中国将来的脊梁。"刘翔的坚韧和真诚，天地可鉴，不容亵渎，也毋庸置疑。他以独特的方式告别他所深爱的奥运赛场，让我们见识了什么是"失败的英雄"，什么是"韧性的反抗"；有越来越多的中国人分清了什么是"策划和手段"，什么是"不耻最后"和"锲而不舍"。"多有'不耻最后'的人的民族，无论什么事，怕总不会一下子就'土崩瓦解'的罢。"（《这个与那个》）

如同受伤的士兵不得不离开他深爱的战场一样，刘翔即使从此退役，也是天经地义，无可厚非，与其说他失败退场，毋宁说是疗伤换防，去迎接新的辉煌。在亿万国民心中，刘翔不是一个眼里除了金牌什么都没有的流星，他永远是那个睿智、坚强、阳光灿烂的上海小伙子。我们期待刘翔放松心情，扫除阴霾，转换角色，重上征途，祝福他走出精神的牢笼，此后从容地度日，快乐地做人！

（2012年8月）

一"叶"惊天下

16岁的叶诗文在女子400米混合泳中以4分28秒43的成绩打破奥运纪录,并在孙杨夺了泳赛首金之后取得又一枚金牌,叶诗文胜出极大地鼓舞了中国军团的士气,却遭到西方媒体无休止的质疑。BBC的转播员最先发难,暗示中国队使用了兴奋剂,英美媒体紧随其后,加入质疑的行列。其后,尽管国际奥委会已在药检之后宣布叶诗文的"清白",叶诗文且以2分07秒57的成绩夺得200米混合泳的冠军,西方媒体依旧不依不饶,喋喋不休地追问兴奋剂的问题。

叶诗文是中国游泳史上第一位在一届奥运会上连获两枚金牌的选手,对叶诗文夺冠的质疑源自西方人的傲慢与偏见,他们早就习惯于运用西方中心主义的眼光看世界。游泳是欧美体育强国最具传统优势的项目,也是最具影响力的奥运项目之一,西方媒体当然极不情愿看到中国人在他们视为优势领地的项目上强势出击,于是抓住小姑娘叶诗文不放,掀起一场"黑云压城城欲摧"的风波。凡此种种"输不起"的表演,掩盖不了他们试图将体育政治化,进而妖魔化中国的良苦用心。

在这个以和平为主题的体育盛会上,16岁的中国女孩奋力拼搏连夺两金的成绩,却遭遇西方媒体大泼秽水,实在不公平;但在两次夺金的新闻发布会上,面对西方记者的质疑,叶诗文却神态自若,淡定从容地回应了别有用心的提问。

一位不肯自报家门的外国记者,向叶诗文提出一个近乎无礼的问题:

"你能亲口对你的粉丝说一句,你没服药吗?"叶诗文自信地回答:"绝对没有!"她反问记者:"我觉得很奇怪,为什么其他国家的选手拿到那么多冠军,人们不去质疑,我拿了,怎么这么多怀疑?"8月2日上午,叶诗文做客新浪华奥演播室,谈到美国游泳名将约翰·莱昂纳德对她的质疑说:"菲尔普斯当年也是16岁的时候打破纪录的。"叶诗文的反诘铿锵有力,美国"菲鱼"一人在奥运会上独得八枚金牌,怎么没人说他服用了兴奋剂?当今世界已习惯了美国人的强势,而对于中国人的每一次突围和出击却表现出莫名的惊慌与恐惧。

有记者问:"你觉得你是天才吗?"叶诗文答曰:"我每天上午训练两个半小时,下午训练两个半小时,这样的日子持续了九年。""其实,只要有一个完备的训练和保障计划,只要去刻苦地训练,还会有更多的年轻人在像我这么大的时候去创造新的奇迹。"叶诗文冷静、率真的回答让我们确信,只有坚持刻苦训练才能创造奥运奇迹。

在西方媒体的众声喧哗中,也有良知未泯的西方记者发出不平的声音。美国一家网站记者魏格纳幽默地说:"如果运动员一有出色成绩就怀疑人家服药,拿人家有前科(注:中国游泳运动员在过去的赛事中曾检出过兴奋剂)来做证据,美国田径队不早就消失了?"英国《卫报》也较为客观地指出叶诗文为何最后50米冲刺比男泳名将游得还快:"前300米叶诗文速度一般,体能储备好,便于她最后冲刺。"

中国游泳队的澳大利亚教练,对"叶诗文现象"做出自己的解读,他说:"中国已经成为世界第二大经济体,体育实力尤其是游泳实力的飞速上升是正常的体现。而且中国游泳队目前采用的是快乐训练法,大家都在很好的氛围中有了巨大的进步。"这位外国教练从中华崛起的大背景上读出"叶诗文现象"在伦敦奥运会上出现绝非偶然。中华民族是一个饱受苦难、不屈不挠的伟大民族,它的人民是这个世界上最具有生存智慧与创造精神的伟大人民,中国人任人欺凌、任凭宰割的时代已经一去不复返了。

我们替叶诗文抱屈,鸣不平,我们也为中国拥有叶诗文这样的"90后"好女儿,这样出类拔萃的运动员而骄傲,而自豪!央视著名解说员韩乔生说:"叶诗文开启了一扇大门!""她创造了历史!"是啊,叶诗文不仅开创了中国选手第一次在一届奥运会上连续获得多枚金牌的历史,而且从此开启了中国游泳、大球、田径等弱势项目走向世界的大门。

(2012年8月)

从“大师”说到“脊梁”

　　余秋雨的大文化散文是当代中国文坛一道风景,他的《文化苦旅》借助于人文山水的抒写,探寻中华文化的精魂,思考中国知识分子的群体人格和个性魅力。20世纪90年代中期,海内外刮起一股“余秋雨旋风”。一个人的声名鹊起,往往争议接踵而来。爱重者誉为“文化大师”,厌恶者斥为“文化口红”。关于余秋雨的争议,大都无关乎文学而聚焦于人品。有人指摘他的文章有许多“文史差错”,有人要他为“文革”中的行为“忏悔”,有人把他的成功称为“商业炒作”“文人做秀”,认为文化人“不该上电视”。

　　笔者在这里对余秋雨其人其文不做全面分析,也不想对余氏在“文革”中的是非评头论足,明慧的学者此前已做过许多研究并取得丰富的成果。其人是否能被称为大师,盖棺方能论定,在我眼里,他是一位为中华文化建设做出了贡献的作家和学者。20世纪80—90年代,余氏的《文化苦旅》《山居笔记》《霜冷长河》《千年一叹》等作品,以其鲜明的思辨色彩和厚重的历史感享誉文坛,这种大气派、大境界的大文化散文为中国现代散文的发展提供了成功的创作经验。1999年他应邀参加凤凰卫视组织的“千禧之旅”,历尽艰险穿行四万公里,考察中东到南亚的古文明遗址,踏访人类祖先的辉煌;其后又考察欧洲96座城市,对中华文明进行了深入的比较研究。余秋雨在“文革”期间被利用、有过错,我们有必要给他提个醒;但是在那样一个像诗人郭沫若、哲人冯友兰也有过失的年代,一个人青春期的过失是不是可以宽宥呢? 有人指出《文化苦旅》《山居笔记》等书中多有

"硬伤",余氏本人理应虚心接受,切实改正;但是弄文字的朋友,能保证自己每一篇文章(著作)全无文史错误吗?至于警方从性工作者手袋里查出口红、避孕套和《文化苦旅》,有人便指认《文化苦旅》是余氏"文化口红"和"文化避孕套",甚而斥为"性工作者的读物",势在"扫黄"之列,纯属无稽之谈。

笔者以为,作为读者和批评者,对于在某一领域确实做出贡献的有成就的公众人物,我们还是热情地接纳,多一点包容好。当年,胡适对苏雪林辱骂鲁迅的"恶文字恶腔调"说过一句有名的话:"凡论一人,总须持平。爱而知其恶,恶而知其美,方是持平。"我们对待公众人物的批评,或可参考先贤的经验。

由此岔开去,说说倪萍的事儿。今年七月,倪萍获"共和国脊梁艺术成就奖"后,一时舆论哗然,网民纷纷谴责倪萍花钱买奖,"不配'共和国脊梁'称号"。一个"山寨"奖,让这位央视主播成为风口浪尖人物,倪萍惶惑地回应网民说:"我真的不配拿这个奖。"据悉,民政部、文化部已查明,"中华爱国工程联合会"参与主办的"共和国脊梁"评奖活动,涉嫌违规。

一个以敛财为目的的颁奖活动,居然让倪萍等"精英人物"一不小心当了回"托儿",这件事反映出商业社会的虚伪浮躁、贪婪自私,和一部分社会"精英"虚荣浮夸、急功近利。平心而论,倪萍是一位优秀主持人,事后她反躬自省,从这事获得"一个巨大的警醒","今后这类活动我得留个心眼儿,弄清组织者是谁、颁发者是谁、调查过程怎样后再确定是否参加"。金无足赤,人孰能无过?上当受骗而能"警醒"自责,应当欢迎。

此类事件其实越来越普遍地发生在我们身边。在下书生一个,居然也接到不少天外飞来的"邀请函",有邀请你加入花样繁多的"名人录"的,有通报你的文章喜获"金奖"的,还有给你颁发这个奖那个奖的……这些"邀请函"无不顶着漂亮的头衔和名号,巧立名目,假借大义,明目张胆地收钱。在社会主义天空下,竟有这么多"研究所""研究院",这个"会",那个"会",无法无天地忽悠、敛财,真是社会的病态,法制社会的悲哀!好在笔者还有自知之明,自忖虽写过几篇文章,做过一些好事,却无资格收获"终身成就奖"。所以我的办法是一笑了之,捂住钱包,谨防上当。

(2011 年 8 月)

有一种诱惑叫"荣誉"

　　去年，我在《从"大师"说到"脊梁"》里说到现代商业社会的虚伪浮躁，一些无厘头的"荣誉""奖励"满天飞，有些爱慕虚荣的社会"精英"，一不小心就做了"文化商人"和"颁奖骗子"的"托儿"……

　　笔者也收到过不少顶着各种好看牌头和名号的"通知"和"邀请函"，有邀请你加入花样繁复的"名人录"，通报你文章荣获"金奖"，"诚邀"你参加人民大会堂盛会去境外"文化考察"的；有给你颁发"感动中国文化人物""文艺百年传世人物""文学终身成就奖"的；有授予你"鲁迅文学奖""中华传统文化杰出传承人""感动中国杰出文化传承人"等荣誉称号的；有任命你担任这个"副院长"那个"执行副主席"的；还有英国、瑞典皇家艺术研究院授予"荣誉院士"或"荣誉博士"头衔的……林林总总，不一而足。教书数十年，何曾收获如此之多的荣誉？笔者并非古刹高僧、深山奇士，最初收到这些函件着实有点受宠若惊，谁能抗拒"荣誉"的诱惑呢。可再仔细看下去，很客气地通报你收取书款、会务费、赞助费、终身会费或纪念品制作费（一项或多项）若干，你只要"赞助"数百或一两千元，头上就多一顶漂亮"花翎"，墙上就多一块"荣誉"牌匾。

　　不过我想：如果是实至名归的荣誉，为什么要收取杂费呢？这个"所"，那个"院"，这个"社"，那个"会"，孰真？孰假？即便领取了这份"荣誉"，除了捧个奖状、奖杯、纪念勋章或"荣誉"牌匾什么的，补偿一下虚荣心和自恋情结，别有什么意义呢？一场热闹，一个笑话罢了。

这样一想,此后再收到类似函件,便不予理睬了。我无法判定所授予的"荣誉"是否具有某种诚意(真实性),但绝不肯花钱买荣誉。多谢所有"看好"敝人的业内外朋友,辜负你们的信任和期待了。如果一定要颁发"荣誉"或需要我做什么公益,为什么不可以免去交易,坦诚相待,直接颁发聘书、证书呢?

笔者是不自信、没出息的书生。既然有了怀疑,便决定不汇款、不受领。与其汇款给他们"锦上添花",不如给灾区百姓、贫困学生和白血病患儿"雪中送炭"。

尼采写过一首诗:"人生乃是一面镜子。/在镜子里认识自己,/我要称之为头等大事,/哪怕随后就离开人世!!"(《人生》)人贵有自知之明,不要失掉自信,亦不可妄自尊大。这些年虽说做了些好事,写过几篇文章,却不是文化、诗词、绘画、公益的通才。您要加冕我"文学终身成就奖""诗词最高创作奖""公益之星""感动中国文化人物"等,盛名之下,其实难副,受之有愧,贻笑大方。

俗世浮沉中,我们往往自视很高,"看自己一朵花,看别人一个疤"。便是饱经世故、阅人无数的社会贤达和知识"精英",也难免上当受骗做一回"托儿"。看来,要祛除与生俱来的功名心和虚荣心,还得幡然觉悟,终生修炼。

金钱交易渗透在社会生活的每个角落,无厘头的"招牌""名号"满天飞。总会有厚颜无耻的捐客骗子手,假借大义,欺蒙坑骗,为了聚敛钱财,可以侮辱斯文,买卖良心。生于现世,一个人想要真实、宁静而有尊严地活着真不容易。要免受其害,唯有学会"在镜子里认识自己",别把好看的招牌太当回事儿。真的做到人各有己,不随风波,淡泊名利,宠辱不惊,还有什么骗术能够得逞呢?

(2012 年 11 月)

外面的世界真精彩

当下中学生，承受着学校和家长的双重压力。学校追求升学率，因为这不仅关系"合格学校""重点学校"的评审，还直接影响到校长、班主任或任课老师的职务升迁和评奖评优；家长呢，望子成龙心切，除了每天督促作业，不准看电视，不准玩游戏，还要报名各种辅导班，买许多"精编""丛书""辨析"，陪孩子点灯熬夜做习题。

我那孩子从小自控力还算强，每天做完功课才去干别的事情。进高中后，学习成绩保持在班级前几名，还热心集体的事情，班主任和同学们推举他当班长。别的家长羡慕我们有个爱学习、不惹事、让人放心的孩子。

进高中后，变化悄悄地发生了。每天他放学已经很迟，还一定要打球，不打到天黑不回家。穿着也不再随便，开始讲究新潮和色彩。这都不算坏事，我们不加干涉。后来有几回他没当天完成作业，受到老师批评，引起我们注意。高一的学期考试，复习放假三天，第一天他去看美国大片《逃脱死亡》，只要不是不适合未成年人观看的电影，看看倒也无妨；第二天随便翻翻地理、历史课本，恰巧世界杯足球赛，打开电视就不肯关机，他很替马拉多纳惋惜，真不该服用兴奋剂被逐出赛场，他的心中倒塌了一尊偶像；第三天和几个同学去游泳馆玩水。三天复习玩了两天半，真担心他这回考试砸锅。16岁的儿子却满不在乎："小考小玩，大考大玩。"后来知道他除了数学成绩有所下降外，仍保持着全班总分前几名。我能说什么呢？

高二那年一个秋天的晚上，他不打招呼就出去玩，到12点还没回家。我和妻子到处找不见人影，在家坐卧不安生闷气。他轻手轻脚进门后自知理亏，避开我们的视线乖乖地洗漱上床，问他哪里去了，他说和同学看连场电影了。我终于还是忍不住呵斥几句，要他写检讨。第二天他交给我一个保证："这是我第一次也是最后一次犯如此严重的错误，今后晚上不超过10点回家。"在后来的高中读书期间，儿子没有违背诺言。在规定时日，他照例去参加学校举办的各种辅导班，只有星期六晚上，才迫不及待地到外面的世界潇洒一回。

我感到有必要跟他谈谈。闲谈中我说他有时心猿意马，用心不专。他不否认，还理直气壮地说："外面的世界真精彩，把时光全用在功课上太不值！"这话从一向听话的孩子口中说出，我感到讶异。亲友们也说现在的孩子心眼儿活，容易受到外面世界的诱惑，"这孩子得好好管一管！"

亲友的话自有道理，孩子的话也令我沉思。"外面的世界真精彩！"儿子的话不免幼稚、朦胧，却有绝对的真理性。那几年电视节目"第二起跑线"所以受到孩子们欢迎，就在它契合中学生的特点，发现并展示了青少年的聪明智慧，极大地激发了孩子们的想象力和创造热情，让他们看到了书本以外还有精彩的世界和广阔的天空。"把时光全用在功课上太不值！"简直是代表中学生向学校和家长提出的直截了当的抗议了。孩子们张大好奇的眼睛，希望探索外面的天空，大人却采用各种强制性措施将他们束缚在课堂和书本上。孩子们渴望理解，在得不到理解和指导的情况下，幼稚的少年做出些令人啼笑皆非的事情来，原是不足为怪的。

当我们愉快地享用一天或两天休息日的时候，有没有想到：许多孩子因为我们一厢情愿的"爱"，被剥夺得毫无生趣？即使勉强还有半天娱乐，又怎能满足孩子们好动、爱玩的天性？当我们强制孩子参加各种形式的辅导班时，有没有想过：今日少年是将来"人之子"的萌芽，而不是升学率竞争的砝码,也不是父母享用"福气"的材料?

教育不是分数第一,不是金钱权力,而是对青少年的尊重和责任,是激动人心的审美体验。鲁迅先生说得好:"……从觉醒的人开手,各自解放了自己的孩子。自己背着因袭的重担,肩住黑暗的闸门,放他们到宽阔光明的地方去;此后幸福的度日,合理的做人。"(《我们现在怎样做父亲》)当下,"解放"后来的人,给孩子一个宽松的环境,美好的人生,是为人父母师长不可推卸的责任。

(1995年5月)

闲话"孤独"

如今中学生都喜欢摘几句关于"孤独"的名言,可见社会生活中纷争不少,人际关系中纠缠太多。应对纠缠的态度是沉默,对付纷争的办法是思考。人在思考的时候,精神与外界完全隔离,而要开辟精神上的康庄大道,就得像独行旅客入于荒凉无人之境,甘心忍受寂寞与孤独。

"孤独"有两种:如果一个人的存在价值完全依赖别人的点头,那么当一切源自他人的赞扬和抚慰消失后,就会感到一种被社群遗弃的孤独,他永远沉浸在悲哀孤寂中,吟唱"春非我春,秋非我秋",感叹"生命没有意义",这是弱者的孤独;然而,一个忠实于生活的独立自主的人,他是自己的主人,他拥有一片让思想自由驰骋的天地,不受外界的诱惑干扰,不看别人的脸色行事,有一种叫做"献身"的激情召唤他,催促他努力奋斗,不断地开掘生命的深度,这是强者的孤独。

孤独者在气质上有两种境界:不肯同流合污而独善其身,为第一境;于潜心创造中奋力提升自我而远离尘嚣,乃第二境。东晋诗人陶渊明不满官场腐败,不肯"拳拳事乡里小人",在彭泽令上挂冠而去,归隐田园,"采菊东篱下,悠然见南山",在大自然怀抱中享受与世隔绝的浪漫逍遥,传为千古佳话。与陶令隐士式的孤独相比,柳宗元的气质则显出更高一筹的理想和更为坚实的人格力量。这位唐代诗人在政治上主张革新,失败后被贬为永州司马,贬谪生涯使他对政治黑暗和人民疾苦有深切体验,他在苦闷寂寞中创作了绝句《江雪》:"千山鸟飞绝,万径人踪灭,孤舟蓑笠翁，独钓寒江雪。"在山披银甲，地盖玉毡，飞鸟藏形，行人绝迹的雪野中，只有一叶渔舟，一个渔翁在那里抵抗严寒，垂竿独钓，这是一幅多么清新、优婉、广袤、高洁的寒江雪景图啊！这个寒江独钓的渔翁形象，其实是诗人"夫子自道"，寄托了其人受到政治迫害，坚贞不屈而又傲岸不群的情怀。诗人始终拥抱着社会改革的理想，"以谪而出，至死不服"，人的灵魂在这里升华到旷远而宁静的最高境界。

孤独的精神之旅有如登山，山上有草莽、虫豹、鹰啸，还有黑夜的恐怖，悚骨的狼嗥，登山者鲜血淋漓地踏着三角棱的荆棘向上攀行，山野里没有美酒鲜花，只有孤独与痛苦相随，号称"孤独之狼"的尼采也发出苍凉的呼喊："孤独像条鲸鱼，吞噬着我。"孤独的精神漫游者痛饮人生的苦味之杯，耐得寂寞，百折不回，他以十倍百倍的坚韧，登上白云环抱的峰峦。

独立自足的孤独者，不赶热闹，不听聒噪，他酷爱人生，珍惜生命，积极创造。尼采说："世界像一座花园，展开在我的面前。""以你的爱与你的创造，走向你的孤独吧！"孤独的强者绝不是悲观厌世者，他是沉默的思想者和不倦的创造者。

孤独不是人生的终极之境，它是渡过逆境的舟船，是通向理想彼岸的桥梁。不要拒绝普通人、同道者的友爱和真诚，孤独者也要倾听时代的脚步声。在人生旅途中，孤独或许只是一个驿站，人总不能在无涯际的孤独里沉沦。尼采在精神的荒原里终生流浪，蔑视群众而又寻不到"超人"，最后在都灵的大街上发了疯。鲁迅也曾饱尝孤独的况味，但他最终走出了孤独。他说过："野牛的大队，就会排角成阵，以御强敌了，但拉开一匹，定只能哞哞的叫。"孤独的"一匹"毕竟是没有力量的，只有将个人理想和创造热情融入大众的事业，做"大众中的一个人"，才能不和众嚣，独立自足，坚实、沉稳地站立在大地上。

（1995 年 8 月）

推荐一首朗诵诗

　　日前,欣赏了激动人心的诗朗诵:《对衰老的回答》[1]。诗作者是新疆建设兵团的周涛将军(军旅诗人),朗诵者是著名朗诵艺术家方明。2006年,方明身患胃癌住进北大医院,他必须放下手中一切工作接受手术治疗。这个自天而降的突发事件,让他感到痛苦,无措,茫然。可当医生走进病房跟他商量治疗方案时,听到方明在朗诵:"孩子们不会想到老,/当然新鲜的生命连死亡也不会相信;/青年人也没功夫去想到老,/炽热的火焰不可能理解灰烬。/但总有一天,/衰老和死亡的磁场会收走人间的每一颗铁钉……"

　　一开头,诗人就提出生命衰老与死亡这个现实而严峻的问题。生命的路由少到壮、到衰老、到死亡地向前进,每个生命个体都不能悖逆这与生俱来的自然定律。当生命的船渐渐下沉,你是恐惧？逃避？还是正视？诗人说:"别怕"!"人生就是攀登。/走上去,不过是宁静的雪峰。/死亡也许不是穿黑袍的骷髅,/它应该和诞生一样神圣。"诗人以一种昂扬无畏的唯物主义姿态面对未来,在他看来,衰老是人生向雪峰的攀登,死亡和诞生一样,是生命终结时一场神圣庄严的典礼。

　　回首往事("翻晒人生的全部历程"),诗人没有遗憾,没有悲戚,也没有悔恨和自卑,"最高的幸福是心灵的不平静"。诗人以"一匹消耗殆尽的骆驼""一匹竭力驰骋的奔马"自喻,即使衰老,也还要"拒绝平庸""寻觅真

----
　　① 原文见《周涛诗年编》,解放军出版社2005年版,第56—59页。

金";哪怕牙齿脱落,白发如银,依旧豪迈自信,不改初心。老要老得骄傲,老得乐观,老得深沉,"这才是真正好汉的一生"。

什么是"老人的美"呢?诗人作出不同凡响的回答:

> 我愿身躯成为枯萎的野草,/也绝不愿在私欲的阵地上固守花荫;/
>
> 我愿头颅成为滚动的车轮,/也绝不愿在脂肪的包围中无病呻吟;/
>
> 我愿手臂成为前进的路标,/也绝不愿在历史的征途上阻挡后人。

宁愿放弃私欲,鞠躬尽瘁,也不肯尸位素餐,大腹便便,更不可以拈花惹草,无病呻吟;要用自己"耐人寻味的人生辙印",作为后来者前行的路标,推动历史的前进。真正的老人之美,美得凝重,美得悲壮,美得庄严。诗人宣言:"越是接近死亡,/就越是对人间爱得深沉。/哪怕躯壳已如斑驳的古庙,/而灵魂却如铜铸的巨钟,/生活的每一次撞击,/都会发出深厚悠远的声音。"诗人怀抱"人间爱"的感情,传递出珍爱生活,锻造灵魂,要让每一天活出精彩的信息。这是高山深雪的情意,是鹰击长空的呼号,其生命不息,奋斗不止的博大情怀感染每一位有温暖良心的老中青读者和听众。

绮丽的想象,新奇的比喻,是这首诗的鲜明特点。譬如第三节,借助自然物象(叶落的梧桐,风沙的荒村,夕阳的黄昏,崖头的衰草,颤抖的手笔,深度的花镜,等等),采用缤纷的比喻,非常新颖独特地"设想"一个人的苍凉老境。生命的衰老和死亡诚然是黯淡悲凉的,诗人的内面精神却是勇壮豪迈、意气昂扬的呈现:

> 哪怕躯壳已如斑驳的古庙,/而灵魂犹似铜铸的巨钟!/
>
> 假如有一天,/我被后人挤出这人间世界,/
>
> 那么高山是我的坟茔,/河流是我的笑声!

《对衰老的回答》是一首掷地有声的生命之歌,对生命现象的描绘和生命本质的诗意阐发是主旋律。这里没有春花秋月的叹息,也没有恨恨不已的烦忧;没有玩物丧志的杂音,也没有搔首弄姿的矫情。诗人没有哗众取宠之心术,却有激扬奋发之意力。全诗充盈着强烈的生命意识,格调高亢,意蕴深远,大气磅礴,笔力遒健,展示出生命之树滴翠长青和不屈不挠的奋斗精神,导引我们去崇敬生命的伟美,参悟生命的圣洁,顶礼生命的庄严。这种清醒的生命意识使得全诗充满了生命活力,具有强大的艺术冲击力。

好多年过去了,这支生命之歌依然激动人心。诗人说他有"三不比":一不比权大,二不比钱多,三不比性欲;还说:"真正的诗人,不在名利的跑马厅。"(《诗人》)在中华民族崛起的新时代、新长征中,我们欢迎沉雄激越、振拔人心的正气歌,期待有更多淡泊名利、致敬崇高的歌者涌现!

(2018年2月)

月亮代表我的心

西方文化迷恋辉煌灿烂的太阳神阿波罗,中国文化神往独步天下的月神女娲,这是中西方文化一个明显差异。尽管中国古代先民也有过日神崇拜,但当后羿举起射日的神箭,中国文化最初的日神精神便凋落了。如果说女娲抟土造人的神话彰显了人类创世祖先的风采,那么嫦娥奔月的神话便书写了人类从母系走向父系社会进程中,女性寂寞凄美的情怀。既然女娲抟土造人和嫦娥奔月神话是中华民族月亮文化发生的原型,就注定中国文学中的月亮是一个蕴含极其丰富,又颇为神秘复杂的象征意象。

在古代诗词中,月光世界不仅传达出中国文人的审美意趣,而且反映出诗词作者的心象构成。美学家说:"天上月色能移世界"(宗白华),歌者唱道:"月亮代表我的心"(邓丽君),认定月亮世界能够"移动"或"代表"人的心灵世界。古代文士正是借助月亮这个象征意象,抒发对人生、对生命、对世界的感受与喟叹。

月亮给人们展示的首先是一种高洁澄明、美好迷人的环境气氛。所谓"月出皎兮"(《诗经·陈风》),冰清玉洁,纤尘不染,它澄清寰宇,洗涤心灵,古人用"玉盘""金轮""清辉"来指称月亮,突出月亮的高洁品质。张若虚的"江天一色无纤尘""空里流霜不觉飞",创造出流霜千里、洁净澄明的环境气氛;而"春江潮水连海平,海上明月共潮生。滟滟随波千万里,何处春江无月明"(《春江花月夜》),则传达出诗人对春江月色之美的惊喜和赞叹之情。欧阳修的"夜深江月弄清辉,水上人歌月下归。一阕声长听不尽,轻舟短楫去如飞。"(《晚泊岳阳》)画出江上迷人的月色和美景,抒写出诗人欢悦闲适的心情。月色如此美好,无怪乎曹操低吟"对酒当歌,人生几何?"李白高歌"唯愿对酒当歌时,月光常照金樽里。"(《把酒问月》)

月亮总是日复一日地东升西落,圆了又缺,缺了又圆,白居易就有"唯向深宫望明月,东西四五百回圆"的诗句(《上阳人》),描述月亮这种周而复始的变化。作为一种象征时间的意象,它往往表现出一种终古长新的审美意趣,唤起诗人苍茫浩渺、雄浑阔大的历史意识。当诗人发出人生如梦、世事多变的感叹时,月亮通常作为永恒而不灭的存在,在与短暂的人生相对照中平添一层神秘悠远的意味。像李白的"今人不见古时月,今月曾经照古人。古人今人若流水,共看明月皆如此。"(《把酒问月》)张若虚的"江畔何人初见月,江月何年初照人?人生代代无穷已,江月年年只相似。"(《春江花月夜》)都能倾听到诗人苍凉的人生喟叹,分明蕴有深长的历史感和苍茫的宇宙意识。"醉翁之意不在酒",月亮往往引发出诗人思古之幽情,寄托诗人百年沧桑之感。如王昌龄的"秦时明月汉时关,万里长征人未还。但使龙城飞将在,不教胡马度关山。"(《出塞》)这里的思古,终归还是抒发了诗人对于现实的感慨。再如杜牧的"烟笼寒水月笼沙,夜泊秦淮近酒家。商女不知亡国恨,隔江犹唱后庭花。"(《泊秦淮》)前两句写水月凄迷,夜泊秦淮,但全诗并非客观环境的如实描绘,三、四句便将诗人的怀古情绪、家国情怀和盘托出了。作为永恒的存在,月亮还能唤起诗人的"天问"意识。苏轼的"明月几时有,把酒问青天",李白的"青天明月来几时,我欲停杯一问之",就是借助高古的月亮意象,引发深沉的人生思考。

空灵的月色,柔美的月光,也是相思的寄托,爱情的象征。相爱的男女月下约会,倾诉衷肠,是古代诗人经常写到的动人情景。曹丕的"明月皎皎照我床,星汉西流夜未央。牵牛织女遥相望,尔独何辜限河梁?"(《燕歌行》)张若虚的"此时相望不相闻,愿逐月华流照君"(《春江花月夜》),都以明月意象营构出相思氛围,抒写闺中少妇思念游子之情。杜牧的"二十四桥明月夜,玉人何处教吹箫"(《寄扬州韩绰判官》),欧阳修的"月上柳梢头,人约黄昏后"(《生查子》),元稹笔下崔莺莺写给张生的诗:"待月西厢下,迎风户半开。拂墙花影动,疑是玉人来。"(《莺莺传》)也都借助月亮高洁和月色空蒙,营造一种浪漫而有节制,言情而不轻薄的相思气氛,此情此境,怎不令古今读者动容呢!明月唤起的相思情愫,当然不限于男女之情,有时也传达出对于亲朋好友的思念。李白的"我寄愁心与明月,随风直到夜郎西"(《闻王昌龄左迁龙标遥有此寄》),思念远方朋友;苏轼的"但愿人长久,千里共婵娟"(《水调歌头》),遥寄兄弟问候。

浪迹天涯的古代文士,总把月亮和故乡联系起来,月亮意象便成为寄托乡愁,启动情思的神秘象征物。李白的"床前明月光,疑是地上霜。举头望明月,低头思故乡。"(《静夜思》)突出了"明月"与"故乡"的联系,引起古往今来无数孤客浪子的强烈共鸣。曹丕的"俯视清水波,仰看明月光……郁郁多悲思,绵绵思故乡"(《杂诗·其一》),也是借明月意象抒发故乡之思。骚人墨客还喜欢借一轮明月,礼赞乡村田园之美,表达一种厌弃尘世纷争,寻找精神家园的情志。辛弃疾的"明月别枝惊鹊,清风半夜鸣蝉。稻花香里说丰年,听取蛙声一片。"(《西江月》)诗人憧憬宁静迷人的山乡夜色,于纷乱时世中表达对于温馨和平境域的向往。王维的"明月松间照,清泉石上流"(《山居秋暝》),韩愈的"夜深静卧百虫绝,清月出岭光入扉"(《山石》),也都突出了山中月夜的静谧幽美,抒写出对于闲适生活的隐逸情趣。

当月亮意象和"嫦娥奔月""吴刚伐桂"的神话联系在一起时,它既以不死的生命精神激励人们,也不免勾起诗人词客的孤独失意之感伤。所谓"白兔捣药秋复春,嫦娥孤凄与谁邻"(李白),所谓"兔寒蟾冷桂花白,此夜嫦娥应断肠"(李商隐),便是借月亮意象及相关传说抒发人生失意、命运多舛的感慨。李白的"花间一壶酒,独酌无相亲。举杯邀明月,对影成三人。"这里,人格化的月亮曲传出诗人飘逸而孤独的心象。温庭筠的"鸡声茅店月,人迹板桥霜"(《商山早行》)渲染了人在旅途的孤独凄凉。此外,杜甫的"夜深经战场,寒月照白骨"(《北征》),李商隐的"晓镜但愁云鬓改,夜吟应觉月光寒"(《无题》),姜夔的"二十四桥仍在,波心荡,冷月无声"(《扬州慢》),句中的"寒月""冷月",不过是作者主观心理感受的具象。

(2012 年 10 月)

有感于《二十四孝图》重现校园

大半年来,在两个校区奔来奔去,乘车路过闹市区×××中学和××幼儿园时,发现两校大门双侧围墙上张贴了一排古传的《二十四孝图》。起先不相信自己的眼睛,步行至两校大门口,才证实自己并没看走眼,随手拍下24张照片,记录一时一地的风气。

《二十四孝图》(元代郭居敬著《二十四孝》,后人配图)是民间广为流行的幼学启蒙读物。它从解读儒学经典《孝经》入手,讲述孝文化的理念与精神,它把一个人对生身父母的孝爱,提高到至高无上、绝对服从的地位。即使舜的父亲、继母和异母弟几次三番想害死舜,他也毫不记恨,照样恭顺父亲,友爱兄弟,因而"孝感动天",帝尧不独把两个女儿娥皇、女英嫁给舜,还选定他做帝位继承人。(见《孝感动天》)《孝经》强调"孝"是"至德要道",突出"孝"的教育"始于事亲,忠于事君,终于立身",把"事亲""忠君""立身"置于同等地位,这就为后世封建统治者大肆宣扬"移孝为忠""以孝治天下"提供了理论依据。《孝经》和《二十四孝图》过分强调愚孝愚忠是一个人的立身之本,甚至把愚忠愚孝的士子视为道德楷模,这就必然忽视个人意志,束缚人性自由,扼杀创新精神,阻滞社会改革的进程。

诚然,"孝"文化是中国传统文化的重要组成部分,《二十四孝图》中确有情真意切、生动感人的孝亲故事。例如,子路早年家贫,自己吃野菜充饥,却从百里外背米侍奉双亲(《百里负米》);陆绩六岁时随父亲去袁术家里做客,却惦记着母亲,要带两个橘子给母亲尝尝(《怀橘遗亲》);黄庭坚身居高位却每天晚上替母亲洗刷便器,竭尽孝诚(《涤亲溺器》);汉文帝母亲卧病三年,每天亲口尝过汤药后才给母亲服用(《亲尝汤药》);朱寿昌弃官去陕西寻找失散50多年的生母,终于在陕州找到70多岁的母亲和两个弟弟(《弃官寻母》);此外还有《扇枕温衾》《鹿乳奉亲》《行佣供母》《乳姑不怠》……这些故事主人公仁爱天下、孝敬亲慈、敬畏天地的美德,在关注个性全面发展的前提下的确值得我们世代传承,大力发扬,在今天仍然具有积极的教化意义。

不过,我们讲"孝"道,绝不宣扬愚孝愚忠、"移孝为忠"的旧观念,更不是维护君臣父子、长幼尊卑的旧秩序;新的时代条件下,"孝"道的要义应是仁者爱人,爱心反哺,报答父母亲的跪乳之恩。我们不好过度夸大《孝经》《二十四孝图》的道德教化作用,好像它真的成了"加强思想道德教育",挽救社会颓败风气的灵丹圣药,传统"孝"道的消极影响千万不可小觑。90多年前,鲁迅等五四先驱者对"孝"道的批判,主要也是扬弃其愚孝愚忠的糟粕。鲁迅说:"中国的圣人之徒……以为父对于子有绝对的权力和威严,若是老子说话,当然无所不可,儿子有话,却在未说之前就错了。"(《我们现在怎样做父亲》)"孝顺"本来是传统美德,如若发展到"长者本位"的极致——愚孝愚忠,就不好了。所以鲁迅在《朝花夕拾》里面,忆述幼时阅读《二十四孝图》的感受时说:"其中自然也有可以勉力仿效的,如'子路负米''黄香扇枕'之类。'陆绩怀桔'也并不难,'哭竹生笋'就可疑,怕我的精诚未必会这样感动天地。"鲁迅对24个教孝故事并不一笔抹杀,他特别举出"卧冰求鲤""老莱子娱亲""郭巨埋儿"等,揭露封建孝道的虚伪和残忍,提醒我们不可忽视《二十四孝图》对国民精神的腐蚀与毒害。

《卧冰求鲤》图说琅琊人王祥的继母患病,想吃活鲤鱼,顾不得天寒地冻,他解衣卧于冰上,冰凌融化,跳出鲤鱼,继母食鱼后果然病愈。鲁迅打趣道:"我乡的天气是温和的,严冬中,水面也只结一层薄冰,即使孩子的重量怎样小,躺上去,也一定哗喇一声,冰破落水,鲤鱼还不及游过来。自然,必须不顾性命,这才孝感神明,会有出乎意料之外的奇迹,但那时我还小,实在不明白这些。"

《埋儿奉母》图说晋代人郭巨家道中落,喜得一子,却担心养了儿子不能供养母亲,遂和妻子商量埋掉儿子,省些粮食给母亲吃。所幸地下挖出黄金,既可孝敬母亲,又能养育小儿。鲁迅调侃说:"我最初实在替这孩子捏一把汗,待到掘出黄金一釜,这才觉得轻松。然而我已经不但自己不敢再想做孝子,并且怕我父亲去做孝子了。家境正在坏下去,常听到父母愁柴米;祖母又老了,倘使我的父亲竟学了郭巨,那么,该埋的不正是我么?"

最让鲁迅反感的是将"肉麻当作有趣"的《戏彩娱亲》。相传楚国隐者老莱子对父母至孝,尽拣美味供奉双亲,70岁还穿着五色彩衣,手持拨浪鼓,讨父母开心。有一次给父母送水摔一跤,怕父母伤心,索性躺在地上学娃娃哭,引得二老大笑。鲁迅说:"我至今还记得,一个躺在父母跟前的老头子,一个抱在母亲手上的小孩子,是怎样地使我发生不同的感想呵。他们一手都拿着'摇咕咚'……然而这东西是不该拿在老莱子手里的,他应该扶一枝拐杖。现在这模样,简直是装佯,侮辱了孩子。""而招我反感的便是'诈跌'。无论忤逆,无论孝顺,小孩子多不愿意'诈'作,听故事也不喜欢是谎言,这是凡有稍稍留心儿童心理的都知道的。"

其实,不光鲁迅举出的几则故事显得虚伪残酷,此外诸如八岁的吴猛夏夜为了父亲安眠,裸身坐在父亲榻前任蚊虫叮咬而不驱赶(《恣蚊饱血》);14岁的杨香竟能掐住猛虎的咽喉,从虎口里救出父亲(《扼虎救父》);丁兰在父母过世后用木头刻成双亲雕像事之如生,其妻针刺木像,使手指流血,遂将妻子休弃(《刻木事亲》);王仪的母亲在世时怕雷,每当雷声响起他就跑到母亲坟头跪拜哭泣,请母亲不必害怕(《闻雷泣墓》)等,也都大悖于情理,显得荒诞而矫情。

鲁迅说他小时候听人讲过"二十四孝"故事后，"于高兴之余，接着就是扫兴"，"才知道'孝'有如此之难，对于先前痴心妄想，想做孝子的计划，完全绝望了。"他抨击此类图文"以不情为伦纪，诬蔑了古人，教坏了后人"。重读鲁迅的《二十四孝图》，感到老先生的批判并没有过时。

如今，这套被鲁迅和许多五四巨匠批判过的"二十四孝"图，居然被贴上"弘扬中华传统美德"，"加强思想道德教育"的标签，被不加分析、堂而皇之地贴在通衢大道和学校门口，请问学校和教育主管部门：那些散发着腐儒气息，泯灭个人意志，培养奴仆顺民的孝道故事，可以促进社会主义核心价值观的教育吗？我们的精神文明建设到底是锐意创新大踏步前进了，还是因循守旧拉车屁股向后退了呢？

（2013 年 2 月）

"绿领巾"与等级制的遗风

给小学生戴绿领巾，已经不算新闻了。早在2004年，甘肃、湖南等省的小学就有过先例，当时团中央明文禁止，并通令全国彻查"变色领巾"。现在西安市某小学又故伎重演，给一年级90多名学生中将近一半的学生发放了绿领巾，还美其名曰"因材施教""激励上进"。其后，与"变色领巾"相类似的"红色广告衫"事件、"智商检测"事件，以及将"差生"拎出教室单独考试等事件频频曝光。此类有违教育规律，摧残儿童心灵的教育理念和方法，竟然屡禁不止，值得我们深长思之。

我们小时候都戴过红领巾，大抵懂得红领巾是红旗的一角，是烈士鲜血染红的，象征革命前进的方向和老一辈革命家的希望，戴红领巾应该是一件光荣、严肃的事情。采用教育行政手段，给一部分孩子戴上绿领巾，显然是对红领巾意义的亵渎。大凡戴上绿领巾的小学生，免不了受到同学耻笑："你学习不好，戴绿领巾，我才是真正的红领巾……"他们会感受到歧视并产生自卑心理："哥哥姐姐们都是红领巾，我觉得绿领巾不好看，可是不戴的话老师会批评。"年龄再小的孩子，也有自尊心，也能意识到戴绿领巾不是什么好事情，所以戴绿领巾的孩子一出校门就赶紧摘下领巾揣进书包里。有学者指出："红领巾和绿领巾同时在校园出现，不利于孩子对红领巾的认知与尊重。绿领巾虽不是差生的标识，客观上变相地给孩子划分了等次，这容易让孩子幼小的心灵产生自卑感，不利于心理健康。"给所谓"差生"戴"变色领巾"，无异于将人分为三六九等，给心智还不成熟的小学生套上"优""劣"不同的精神枷锁,幼稚的心灵会受到羞辱,自尊心和自信心会受到伤害和打击。不仅不能"激励"孩子积极向上,只能给幼小的心灵种下攀比、嫉妒和不满的种子。不管你是否承认,这是一种使受教育者丧失人格的歧视教育,是不合理的教育理念和方法。

"绿领巾"事件以及诸如此类事件频频发生,引起社会公众的广泛关注,纷纷发文、发帖批评学校教育,央视主持人白岩松在"新闻1+1"节目中戴上绿领带声援学生,他动情地说:"我是故意戴上绿色领带的,戴上这条领带其实是特别想跟西安一所小学刚开学就戴了绿领巾的孩子们说两句话,白叔叔和你们一样都戴过绿色的领巾,但不意味着咱不好,咱们相当棒,而且非常好,跟戴红领巾的孩子一样棒,你们比叔叔还棒。"白先生的爱心令人感动,此举对于幼小的受伤心灵无疑是一种抚慰和激励;但要彻底根除此类事件,使人人获得公正、平等的受教育权利,不是我们大家都戴上绿领带就能奏效的。有必要反思我们的教育理念,追问此类不合理、不平等事件所由产生的社会历史根源。

就思想文化根源而言,它和自古以来"差等的遗风"一脉相承。在封建社会里,"天有十日,人有十等",君臣父子,尊卑有序,森严的等级观念成为封建教育的核心理念,封建等级制度和观念腐蚀了整个民族的精神,五四运动以来虽然受到一定冲击,但其阴魂不散,至今相承不废。"我爸是李刚"这样的雷人雷语,就是"官本位"和等级制的病树在当代中国结出的诡异花果。鲁迅当年批判封建等级制度说过一段话:"别人我不得而知,在我自己,总仿佛觉得我们人人之间各有一道高墙,将各个分离,使大家的心无从相印。这就是我们古代的聪明人,即所谓圣贤,将人们分为十等,说是高下各不相同。其名目现在虽然不用了,但那鬼魂却依然存在,并且,变本加厉,连一个人的身体也有了等差,使手对于足也不免视为下等的异类。造化生人,已经非常巧妙,使一个人不会感到别人的肉体上的痛苦了,我们的圣人和圣人之徒却又补了造化之缺,并且使人们不再会感到别人的精神上的痛苦。"(《俄文译本〈阿Q正传〉序》)鲁迅严厉抨击等级制和等级观念对于中国人的精神贼害,倘不清除传统文化中的消极影响,百姓就只能"像压在大石底下的草一样","默默地生长,萎黄,枯死了"。

由此可见,要杜绝"绿领巾"之类事件卷土重来,就要痛下决心、下大气力铲除教育不合理、不公平的社会基础和思想文化根源。作为教育工作者,自觉地反思教育理念,改善教育方法,责无旁贷;更加热切地期盼我国教育体制和人才培养模式有一个新的变革,大的进步,让充满阳光的教育造福千秋万代。

(2011年11月)

"要面子"和"不要脸"

　　中国人的人际交往和社会活动,大抵绕不开"面子"这东西。林语堂说,"面子"是"三个不变的中国法则"(即面子、命运和恩惠)之第一法则。这"三位女神"以阴柔迷人的面孔长期统治着中国。什么是面子呢？谁也无法定义。林语堂说:"面子是中国人社会心理最微妙奇异之点,它抽象,不可捉摸,但都是中国人调节社会交往的最细腻的标准。""中国人正是靠这种虚荣的东西活着。"(《中国人》)一位在20世纪20年代就"面子"问题专访周氏兄弟的日本记者写道:"假如说,中国人以生命维护面子,未免有些夸张,但其重视的程度,可以说仅次于生命。"(《"面子"与"门钱"》)

　　"面子"文化源远流长。据鲁迅考证,它最早见于明代小说,大约和文言的"体统"一词含义相近。"一种事物有一种事物的'体统',如果遭到损坏,就失去存在的价值。'体统'一词说来难懂,于是社会上就变成'面子'一词。'面子'一丢,其人的价值随之亦尽,而价值一无,就等于失去生存的主张,因而'面子'一事颇受重视。"(《"面子"与"门钱"》)从鲁迅的考证可见,"面子"文化是中国传统文化长期积淀的结果,情面观念已成为民族性格的重要组成部分,成为国人处理人际关系,塑造自我形象的一个基本准则。从社会心理学角度说,每个人都看重"社群中的自我",而"面子",就是中国人在社会交际中自我评价的定位,谁不希望自己在别人心目中占有一定的心理地位呢？

　　1934年,鲁迅在《说"面子"》文中,对"面子"文化的正、负面效应做了辩证的剖析。"谁都要'面子',当然也可以说是好事情",它使人重气节,讲尊严,忍辱负重,顾全大局,有助于发扬正气,促进人际关系和谐。"树要皮,人要脸",人岂能不讲体面和尊严? 社会上"不要脸"的人事可是层出不穷:被关进囹圄的贪官污吏,一夜愁白了头,因为他不光失去权力,也丢了祖宗的脸;各路媒体传出许多"原配"打"小三"的视频,赤裸裸的暴露,惨不忍睹的场面,被凌辱的"小三"固然可恶、可恨,丢人现眼,那些凶狠的"原配"和施暴的同伙又能挣到面子几分? 而传播这些民间悲喜剧的媒体,以暴力和仇恨吸人眼球,除了证明其手法拙劣,品味低下,又能给自家脸上贴多少金?

"但'面子'这东西,却确实有些怪",在许多情况下,"要'面子'也可以说并不一定是好事情"。鲁迅对"面子"文化的负面效应进行了深入剖抉,严厉针砭。鲁迅赞同《支那人气质》的作者斯密斯批评中国人"颇有点做戏味道""重形式而轻事实"的观点。他说过去戏台上有一副对联:"戏场小天地,天地大戏场",既然世间一切不过只是一场戏,中国人做事就不认真了,于是撑场面,摆花架子,弄虚作假。鸦片战争后,中国在西方列强炮舰政策下屡遭挫折和失败,清政府却以各种自欺欺人的伎俩掩盖失败。"相传前清时候,洋人到总理衙门去要求利益,一通威吓,吓得大官们满口答应,但临走时,却被从边门送出去。不给走正门,就是他没有面子;他既然没有了面子,自然就是中国有了面子,也就是占了上风了。"这是清政府在公务(外交)活动中为了保全"面子"而不恤牺牲国家民族利益的典型案例。鲁迅"疑心"外国人"想专将'面子'给我们",他们只要"抓住这个"东西,中国人"就像二十四年前的拔住了辫子一样,全身都跟着走动了。"(《说"面子"》)鲁迅的"疑心"和提醒,对当代中国人实在有醍醐灌顶的警示意义。

"面子"这东西使人不敢正视现实,在"瞒和骗"的大泽中寻出奇妙的逃路来,而自以为是正路。例如"在事实上,亡国一次,即添加几个殉难的忠臣,后来每不想光复旧物,而只去赞美那几个忠臣;遭劫一次,即造成一群不辱的烈女,事过之后,也每每不思惩凶,自卫,却只顾歌咏那一群烈女。仿佛亡国遭劫的事,反而给中国人发挥'两间正气'的机会……因为我们已经借死人获得无上的光荣了。"从历史事实出发,鲁迅指出,"面子"这东西实质上是不敢正视现实,"证明着国民性的怯弱,懒惰,而又巧滑。"(《论睁了眼看》)

"合群的爱国的自大",也是"面子"在作怪。明明中国落后了,却不肯承认差距,而是讳疾忌医,打肿脸充胖子,想要保全纸糊的"面子"。说什么外国的东西,中国早有过,某种科学,即某子所说的云云;向西方学习,简直是"礼失求诸野"。(《随感录三十八》)又说中国有落后现象,外国也有叫花子,也有茅舍、娼妓和臭虫。还有人要"面子"到了愚蠢可笑的地步,故意要和外国人反一调,以无知和丑恶骄人:"他们活动,我偏静坐;他们讲科学,我偏扶乩;他们穿短衣,我偏着长衫;他们重卫生,我偏吃苍蝇;他们壮健,我偏生病……"以为"满口爱国,满身国粹"就有了"面子",在鲁迅看来:"也于实际上的做奴才并无妨碍。"(《从孩子的照相说起》)

讲"面子"的人,一定讲身份,讲"脸面"。这"脸"有一条界线,线上就是"有面子",线下就是丢"面子"、丢"脸"。丢脸不丢脸,跟这人的身份、地位关系极大。富家女婿在路边赤膊捉虱子,是"丢脸"的事;而车夫坐在路边赤膊捉虱子,算不了什么;如果这位车夫给老婆踹了一脚,躺倒地上大哭起来,才是最"丢脸"的事。可见,上层社会、达官显贵更其看重"面子","面子"文化与自古以来"等级的遗风"是一脉相承的。

鲁迅抨击"面子"文化的负面影响,通常是矛头直指"大人物""上等人"。20世纪30年代,他的许多杂文,勾画出国民政府要员种种丑态。例如,离敌人还很远的将军,偏要大打电报,唱高调"为国捐躯";弱不禁风的女子,偏要戎装托枪,大做广告,宣示抗日;国民党军队丢了东三省,据说是"诱敌深入",蒋介石还高唱"攘外必先安内"的调子;教育经费用光了,再办几所学堂,装点门面;狱中在拷问、刑讯、逼供、杀头,却要开放几个"模范监狱"给外国人看……诸如此类,分明是搭空架子,硬撑场面,瞒天过海,欺人自欺。鲁迅揭露这些人不过是"做戏的虚无党"或"体面的虚无党","一做戏,则前台的架子,总与后台的面目不相同。"(《马上支日记》)讲"面子"的大人物,大抵是言行不一,表里不一,双重人格的"虚无党"。

俗云"死要面子活受罪",就是这种重名轻实、自欺欺人的社会心理之写真。这种虚伪的风气对底层社会也产生了无所不在的影响。鲁迅说过一个笑话:"一个绅士有钱有势,我假定他叫四大人罢,人们都以能和他扳谈为荣。有一个专爱夸耀的小瘪三,一天高兴地告诉别人道:'四大人和我讲过话了!'人问他'说什么呢?'答道:'我站在他门口,四大人出来了,对我说:滚开去!'"鲁迅评曰:"当然,这是笑话,是形容这人的'不要脸',但在他本人,是以为'有面子'的。……别的许多人,不是四大人连'滚开去!'也不对他说么?"这笑话表明,"世上实有被打嘴巴而反高兴的人","要面子"和"不要脸"有时也实在难以分清。(《说"面子"》)后来鲁迅把小瘪三这种精神现象称为"事大主义","'事大'和'自大',虽然不相容,但因'事大'而'自大',却又为实际上所常见——他足以傲视一切连'事大'也不配的人们。"(《题未定草(一至三)》)那个小瘪三,对四大人(权势者)的态度是"事大",而对普通人则是自以为"有面子"的"自大"。

阿Q精神胜利法集中体现了"面子"文化的消极影响。陷于极端贫困境地的阿Q,一无所有,却不敢正视现实,用"瞒和骗"来抚慰自己,幻想过去和将来:"我们先前——比你阔的多啦!""我要什么就是什么! 我喜欢谁就是谁!"别人不给他面子时,便祭起"忘却"的法宝。譬如有一回被人碰了五六个响头,实在是"妈妈的!"可不到十秒钟,他便心满意足地得胜地走了。原来他觉得自己是第一个能够自轻自贱的人，除了"自轻自贱不算外，余下的就是'第一个'，状元不也是'第一个'么？你算是什么东西呢？"退回内心，自己给自己面子，无疑是鲁迅考察国民社会心理的重大发现。

鲁迅批评许多中国人患有"十景病"："点心有十样锦，菜有十碗，锣鼓有十番，阎罗有十殿，药有十全大补，猜拳有全福手福手全，连人的劣迹或罪状，宣布起来也大抵是十条，仿佛犯了九条的时候总不肯歇手。"中国人习惯于在矛盾面前闭塞眼睛，不肯承认差距和缺陷，喜欢用十全十美的幻想来自欺自慰，粉饰太平。鲁迅严厉针砭这"十景病"，主张大呼猛进地破坏旧轨道，"中国如十景病尚存，则不但卢梭他们似的疯子决不产生，并且也决不产生一个悲剧作家或喜剧作家或讽刺诗人。"（《再论雷峰塔的倒掉》）"十景病"是"面子"文化的另类表现，其病根不除，中国就没有改革，就没有破坏和建设，就不能前进。

鲁迅指出："面子"是"中国精神的纲领"（《说"面子"》），一针见血地揭出"面子"文化产生的思想文化根源。封建社会处理人与人关系的最高准则和道德规范是君臣父子，长幼有序，男尊女卑。这种以等级制为轴心的文化形态，除了起到延续封建王朝统治的作用，更有麻痹人的灵魂，使其丧失个性意识和创造精神的功能。鲁迅称它是"侍奉主子的文化，是用很多人的痛苦换来的。"以等级制为核心内容的文化形态，正是"面子"文化发芽生长的温床。林语堂在《中国人》书中也指出："社会等级观念与等级内平等的观念导致了中国某些社会行为规范的产生。"他激愤地控诉"三位姐妹"（面子、命运和恩惠）统治中国的罪行："它使我们的祭司堕落，向我们的统治者献媚，保护强者，引诱富豪，麻醉穷人，贿赂有雄心壮志的人，腐蚀革命阵营。它们使司法机构瘫痪，使宪法失效。它们讥笑民主，蔑视法律，拿人民的权利开玩笑，践踏所有的交通规则、俱乐部规则和人民的家园。"

总之,社会生活和人际交往中,"面子"文化根深蒂固,危害很大。只有彻底根除"等级制的遗风",捣毁等级观念滋生的温床,才有望革除"面子"文化的弊端,促进人际关系的和谐,推动中国精神文明继续生长与发展。

(2016年1月)

也谈娱乐化的抗战剧

抗战题材电视剧多起来了,启示我们重温70年前的历史,提醒国民勿忘国耻,凝聚全民族意志,为国家富强和民族复兴而奋斗。可是打开银屏,电视台争相热播的却是戏说抗战的娱乐剧。近期热播的《向着炮火前进》,胡编乱造可谓达到极致。

为了提高电视剧的人气和收视率,选用偶像明星担纲表演并无不可;但人物造型和精神气禀都不该脱离特定的历史情境。吴奇隆扮演的土匪头子雷子枫,飞机头,皮夹克,摩托车,重机枪,毫发无损地出入于虎穴,刀枪不入俨然是个"超人"。甘婷婷饰演的女主角八路军政委,无论在硝烟弥漫的战场还是重伤大病之后,都永远是军中灿然耀眼的一枝花。一部严肃的抗战历史剧,被演绎成打打杀杀、耍酷卖萌的武侠传奇和打情骂俏、低俗无聊的言情闹剧。

无独有偶,连续剧《欢喜冤家抗战记》(又名《战旗》)也在众声喧哗中粉墨登场。有留学背景的军事奇才、神勇无双的国军特战大队队长金戈(王雷饰)与童养媳出身、没文化、在男人堆里滚打的八路军女游击队长戴金花(王媛可饰)狭路相逢,真是"无巧不成书",金戈原来就是戴金花奉命要护送去根据地的军事专家。接下去,两位角儿演绎了一幕幕紧张刺激、百转千回的"抗战+情爱"喜剧。金戈是用兵如神、勇武无双的伟男儿,金花是风风火火、日军闻风丧胆的奇女子,两位性格、教养和信仰有天壤之别的儿女英雄,在日军大扫荡的战火硝烟中终于结成一对欢喜冤家。用人工制造"超人"式的理想人物,编造不靠谱的离奇情节,再加以过分夸张的表演,也许能满足一部分观众的好奇心,但它违背了历史逻辑,毁坏了艺术作品。

此类媚俗的娱乐化抗战剧,将70年前中华民族的"国难""国耻"化为狂欢式的娱乐,把波澜壮阔的民族战争化为茶余酒后的笑谈,不仅严重歪曲了抗战历史,模糊了民族的历史记忆,而且严重地扭曲了广大观众的价值观和历史观。为民族尊严而浴血奋战的人民英雄是可歌可泣的,而一味打打杀杀、刀枪不入的个人英雄其实是滑稽可笑的。日寇并非蠢笨如牛、命如纸鸢,血与火的战斗是惨烈而残酷的,轻浮浪漫的抗日战争叙事对青少年观众会有误导。著名演员陈道明怒斥此类媚俗的抗战剧"是在胡闹!""我们可以演绎历史,但不能扭曲历史。这是价值导向的问题。"台湾也有媒体(《旺报》)指出:"娱乐化抗战剧是对历史的不尊重,更是对先烈们的不敬。当年轻人真正把历史剧当成武侠剧,把我们的'耻辱'当成过目即忘的影视娱乐的时候,就是对历史磨难的背叛。"该文还申讨娱乐化的抗战剧有"武侠化""偶像化""脸谱化"三宗罪。

诚然,艺术创作允许虚构和加工,但艺术加工要有个底线,不能违背生活逻辑和历史逻辑闭门造车、胡编乱造。表现抗日战争的历史剧,决不可以伪造史实,歪曲历史真相,一个不能正视历史的民族岂能有光辉未来?对于全体中国人来说,14年抗战是一部可歌可泣、永世难忘的历史,将中华民族这段波澜壮阔的历史真实地呈现出来,应是影视工作者责无旁贷的历史使命。

电视剧讲求收视率和市场效应无可厚非,有温暖良心和社会责任感的编导和演员,不会一味追求收视率和经济回报,决不随意编造荒诞离奇的故事和人物,绝不容忍"恶搞"抗战,真正的艺术家必定会从商业化、娱乐化的泥潭中解脱出来,严格遵循艺术创作规律,守护全民族的根本利益,创作出既尊重历史人物和历史事件,又为人民大众喜闻乐见的抗战历史剧精品。

(2013年3月)

寻梦者之歌

20世纪二三十年代，中国诗人用诗歌形式抒写了自己的梦想与追求，其中，鲁迅、蒋光慈、徐志摩和戴望舒的"寻梦"诗颇具代表性。1918年，鲁迅发表一首新诗：

> 很多的梦，趁黄昏起哄。/前梦才挤却大前梦时，后梦又赶走了前梦/去的前梦黑如墨，在的后梦墨一般黑；/去的在的仿佛都说："看我真好颜色"；/颜色许好，暗里不知；/而且不知道，说话的是谁？/暗里不知，身热头痛。/你来你来！明日的梦。（《梦》）

这首诗抒写先进中国人在19—20世纪之交"寻梦"的苦痛与执着。鲁迅弄不明白：读了许多"孔夫子的书"的中国人，怎么就被洋枪洋炮打败了呢？他去南京学洋务、读水师学堂，去东瀛学医、办纯文学杂志（文学启蒙），后来对于辛亥革命的希望与失望，都为了圆一个民族复兴"梦"。可是，"去的前梦黑如墨，在的后梦墨一般黑"，鲁迅的"中国梦"终未能实现。

留学苏联、接受过无产阶级思潮洗礼的蒋光慈，于1925年出版了《新梦》（诗集）。内有长诗《新梦》讲述诗人在苏联留学的感受："莫斯科的旗帜/把我的血液染红了"，诗人倾诉了对于"美丽的将来"的"希望"，"只要你一步一步地前走，/幸福终有一日接近你！"代表作还有《莫斯科吟》《哭列宁》《中国劳动歌》等。这本诗集艺术上比较粗糙，但它是中国文学史上第一部讴歌"十月革命"的诗集，早期无产阶级作家热情的社会革命要求和对于"中国梦"的追求，令人怦然心动。

被茅盾称为"中国布尔乔亚开山的也是末代的诗人"徐志摩,也是一位有梦想的诗人。他沉醉于"恋爱"好梦,也有自己的"中国梦",脍炙人口的《再别康桥》就吟唱出"寻梦——梦碎"的感伤。诗人早年游学康桥,确立了民主共和国的理想。他心仪英国式的民主自由,认为世界上比较像样的"只有英国"。可是从英伦回国后,这"康桥的梦"被国内残破的现实击破了。1928年再度游历欧洲,康桥美景使他流连忘返,"康桥的梦"依然沉淀在心灵深处。他唱道:

> 寻梦?撑一支长篙,/向青草更深处漫溯;/满载一船星辉,/在星辉斑斓里放歌。

那自由、欢乐,散发着"真善美的浩瀚的光华"的梦想,诗人怎能不放歌呢?"但我不能放歌,/悄悄是别离的笙箫",诗人终于回到"再别康桥"的现实中来:"夏虫也为我沉默,/沉默是今晚的康桥!"康桥的"沉默"浓化了"悄悄"作别康桥的气氛,曲传出诗人因康桥理想幻灭而无限依恋、无限忧伤的心情。徐志摩总是感叹"我不知道风/是在哪一个方向吹/我是在梦中/在梦的清波里依洄。"20年代后期,他在动乱时势中"流入怀疑的颓废",陷于无路可走的境地。

"雨巷诗人"戴望舒笔下的"丁香姑娘"其实也是诗人的梦想,透过低回的调子和感伤情绪,传达出对于爱情和真理如梦如幻的追求。另一首《寻梦者》,则将诗人心中的梦想和实现梦想的曲折表现到了极致。诗的开头两节:"梦会开出花来的,/梦会开出娇妍的花来的,/去求无价的珍宝吧。/在青色的大海里,/在青色的大海的底里,/深藏着金色的贝一枚。"诗人运用反复句形容梦的绚丽、珍贵和难寻,接下去抒写寻"梦"求"珠"的艰难与"沉醉":

> 你去攀九年的冰山吧,/去航九年的旱海吧,/然后你逢到那金色的贝。/它有天上的云雨声,/它有海上的风涛声,/它会使你的心沉

醉。/把它在海水里养九年,/把它在天水里养九年,/然后,它在一个暗夜里开绽了。

实写求珠,虚写寻梦,"梦"和"珠"是真理和理想人生的象征。寻梦,求珠,理想的实现,都需要艰苦持恒的努力。诗中四个"九"字的运用,淋漓尽致地渲染了"寻梦"的艰难、"惜梦"的精心。诗人告诉我们,只要坚持不懈地探寻,当我们"衰老了的时候",桃色的梦终究会开花的:

当你鬓发斑斑了的时候,/当你眼睛朦胧了的时候,/金色的贝吐出桃色的珠。/把桃色的珠放在你怀里,/把桃色的珠放在你枕边,/于是一个梦静静地升上来了。/你的梦开出花来了,/你的梦开出娇妍的花来了,/在你已衰老了的时候。

这首诗8节24行,用自然流畅的口语,将类似民歌的夸张、复沓手法和意象朦胧的象征结合起来,完整地写出"寻梦"的过程:梦的美妍——"寻梦"的艰难——梦想实现的幸福无憾。"梦"是照亮前途的灯火,"梦"是探索前进的方向,有梦的人是幸福的;"寻梦"的过程也是幸福的,它美化了生命的路,彰显了人生的意义;当我们历尽千辛万苦,在"鬓发斑斑了的时候"寻到"桃色的珠",还有什么可遗憾的呢?

(2013年3月)

《过客》的情韵哲思

　　鲁迅的《过客》(1925),是一篇独幕剧形式的散文诗。幕前有"时""地""人"的设计,"或一日的黄昏"和"或一处",象征贫蔽衰败、前景黯淡的旧中国,"老翁""女孩""过客"不是单独的个人,而是五四后期思想文化界某种类型(人物或思潮)的载体。

　　70岁左右白须长袍的老翁说,前面只有"坟",劝过客"不如回转去",回到有"几处杂树和瓦砾"的东边去。这位保守的老人,是"退隐"的或"拉车屁股向后"的"同一战阵中的伙伴"的象征,喻指那些耽于彷徨、安于闲适的新文化运动的先驱者,也是鲁迅自己灵魂里"毒气和鬼气"的具象。十岁左右的小女孩说,前面"有许多许多野百合,野蔷薇,我常常去玩。去看它们的。"她递给过客一杯水和一片布,要过客包扎早已走破,受伤流血的脚。小女孩的单纯、友爱,是正在做着玫瑰色好梦的幼稚青年们的象征,自然也有青年鲁迅的影子。

　　中心人物是流着血,带着伤,由东向西,执着前行的过客。他"困顿倔强,眼光阴沉",明知前面是"坟",也不肯回转去,因为:

　　　　回到那里去,就没一处没有名目,没一处没有地主,没一处没有驱逐和牢笼,没一处没有皮面的笑容,没一处没有眶外的眼泪。我憎恶他们,我不回转去!……况且还有声音常在前面催促我,叫唤我,使我息不下。

　　他感谢小女孩"极少有的好意"的布施,拒绝老翁让她"回转去"或停下来休息的劝阻,昂然向西走去。独幕剧的结尾,女孩扶老人走进土屋,关了门,"过客向野地里跄踉地闯进去,夜色跟在他后面。"既否决了幼者玫瑰色的梦想,又弃绝老翁的退隐苟安,暗示过客直面现实的勇气和决心,传达出对于人类生存现状的焦虑和反抗黑暗、奋斗不止的精神。

过客,这位暮色中的独行者,实际上是鲁迅在五四后期对"新的思想战士"的呼唤,对启蒙知识分子前途和命运进行沉思的心灵投影。从《药》中的夏瑜,到《在酒楼上》中的吕纬甫和《孤独者》中的魏连殳,可看出鲁迅作为启蒙思想家,经历了怎样"抉心自食"的反思。他痛惜满腔热情为大众的夏瑜反被愚昧的群众喝了人血,他否定像吕纬甫那样"回转去"的颓唐的妥协者,也不认同魏连殳那样在无路可走的境遇里向社会群众盲目复仇,如过客所说:

我也不愿意喝无论谁的血。我只能喝些水,来补充我的血。

鲁迅小说和散文诗中对启蒙知识者的反思,体现出"个人主义与人道主义相消长"(《两地书·二四》)的精神特点。

就创作方法而言,《过客》是"象征现实主义"或"象征印象主义与写实主义相调和"的典型文本。早在留日时期,鲁迅就喜爱象征印象主义作品,后来翻译安德莱夫的小说《黯淡的烟霭里》,并有热情洋溢的评论:"安德莱夫的创作里,又都含着严肃的现实性以及深刻的纤细,使象征印象主义与写实主义相调和。……他的著作是虽然很有象征印象气息,而仍然不失其现实性的。"(《〈黯淡的烟霭里〉译者附注》)1924—1925年,他译介厨川白村的《苦闷的象征》《出了象牙之塔》等象征主义论著和小品,1926年与齐宗颐合译荷兰作家望·蔼覃的象征写实的童话;鲁迅深受安德莱夫、厨川白村等外国作家影响并在五四后期运用"象征印象主义与写实主义相调和"的方法进行创作,是不争的事实。鲁迅说《野草》"大半是废弛的地狱边沿的惨白色小花"(《〈野草〉英文译本序》),北洋军阀统治下的北京"实在黑暗得可以",言论不自由,有话"难于直说",只好采用象征的写实主义写些散文诗,抒发一些"比沙漠更可怕的人世"里的"小感触"。

作为《野草》的压卷之作,《过客》蕴有鲁迅深邃而独特的哲学思考。1926年,鲁迅提出"在进化的链子上,一切都是中间物"的思想(《写在〈坟〉后面》)。在鲁迅看来,"中间物"是一切事物存在的方式,是一种以进化论为基础的历史观和世界观,是鲁迅认识和把握世界独特的思想方法,它把世间万物的局限性和过渡性指给我们看。"中间物"思想又是一种生命哲学,是鲁迅对人在社会进化过程中的历史定位,及其对人的生命本质的清醒认识。鲁迅笔下的过客"从记得的时候起",就总是"一个人""在这么走"。东路(即来路)是"杂树和瓦砾",西路(即前路)是"荒凉破败的丛葬",正在行走的是"一条似路非路的痕迹",这位独行旅客的存在感是孤独、虚无、荒诞的,这种"彷徨于无地"的情境折射出鲁迅当时的环境和心绪。在给许广平的信中鲁迅说过:"我常觉得惟'黑暗与虚无'乃是实有"(《两地书·四》),《过客》及《野草》中许多作品都透露出他对于"明与暗,生与死,过去与未来"(《野草·题辞》)的矛盾悲观情绪。然而过客绝不"回转去",尽管不知从哪里来,到哪里去,也"只得走",无论有怎样的挫折和创伤,明知前途是丛葬乱坟,哪怕用饮水补充血液,还要听从"前面的声音"一路走下去。过客形象是"偏要向这些作绝望的抗战"的精神战士的典型写照,是鲁迅对个体生命在人类前行历史中一个形象生动的定位。这种清醒的历史定位使得鲁迅能够悟彻人生的悲剧性,给"荷戟独彷徨"的鲁迅以极大鼓舞。尽管个体生命如此短促渺小,谁也不能逃脱走向"坟"的终极命运,鲁迅也绝不放弃启蒙者的历史责任,"我以为这绝望而反抗者难,比因希望而战斗者更勇猛,更悲壮。"(《书信250411·致赵其文》)他以非凡的勇气直面人生,反抗绝望,确认生命的意义就在于"总是踏了这些铁蒺藜向前进"(《热风·生命的路》)。

散文诗《过客》的艺术构思是新颖独创的。采用"诗剧"这一独特的文学体裁,布下落日黄昏,苍莽荒凉的悲剧性背景,而以"过客"形象为中心,让三个人物相遇在枯树和土屋前,展开涵蕴极其丰富的对话。这些对话不同于以设计性格冲突、塑造人物性格为首要任务的戏剧文学,而在寓意深警、诗意盈盈的对话中,揭示话语表层下面的象征喻义,发掘意蕴深长的人生哲理。我们从这些含蓄幽远的对话,悟解人物的观念、情感和性格碰撞,感受暮色苍茫中独行过客不惮前行的悲壮,进而悟解作者深广的社会忧愤和隽永的哲学思考。

《过客》聚焦于独特的形象(过客),营造特别的意境(反抗绝望),通过象征主义与现实主义相调和的创作方法,将丰厚的社会内容和深邃的情韵哲思,表现得苍莽奇峻,凝练警辟,作者圆熟老到的文字更使得全篇弥漫了盈盈诗意,它是中国现代文学史上不可复制的艺术珍品。

(2018 年 1 月)

一首美丽的抒情诗

　　我是一条小河,/我无心从你的身边流过,/你无心把你彩霞般的影儿/投入了河水的柔波。/我流过一座森林,/柔波便荡荡地/把那些碧绿的叶影儿/裁剪成你的衣裳。/我流过一座花丛,/柔波便粼粼地/把那些彩色的花影儿/编织成你的花冠。/最后我终于/流入无情的大海,/海上的风又厉,浪又狂,/吹折了花冠,击碎了衣裳!/我也随着海潮漂漾,/漂漾到无边的地方;/你那彩霞般的影儿,/也和幻散了的彩霞一样!

冯至:《我是一条小河》

　　诗人冯至受到五四新文化运动影响,1923年开始发表新诗,主要作品有《昨日之歌》《十四行诗集》等。早期诗歌的基本主题是对青春和爱情的歌唱,表现知识青年的哀愁。《我是一条小河》(1925)中,诗人采用以人拟物的艺术手法,把"我"比作柔波微漾的"小河",以"小河"流经森林,流过花丛,流入大海的途程为抒情线索,委婉地唱出"我"和"你"("影儿")一往情深、生死相依的恋歌。

　　诗的抒情迂曲委婉,哀愁中见出执着。首节反复出现"无心"这个词儿,不仅"我"从"你"的身边流过是"无心"的,"你"把彩霞般的影儿投入河水的柔波也是"无心"的。诗人捕捉到人之倒影、河水相映的自然物象,仿佛爱情的发生完全是天公作合,顺其自然,"你""我"的情意如此真挚自然,缱绻缠绵。

接下去两节以对称的形式抒写"我"的柔情和爱的欢欣。"我"流过森林,柔波便把绿叶影儿裁剪成"你"的衣裳,"我"流过花丛,柔波便把彩色的花影儿编织成你的花冠。唐代诗人贺知章有诗句"不知细叶谁裁出,二月春风似剪刀",比喻新巧,语出自然,毫无雕琢痕迹;冯至的诗句"把那些碧翠的叶影儿,裁剪成你的衣裳",则以"裁""剪"二字写活了"我"的痴心与柔情。它以轻柔的动作传达出甜蜜的情意和青春的美丽,创造出温馨柔美的诗境。较之首节,这两节把悄然萌发的恋情推向更高层次:一路流淌的"小河",要把世上最美好的珍奇献给心爱的"影儿"。

诗的最后两节,风云突变,情绪突转:"小河"流入无情的大海,海上厉风"吹折了花冠",狂浪"击碎了裙裳","我"自己也被卷向"无边的地方",恋人那"彩霞般的影儿","也和幻散了的彩霞一样",不知所终。第四节是情绪的转折,抒情的高潮,甜蜜的梦被残酷的现实击碎,诗人流露出如梦如烟的哀愁和怅惘。尽管美好的恋情受到无情阻遏,它那"彩霞般的影儿"在抒情主人公心中依然那么明艳;诗的第五节,委婉地传达出主人公对恋人一往情深的思念和不可移易的情意。

总的来看,这首诗抒发一种美好爱情被毁灭的哀愁情绪。前三节写小河流程之美(爱情的欢悦),与后两节爱情破灭的惆怅互为因果,在"欢悦"与"惆怅"的对比中抒发出诗人的苦闷和感伤。鲁迅说过,五四后期觉醒知识青年的情绪"大抵是热烈而悲凉",这首诗"由乐入哀"的情绪走向,正是现实生活中自由恋爱受到旧礼教、旧势力摧残的艺术概括。诗人抒写出一种典型的时代情绪,而对自由爱情的咏唱,具有积极的反封建意义,冯至因而被鲁迅誉为"中国最杰出的抒情诗人"。

诗中没有谈"情"说"爱"的字句,却生动地绘出爱情发生、发展和破灭的过程。诗人借助"小河"与"影儿"之间的天然联系,写出心心相印与形影相随,新颖独特的构思,委婉含蓄的抒情,善与美的诗情画意,扣动我们的心弦。

诗人特别在意字句锤炼,诗的语言极富于感情色彩。首节两个"无心"(副词)把"小河"和"影儿"爱情的发生写得那么自然、真切、和谐,营造出一种恬静幽美的气氛。其后写小河"荡荡地""粼粼地"的轻盈姿态与大海的厉波狂浪形成鲜明对照,以大海的"无情"反衬主人公的多情。最后一节选用"飘漾""幻散"这对词儿,准确地传达出诗人的惆怅和无奈情绪。而在诗的形式上,长短句不拘,韵脚不严,间用对偶与复沓,显得舒卷自如,优雅活泼。全诗自由与节制相辅为用,别具一种浓浓韵味。

(2012年11月)

闻一多诗歌的爱国主义

中国现代史上，闻一多先生是一位真正的爱国者。不是盲目的爱国自大，也不是虚伪的标榜，而具有鲜明的时代特征，与中华五千年文明血脉相通，是一种"至情至性"的爱国主义。

闻一多的爱国主义首先是一种文化态度，是对于民族文化传统的自信和讴歌。诗人早年留学美国，亲身体验到民族歧视的屈辱，写下许多"热情磅礴，意气焕发"的思乡诗。他说过："不出国不知道想家的滋味"，《太阳吟》和《忆菊》便抒发了这种家国之思。"太阳啊，楼角新升的太阳！/不是刚从我们东方来的吗？/我的家乡可依然无恙？/太阳啊，我家乡来的太阳！/北京城里底宫柳裹上了一身秋了罢？/唉，我也憔悴的同深秋一样！"1922年重阳节快到了，诗人想起家乡的菊花，陶醉在东方文化气氛里。他热情礼赞"四千年华胄的名花"，"我们庄严灿烂的祖国"，他反复咏唱：

我要赞美我祖国底花！

我要赞美我如花的祖国！

诗人的乡思不是"小家"的感怀，"想的是中国的山川，草木，中国的鸟兽，中国的屋宇——中国的人。"（《闻一多全集·年谱》）。这种家国之思或许未能越出"抬头望明月，低头思故乡"（李白），"遥忆兄弟登高处，遍插茱萸少一人"（王维）的境域，所采用的诗歌意象也还是古典意象，但流贯全诗的却是一种"至情至性"的大爱情怀。有感于中国人被骂为"支那人"，诗人写过一首《我是中国人》，开篇就自豪地称"我是中国人，我是支那人"！坦言"我们的历史可以歌唱！"诗人放歌：

> 伟大的民族，伟大的民族！/五岳一般的庄严正肃，/广漠的太平
> 洋底度量，/春云的柔和，秋风的豪放。/……/我便是五千年的历
> 史。/我是过去五千年的历史，/我是将来五千年的历史。/我要修葺
> 这历史的舞台，/预备排演历史的将来。/……我是东方文化的鼻
> 祖；/我的生命是世界的生命。……

这些炙热的诗句分明传递出浓厚的历史文化信息，宣示了"中国人"
庄严的民族自豪感，"东方底文化是绝对的美的，是韵雅的。东方文化而
且又是人类所有的最彻底的文化。"闻一多的"爱国"与郭沫若不同："我个
人同《女神》底作者态度不同之处在：我爱中国固因他是我的祖国，而尤因
他是有他那种可敬爱的文化的国家；《女神》之作者爱中国，只因他是他的
祖国，因为他是他的祖国，便有那种不能引他敬爱的文化，他还是爱他。"
(《〈女神〉之地方色彩》)郭沫若的爱国大抵是一种道德情感，闻一多的爱
国不止于道德情感，更是一种坚守中华民族传统的文化精神。

闻一多的爱国主义集中表现为对种族歧视和殖民统治的憎恶和鞭
挞。1925年春，诗人写了回答白人种族歧视的诗《洗衣歌》。洗衣是美籍
华工最普遍的职业，留美中国学生常被戏弄："你爸爸是洗衣裳的吗？"针
对这种侮辱和歧视，诗人回敬道：

> 我洗得净悲哀的湿手帕，/我洗得白罪恶的黑汗衣，/贪心的油腻
> 和欲火的灰，……/你们家里一切的脏东西，/交给我洗，交给我
> 洗。/……你说洗衣的买卖太下贱，/肯下贱的只有唐人不成？/你们的
> 牧师他告诉我说：/耶稣的爸爸做木匠出身，/你信不信？你信不信？

诗人用对比手法，揭露白人种族主义者的丑陋，表达了威武不能屈，
贫贱不能移的抗争情绪，这种情绪通过洗衣工(中国侨民)的遭遇和感受
表现出来，因而感染力更强。

是年五月，闻一多结束了留美生涯，归国轮船刚靠岸，他就换上中式服装，把西装、领带抛向大海。七月，在"五卅"反帝浪潮激励下，痛感祖国领土被西方列强霸占，发表组诗《七子之歌》。诗人用拟人化手法，把澳门、香港、台湾、威海卫、广州湾（湛江港）、九龙、旅顺/大连等七块被割让、租借的国土比作母亲的七个儿子，七首诗抒写了孩子们对祖国母亲"梦寐不忘"的思念，每首最后一行用孩儿的口吻深情呼唤："母亲！我要回来，母亲！"倾诉出儿子们"失养于祖国，受虐于异类"的哀痛之情。

16年前澳门回归时，澳门小姑娘容韵琳唱响了《七子之歌·澳门》："你可知妈港（Macao）不是我的真姓？/我离开你的襁褓太久了，母亲！/但是他们掳去的是我的肉体，/你依然保管着我内心的灵魂。/……/母亲！我要回来，母亲！"那甜美的歌声，哀伤的旋律，令国人热泪盈眶。又有《七子之歌·台湾》一首：

> 我们是东海捧出的珍珠一串，/琉球是我的群弟，我就是台湾。/我胸中还氤氲着郑氏的英魂，/ 精忠的赤血点染了我的家传。/母亲，酷炎的夏日要晒死我了，/赐我个号令，我还能背城一战。/ 母亲！我要回来，母亲！

"澳门"离开母亲的襁褓太久了，但"他们掳去的是我的肉体"，"你依然保管着我内心的灵魂"；"威海卫"被强占后忧虑的不是自己，而是背后所埋葬的"圣人的遗骸"；"台湾"虽在"严酷的夏日"（喻指日本侵略者）煎熬下，"胸中还氤氲着郑氏的英魂"，渴望"还能背城一战"，以挣脱枷锁，回归祖国；……"七子"的心灵深处，无例外地可以看见岳飞、苏武、郑成功、文天祥等"英魂"的影子，他们身上所体现的威武不屈、忍辱负重、反抗侵略的传统美德，正是我们这个民族绵延五千年的伟大凝聚力所在。

闻一多是憎爱分明的爱国者，他颂美"如花的祖国"，绝不容忍黑暗和腐恶势力践踏中华文明。归国十几年，看到国家面貌如一潭死水，极其悲愤，写下《死水》《发现》《一句话》《荒村》等抨击黑暗，批判现实的诗作。

这是一沟绝望的死水，/清风吹不起半点漪沦。/

不如多扔些破铜烂铁，/爽性泼你的剩菜残羹。

《死水》运用象征手法诅咒旧中国的腐败，诗的词藻色彩缤纷，对比鲜明："也许铜的要绿成翡翠，/铁罐上绣出几瓣桃花"；"让死水酵成一沟绿酒，/飘满了珍珠似的白沫"，这些红、绿、黑、白的词语和物象鲜明地衬出旧世界的表面繁华，骨子里腐败发酵。闻一多诅咒黑暗，却不悲观，热望旧世界在丑恶的废墟上获得新生。如朱自清的精彩解读："这不是'恶之花'的赞颂，而是索性让'丑恶'恶贯满盈，'绝望'里才有希望。"再如《发现》：

我来了，我喊一声，迸着血泪，/"这不是我的中华，不对，不对！"/……/我来了，不知道是一场空喜。/会见的是噩梦，哪里是你？/那是恐怖，是噩梦挂着悬崖，/那不是你，那不是我的心爱！/我追问青天，逼迫八面的风，/我问，拳头擂着大地的赤胸，/总问不出消息；我哭着叫你，/呕出一颗心来，——在我心里！

诗人两个发现：其一，回国后会见的不是"如花的祖国"，而是"噩梦挂着悬崖"，阴森可怖的比喻揭出社会黑暗；其二，心爱的中华在哪里？原来只"在我心里！"写出诗人内心的希望与绝望。

闻一多诗歌及其新格律诗理论（音乐美、绘画美、建筑美），对五四以来野马无缰的自由诗风和新诗散文化倾向有匡正、示范意义，对于包括徐志摩在内的"新月"诗人以及中国诗歌的后续发展也有深远影响。闻一多的爱国主义充盈着民族文化自信，诠释了中华传统美德和民族复兴愿景，成为当代中国知识分子的楷模。

（2016年1月）

"雨巷"诗人的悲情之旅

　　戴望舒是一位有梦的诗人,无论人生探索还是爱情追求,都有一个美丽梦想。《雨巷》里,那位"撑着油纸伞,独自/彷徨在悠长,悠长/又寂寥的雨巷"里的"丁香一样地/结着愁怨的姑娘",便是他辽远、迷茫的希望和梦想。他有过三次恋爱婚姻,全身心地爱过三个女人,三个女人却最终离开了他。和施蛰存妹妹施绛年的苦恋,最能见出诗人追梦的执着和真率人品。

　　杭州读中学时,戴望舒和施蛰存结为好友,上海大学就读期间加入共青团,参加"五卅"运动的反帝游行。后因散发传单,宣传革命,被国民党右派通缉,避难在施家。他看上了施蛰存读中学的妹妹施绛年,几乎用了整个生命去爱这位施家小妹,却始终得不到对方的响应。最初两本诗集《我的记忆》(1929)和《望舒草》(1933)中的爱情诗几乎全为施绛年而作,写他的初恋、失恋、订婚和分手。《我的记忆》出版时,扉页上触目地印上"A Jeanne"(给绛年)几个法文字,还题写了两行古罗马诗人的拉丁文诗句:

　　　　愿我在最后的时间将来的时候看见你,

　　　　愿我在垂死的时候用我的虚弱的手把握着你。

　　他以如此直白、凄美的文字公开自己的感情,袒露心灵的痛苦。在他眼里,施绛年美貌温柔,娴静动人,有"黑色的大眼睛""纤纤的手""清朗而爱娇的声音"(《我的恋人》)。多情的诗人痴恋着施绛年,可她并不像诗人

192

想象的那样:"只向我说着温柔的话的,/温柔到销熔了我的心的话"。可望舒毕竟是哥哥的好友呵,哥哥对望舒的评价又那么高("磊落襟怀笔纵横"),所以施小妹不好拒绝他的爱,而戴望舒也一直不明了她内心的真实想法,这段马拉松式的"苦恋",一拖竟是八年。

初恋的诗人沉浸在激动和喜悦里,一往无前地追求18岁的她:

　　——给我吧,姑娘,那朵簪在你发上的,/小小的青色的花,/它是会使我想起你的温柔来的。/……/给我吧,姑娘,你的像花一般燃着的,/像红宝石一般晶莹着的嘴唇,/它会给我蜜的味,酒底味。/……/——给我吧,姑娘,那在你衫子下的/你那火一样的,十八岁的心,/那里是盛着天青色的爱情的。　(《路上的小语》)

法国象征派有诗云:"我有几朵小青花,/我有几朵比你的眼睛更灿烂的小青花。/——给我吧!——她们是属于我的,/她们是不属于任何人的。/在山顶上,爱人呵,在山顶上。"(保尔·福尔:《我有几朵小青花》)"于是我会找到了,在你的嘴唇的胭脂色上,/金色的葡萄的味,红蔷薇的味,蜂儿的味。"(耶麦:《屋子里充满了蔷薇》)诗人借用西方诗歌意象,倾诉火一样燃烧的恋情。一再的真情表白,没有得到施绛年回应,情急中又写下害怕被拒绝的心情:"走进幽暗的树林里,/人们在心头感到寒冷。/亲爱的,在心头你也感到寒冷吗?/当你在我的怀里,/而我们的唇又黏着的时候?"(《林下的小语》)任凭诗人怎样呼唤,所能得到的仍然是缄默的微笑和绛色的沉哀。即便和恋人彼此相拥,双唇热吻的时候,诗人也会"在心头感到寒冷。"

施绛年曾一度拒绝诗人的追求,《到我这里来》写出失望中的悲凉和微茫的希望:"到我这里来,/假如你还存在着/全裸着,披散了你的发丝:/我将对你说那只有我们两人懂得的话。""可是,呵,你是不存在着了,/虽则你的记忆还使我温柔地颤动,/而我是徒然地等待着你,/每一个傍晚,/在菩提树下,沉思地,抽着烟。"明知所爱已"不存在",还要苦苦等待,他终于明白不过是单相思:"在烦倦的时候,/我常是暗黑的街头的踯躅者,/我走遍了嚣嚷的酒场,/我不想回去,好像在寻找什么。/飘来一丝媚眼或是塞满一耳腻语,/那是常有的事。/但是我会低声说:/'不是你!'然后踉跄地又走向他处。"(《单恋者》)失恋的痛苦中,他以嫖妓作为宣泄和补偿,把被社会遗弃的妓女视为同调,"为她而憔悴",替她们"祝福",这种颓废的生活态度更加深了施绛年对他的冷漠。在无望的境遇中,他以跳楼殉情的决心,让施家小妹答应他履行了订婚仪式。一霎时中,诗人感受到初春的暖意,嗅到"泥土的香";然而,欢悦中未免带着苦涩的味道:"虽然残秋的风还未来到,/但我已经从你的缄默里,/觉出了它的寒冷。"(《款步(二)》)诗人明白,以死相要挟的"订婚"并不牢靠,他希望对方给一个完婚的日子,施绛年说你留学回来找份工作再结婚吧。

赴法留学三年(1932—1935),诗人无时无刻不在思念未婚妻:"为你开的,/为我开的毋忘我花,/为了你的怀念,/它在陌生的太阳下,/陌生的树林间,/谦卑地,悒郁地开着。"(《见毋忘我花》)尽管听到一些风言风语,还是将信将疑。《乐园鸟》中,他以"乐园鸟"自喻,唱出内心的"寂寞"和"乡思",诗的开头写道:

飞着,飞着,春,夏,秋,冬,/昼,夜,没有休止,/

华羽的乐园鸟,/这是幸福的云游呢,/还是永恒的苦役?

不知这场马拉松式的恋爱最终会是怎样收场,"幸福的云游"呢,还是"永恒的苦役"?诗的结尾写道:"自从亚当、夏娃被逐后,/那天上的花园已荒芜到怎样了?"天上的伊甸园都已荒芜了,这飞翔还有什么希望吗?他忍受单恋的煎熬,如坐针毡,度日如年。三年后带着忐忑不安的心情回到恋人身边,施小妹却要和茶叶店小老板成亲了。戴望舒无法控制"受骗"的愤怒,登报声明解除婚约。一场苦恋,就这样有始无终地谢幕了。

这场刻骨铭心的恋爱梦碎后,另一位文友,人称"新感觉派圣手"的小说家穆时英热心地介绍自己妹妹穆丽娟,说:"施绛年算什么,我妹妹比她漂亮十倍!"穆丽娟年方16,比戴望舒小12岁。哥哥有意让妹妹陪苦闷的诗人交游,帮他抄文稿。美丽大方、文静娴雅的穆家小妹,热烈地爱上戴望舒,二位好像没谈恋爱就走进婚姻了(1935年冬季订婚,次年春天结婚)。最初一段时日,沐浴在爱的暖流里:"我是从天上奔流到海,/从海奔流到天上的江河,/我是你的每一条动脉,/每一条静脉,/每一个微血管中的血液,/我是你的睫毛,/……/而我是你/因而我是我。"《眼》的后半篇,写出最热烈的情感体验,诗人激情地倾诉新婚宴尔彼此融入的欢乐,这种如痴如醉的幸福感达到男欢女爱的最高境界。

日军占领上海后,戴望舒举家迁居香港,在一座背山临海的"林泉居"里,度过一段幸福时光。诗人常在家中与友人品茗聊天,办小型舞会,晚上夫妇二人跳舞、看电影。多少年后,经历过大劫难的诗人回望这段生活犹如人间天堂:

> 这带露台,这扇窗,/后面有幸福在窥望,/还有几架书,两张床,/一瓶花……这已是天堂。/我没有忘记,这是家,/妻如玉,女儿如花,/清晨的呼唤和灯下的闲话,/想一想,会叫人发傻,/单听她们亲昵地叫,/就够人整天地骄傲,/出门时挺起胸,伸直腰,/工作时也抬头微笑。

(《过旧居》)

望舒热情地憧憬诗意的栖居,这是怎样令人羡慕的安宁、自足与幸福哟!

安宁与幸福难得持久。1940年穆丽娟提出协议离婚。穆丽娟当初以美女救诗人的姿态走进望舒的生活,可戴望舒始终难忘施家小妹的恋情,他把失去的恋爱比作"啼倦的鸟"和"老去的花",它们既不在地狱也不在天堂里,而在诗人"心的永恒的宇宙里"(《小曲》)。穆丽娟婚后不免会问到他是否旧情难忘,"诗人却微笑三缄其口",他把这段旧情当作陈年老酒,穆家小妹的感情怎能不受到伤害?这就为最后离异埋下悲剧种子。举家迁居香港后,望舒埋头于读书写作,编辑期刊,几乎没有时间和妻子交流。日常生活中,他把穆丽娟看成"小孩子",家中诸事一人做主,缺少平等协商气氛。穆丽娟又是追求完美的女子,家庭生活看似风平浪静,却孕育着疾风暴雨。1944年,穆时英(时为中统)被军统特工杀害,戴望舒获悉岳母去世的噩耗后没能在第一时间通报,穆丽娟于极度悲痛和愤怒中提出离婚。

1940年冬天,穆丽娟回到上海,戴望舒往来奔波于港、沪之间,想竭力挽回残破的婚姻,"要用死来解决我们间的问题"(《绝命书》),服毒自杀后获救,轻生也未能改变穆丽娟的决心,不得不于1943年初签下"离婚契约"。新的打击让戴望舒陷于无法自拔的痛苦,不过这一回,记取了先前与施绛年分手的教训,他是在和杨静确定关系后才跟穆丽娟分手的。

日军占领香港期间,戴望舒涉嫌从事抗日宣传被捕。在日军监房里,诗人经受了严刑拷打而不肯屈服,灵魂在烈火烽烟中得到提升:

> 如果我死在这里,/朋友啊,不要悲伤,/我会永远地生存/在你们的心上。/……/当你们回来,从泥土/掘起他伤损的肢体,/用你们胜利的欢呼,/把他的灵魂高高扬起。/然后把他的白骨放在山峰,/曝着太阳,沐着飘风:/在那暗黑潮湿的土牢,/这曾是他唯一的美梦。[《狱中题壁》(1942年4月)]

经友人保释出狱后,又作《我用残损的手掌》(1942年7月),以悲壮热烈的情感抒发了山河破碎的切肤之痛,和对于抗战大后方和平自由生活的热情向往:

> 无形的手掌掠过无限的江山,/手指沾了血和灰,手掌沾了阴暗,/只有那辽远的一角依然完整,/温暖,明朗,坚固而蓬勃生春。/在那

上面，我用残损的手掌轻抚，/像恋人的柔发，婴孩手中乳。/我把全部的力量运在手掌/贴在上面，寄与爱和一切希望，/因为只有那里是太阳，是春，/将驱逐阴暗，带来苏生，/因为只有那里我们不像牲口一样活，/蝼蚁一样死……那里，永恒的中国！

这时，身心憔悴、濒临绝境的诗人结识了小他21岁的打字员杨静。这位娇小美丽、活泼热情的南方女子，重新燃起他的生活信心。1942年底结婚，婚后一段时间，戴望舒忙于编刊物，写文章，写诗较少。《赠内》一首，可看出诗人新婚后的心境："空白的诗帖，/幸福的年岁；/因为我苦涩的诗节，/只为灾难树里程碑。/即使清丽的词华，/也会消失它的光鲜，/恰如你鬓边憔悴的花，/映着明媚的朱颜。/不如寂寂地过一世，/受着你光彩的熏沐，/一旦为后人说起时，/但叫人说往昔某人最幸福。"这首略带苦涩的诗，写出诗人温馨的爱和不想遮掩的幸福感。《偶成》一首也见出好心情：

> 如果生命的春天重到，/古旧的凝冰都哗哗地解冻，/那时我会再看见灿烂的微笑，/再见明朗的呼唤——这些迢遥的梦。/这些好东西都决不会消失，/因为一切好东西都永远存在，/它们只是象冰一样凝结，/而有一天会象花一样重开。

像这样扫除了阴霾，热情、明朗的诗句，戴望舒笔下难得一见。即使遭遇到非人的磨难，诗人也没有失去生活信心和对于美好将来的追求。写这首诗两个半月后，抗战胜利了。

戴、杨二人年龄、教养、性格相去甚远，杨静青春貌美，活泼任性，戴望舒沉稳忧郁，渐入中年，彼此难以真正沟通。戴望舒在狱中受过酷刑，已是两鬓苍然，哮喘加深，而在1948年末，杨静移情别恋。眼看妻子和蔡姓情人出双入对地相携而行，戴望舒忍辱劝阻，挽回无望，同意离婚。28年后，杨静忆及戴望舒时流露出自责和忏悔，责怪自己年轻不懂事，"没有想到要好好了解他"。

又一回离异几乎要了他的命。据叶灵凤说："望舒这时哮喘病已经很深，家庭又一再发生纠纷，私生活痛苦已极。本来乐观倔强的他，也一再摇头说：'死了，这一次死定了。'"诗人的心在哭泣，但他确信一切美好的东西"永远存在"，总有一天"会像花儿一样重开"。1949年1月，诗人卞之琳自英伦回国，经过香港，戴望舒决定结伴去北平。他说："不想在香港住下去了，一定要到北方去，就是死我也要死得光荣些。"

中华人民共和国成立后，戴望舒在胡乔木主持的国家新闻出版总署工作，还给杨静去过信，邀她来北京，说她在香港只是一个装饰品，来北京发展会有大的前途。杨静没有接受诗人的好意，只是在他去世后，才从香港赶到北京参加追悼会，向诗人作最后告别。

戴望舒是一位有着纯真理想和高尚人品的诗人，他的诗诚实、忧郁，优美而温润，扣动人心。为什么这样一位正直善良、有高度文化修养的诗人，爱情生活如此不幸？友人印象里，"他是一个魁梧大汉，大麻子，人却很和蔼，好一副书生气质。"（郑家镇：《我所认识的戴望舒》）"透过近视眼镜，两眼露出柔和的光，带有莫名的忧郁。"（冯亦代：《戴望舒在香港》）小时候他染上天花，留下满脸麻子，周围的人总是有意无意嘲弄他，渐渐养成一种内向、自卑、敏感、忧郁性格。生理缺陷带来心理缺失，与人相处难免是一种自卑的防御状态，一旦受到伤害，脆弱的心理防线被突破，就会以暴风雨式的反应进行防卫、抵抗。1929年，诗人在《我的素描》里坦陈：

辽远的国土的怀念者，/我，我是寂寞的生物。/假若把我自己描画出来，/那是一幅单纯的静物写生。/我是青春和衰老的结合体，/我有健康的身体和病的心。/有朋友问我有爽直的声名，/在恋爱上我是一个低能儿。/因为当一个少女开始爱我的时候，/我先就要悚然地惶恐。/我怕着温存的眼睛，/象怕初春青空的朝阳/我是高大的，我有光辉的眼，/我用爽朗的声音恣意地谈笑。/但在悒郁的时候，我是沉默的,/悒郁着,用我二十四岁的整个的心。

读罢这样真率、客观、温润的诗句,联想到诗人在日军监狱里坚强不屈的抗争及其悲情的一生,我们对诗人肃然起敬。戴望舒追悼会上,胡乔木致辞说:"我为中国失去一个决心为人民服务的有才能的抒情诗人而悲悼!"艾青也说:"作为他的诗的一个喜爱者,作为他的朋友,我常常为他的过早地去世而感到惋惜,觉得是中国人民的一个损失。"艾青说出我们大家的心情,我们替这位厄于中年的天才诗人感到惋惜。

（2012年8月）

"诗坛的骄子"殷夫

1931年2月7日深夜,上海龙华响起密集的枪声,"左联"五位青年作家(李伟森、柔石、胡也频、冯铿、殷夫)被国民党当局秘密处死,他们用鲜血和生命为中国无产阶级文学的历史写下了第一页。五烈士中年龄最小的,是22岁的殷夫(白莽)。跟同时代许多革命者一样,殷夫意识到自己的历史使命,从"小资"青年踏上无产阶级战士的道路,他反叛的呐喊和劳苦大众的呼声汇合在一起,使"黑暗的动物"惊慌恐怖。

以《别了,哥哥》(1929年4月)为界,殷夫诗创作可分为两个阶段。早期诗歌咏唱爱情和个人生活,精致含蕴,耐人寻味;爱情诗,真率纯美,独标高格。例如:

> 希望如一颗细小的星儿,/在灰色的远处闪烁着,/如鬼火般的飘忽又轻浮,/引逗人类走向坟墓。

（《放脚时代的足印·之四》）

> 我何曾不希求玫瑰花房甜的酒,/我看见花影也会发抖,/只全能者未给我圣手,/我只有,只有孤守。/姑娘,原谅我这罪人,/我不能接受你的深情,/我祝福着你的灵魂,/并愿你幸福早享趁着青春。/我不是清高的诗人,/我在荆棘上消磨我的生命,/把血流入黄浦江心,/或把颈皮送向自握的刀吻。

（《写给一个姑娘》节选）

它如《独立窗头》《清晨》等,则以明丽的诗句,愉悦的心情,"热望未来的东方朝阳",倾诉对于光明的热烈向往。恰如殷夫所述,他的前期诗歌是"一串正负的情感"划成的"生命的曲线",呈现出思想"矛盾和交战的过程"(《"孩儿塔"上剥蚀的题记》)。这些早期作品是诗人渴望变革,不断追求进步的表记,为后来创作的发展作了充分的思想艺术准备。

1929年同济大学毕业后,殷夫从事工人运动和共青团工作,与底层民众和实际斗争紧密结合,世界观发生了根本性的变化,他要为时代"唱一支新歌"(《我们的歌》)。最后两年他写了许多"红色鼓动诗",标志诗人思想、创作的突进,也是早期中国无产阶级文学勇壮、丰美的成果。

在题材选择上,殷夫的红色鼓动诗着重描绘尖锐的阶级冲突,歌唱工人阶级的英勇斗争。例如《梦中的龙华》,揭露表面繁荣的大都市令人毛骨悚然的现实:"啊,吃人的上海市,/铁的骨骼,血的齿,/马路上扬着尸尸的泥尘,/每颗尘屑都曾把人血吸饮。"《一九二九年的五月一日》热情地讴歌上海工人总同盟大罢工的壮丽场景和工人阶级团结战斗的伟大力量:"啊,响应,响应,响应,/满街上是我们的呼声!/我融入于一个声音的洪流,/我们是伟大的一个心灵。"著名的组诗《血字》则以"五卅"运动血的教训,激励劳苦大众的斗志,憧憬革命胜利的光辉前景:"'五卅'哟!/立起来,在南京路上走!/把你血的光芒射到天的尽头!/把你刚强的姿态投映到黄浦江口!/把你的洪钟般的预言振动宇宙!""今日他们的天堂,/他日他们的地狱,/今日我们的血液写成字,/翌日他们的泪水可入浴!"

殷夫红色诗歌内容上另一特点是,鲜明地塑造了无产阶级战士的"自我"形象。例如《别了,哥哥》,率真、热烈地描绘出抒情主人公"我"告别贵族阶级,追求真理,走向光明的心路历程。殷夫有一个时任国民党高官的哥哥,哥哥徐培根极其疼爱弟弟,曾几度入狱保释殷夫。"我"感激哥哥的手足情谊,但为了坚持真理,绝不低头,誓要"为劳苦大众而活着"。"我"鄙弃"安逸、功业和名号",不要"荣誉"和"功建",不要"统治者们荣赏的爵禄,/或是薄纸糊成的高帽","我""饥渴着的是永久的真理","誓做个普罗米修士偷给人间以光明",尽管为劳苦大众而斗争的前途"满站着危崖和荆棘",也义无反顾,"决心要踏上前去"。殷夫第二次被捕获释后,曾回象山住了五个多月。其间,他曾随母亲寄居丹城西寺,写下《给母亲》《地心》等诗作,向亲爱的母亲告别:

> 此后,我得再造就我的前程,/收回转我过往的热情,/
>
> 热情固灼燃起青春旧灰,/但也叫着我去获得新生。(《给母亲》)

他立下誓言:

> 我枕着将爆发的火山,/火山要喷射鲜火深红,/
>
> 把我的血流成小溪、骨成灰,/我祈祷着一个死的从容。(《地心》)

这些艺术上不很成熟的政治抒情诗,以崇高的信仰,不屈的意志,高尚的情操和必胜的信念,撞击我们的心灵。在劳苦大众受着"最剧烈的压迫和榨取""默默地身受宰割和灭亡"的"最黑暗里"(鲁迅语),诗人公开站到劳苦大众一边,提着头颅,勇撞黑暗闸门,其威武勇壮,不屈不挠精神,垂范后代,永世流芳。

诗歌形式上,红色鼓动诗和早期诗歌相比也有新变和发展。殷夫早期诗歌大抵构思新颖,语言明丽,音韵和谐,素有"美丽的抒情诗"之誉,后来逐渐形成质朴自然,粗放激越的风格。这些红色诗歌从群众斗争中汲取资源,富于真情实感,具有浓厚的战斗抒情气息。诗人善于把无产阶级的意志和斗争概括成为诗的形象,创造出意境宏伟,节奏明快,音调铿锵的新诗型,从而生动有力地传达出劳苦大众的意志和愿望。在20世纪30年代,红色鼓动诗成为动员底层民众向敌人冲锋陷阵的战斗武器。

殷夫的诗继承并发扬了《女神》时代狂飙突进的反抗精神。从殷夫诗作,我们看见了早期中国工人阶级的英雄群像,听到了无产阶级胜利进军的号角和鞳鞳鞺鞺的战鼓声。由于环境险恶和艺术上不够成熟,诗的形象不够丰满,语言缺少锤炼;就总体而言,殷夫的诗刚健中见清新,质朴中见悲壮,在时代星空中划出一道耀眼的光芒。

殷夫是中国"诗坛的骄子"(丁玲语),无愧于中国无产阶级早期杰出歌手的称号。我们珍爱殷夫的诗歌遗产,因为它是前驱者鲜血凝成的文字。殷夫的政治抒情诗和浅唱低吟、静穆悠远之作不同,"有别一种意义在",如鲁迅所说:"这是东方的微光,是林中的响箭,是冬末的萌芽,是进军的第一步,是对于前驱者的爱的大纛,也是对于摧残者的憎的丰碑。"(《白莽作〈孩儿塔〉序》)

(2012年1月)

血染南洋的文化斗士

郁达夫——中国新文学开创时期浪漫派抒情小说最杰出的作家,他的作品以鲜明的创作个性和独特的艺术风格,在海内外拥有广大的读者,产生过很大的影响。历来对他一生的文学活动和创作实践,毁誉不一。创造社同仁成仿吾指斥《沉沦》只写了"肉的要求",苏雪林贬损他是"黄色文学大师",过去很长一段时期他被界定为"颓废派"作家。

青春期的性苦闷和变态性心理描写,确然是郁达夫早期文学创作的重要题材,但我们从她最初发表的自叙传小说《沉沦》,分明听到了弱国子民震撼人心的爱国呼声:

> 祖国呀祖国,我的死是你害我的!
>
> 你快富起来,强起来罢!
>
> 你还有许多儿女在那里受苦哩!

此后许多描写经济苦闷,抗议社会罪恶的作品(如小说《春风沉醉的晚上》《薄奠》《微雪的早晨》,散文《给一位文学青年的公开状》《故都的秋》《钓台的春昼》等等),依然可以触摸到他的一颗渴望祖国繁荣富强的赤子之心,这种感伤的爱国主义始终贯穿在郁达夫各个时期的作品中。

抗战爆发后,应郭沫若之邀,郁达夫去武汉参加军委会第三厅的抗日宣传工作,加入"中华文艺界抗敌协会"并担任常务理事及《抗战文艺》编委。其后去台儿庄、徐州等地劳军,辗转于鲁、豫、苏、浙、皖等地,视察战地防务,写了一些激动人心的战地报告,揭露日本侵略者惨无人道的暴行。

1938年初，他的"风雨茅庐"被毁，老母亲死于日军炮火之下，国仇家恨，升华了郁达夫的爱国感情。他怀着"此仇必报"的决心，远涉重洋，以昂扬的斗志投身于抗日宣传。他在一封写给日本友人的信中写道："就以我个人来说吧，这一次的战争，毁坏了我在杭州在富阳的田园旧业，夺去了我七十岁的生身老母，以及你在上海曾经会见过的胞兄，藏书三万册，以及爱妻王氏，都因这一次的战争，离我而去了。"国破家亡的危急时刻，郁达夫看到"中华民族复兴之兆"，确信"正义，终有一天，会来补偿我的一切损失。"当胜利的那一天到来的时候，"一切阻碍和平，挑动干戈的魔物，总已经都上了天堂或降到地狱去了。"(《敌我之间·致新居格氏》)

是年底，郁达夫抵达新加坡。三天后的1939年元旦，《星洲日报》发表郁达夫在新加坡的第一篇政论《估敌》，文章历数日寇72变的鬼蜮伎俩，指出敌人"纵使变尽狰恶丑态，也不能摇动定者之心。""最后的胜利，当然是我们的，必成必胜的信念，我们绝不会动摇。"郁达夫在新加坡三年多时间里，主要从事各种副刊的编辑工作，先后主编或参与编辑的报刊有《星洲日报》副刊和文艺周刊，《星槟日报》文艺双月刊，《星光画报》文艺版及《华侨周报》等等。他毅然放弃了驾轻就熟的小说创作，义不容辞地担负起政论家的责任。他先后发表了《今后的世界战局》《欧战扩大与中国》《抗战两年来的军事》《战后敌我的文艺比较》《抗战中的教育》《敌人的文化侵略》《美倭之间》《纪念九一八》《永久的和平》等大量时评政论，以"必胜的信念"鼓舞海外侨胞积极支持抗战。

特别值得关注的是《抗战现阶段的诸问题》(1940年5月)，文中写道："至于我们的战略呢，是长期持久，空室清野，以空间换时间，积小胜为大胜。""我们的战略，在持久，在消耗敌人的兵种和资源。我们的反攻，不必要一定占领几个城池，只求消耗敌人的兵力财力，而扰乱他的后方，断绝他的交通。"我们无法确定郁氏是否读过毛泽东的《论持久战》，他对于时局的精确判断和敏锐的战略眼光，令人赞叹不已。

郁达夫旅居海外，时刻关注"中华文艺界抗敌协会"的"苦战恶斗"。当他获悉"文协"经济艰窘，曾发表文章号召后方文艺工作者"竭尽我们的绵力""自由捐助"。1940年初"文协"收到郁达夫筹集的四万元（国币）捐款，《星洲日报》后来刊登了经手人老舍先生的一张收据（照片）。郁达夫念念不忘抗日救国，在沟通南洋和中国文化方面做了许多工作。皖南事变发生后，郁达夫领衔34名文艺工作者发表了《星华文艺工作者致侨胞书》，严正指出"轰动中外的解散新四军的惨痛血案，就都是这些汪派汉奸，无耻败类所一手捏造出来的阴谋毒计"。

太平洋战争爆发后，新加坡沦陷，郁达夫和胡愈之等人于1942年2月渡海撤退，颠沛流离，转移到苏门答腊的巴爷公务。为了隐蔽身份和生计问题，郁达夫化名"赵廉"，集资开办"赵豫记酒厂"，他说："我没有勇气和力量杀死敌人，但我可以使他们慢性麻醉而死。"其时，郁达夫迎娶新妇何丽有（1938年与王映霞离异，1940年最后决裂），此人没有文化，也不美丽，当地人称"婆陀"（傻瓜），直到丈夫被害，她也不知"赵廉"何许人也。在沦陷的险境中，郁达夫写下壮怀激烈的诗篇，宣誓抗战到底的决心：

　　一死何难仇未复，百身可赎我奚辞？

　　会当立马扶桑顶，扫穴犁庭再誓师。

1942年六、七月间，在一种偶然情况下，占领印度尼西亚的日军发现"赵廉"精通日语，强迫他担任武吉丁宜日本宪兵部的翻译。在这个危险岗位上，他巧妙地与敌军周旋，暗中保护和营救了不少爱国华侨和印度尼西亚抗日分子。做了几个月翻译后，郁达夫让自己伤风咳嗽，开出肺病证明，才脱离了日本宪兵部。

由于宪兵部译员洪培根的告密，1944年8月郁达夫被日军锁定了，次年八月的一天,晚上九时许,郁达夫正在打牌,一个送信的青年将他骗出家门,当时身穿中式长裤,足踏木屐,自此一去不复回。1945年9月17日深夜,郁达夫被日本宪兵秘密杀害于丹戎革岱的荒野里。

郁达夫的好友胡愈之说:"从达夫一生在文艺上的造诣以及他在沦陷时期的言论行动来看,我不能不承认他有他的伟大。他的伟大就是因为他是一个天才的诗人,一个人文主义者,也是一个真正的爱国主义者。"(《郁达夫的流亡和失踪》)郁达夫,这位五四巨匠,这位爱国的浪漫派作家,最终将自己的生命献给了他赤诚眷恋的祖国,献给了这场悲壮的抗击法西斯侵略的战争。1952年,中央人民政府追认他为革命烈士。如今,他的家乡富阳矗立起"双烈亭"①和"双烈园",他的故居街道命名为"达夫路",富阳人都以拥有郁曼陀②、郁达夫兄弟这样的乡贤而感到光荣和自豪。

(为郁达夫先生殉难70周年而作,2015年7月)

---

① 双烈亭,富阳人民为纪念郁达夫(文)及其胞兄郁华(曼陀)二位烈士,于1979年修建此亭。亭额"双松挺秀"为茅盾所题。亭中立有诗碑,上书郭沫若诗一首。四根亭柱挂有赵朴初、俞平伯书写的楹联:"劫后湖山谁作主,俊豪子弟满江东;莫忘祖巡中流揖,同领山亭一钵茶。"。

② 郁华(1884—1939),字曼陀。早年毕业于日本法政大学,"南社"诗人。历任大理院推事、庭长,兼任东吴等大学教授。1932年,任江苏高等法院第二分院刑庭庭长,任内同情革命,保护左翼人士。抗战爆发后,郁华严惩汉奸,营救抗日志士。1939年11月23日,被日伪暴徒暗杀。1952年,中央人民政府追认为革命烈士。

郁达夫小说的情色描写

　　郁达夫早期文学观的核心是把文学视为作家的自我表现。他接受了法国作家法朗士的文学观点："文学家的作品，多少带有自传的色彩。""作家的个性，无论如何，总须在他的作品中保留着。"(《五六年来创作生活的回顾》)他主张人物故事用作家本人做模特儿，他笔下的抒情主人公"我""他"或"于质夫""李白时"等，大抵从个人生活取材。

　　一种流行的观点将郁达夫笔下的人物与作者等同起来，特别是第一人称小说中的"我"，以为就是作者化身。其实，郁达夫一向否认文学作品有所谓"纯客观的描写"，主人公即使带有作者生活的影子，也不是个人生活的实录。他特别声明："并不是主人公的一举一动，完完全全是我自己的过去生活。"(《〈茫茫夜〉发表之后》)"写在小说上的事实，是从世界上的万事万物里由作家的天才去剔抉出来的。并不是把破铜烂铁，一齐描写再现出来，就可以成为小说，成艺术品的。"(《小说论》)创作可以虚构，抒写，加工，自叙传小说并非作者自传，既强调亲身经历，又允许取舍虚构，小说中的"我"，通常是自叙传作品中客观化、对象化和艺术化的人物，而不是生活原型的翻版，这是郁达夫坚守的一条重要创作原则。

　　郁达夫小说的主人公大抵是所谓"零余者"，即五四时期在歧路上彷徨的知识分子。"零余者"源自散文《零余者》(1924)，作者以象征手法抒写"我"在歧路上彷徨的心象：一个残冬的黄昏，单独一个人在京郊独步，感叹"袋里无钱，心头多恨"，发生一种"日暮的悲哀"。贫苦，无聊，惨伤，又无力复仇,这是一个"对于社会人世是完全没有用"的"零余者"。19世纪俄国文学(《谁之罪》《当代英雄》《罗亭》《奥勃洛摩夫》等)中曾出现过"多余人"形象系列,主人公大抵是对俄国专制农奴制度不满,渴望有所作为,但是脱离实际,崇尚空谈,一事无成的贵族青年,他们是语言的巨匠,行动的矮子,不可能找到俄国社会改革的出路。郁达夫小说中许多不满现实(或被社会抛弃),找不到出路的知识青年,诸如"我""他"或"于质夫""李白时",等等,便是类似"多余人"的"零余者"。这些浸透了作者强烈主观色彩的抒情形象,既抒发了作者内心被压抑的苦闷,喊出个性解放的呼声,又表现出五四时期歧路上彷徨的知识者的精神弱点,它在现代文学史上占有独特的地位。

郁达夫从"穷"和"色"两方面取材,既同情主人公的不幸,也暴露其精神弱点。"穷"(经济苦闷)和"色"(性苦闷)凝聚着作者的个人生活体验。达夫在《雪夜》中描述过他东京留学时期的内心感受:"独自一个在东京住定以后,于旅社寒灯的底下,或街头漫步的时候,最恼乱我的心灵的是男女两性间的种种牵引,以及国际地位落后的大悲哀。"1922年7月归国后,创造社的刊物销路不畅,时常受到失业威胁,"为饥寒驱使",他东奔西走,自嘲为"贩卖知识的商人"。生的苦闷和性的饥渴,催生了个性解放和忧国之情相交融的《沉沦》(1919),以及《春风沉醉的晚上》(1923)、《薄奠》(1924)、《微雪的早晨》(1927)这样"多少带一点社会主义色彩"(达夫自述)的作品。

描写性苦闷的小说除了《沉沦》,还有《银灰色的死》(1919)。清国留学生Y君,孤独地生活在没有爱和同情的异国他乡,贫困孤冷中发生了性的危机。他怀想吐血而亡的妻子,时常到酒馆里从静儿姑娘那里寻找精神安慰。静儿也嫁人了,他用酒精麻醉自己,终于在如银的月色下脑出血而死。郁达夫常以悲剧性死亡表现主人公的归宿,他认为这个结局是必然的：

> 在这一个军阀和外国资本主义的铁蹄下的中国青年，一般手无寸铁，知识发达，追求光明，如饥似渴的青年，哪一个能不和我一样的漂泊？哪一个免得了这一种不羁穷苦的生活？青年的渴求光明，是自然性。求之不得，就不得不苦闷，苦闷之余，前面就只有两条去路。一条是消极方面的自杀，一条是积极进行的革命，喋血。

（《奇零集·公开状答日本山口君》）

描写妓女生活的《茫茫夜》和《秋柳》（1924），历来被斥为颓废的情色之作。是否"挑动劣情"？要看作者以怎样的态度描写烟花人生。

留学生于质夫归国后从上海到A地法政专门学校教书，经济的苦闷和青春期苦闷无法排遣，走进了妓院鹿和班。不过他和一般阔人或轻薄少年追逐美貌年轻妓女不同，他提出觅妓三个条件："第一要他是不好看的，第二要年纪大一点，第三要客少。"他特别怜爱身材矮小，忠厚愚鲁，"一点儿娇态都没有"的海棠，联想到海棠的沦落风尘和自己的身世飘零，他叹道："侬未成名君未嫁，可怜俱是不如人。"他没把海棠当做商品和淫乐工具，而以平等尊重的态度，把她当作一个"人"，甚至动了"怜惜的心情，此后若海棠能披肝沥胆的待他，他也想尽他的力量，报效她一番。"他还关心纯洁天真碧桃，帮助人老珠黄的翠云。有一回妓院失火，他"出了死力的奔跑"，帮助救人，抢出财物。翠云的被褥烧光了，他冒雨进城送去50元，安慰翠云。郁达夫说过，"替穷人说话是我的夙愿"（刘海粟：《漫谈郁达夫》），于质夫形象体现了这个人道主义的立场。

小说并不规避主人公强盛的性欲和嫖妓行为。于质夫"半生沦落未曾遇着一个真心女人"，回国时下决心"戒烟戒酒戒女色"，由于身处逆境，自己性欲又比别人"一倍强盛"，还是没能改掉旧习气。和天真的碧桃挑逗打闹性游戏，与海棠发生性关系，他为自个的行为抗辩道："我教员可以不做,但是我的自由却不愿意被道德来束缚。……那些想以道德来攻击我们的反对党,你若仔细去调查调查,恐怕更下流的事情,他们也在那里干哟!"于质夫的性行为固然带有反叛旧道德的意味,但这种性放纵和病态反抗方式毕竟是丑陋的。因此每宿娼一回,都会受到良心谴责:"我真是以金钱来蹂躏人的禽兽呀!""我是违反道德的叛逆者,我是戴假面的知识阶级,我是一贯的禽兽!"显然,这里的性描写本意并非赏鉴秽行,而是揭示主人公灵与肉的冲突,剖析"零余者"羸弱而卑怯的魂灵。

小说中变态性心理、性行为描写有时失去节制。例如,于质夫在上海曾于性欲苦闷中和一个肺病青年吴迟生发生过同性恋,到 A 地后"兽性终究压不下去",无聊地骗取一个妇人的旧针和手帕,他和海棠的性行为也是那么苍白无力,毫无性趣味……所有这些丑陋行为的描写,无不联系着主人公所处的社会逆境,展现"零余者"充满了隐忧、愁苦、悲哀的人生。读《茫茫夜》《秋柳》,我们会和主人公一起诅咒"这皮肉的生涯"! 一样痛切地感受到,这"将亡未亡的中国,将灭未灭的人类"! 作者并不认同变态的性关系,而意在攻击"以金钱来蹂躏人"的禽兽行为,从而引起人们对逼良为娼的旧秩序深恶痛绝。1932 年,郁达夫明确提出:"表现人生,务须拿着人生最重要的处所,描写苦闷,专在描写比性的苦闷还要重大的人生的苦闷,因为性的苦闷不就是人生的全部。"(《关于小说的话》)看来,郁达夫始终实践着一个创作原则:即便是重笔描写烟花人生,其主旨也不是渲染性苦闷,而以性苦闷表现人生苦闷,鞭挞社会不平和不公。

郁达夫小说的情色描写违反旧道德,也不合新道德,周作人称之为"不端方"的作品(《〈沉沦〉》);但他的两性关系描写力避庸俗肮脏字句,也不陈列污秽下流的性事。他欣赏劳伦斯《查泰莱夫人的情人》那样的描写技巧:"尤其要使人佩服的,是他用字句的巧妙。所有的俗字,所有的男女人身上各部分的名词……他都写了进去,但能使读者不觉得猥琐,不感到他是在故意挑拨劣情。"(《读劳伦斯的小说——〈却泰来夫人的情人〉》)和当下某些言情小说、"下半身写作"相比较,你会发现郁达夫其实是一位并没有放弃社会责任感的作家。

《茫茫夜》《秋柳》发表后文坛掀起大波,面对排山倒海的批评辱骂,郁达夫抗辩说:"劳动者可以被我们描写,家庭间的关系可以被我们描写,那么为什么独有这一个烟花世界,我们不可以描写呢? ……我们何以对于妓女,要看她们不起呢?"(《闲书》)他认为作家有责任描写烟花人生,应当以尊重的态度描写妓女。在强大的舆论压力下,他曾发表《〈茫茫夜〉发表之后》《我承认是失败了》二文,表示对自己的作品"不能满意","是应该把它烧毁";但他终于没有销毁,因为难以忘怀"当日临盆的阵痛"(《秋柳·小序》)。

(2016年7月)

于细微处见精神

郁达夫小说《春风沉醉的晚上》(1923)写主人公"我"有一种古怪而奇特的习惯，每到春夏之交的晚上，马路人静之后，便要到各处乱走，到天将明的时候才回家。这个"深夜游行"的行为细节对于刻画人物、组织情节和表现环境具有多重艺术功能。

"我"是失业半年、闲居沪上的无名文士，住在矮小黑暗的贫民窟里，唯一的财产是一件破旧不堪的棉袍。在"春光已经老透"的时节，天气渐热，白天不能到外面散步，小屋里又全没有光线进来，严重地损害了健康，不仅眼睛和脚力局部萎缩，还患有重度神经衰弱症。在无可奈何的情况下，只好白天在家大睡，夜晚户外散步，一个人在马路上看星星，一边作些漫无边际的空想，希望这样于身体有益。原来"深夜游行"这个细节，竟包含着主人公如此之多的精神苦闷！一个颇具夸张的感伤意味的细节，真实而典型地描绘出旧时代知识青年的贫困潦倒和精神创痛。

这个细节对于推动故事情节发展，也起到关键作用。白天酣睡夜间乱跑的反常行为，引起邻室而居的烟厂女工陈二妹的疑惧，有一回"我"得了五元译稿费，买了竹布长衫和一包糖食，更引起陈二妹的误会。这位苏州来的女工虽在困境中，却心地纯洁，憎爱分明。她切齿怨恨烟草公司和管理人员，劝"我"不吸 N 公司的卷烟，现在以为"我"为了好吃好穿，每晚在外边"与坏人作伙友"，便真诚地劝"我""改过"向善，好好做人。可见，"深夜游行"细节是陈二妹对"我"产生疑惧，进而采取规劝行动的契机，它迅速地推动了人物关系的发展,真切地描绘出"同是天涯沦落人"的共同命运,从而有力地表现出知识分子对劳苦大众的感情关注。

"深夜游行"的细节与小说标题"春风沉醉的晚上"暗合,不仅有点题的妙用,还有展现生活环境,深化作品主题的功能。小说结尾写到"我"无法摆脱"目下的穷状",只好仍旧换上破棉袍子在夜幕下无目的地散步。这时在"我"眼前现出一幅悲凉的人生图画:

> 贫民窟里的人已经睡眠静了。对面日新里的一排临邓脱路的洋楼里,还有几家点着了红绿的电灯,在那里弹罢拉拉依加。一声二声轻脆的歌音,带着哀调,从静寂的深夜的冷空气里传到我的耳膜上来,这大约是俄国的飘泊的少女,在那里卖钱的歌唱。

这里运用对比手法,十分简洁地画出社会背景,以夜上海的淫靡和"我"的潦倒、陈二妹的不幸作映衬,揭出殖民地化程度日益加深的旧中国贫富对立的黑暗现实。这时在"我"眼里,夜色是那样忧郁苍凉:

> 天上罩满了灰白的薄云同腐烂的死尸似的沉沉的盖在那里。云层破处也能看出一点两点星来,但星的近处,黝黝看得出来的天色,好象有无限的哀愁蕴藏着的样子。

这段景物描写,使得全篇本来已经够暗淡、够阴郁的色彩渲染得更加鬼气森森了,既是对僵尸般旧社会的诅咒,也透出"我"对前途难以把握的无限哀怨。

艺术细节是构成文学作品最有活力的细胞,真实而典型的艺术细节,不单出形象,也能出思想,出感情。郁达夫抓住"深夜游行"细节,也就抓住了人物性格的细微之处和本质方面,并且抒写出他对于现实人生异常独特丰富的情思。郁达夫是浪漫抒情派作家,早期作品(如《沉沦》)醉心于表现自我,倾向于内心世界描绘,而《春风沉醉的晚上》却努力拓宽创作视野,注重选取最具有典型性和真实性的细节,表现"自我"以外的社会人生；从早期"心理—情绪"的直白抒写，到"抒情—叙事"的有机结合，标志着郁达夫小说创作的一个突破。"深夜游行"这个多功能艺术细节的选择与描绘，充分显示出郁达夫"于细微处见精神"的艺术洞察力和艺术表现力。

（1991年6月）

《边城》的审美人生

　　"美在生命",是沈从文美学思想的核心。他说:"我过于爱有生的一切……在有生中我发现了美"(《烛虚》),"不管是故事还是人生,一切都应当美一些! 丑的东西虽不全是罪恶,总不能使人愉快,也无从令人由痛苦见出生命的庄严,产生那个高尚情操。"(《看虹摘星录·后记》)他所憧憬的文学建筑是供奉"人性"的古希腊小庙,因此不写大丑大恶,而倾心于美的创造,要用美好的理想去"占有这一世纪所有青年的心"。代表作《边城》(1931),便是沈从文在乱世背景下对"爱"与"美"的一个辽远的梦想。

　　如作者所言,《边城》本意不在叙述一个曲折动人的爱情故事,引导人们去桃花源旅行,而要借重几个"愚夫俗子""为人类的'爱'字作一度恰如其分的说明。"(《从文习作选集·代序》)美丽淳朴的船家姑娘翠翠是爱与美的化身,她就像家乡的青山绿水那样清澈透明,她和养育自己的外祖父相依为命,过着勤劳、俭朴、平静的日子。自从两年前一次龙舟大赛中认识了傩送,少女心中被一件什么事困扰着,从此爱看迎亲的喜轿,爱把野花插在头上,爱听缠绵的歌,可又不愿别人说破她的心思;有时她好像孤独了一点,爱坐在石头上向天空一片云一颗星凝眸,本来天真好动,现在变得羞涩文静了,她的内心涌动着恋爱的暖流……这个情窦初开的少女的爱意,超越了任何世俗功利,它是人类向善、爱美天性的流露,是"美在生命"的极致表达。

　　在沈从文记忆中,遥远的湘西是爱与美的人生佳境。围绕翠翠和傩送、天保的爱情故事,《边城》展开了湘西边地祖孙父子兄弟相亲,人人真诚友爱向善的世风民情。老船夫摆渡50年了,从不误工,不收赏钱,万不得已收下一枚铜子,也要回赠一把烟叶;女儿和屯防军人有了身孕,从不加干涉,日子照旧"平静地过下去";女儿殉情后,老人默默承担着养育翠翠的义务,还要替外孙女的婚事操心。不仅老船夫勤劳本分,慈爱善良,边城居民重感情,轻钱物,任侠仗义,是非分明,也蔚然成风,生命的美与善在这里得到最充分的显现。

《边城》的人性爱和人情美,传达了作者的人生理想。沈从文的着眼点显然不在刻画人物,而在抒写一种情感,追寻一个梦境。他说:"好的文学作品除了使人获得'真美'感觉外,还有一种引人'向善'的力量。"(《烛虚》)美是善的一种形式,美的极致就是善的极致,而爱则是美、善在审美形式上的集中体现。边城地区男女之爱、长幼之亲和人人真诚相爱的世态人情,呈现出一种"优美,健康,自然,而又不悖乎人性的人生形式"。

小说再现了湘西边地淳朴优美的风习和环境。依山傍水的茶峒城,河边停泊的小篷船,临河的街道、码头,吊脚楼,溪边的白塔,青崖,翠竹、黄狗等,织成一幅幅色彩明丽的湘西风景画。元宵夜的烟火爆竹,中秋的月下对歌,迎亲的喜轿,送葬的绕棺等,犹如一帧帧古朴迷人的风俗画。端午节的龙舟竞渡是故事情节的主要骨架,巧妙地绘出翠翠爱情萌生和情感深化的轨迹,风俗描写在这里成为人物感情发展的契机和情节发展的关键。风俗画和风景画的描写,具有清新的生活气息和浓郁的地方色彩。

作者善于运用清新活泼的"水上人的口语",委婉细致地刻画翠翠的天真伶俐,傩送的帅气勇敢,渲染赛龙舟、放烟火时观众的情态和节日气氛。小说以诗意的语言,抒写人物内心世界的曲折隐微。例如,翠翠沉入梦中,"灵魂为一种美妙歌声浮起来了,仿佛轻轻地各处飘着,上了白塔,下了菜园,到了船上,又复飞窜过悬崖半腰……"从而营造出一种似梦非梦的优美境界,传神地绘出热恋中少女缠绵悱恻的情感世界。《边城》以田园牧歌的语言和情调,为自然之神所创造的爱与美的人生唱一支赞歌。

过去有人批评沈从文"总是有意无意地回避尖锐的社会矛盾,即或接触到了,也加以冲淡调和。"以这样的眼光读《边城》,自然不得要领。当我们饱尝人生的苦味之杯,有了丰富的生活阅历,或许就能以较为客观、宽容的态度看待这样的作品了。《边城》确实把社会矛盾淡化、诗化了,作者主观上显然要和30年代残酷的现实保持距离。在风沙扑面,狼虎成群的年代,有正义感又不愿与黑暗同流合污的知识者,除了用文字编织"爱与美"的好梦,还能有怎样伟大的作为呢?

不过,沈从文绝不是闭塞眼睛不看现实的作家。天保的自沉水底,傩送不知所终,老渔夫风雨之夜溘然长逝,翠翠在渡口茫然期待,清溪的白塔突然坍塌……这一切,透露出作者对于生命和人生的悲剧思考。沈从文有句名言:"美丽总令人忧愁,然而还受用。"(《烛虚》)在"城市文明"步步紧逼的进程中,古老的湘西文明被侵蚀、被破坏了。

理想与现实永是一对难解的矛盾,《边城》的"梦"交织着沈从文内心"隐伏的悲痛"。"一切充满了善,然而到处是不凑巧。既然是不凑巧,因之素朴的善终难免产生悲剧。"沈从文认为"悲剧应当微笑,处处皆是无可奈何的微笑。"(《水云》)《边城》就是一出"美丽"而"忧愁"的"无可奈何的微笑"的悲剧。

(1990 年 10 月)

沈从文的性爱小说

　　沈从文描写性爱生活的小说备受读者关注,但解读这些作品的眼光各各不同,有人见到主人公的"纵欲",有人见到性的"占有"。其实,带着山野气息登上文坛的沈从文,"崇拜朝气,关心自由,赞美胆气大的强有力的人";他津津乐道湘西边民强悍勇武、任侠仗义本色,热衷于描写深山旷野中充满世俗欲望、放浪无忌的情爱行为,本意绝非表现男女主人公的"纵欲"和"占有欲",而别有一种意义在。我们举出几篇来看——

　　《雨后》写四狗和阿姐的"野合",把这对情侣"醉到不知人事"的快乐置放在云雨掩映,草木茂盛,空气怡人的野山之中,优美的自然环境和人物的行为配置得极为和谐优美。《旅店》中,27岁的女老板黑猫三年前死了丈夫,一向安分守寡,可她在一个"非常美丽的早晨",性情"无端"地变了,"一种突起的不端方的欲望,在心上张大",她爱的是一种力,"一种蠢的变动,一种暴风暴雨后的休息",于是她和住店的大鼻子纸商到山里野合一回。作者运用心理分析法,剖析出女主人公生命本能的激情涌动。中篇小说《阿黑小史》中,五明爱阿黑就像爱观音菩萨,她"那么慈悲,那么清雅,那么温柔,想象观音为人决不会比这个人更高尚又更近人情",不知苦辣的五明在驱鬼请神给阿黑治病时,也和阿黑缠绵交欢,撒野纠缠,"幸福得像做皇帝"。阿黑病逝后,失去恋人的五明成了"颠子"。小说中多有酣畅淋漓的情欲表达,野性的美张扬到了极致。《柏子》讲述泊船上水手与吊脚楼妓女的畸形恋,作者也照样倾注出满腔热情。白天爬桅子、夜晚睡女人的柏子,心甘情愿地把一个月储蓄的铜钱和精力,倾倒在一个妇人身上,"喝一口茶,吸一泡烟,像是作皇帝"。

在湘西人眼里,情爱是一种天赋的不可予夺的权利,是一尊和大自然一样尊贵无比的神,如同沈从文在《神巫之爱》中宣布的:"像是天许可的事,不去做也有罪。"性爱的内容并不重要,沈从文看重的是它最为本质的层面,它的明朗与自由的精神,即使柏子和妓女的畸形恋,也因其痛快淋漓、不加修饰而自有一股刚健明丽、活泼清新的生命气息。沈从文鄙弃那些"拘谨、小气,营养不足,睡眠不足,生殖力不足"的萎靡生命。

《月下小景》取材于佛经故事,寨主独生子傩佑和美丽的姑娘相爱了,那女孩的身体"仿佛是用白玉、奶酥、果子同香花调和削筑成就的东西",而这位美女也被男子"温柔缠绵的歌声与超人壮美的四肢所征服"。可是按照当地的"魔鬼习俗",女人只许同第二个恋人结婚,第一个恋人可得到她的贞操(初夜权),却不能拥有她永远的爱情。违反这规矩的女子,就要被沉潭或抛到地窟窿里去。小说中的女子却心甘情愿把自己整个地交给她倾心的男子,男子也愿把整个的自己换回整个的女子。月光下处女献出了贞操,他们最终反抗"魔鬼习俗",双双服毒自尽。在这里,生命由于受到压抑进行了拼死命的突围和抵抗,然而要战胜命运却只有选择死亡,生存的意义结束在死亡里。这是一支蕴藉着感伤和忧愁的美丽恋歌,作者旨在张扬生命的狂野与自由。

沈从文小说还融入大量"荆蛮陋俗"的山野民歌,"词既鄙俚,其辞亵漫荒淫"。例如:"娇家门前一重坡,别人走少郎走多;铁打草鞋穿烂了,不是为你为哪个?""天上起云云起花,包谷林里种豆荚;豆荚缠坏包谷树,娇妹缠坏后生家。"(《阿黑小史》)"大姐走路笑笑底,一对奶子翘翘底。心想用手摩一摩,心子只是跳跳底。"(《雨后》)"高山有好水,平地有好花。人家有好女,无钱莫想她。"(《〈断虹〉引言》)这些俚俗歌谣,同样流淌着鲜活饱满的自由气息与生命激情。如沈从文所说："倘若一切出自生命本来的呼声,都有其庄严的意义。"

现代文学史上,郁达夫也是擅长于性爱描写的作家,同样是描写性爱,二人却有迥然不同的美学理想和生命情怀。郁达夫笔下的"零余者"放浪形骸,羸弱沉沦,发出悲切凄惶的个性解放呼声,传达出五四时代小资产阶级知识者无力改变社会和个人命运的精神状态和情感诉求。郁达夫的情色描写因其对旧道德的反抗和弱国子民的慨叹而提升了文学价值。沈从文的性爱描写与人生苦闷穷愁、弱国子民的家国情怀全不关联,它真切纯粹地呈现出形而下的性爱内容,采取一种广场化的存在方式,让天地万物、四时八节、晨昏雨露、流水青山来见证湘西边民率性而为、生猛活脱的性爱狂欢。沈从文小说的人物个性和面影不很清晰,四狗、五明、黑猫、豹子、阿黑,都是浮雕式人物,它的意义不在于给文坛留下多少个性鲜明的形象,而是凸显一种真实自然、健康雄强的生命精神。沈从文从一切有生中发现了"美",生命的本质首先表现为摆脱金钱、权势束缚,还原人的自然本性。

（2010 年 8 月）

"甜甜的带着苦味"的乡土抒情

　　20世纪三四十年代的小说家师陀(芦焚),已渐渐淡出我们的文学视野,他的曾经受到沈从文影响的乡土田园小说,谈论也稀少了。不过,重读师陀的短篇集《果园城记》,小说温婉的抒情气氛和浓浓的乡土气息,别有一番滋味在心头。

　　《果园城记》为我们展开了从清末到民国25年间中原地区一个小城苍凉沉滞的生活,如同鲁迅小说一样,这些作品也是以自我放逐的知识分子还乡为出发点,叙述小城中各色人物的兴衰沉浮。书中18个短篇大体相对独立,各篇之间多少有点联系,所写的人物偶尔也会在其他篇什中穿插出场,却不贯穿到底。将全篇串联起来的人物是一位名叫马叔傲的回乡知识分子(即"我"),"我"既是故事的叙述人,也是小说的主人公。作为事件参与者和观察者,"我"对小城的停滞落后进行了讽刺和批评。这里有从望族坠入困顿的一群破落户子弟,有失意的经常殴打老婆的小乡绅,有总把日子花在缝制永无机会穿的嫁衣上的老处女,这里还有曾经鼓吹新思想而最终走向贫穷、没落和死亡的改革者……时代在转变中,可是这个小城和小城的人们却依然故我,继续着他们平庸、懦弱和无望的生活。

　　在单篇结构上,小说打破了按时间顺序谋篇布局的传统写法,将任意而谈的散文笔法和心理小说的意识流融合起来。作者不去追求曲折的故事情节,而以素朴的文字,舒缓的节奏,原汁原味地呈现出这个小城的自然形态。作品多以人物心理活动轨迹作为结构框架,人物内心世界的刻画纤细入微，读来如品香茗，如倾听悠远的梵阿玲的琴声。那篇描写"一个在中国空闺里憔悴了的姑娘"的《桃红》，就是心理描写的佳篇。

《果园城记》以凄凉而温馨的笔调，创造出一种"甜甜的带着苦味"的艺术氛围，兼有抒情诗的品格。师陀说："人在空闲时总爱寻找少年时期的旧梦，这梦虽然是破碎的冷落的，同时又酸又苦，十分无谓，可是它在人的心里，却又是花，香，云和阳光织成的一片朦胧……"（《阿嚏》）师陀对人生太过钟情了，即使精短的篇什中，也能够于诗化的意境中饶有兴味地表现人生，咏叹人的命运。他似乎不满足于只是记录人生，更企求解释和探索人生的奥秘，我们读他的作品经常会感受到那种"一片朦胧"的艺术情调。

他有时喜欢发一点议论，那些充满真情实感和哲理意味的议论，不但不会令人厌倦，反而使作品的抒情获得一种蕴藉和约束，从而唤起读者心中庄严的人生责任和历史使命感。作者痛心于人物命运多舛，小城生活停滞落后，他形容这里的人们犹如"活在昨天"，有时还激愤地说："中国为什么不再文明点，或者退转去，不再原始点？"这些作品写于1936—1942年，作者当时"心怀亡国悲愤之忧愁，长期蛰居于上海"（《师陀自述》），住在一间自称"饿夫墓"的小屋子里，生活十分清苦。于此种心情下完成的创作，难免染上低沉和感伤情绪，与其说是师陀的思想局限，不如说是那个时代知识分子的不幸。

读《果园城记》，你能感受到醇酒似的浓浓的乡土气息，小城风俗画的描绘尤其令人陶醉。汪曾祺说"所谓风俗，主要指仪式和节日"（《谈风俗画》），言之有理。沈从文笔下的湘西边城和老舍笔下的古都北平，确实主要从仪式和节日上显出各异的风俗特点。师陀的风俗描写独辟蹊径，特别善于捕捉那些单纯散淡、平静如水的生活场景和自然景观，他似乎偏爱夕阳黄昏，用心描绘带有忧郁感伤，静谧空濛，洋溢着人间情味的落日景象。他静静地讲述小城的传说,那城头上如守护神般威严的古塔,据说是从一个神仙的袍袖中落下来的;他选取典型的风物场景,真切地写出死水般单调沉滞的小城生活,例如:磨坊的磨子嗡嗡地响着,药铺里的舂药声"叮咚叮当",铁匠铺子的火花发出"嘶嘶"声,直向满是尘土的街上迸溅过来……而在黄昏时分,刨花水抿得光光亮亮、梳成圆髻的女人们坐在门前谈天,孩子们在大路上玩土,狗在街上打鼾……他写出了古老中国内地城镇的性格、情感、思想和灵魂,像是活脱脱一个人。

《果园城记》的风俗画是作为人物活动的背景和环境出现的,作者似乎无意于只是展览小城风习,而在共同的环境和背景下展开他眼前所经过的旧中国悲凉寂寞的人生,卓越的风俗描写使得这个短篇集的艺术魅力经久不衰。

(2011 年 11 月)

萧红：追寻一个文学梦想

传记影片《黄金时代》（许鞍华执导、李樯编剧）演绎了女作家萧红不幸的一生。在国难当头、炮火纷飞的年代，她四方漂泊，颠沛流离，她逃过婚，失去未婚夫，交过几任男友，丢了两个新生儿。正当生命之花灿然开放的时候，她被病魔和战争夺去了生命。萧红的悲剧引发了观众热议，有人骂她"犯贱"，有人说她"作死"，"一个萧红，要睡多少男人才能成为女神？"乐道于萧红的"绯闻"，将悲剧归咎于个人弱点，忽视萧红对于精神自由的追求，闭塞眼睛不看生命个体处于怎样的悲惨时代。说到底，萧红的悲剧不只是个人悲剧，也是20世纪三四十年代的时代悲剧。

萧红固执地坚守着她的文学梦。她说："我是像《红楼梦》里的香菱学诗，在梦里也做诗一样，也是在梦里写文章来的。"（据聂绀弩回忆）在革命与救亡的时代浪潮中，萧红始终保持特立独行的姿态，和任何党派及文艺社团都不沾边，她说："我总是一个人走路……我好像命定要一个人走路似的。"有人问她为什么不去延安？她说："我只想有个地方安安静静地写作"。

编导有意让萧红与丁玲在救亡前线山西临汾相遇。萧红苍白的脸，紧闭的嘴唇，敏捷的动作和神经质的笑声，让丁玲看见了写作《莎菲女士日记》时候的自己。经过十数年的历练，丁玲一度放弃写作，成为献身民族解放事业的文艺战士。在丁玲眼里，萧红"少于世故"，多了"纯洁和幻想"；萧红心里明白，她和丁玲"不是一类人"。萧红和丁玲在影片中形成明显的对照,对待战争,两位女作家做出不同的选择,丁玲大呼猛进,"投身人民战争的洪流,来书写人生这本大书!"萧红则选择了规避,并不认同"战场高于一切"的普遍口号,以为"作家是属于人类的。现在或是属于过去,作家们写作的出发点是对着人类的愚昧!"如端木蕻良所言,萧红"对创作有一种宗教感情"。革命/战争造就了丁玲,自由/文学的梦想成就了萧红。在高呼"抗敌""杀贼"的文坛上,萧红先后奉献出《生死场》《呼兰河传》两部中长篇力作,前者以"力透纸背"的描写,对生命、人性、生死存亡这些古老的问题进行了深邃而透彻的思考;鲁迅的序,胡风的后记,作为奴隶丛书(鲁迅编)于1935年12月出版。后者是对于童年故乡的回望,萧红以凝重的抒情笔调唱出北方边陲小镇的愚昧及童年的悲哀,茅盾在"序言"中盛赞《呼兰河传》提供了"比'像'一部小说更为'诱人'些的东西:它是一篇叙事诗,一幅多彩的风土画,一串凄婉的歌谣。"夏志清在《中国现代小说史》中称萧红是"二十世纪中国最优秀的作家之一"。

萧红是一位柔弱却向往自由的女性,人生旅途中,她孤独,寂寞,性格有点孤僻,但她并不缺少朋友,她跟30年代中国文坛许多知名人士和左翼作家结成了深厚友谊,与萧军、端木蕻良的友谊和爱情就是影片叙述的重头戏。由于萧红生平的客观史料匮乏,导演做足了细节描写功夫。整部电影中,最有故事性的段落就是萧红和萧军在哈尔滨同居那一部分了,"英雄救美"式的邂逅,小旅馆的冰冷,小酒馆的欢悦,萧军拽断自己的鞋带给萧红系上,这些小的细节给惨淡人生传递了热情和暖意。萧红确信萧军是她的终生所爱,所以即便萧军后来感情出轨移情别恋,有了八个儿女,在病入膏肓之时她还天真地说:"只要我一个电报,萧军一定会回到我的身边!"

如果说萧军看中的是萧红的才华,那么端木多少有点纯情。影片对端木人格上软弱自私的批评不留情面,但她与萧红婚后不离不弃,伴随她走完生命的最后一程,萧红手术后他大口吮吸喉管淤血那震撼的一幕,怎能说他是一个"为了满足自己的虚荣心而(与萧红)苟合的人"?

影片结尾的细节设计也耐人寻味。萧红去世后,她的好友骆宾基独自踟蹰在街上,路边小摊上买了块糖吃,吃着吃着,他大哭起来,蓦然回首,幻影里现出哈尔滨大水,被困于小旅馆的萧红从窗口探出头来的情景。哈尔滨时期是萧红一生中最潦倒也最自由的一段经历,这个细节既传达了对逝者的思念之情,也暗合了片名"黄金时代"的含义。萧红在日本写给萧军的信中写道:"忽然像有警钟似的来到我的心上:这不就是我的黄金时代吗? 此刻。……自由和舒适,平静和安闲,经济一点也不压迫,这真是黄金时代……"当旧的思想体制被破坏,新的制度尚未建立时,萧红和同时代作家渴望一个精神自由的空间来表达自己的文学诉求;萧红又写道:"这真是黄金时代……只不过是在笼子中度过的。……显然有些不习惯,所以又爱这平安,又怕这平安。"(葛浩文:《萧红新传》)萧红从苦痛的人生经历中醒悟到,战争、革命、愚昧、贫穷、时代的动荡,妨碍着"黄金时代"实现,精神自由终究被关在了"笼子"里;"黄金时代"的憧憬,变成了反讽。这,或许就是影片编导者想要表达的双重含义。

千里独行的萧红,结识了一群同路友人,是她不幸之幸,1935年深秋南下上海会晤鲁迅先生,改变了她的命运。鲁迅在大病中接待"二萧",生活上给与予帮助,替他们出书,并亲自作序(即《萧红作〈生死场〉序》《田军作〈八月的乡村〉序》)。鲁迅赞赏《生死场》"叙事和写景,胜于人物的描写,然而北方人民的对于生的坚强,对于死的挣扎,却往往已经力透纸背;女性作者的细致的观察和越轨的笔致,又增加了不少明丽和新鲜。精神是健全的,就是深恶文艺和功利有关的人,如果看起来,他不幸得很,他也难免不能毫无所得。"鲁迅的大力推荐,扩大了《生死场》的影响,使它成为一个时代民族精神的经典文本。萧红在上海期间正是与萧军发生感情危机的时候,苦闷的萧红时常到鲁迅家里吃饭,聊天,谈文学,谈审美,谈衣饰搭配,谈文学新人……有时聊到夜晚12时许,鲁迅一定要冒雨送客人上车。后来,在萧红和端木的新婚仪式上,萧红将鲁迅夫妇送她的相思豆转赠给端木,这个细节寄寓着深深的思念,从小缺失父爱的萧红对鲁迅充满了感激和依恋。

鲁迅逝世后,萧红失去了精神上的导师。她依然像一个虔诚的宗教徒,坚守单纯的文学信仰,在苦难中反抗世俗,踽踽独行。她重新举起五四"启蒙主义"大旗,把针砭"人类的愚昧"和"改造国民灵魂"作为艺术的旨归。她追随鲁迅的足迹,描摹"民族生活方式"的社会风俗画卷,在对历史惰性和奴隶心态的无情解剖中,向着精神自由和人性解放发出深情呼唤。萧红所憧憬的"安静""自由"的黄金时代终究没有出现,"羽翼稀薄"的个人终竟无法抗逆病魔和战争的袭击,她在香港沦陷的炮火中,像一颗耀眼的流星在民国文坛的夜空陨灭了。

埋在萧红灵府深处的"黄金时代"不过是一个遥迢的梦,她日夜兼程,永不歇脚地追寻,收获了美丽的文学圣果,夭折了年轻生命,她给中国文坛留下一声永远的叹息。

（2014 年 11 月）

传奇的探索的谍战大戏

2013年是抗日题材电视剧丰收的一年,却有鱼龙混杂、良莠不齐之憾。年终岁末献映的一部旨在表现伪满洲国抗日锄奸的40集电视剧《零下三十八度》(姜凯阳执导),令人耳目一新。跟时下某些戏说历史、胡编乱造的媚俗之作不同,这部电视剧在故事叙述、人物刻画、艺术视角等方面,显示出一种艺术眼光和诚实态度。

该剧在一个广阔背景上,展开了1940年伪满洲国错综复杂的社会矛盾和抗日锄奸的地下斗争。冰天雪地的严寒气候给故事叙述布下一个整体的叙事氛围,衬出日伪统治时期滨江省的白色恐怖极其严酷。在滨江,既有抗联、军统和日伪军三股势力的生死较量,又有日军和伪军的明争暗斗;在堂皇的"中日亲善"旗号下,日伪沆瀣一气,对爱国者和抗日志士赶尽杀绝,连孤儿院的孩子也不肯放过,成为日军细菌武器的试验品。在敌我力量对比极为悬殊的情势下,中共地下党和抗联砥柱中流,联合一切愿意抗日的力量,利用矛盾,分化瓦解,隐蔽自己,各个击破,终于在无数次生死较量中绝处逢生,出色地完成了"打鬼子,杀汉奸"的任务。

作为一部谍战片,该剧讲述了一个扑朔迷离、动人心魄的传奇故事。主人公是一对看似寻常却身份迥异的小夫妻,妻子常青是帝国医院出色的外科医生,她一直瞒着丈夫给抗联秘密提供药品;丈夫年定邦,木讷老实的电影放映员,曾是国民党军统的顶尖杀手"红姑",是日军闻风丧胆的"满蒙尖刺"。夫妇二人抗日目标一致,信仰各有不同,他们不得已隐瞒了身份,在爱情和信仰面前不可免地发生了强烈碰撞。红姑早就看清国民党假抗日真剿共的本质,三年前一次行动中受伤,便诈死隐居滨江;他现在只想携妻子尽快离开满洲,回老家云南去过平常人的"小日子"。常青意外地获悉日军正在策划一笔秘密军火交易,临时决定推迟离开满洲的行期,而不知实情的丈夫很是焦虑。就在这时,军统特工侦破了"红姑"的行踪,他们以常青的性命做筹码胁迫年定邦执行任务,他们一面利用红姑的力量对付日军,一面处心积虑地铲除异己,想要摧垮抗联。军统的无耻行径激怒了年定邦,而常青和抗联战士抗战到底、视死如归的战斗精神令他肃然起敬,他在关键时刻站到抗联一边。从此他和常青在抗日救国道路上生死相依,并肩作战,在烈火烽烟中成长为不屈的战士。

大故事中还套有精彩的小故事。例如"3号别院家庭"里,五个"家庭"成员竟然彼此不知根底:常青的"舅舅"老鲁隐瞒了滨江抗联负责人的身份(只有常青知道),年定邦的"继父""继母"钱子恩夫妇本是军统(滨江站)的潜伏特工(只有年定邦知道),所谓"灯下黑"的"3号别院家庭"竟然是国共两党的滨江抗日司令部!这个一团和气的"家庭",在日伪军的严密监控下每天都有极具戏剧性的误会和冲突发生。此外,出没无常的敌特汉奸,自天而降的特工杀手,一触即发的危机,惊险激烈的战斗……也在一定程度上再现了地下斗争悲壮勇烈的历史场景,加强了这部抗战剧的传奇性。

全剧扣住中心人物红姑(年定邦)说故事。他曾是威震满蒙的军统杀手,现在是女医生常青温柔老实的好丈夫。"红姑"的故事就是一部抗日传奇。他贯串全剧的动作便是急切期待回到关内,回到故乡云南,过一种自由随分的"小日子",而严峻的形势和民族大义迫使他重新拿起武器。当他发现深爱的妻子常青竟是抗联的女狙击手,由于信仰不同,内心有过激烈挣扎,但是不离不弃的生死恋情和同仇敌忾的抗日意志,最终消弭了那一层隔膜,他迅速成长为真正的抗联战士。在年定邦身上,呈现出人物性格的复杂性,而且在人物关系对比中令人信服地揭示出他转向抗联的深层原因,妻子常青和抗联战友浴血抗战的事实,国民党曲线救国、仇杀共产党人和异己者的卑劣行径,即是其性格发展的催化剂。全剧"大结局",年定邦为了救援被囚禁的无辜群众,掩护心爱的人常青撤退到关内去,单枪匹马,陷入重围,壮烈牺牲。热泪盈盈的常青,在茫茫雪原中继续艰难奋进……红姑为大爱而牺牲,扣动了观众的心。有人发帖:"小年同志不要牺牲! 你儿子喊你回家吃饭。"不少粉丝向导演喊话:"还小年重生!"红姑性格的成长与发展,是《零下三十八度》一个亮点,对白色恐怖下东北抗联艰苦卓绝的斗争,无疑是热情的赞美。

值得一提的是,这部演绎地下斗争的抗战剧没有简单地表现敌我之间激烈的搏击和厮杀,而以家庭情感和战争、信仰的冲突,深刻地揭示反战主题。一对平常的年轻夫妻,只想过一种自由随分、相濡以沫的"小日子",在特殊年代和特殊境遇里却身不由己地被卷入战争。该剧浓墨重彩地渲染了他们夫妇之间柴米油盐的生活琐细和脉脉温情,从而对比地衬出战争的残酷和不义。在这里,爱情与战争,温馨与残酷,主人公内心世界的矛盾、纠纷以及最后的抉择,使得整部作品情意绵绵,扣动人心。该剧从普通家庭视角审视战争的残酷性,凸现反战主题,应该说是抗战历史剧艺术表现方法的积极探索和锐意创新。

《零下三十八度》由实力派艺人于和伟、王丽坤领衔主演,这是他们继《青盲》和《连环套》之后三度携手。实力派艺人的精彩表演,也是该剧一个看点。于和伟饰演的红姑在剧中两次华丽转身:第一次由叱咤风云的军统杀手转身为居家好男人,他不仅买菜、做饭、熨衣样样在行,而且每天从冰天雪地回家,不忘买一包妻子爱吃的黏米糕,夫妻之间那些温馨甜蜜的细节,让我们在"零下三十八度"严寒的恐怖气氛中略略感受到人间爱的温暖。红姑想要过平静的"小日子"而不能,又一次转身成为勇猛威武的抗联战士。于和伟将红姑截然相反的两种性格元素——"既有顶级特工的果断霸气又有居家好男人的温柔内敛",分裂而不相悖地、从容而不露痕迹地演绎出来。

王丽坤饰演的常青美丽纤柔,明慧深沉,不仅是大医仁心、能够起死回生的著名外科医生,还是一枪制敌于死命的抗联神枪手。她跟于和伟默契配合,把夫妻间的微细情感波澜和不同信仰的特工之间警觉而隐忍、温馨而紧张的微妙关系自然而完美地表现出来。王丽坤是用心演戏的演员,在微妙的眼神变化中映现人物内心情感的曲折和隐微。谈到这部戏,她不无感慨地说:"在冰天雪地的哈尔滨拍摄了四个多月的时间,是每一个人很辛苦、很用心、很有诚意的一部作品!看似谍战,更多的是在那个特殊背景下人与人之间的情感!好多次我作为一个旁观者被其感动!"她追求情感"诚意"而"真实"的表达:"我没有特别一定要用技巧,哪个字要怎样处理,我会用最真实的东西把情感释放出来,把人扔到故事里面,自然就会有真实的东西爆发出来。"好的演员不肯假哭佯啼,逢场作戏,而是诚实做人,用心演戏,以真实的情感创造血肉丰满的形象,美化生活,感动人心,创造文明。

(2013年12月)

话剧《立秋》走进校园

3月28日晚，观赏了山西省话剧院在校礼堂演出的大型话剧《立秋》。自2004年4月27日首演以来，该剧已在海内外公演682场。艺术家们荡气回肠的浓情演出，受到师生观众的热烈欢迎和一致好评。

《立秋》取材于近代中国商业金融业的发祥地山西平遥票号，演绎了中国金融资本的兴衰传奇。民国初年，时局动荡，国运衰微，加以外国金融资本的严重渗透和挤压，曾经富甲一方、汇通天下数百年的丰德票号，受到沉重一击。总经理马洪翰恪守祖训，循规蹈矩，诚信经营，"像骆驼一样昂首挺胸"，试图独撑危局，护碑守门。可是由于政府欠款赖账，有票民要挟、挤兑，马洪翰左支右绌，想要冲出重围，力不从心。副经理许凌翔主张顺应大势，改变经营理念，将丰德票号融入现代银行轨道。戏剧主要冲突在"票号派"和"银行派"的交锋中逐步展开，情同手足的马、许二人各执己见，终至兄弟失和，丰德陷于绝境。马洪翰母亲用一把金钥匙打开马家十三代积攒下的金库，马洪翰掘地取金，毁家以保全丰德的信誉，最终仍不能改变末世颓运。

马洪翰站立舞台中央仰天长叹："问天问地问古问今问自己：我究竟输在哪里？"这个悲怆的发问叩击每个观众的心。勤恳、诚信而精明的马洪翰输在哪里？丰德票号盛极而衰的原因何在？话剧《立秋》的大获成功，正在于它对悲剧的历史原因进行了深刻反思，从时代机运和"票号派"代表人物的性格缺陷等多个侧面，揭示出晋商悲剧的主客观原因。编导的反思,不是简单的歌颂或谴责,而于批判的同时充分肯定其坚忍不拔、诚信守礼的传统精神。丰德票号的祖训"天地生人,有一人应有一人之业;人生在世,生一日当尽一日之勤"贯穿全剧,这种"勤奋、敬业、谨慎、诚信"的晋商精神,正是当下一种社会心理的集体表达,对于谋发展、奔小康的当代中国人具有深刻的启迪。

马洪翰遭遇的人生挫折不只是票号破产,全剧还穿插表现了旧时代家庭制度的崩溃。"父母之命,媒妁之言",凤鸣和马洪翰两个不相爱的人被迫联姻,活活拆散了凤鸣与心上人许凌翔的爱情;马、许两家为了家族利益让马瑶琴和许昌仁这对儿女从小定亲,瑶琴按当地风习在绣楼独守六年,昌仁学成回国后却带回女友文菲,瑶琴的勇敢出走是对旧式家庭和婚姻的抗争和反叛;马洪翰的儿子马江涛爱戏如命,不肯继承父业,要靠自己的奋斗开创一片艺术新天,父子俩近在咫尺却形同陌路;起伏跌宕的家庭事件,错综复杂的恩怨情仇,与票号兴衰这条主线相交织,将剧中人置身于激烈的情感冲突之中,从而演绎出一场扣人心弦的悲剧。马洪翰个人奋斗的悲剧,不仅是个人悲剧、晋商悲剧,也是时代重轭下的民族悲剧。

话剧以"立秋"命名,含意颇丰,诗意盈盈。将主人公事业和家庭悲剧安放在"立秋"时节,布下一个寥落悲凉的舞台氛围,从而将晋商的兴衰传奇和主人公悲剧放在一个宏阔时空中展开。山西风俗"立秋"是祭祖的日子,季节更替关联着历史变迁,暗寓晋商由盛转衰的过程。七场话剧《立秋》前有"序幕"后有"尾声",一个老人和一个孩子的诗意问答,传达出主人公对春天的企盼:秋天之后是冬天,寒冬过去,春天还会远吗?这番对话并非感时伤生,而带有明显的暗示性和象征意蕴,成为全剧具有积极意义的点题,给观众留下无限遐想的空间。

这是一部头绪纷繁的大型话剧,全剧突出了"票号派"和"银行派"冲突主线,交错迭进着三代女性对于封建婚姻制度的屈从与抗争(副线),将丰德票号与客户的冲突,马瑶琴、许昌仁、文菲的三角恋情,马洪翰、马江涛父子价值观上的错位("戏中戏")等等线索穿插其间,构成一幅场景宏阔、人物众多的历史画卷。但是由于多重戏剧线索相互牵掣,该剧在主题表达、人物塑造上还留有遗憾。比如,"票号派"与"银行派"的矛盾突显了传统与现代的碰撞,为了迎合时下观众的道德诉求,全剧高扬的却是晋商祖训——"敬业"和"诚信",在戏剧主题表达上就发生了错位。又如第六场,在丰德票号的生死关头,马老太太一把金钥匙保住了丰德的信誉,这个构成全剧高潮和结局的情节固然迎合一部分观众"大团圆"的兴味,却削弱了悲剧震撼心灵的艺术力量;而从艺术结构上看,这个偶然性事件与戏剧主要冲突("票号派"与"银行派"的矛盾)相脱节,戏剧在局部与整体上未能实现严密的"整一性"。细心的观众还可能提出这样的问题:马瑶琴的出走是不是有点突然?她的出走能不能"救出自己"呢?"现代"意义上的"银行派"能够引领中国金融资本走上健康发展之路吗?

尽管还有需要进一步完善之处,《立秋》仍不失为一部叙述流畅、情感浓郁、大气完美的优秀话剧。它在海内外获得好评如潮,实至名归。资深戏剧评论家钟艺兵誉为"新世纪最好的一部话剧",表达了对于中国话剧发展的热切期待。

(2014 年 4 月)

电影回顾：《人与兽》

1973 年 8 月，在北大中文系旁听《中国小说史》，晚上有余暇，看了许多"内部"影片。在军政大学礼堂看了苏联电影艺术家格拉西莫夫①编导的电影《人与兽》，该片由莫斯科电影制片厂和德法电影制片厂合拍，片长三个半小时，分上下两部拍摄。

影片有三个主人公：阿利克赛·伊凡诺维奇·巴甫洛夫，安娜和她的女儿达尼亚。两条叙述线索：一条回忆的线索，一条现实的线索。

1942 年苏德战争期间，安娜的丈夫牺牲了，战乱中和女儿失散（后又重逢）。冰天雪地中安娜差点冻饿而死，苏军军官巴甫洛夫将她背回去，一块面包救了她的命。就在安娜获救第三天，巴甫洛夫在战斗中负伤，当了德军俘虏，被关进集中营。

巴甫洛夫回忆，他在集中营的铁丝网外面，经常看见一个有精神病的要饭的 15 岁小姑娘，看守经常戏弄、侮辱她，有一回被看守画了满脸的大胡子，一位难友要给她面包，同看守打了起来。那女孩向看守扔石块，被德国兵开枪打死。

二战胜利后，巴甫洛夫从集中营逃出，害怕被俘的这段历史受到怀

---

① 谢尔盖·阿波里纳里耶维奇·格拉西莫夫（1906—1985），杰出的苏联电影艺术家、理论家、教育家，苏联人民艺术家。他把《假面舞会》《青年近卫军》《静静的顿河》等文学名著搬上银幕；1949 年（和法捷耶夫）与中国电影工作者合拍了大型彩色纪录片《中国人民的胜利》。60 年代起，拍摄《人与兽》《记者》《湖畔》《要热爱人》四部曲。出版理论专著多部，如《论电影艺术》《电影导演的培养》《要热爱人》等。

疑,没敢回国,流亡到加拿大、阿根廷,当过建筑工,后来在一个种植园做工。有一次生病进城就医,被贵族太太玛利亚留下开车,做家奴。这个出生于阿根廷的白俄女人,先后跟三个有钱男人鬼混,骗下一座公馆和大宗财产。玛利亚不仅是社交界一支名花,还创作了"现代派"的美术作品。巴甫洛夫是她的下人,被迫做她的情人。巴甫洛夫含垢忍辱地过了几年,后来女主人在一群阔少面前大骂布尔什维克和共产主义,他愤然离开了这座肮脏的公馆。

他又流浪到汉堡,给造船厂主的儿子们开车。两个小崽子经常当他的面诅咒他的国家,辱骂布尔什维克,还以红五星作靶子练习射击。巴甫洛夫天天晚上为他们开车去夜总会、酒吧间,看拳击,听爵士乐,跳摇摆舞,他们甚至在汽车里面玩女人。巴甫洛夫受不了这种屈辱,离开了两个小主人。在一个酒吧间遇见集中营两位难友,巴甫洛夫抗议他们大讲"为自己"的哲学,背弃过去的信仰,被难友打得半死。巴甫洛夫流浪在汉堡街头,感到这是一个非人世界,周围全是兽性的人。他失去了生活勇气,决定上吊自杀了此一生。一位40多岁的女厨工救了他的命,给了他幸福,资助他回到祖国。

三段回忆,以巴甫洛夫的眼光看西方世界:人身的买卖,艺术的堕落,社会的腐败。巴甫洛夫忠诚于祖国,坚持了信仰,大节不亏,不愧为贞洁"无罪"的人。

全剧的主线是现实的线索。影片以17年后(1959)巴甫洛夫巧遇安娜母女开篇,为感激一片面包的救命之恩,安娜邀巴甫洛夫一道旅行。安娜送女儿达尼亚去疗养,顺便看望姐姐一家,巴甫洛夫要去看望久别的哥哥,他们正好一路同行。一男二女,同乘一辆破旧的汽车,同宿一个房间,或一个窝棚,或一块野地。影片塑造了一位可以信赖的"真正的人"的形象。一路上,他们看到国家变了样,现代化的公路、桥梁和大厂房,但是在

"现代"的外衣下,到处是纸醉金迷,酗酒、殴斗、兽性的人群。在安娜姐姐家,见到一群庸俗卑鄙的人,而巴甫洛夫的兄嫂,竟然不认自己的同胞兄弟。巴甫洛夫陷于苦闷,感到孤独,向安娜母女讲述17年来国外漂泊的苦难,希望新一代的年轻人能够向善,能够了解人生、看清人的本质。达尼亚是一位善良的姑娘,她理解巴甫洛夫所经历的磨难,她向巴甫洛夫的侄儿尤利·伊万诺维奇揭穿他父亲的坏心眼,尤利骑车送别了受到委屈的叔父。

从现实的线索,我们看到苏联社会某些阴暗面,人们沉迷于酒色财气,早已忘却了当年卫国战争中的英勇战士,西方生活方式和"为自己"的价值观,腐蚀了人的心灵。编导对时代病症进行了思考,试图揭出人性的矛盾与复杂性。影片对苏联社会蜕变的描写不算深刻,但在60—70年代能够面对现实,揭出社会矛盾,勇气可嘉。影片尾声,汽车前方出现一团迷雾,三位主人公破雾前行,传来达尼亚的画外音:"我看见了,我看见了……"编导以一种诗性表达,瞩望将来,希望寄托在年青一代身上。

《人与兽》是一部"深刻表现人的内心世界"(《苏联电影史纲》第612页)的作品。主人公巴甫洛夫说:"每个人身上都有兽性,一种狼性,一种狐狸性,一种兔子或老鼠性",他认为凶残、狡猾、怯弱是人的本性,而高尚的人,排斥了兽性的人只是凤毛麟角。影片以生物学的观点和方法考察人性,将人分为"真正的人"和"兽性的人",折射出苏联社会生活某些真实画面,却忽视了人的社会性,编导在社会历史观上是有局限的。

(1997年9月)

列夫·托尔斯泰的俄国梦

一个嫖妓的富商中毒身亡,于是一群人串通一气,诬陷玛丝洛娃谋财害命,将她送上法庭。——托尔斯泰于19世纪最后十年(1889—1899)创作的长篇小说《复活》以这桩公案作为透视点,首先把批判锋芒指向沙俄法律制度的虚伪和丑恶。

法庭工作人员对案情的是非曲直和犯人命运并不关心,他们迷醉于金钱和名誉,可以冷面地杀戮求告无门的底层百姓。一位法官为了金钱跟妻子大吵一场,正惴惴不安地盘算着回去是否能吃到午饭;"气度威严"的庭长以庄严动听的语调说了一大堆陈腐的真理,他巴不得立刻审完案子,去赴"红头发的克拉拉·华西列芙娜"的约会;副检察官昨晚刚好在玛丝洛娃住过的妓院里结束了通宵的作乐寻欢,他全无事实根据地推断玛丝洛娃如何耽于情欲而进了妓院,又如何施展一种"神秘的特性"笼络嫖客、谋财害命……就是这样一群卑劣无耻的家伙,把受尽凌辱的玛丝洛娃平白无故地判处四年苦役,发配西伯利亚。小说形象地描绘出,专制制度下犯罪的不是人民群众,而是靠卑劣手段牟取私利的统治者,沙俄法律的全部目的只是为了保护上层社会的既得利益。按照这种荒唐法律,不仅玛丝洛娃被流放,服苦役,就连为饥饿所迫偷一条席子的青年和130名护照过期两周的无辜农民,也逃脱不了坐牢的厄运。托尔斯泰以惊人的艺术力量揭出法庭的反人民本质,就像聂赫留朵夫所说的那样:"法院,依我看来,无非是一种行政工具,用来维护对我们的阶级有利的现行制度罢了。"

《复活》不放过一切机会嘲弄官方宗教的虚伪性。在法庭上引导陪审员宣誓的那位老祭司，很为自己到了晚年还为教会、祖国和家庭利益效忠"感到自豪"；他带领大家手捧《福音书》宣誓，而《福音书》是直截了当地禁止宣誓的，他对自己做这种不正当的工作却毫不介意。他要人们在办案中"公正而不做假"，可凭借着说谎的职业，他在布教生涯中为自己挣得一所房子和不下三万卢布的有息证券。小说对基督教礼拜烦冗仪式的铺张叙述，有力地抨击了官方教会的欺诈行径。祭司诵读祈祷词，据说那切碎了放在葡萄酒里的小面包块就会变成上帝的血和肉，事实上什么也没发生，祭司却胡说吃了上帝的血肉，然后用"不知是唱歌还是说话的假嗓"带领犯人祈祷。基督教礼拜冠冕堂皇的仪式，不过是为了安慰和开导"迷路的弟兄们"，而祭司却凭借巧妙手法"得到一笔收入，足以赡养他的家属，送他的儿子进中学，送他的女儿进宗教学校"。在托尔斯泰看来，官办教会和监狱法庭不过是沙俄专制政体赖以生存的强大支柱，监狱法庭桎梏人民的肉体，官办教会麻醉人民的精神。如列宁所说，托尔斯泰"对国家和警察，官办教会的那种强烈的愤激的，而且常常是尖锐无情的抗议，表现了原始农民民主主义的情绪。"（《列夫·托尔斯泰》）

小说以强烈的对比揭示出沙俄制度下尖锐的社会矛盾，那些"国产官僚"、地主贵族和他们形形色色的走狗，采用种种欺骗手段和卑劣谎言聚敛财富、荣享富贵，他们是些"全无心肝"的人，他们使用最残暴最卑劣的手段对付人民，"为了消除一个真正危险的人，宁可利用惩罚来消除十个没有危险的人。"

经过三个月考察，聂赫留朵夫终于发现："人吃人的行径并不是在原始森林里开始，而是在政府各部门、各委员会、各司局里开始的"。在"吃人"制度下，人民过着缺衣少食，悲惨无告的生活。聂赫留朵夫在他姑姑遗留下的庄园里看到一幅极度贫困的农民生活图画，不无震惊地说："人民在纷纷死亡,他们对这种死亡已经见惯不惊……听任儿童纷纷夭折,妇女担任力不胜任的工作,全体人民特别是老年人食物不足。"他发现"人民贫困的主要原因就在于人民仅有的能够用来养家活口的土地,都被地主们夺去了"。托尔斯泰怀着对被压迫者的同情,以"如同白昼一样地明白"的语言,抨击了贵族地主的土地所有制,借用亨利·乔治的话说:"土地是不可以成为财产的对象的,它不可以成为买卖的对象,如同水,空气、阳光一样。一切人,对于土地,对于土地给予人们的种种好处,都有同等的权利。"托尔斯泰描写聂赫留朵夫放弃土地占有权的活动,宣告将土地分给农民的社会改革主张。这一主张尽管带有改良性质,但在事实上表明:以地主土地所有制为基础的沙俄经济制度"万万不可以再继续下去,也不应该再继续下去"。

《复活》对俄国社会改革出路的思考,集中体现在玛丝洛娃和聂赫留朵夫形象塑造上,小说描写的重点是男女主人公的精神复活。

玛丝洛娃从亲身经历的苦难和不幸,深切体会到她和那些达官贵人分属两个世界。早在那个"可怕的夜晚",她就看到聂赫留朵夫在风驰电掣的列车车厢里,"坐在丝绒的靠椅上,说说笑笑,喝酒取乐。我呢,却在这儿,在泥地里,在黑暗中,淋着雨,吹着风,站着哭泣……"从此她不再相信上帝,不再相信有钱人所宣扬的"善"。聂赫留朵夫第二次探监时忏悔过去的罪孽,提议跟她结婚,她暴怒地说:"我是苦役犯,是窑姐儿……您是老爷,是公爵……你去找你那些公爵小姐好了,我的价钱是一张十卢布的红钞票。""你打算用我来拯救你自己! 我讨厌你……你走开,走开!"从悲惨的奴隶生活中,她发现自己和贵族老爷尖锐对立,一刻也不忘记她对上流社会的仇恨,这是玛丝洛娃精神复活的思想基础。

对玛丝洛娃精神复活产生"决定性的,顶顶有益的影响"的,是和政治犯结交。这些人跟她一样出身平民,"站在平民一边反对上层人",他们以合乎道德的生活和英勇斗争,为别人争取自由幸福。玛丝洛娃全身心地感到他们是些"好得出奇"、非常"可爱"的人,她开始像政治犯那样热爱劳动,帮助别人,她后来虽然深爱着聂赫留朵夫,却不愿让他受到拖累,毅然嫁给革命者西蒙松。作者给玛丝洛娃安排下和革命者相结合的精神复活之路,对于劳动者探寻新生活道路,是一个明确的导引。

聂赫留朵夫的堕落,由他所隶属阶级的利己主义本性所决定,他的复活之路更其曲折漫长。作者不断地让这位公爵同俄国社会生活各个方面接触,而俄国社会也将全部矛盾呈现在他的面前。他不仅看到官僚和富人从人民手里搜刮财富的贪婪和残忍,而农民的贫穷,城市劳动者的艰窘,苦役犯的悲惨,也争先恐后地映入眼帘,猛烈地撞击他的心灵。托尔斯泰细致深入地描写聂赫留朵夫"灵魂的扫除","精神的人"和"兽性的人"内心交战的历程,这种描写宣扬了"道德自我完善"哲学,也推动主人公走向精神复活。从谴责自己的罪恶,到摈弃整个贵族阶级的观念和信仰;从拯救玛丝洛娃的不幸,上升到对整个劳动者阶级的同情。这种憎恶与同情当然不是其精神复活的全部,他还在乡村实行农业改革,把土地交给农民,跟随玛丝洛娃去西伯利亚,接触政治犯并改变对革命者的态度……,所有这些努力只是他走向复活的开始。聂赫留朵夫弃绝贵族特权,坚决走向人民,表明托尔斯泰探索俄国社会改革出路的新思维,对于一切贵族知识分子走向新生活,无疑是一个巨大的鼓舞。

可见,《复活》是一部"以巨大的力量,确信和真诚,提出许多关于现代政治社会机构的基本特点的问题"(列宁《列夫·托尔斯泰》)的作品,不仅深刻地揭示出整个俄国专制制度、官僚宗教和地主土地所有制是千百万农民陷于痛苦的灾星,还以玛丝洛娃、聂赫留朵夫精神复活的生动描写,热情地寻求接近人民的道路。《复活》是托尔斯泰的一个俄国梦,它提出的问题,充分体现了俄国人民的意志,表达了俄国人民变革现实、走向民族复兴之路的历史要求。

托尔斯泰对沙皇俄国的社会批判,尽了艺术家的责任,可当他循着个人政治理想提出社会改革方案时,未免幼稚可笑。他以同情和肯定的态度表现形形色色革命者,但他反对用革命方案改造社会,天真地以为《福音书》是社会改造的工具。小说结尾甚至让聂赫留朵夫虔诚地捧读《登山训众》中提出的五条戒律,例如第四条:"人非但不应当以眼还眼,而且应当在有人打你的右脸的时候,连左脸也转过来由他打";第五条:"人非但不应当恨仇敌,打仇敌,而且应当爱他们,帮助他们,为他们服务。"作者以为"只要人们执行那些戒律,人间就会建起天堂,人们就会得到他们所能得到的最大幸福。"托尔斯泰反抗官方宗教对人的束缚,却给人们套上宗教伦理的枷锁;他一味鼓吹"勿以暴力抗恶""道德自我完善",实际上没有找到拯救俄罗斯民族的真正"复活"之路。

(2014 年 4 月)

直挂云帆
济沧海

大山中的"古村王国"

浙西南绵绵群山中,松荫溪(瓯江上游)流过的松古盆地,有一座美丽的古城松阳。自东汉建安时代建制州县,迄今1800多年了。唐宋时代这里就被誉为"世外桃源",盛唐诗人王维有"按节下松阳,清江响吹铙"的描述,宋代状元沈晦有"西归道路塞,南去交流疏。唯此桃花源,四塞无他虞"的赞美。悠久的历史,积淀了深厚的文化底蕴。但由于交通阻隔,经济滞后,松阳乡村的人均收入仍低于全省水平。在相对封闭的大山里,受到现代文明冲击的许多村庄,至今仍完整地保存着"男耕女织"的农耕文化,其中50多个村落被列入"中国传统村落保护名录"。有人把这些远离城市喧嚣,掩映于山水田园之间,具有大美气象的古村落,称之为"最后的江南秘境"。

因为工作关系,XS多次出差松阳,对此地的山水人文环境,尤其是大山中的古村落,情有独钟。想要逃离城市的尘霾尾气塔楼高架,XS相约几位老同学,组成一个老少三代人的团队,于"五一"小长假从上海出发来到松阳。三天假期没有足够时间遍访名山大川,也无暇去松阳西郊古刹(延庆寺)馨香礼拜,第二天便直奔主题,去寻访两个风格不同的古村落。

从松阳下高速向东北行驶,大约一小时到达四都乡平田村。这座遗世独立的村庄海拔610多米,古民居呈阶梯式层层展开,如立云上,故又称"云上平田"。登高望远,绵延起伏的山峦,云雾缭绕的梯田,令人心旷神怡。平田村始建于北宋政和年间,这里的建筑和环境,至今保留着传统的自然状态。雕梁画栋虽然少见，古柏树、石子路，黑瓦泥墙，凝固了岁月，诉说着千年沧桑。

近年来，这里正在打造"云上平田·慢生活体验区"，规划建设一个集住宿、餐饮、会务、休闲为一体的农家乐综合体，现已建成农耕博物馆、农产品展览馆、艺术家工作室、精品民宿、云上茶室、垂钓中心、乡村酒吧和接待餐厅等公共文化设施。重点是打造乡村民宿，第一幢民宿"木香草堂"已落成，古朴的茶座、书架、窗户、地板，现代生活气息的床铺、卫生间，把敬天悯人的农耕文化、乡村怀旧情绪与现代生活理念很好地结合起来，传递了"外婆家"的温暖亲切，和"榆柳荫后檐，桃李罗堂前""狗吠深巷中，鸡鸣桑树颠"的乡土情思。

隐藏在大山里的平田村，古朴宁静中有一些新的元素正在悄然生长。我们参观了云上平田农耕馆和"爷爷家青旅"，这两个公共空间由闲置的牛栏和破败的老屋改建而成。农耕馆完整地陈列了农耕时代的农具，留下老一辈人的童年记忆。"爷爷家青旅"既是书屋、茶座，又是工艺展示和住宿休闲场所。书架上你可随意抽一本书悠闲地阅读，服务员会给你送上一杯新调制的咖啡，一台弹子游戏机给娃娃们带来意外的欢喜。在泥墙黑瓦和茶道书香中，疲惫的都市心灵得到休眠和慰藉。

中午，老少20人在新建的"山家清供餐厅"（游客接待中心）就餐。这是一座由香港大学建筑系主任王维仁主导设计的四合院式餐厅，上下两层，通透明亮，整体的木质结构，散发着原木清香。松阳的"美丽乡村"建设引来清华、港大、哈佛的"金凤凰"，通过他们的精心设计改造，那些早已失去住宿就餐功能的老房子，已"复活"成为"推开窗是云，抬起头观星"的休闲胜地。

我们参观的第二个古村落是松阳北五公里的吴弄村，这是松古平原上一座小村落。"昔时有枫树林，狭长如弄，又因吴姓人建村，故名吴弄。"

(《松阳县地名志》)清道光年间(1821—1850),叶、曾二姓迁居此地,靠农耕经商渐成望族,吴姓日渐衰微。村民们逐水而居,大小35口水井错落有致地分布在巷道里,一条条卵石铺就的古道边有溪水潺潺,整个村庄散发出清幽灵动的韵味。

吴弄村是一座具有厚重历史文化积淀的古村落,13座体现徽派建筑风格、雕饰精致的清代古民居完整地保存下来。老宅多为三合院或四合院,波浪涌动的屋脊向四面扩散,翘首相望的马头墙将大屋外墙绵延地联结在一起。走进村庄,你会惊奇地发现,这些宅院的内门原来是相通的,迈过一个个天井,走过一座座厅堂一条条回廊,你不知不觉地穿过了整个村庄,始信"吴弄下雨不湿鞋"的传说并不虚妄。在这座敞开的大院里,村民们自由交往,向善而居,没有都市的冷面孔,没有虚情假意。邻里之间的门是敞开的,人心也是敞开的,一句轻轻的的问候会久久地暖在邻人心窝里。

人说吴弄是"一座房子的村庄",一句话点明吴弄的特色。村中十余座老屋墙体毗连,形成整一的长方形建筑布局,呈现出和谐统一、生生不息的生命意志,彰显了宗族的向心力。浙西南多有聚族而居的古村落,吴弄全村以一个整体建筑形式呈现,是极为罕见的。

这些斑驳沧桑的古民居,其建筑装饰却是典雅精致,风格独具。粉墙黛瓦,雕梁画栋,工艺甚为考究。门墙有题诗绘画,儒雅别致,门额有诗意题款,书法遒劲。在乡间古道上漫步,你就能欣赏到历代无名书法家题写的门额:"蕴玉怀珠""南山拱秀""植桂培兰""南阳草庐""芝兰翠秀"等,体现出清高儒雅的审美情趣和传统气息浓郁的民风习俗。

村庄北首有始建于民国七年(1918)的叶氏宗祠,高大宏阔的门厅内设有活动式戏台,左右各有看台四间,那是乡村戏院的"包厢"。门厅后柱额枋下有神龛,龛内绘有先祖五人画像,画像上方横挂"叙伦堂"木匾。正殿两侧边门有"入孝""出悌"的石质门额。叶氏宗祠布局严整,建构宏大,现在是"吴弄村文化活动中心"。正殿一侧开设"吴弄村文化讲堂",居中墙上是孔子画像,两边有村民自创的对联"学而不厌参圣道""诲人不倦转仁风",三排课桌上整齐地摞着《论语》《孟子》《三字经》《弟子规》等典籍。

值得一提的还有村北那株老樟树,根部仅存三分之一树皮,如半边盖的小屋停立在路边。这株烧得仅存半截的老树,向东伸展的高枝仍绿叶婆娑,生机盎然。它是村里的风水树,被村民们尊奉为"樟树娘娘",每逢端午节、大年三十,四乡的村民给它披红挂绿,求子祈福,老人们相信,樟树越茂盛,村庄越平安,人畜更兴旺。

黄昏时分,远近的路灯亮了,这些以烟叶为原型的路灯是上海大学美术学院设计系师生设计的。此地盛产烟叶、茶叶,这些"吴弄特色"的烟叶灯,村民们颇引为自豪。当晚在"吴弄居家养老服务中心"食堂用餐,村委会设"寿星宴"款待我们,18碗农家土菜,秋葵、青菜、茄子、芝麻青团、河沟草鱼,等等,大受欢迎。负责人说,敬老中心已有30多位老人入住,那边还有藏书丰富的"少儿阅览室",构建一个老人和孩子密切交流的平台,真是好主意。

走访大山中两个古村落,对"田园松阳"的山明水秀、古韵茶香有了初步体验。这种聚族而居的村落形式,传递出丰富的历史文化信息,体现出我们民族敬畏天地,顺应自然,改造自然的大智慧大气魄和"天人合一"的大境界。"古村王国"的这次旅行,不仅增长了见识,也释放了心情。诗云:"少无适俗韵,性本爱丘山""误落尘网中,一去三十年""久在樊笼里,复得返自然",东晋诗人陶渊明一首《归园田居》,把被压抑的性灵,回归自然的喜悦,写得多么真实,多么亲切!

(2016年6月作,收《2018年中外诗歌散文精品集》,2018年"第五届中外诗歌散文邀请赛"一等奖。)

母亲河:第一次亲密接触

和黄河母亲第一次亲密接触,是今年七月,在甘肃省景泰县黄河石林。那天下着小雨,从兰州出发,驱车三个半小时到达石林景区。从观景台居高临下远眺,黄河在这里拐了一个S型大弯,黄河两岸,奇峰绝壁,石林耸立,峰回路转,气象万千。相传这些石林生成于400万年前,由于地壳运动和洪水侵蚀,黄河岸边形成许多高耸的峭壁、石林和峰群,古朴,雄奇,粗犷,如同雄伟恢宏的钢铁长城。黄河东岸那座炊烟袅袅,绿树成荫的村庄,便是著名的龙湾绿洲。龙湾村与戈壁滩隔河相望,峰林、绿洲、沙漠、长河、大峡谷,构成一幅苍莽雄奇的西部风情画。

我们换乘中巴,转过22道弯,穿过一片枣林和庄稼地,下到黄河岸边。蒙蒙细雨中,分乘十余只羊皮筏,体验一回黄河漂流。俗话说:"兰州三样宝:吉祥葫芦兰州面,羊皮筏子赛军舰。"到兰州如不乘羊皮筏子漂一趟黄河,枉到此一游。羊皮筏子是古代黄河传统的交通工具,可摆渡,可货运。老乡说,14只吹足了气的全羊皮编扎成一只羊皮筏子,从前最大的筏子由600只羊皮囊串联起来,可载重几十吨,故有"羊皮筏子赛军舰"一说。如今羊皮筏子不再是黄河上运载工具,作为一种文化遗产保存着。羊皮筏子的水手称为"筏子客",终年在风口刀尖上讨生活,有许多讲究,不能说"破""沉""断"等不吉利字眼,首次出行还得披红、放炮,祭奠河神。龙湾村以羊皮筏子多而闻名,几乎家家户户都会做,许多村民是编扎羊皮筏子的行家里手。

照"筏子客"吩咐，穿戴好安全背心，每张筏子坐四人。河上风大，我们顶风冒雨，小心地背靠背紧挨在一起。第一次乘坐羊皮筏子在烟涛迷茫的黄河上漂流，紧张，又兴奋。"筏子客"说："筏子比快艇还要安全，尽管放心"。羊皮筏子一般只在浅水域行驶，少了几分惊涛骇浪和惊心动魄的体验；不过，坐在晃悠悠的筏子上，伸手就能撩到清凉浑浊的黄河水，抬头即可看见两岸耸入云天的石林绝壁。滔滔黄河承载着一个民族几千年的苦难与抗争，奔腾不息地流向远方，"纵一苇之所如，凌万顷之茫然"的绝美境界，如诗如画地展现在眼前。

上得岸来，前面就是饮马沟大峡谷。峡谷入口，有骡车、驴车、马车和配鞍的马队，迎接四方游客。有人以步当车，有人换乘大红大绿的驴车，我们几个豪情不减当年的朋友每位跨上一匹枣红马，由牵马人引导进入峡谷。脚下是或高或低的砂碛地面，两边是拔地而起的石笋石钟石窟石崖，广阔处可藏千军万马，狭窄处一夫当关万夫莫入，我们被眼前这原始蛮荒、气象万千的梦幻奇景震慑了！

　　三十里的黄沙 二十里的水/五十里的山路 我看妹妹/

　　半个月跑了一个十六回啊/把哥哥跑成了罗圈儿腿/……

牵马女子一曲高亢的西部民歌，让你整个地融入粗犷淳厚的西部文化氛围中来，胯下的坐骑也似乎受到感应，有节奏地加快了脚步。牵马人七嘴八舌地指点着步移景变的石林景观：这里是"雄狮当关"，那里是"猎鹰回首"；这里是"西天取经"，那里是"屈原问天"；此外还有大象吸水、千帆竞发、月下情侣、观音打坐、木兰远征、黄河母亲、十里屏风、天桥古道、神仙掌、一线天等等。黄河儿女最具创造力，他们将形态各异的石林石崖点化为栩栩如生的艺术形象，赋予鬼斧神工的自然景观以丰富的文化意蕴。这种原汁原味原生态的自然景观，影视剧导演自然不肯放过，据说《神话》《花木兰》《汉武大帝》《天下粮仓》《黄河浪》《雪花那个飘》《武林志》

《大敦煌》等影视剧组都曾在这里选景拍戏,牵马人说起她们当年连人带马担任群众演员的往事,十分自豪。

徜徉于饮马沟大峡谷,大自然的神奇壮美让你真切地感受到个体生命如此渺小,你会在沉思遐想中忘却尘世纷争和烦恼;而那坚毅、阳刚、缄默的石林,更能激发你对天地的敬畏和人生意义的探寻,从而涤荡心灵,敦促你砥砺奋进。在这蜿蜒曲折、危崖凌空的大峡谷里,你由衷地赞美人性回归自然,也会敏感地发现"现代"对"原始"悄无声息的渗透。我祈祷黄土高原孕育的美丽奇葩天长地久地开放,不过真的很担心,有自私贪婪的族群会打着各种漂亮旗号进驻饮马沟,不用多久这原始蛮荒的自然美景就荡然无存了,但愿这是杞人忧天。

风雨兼程来到龙湾村正值午时,农家小院为我们安排了一餐"农家乐"。受母亲河的孕育和石林诸神佑护吧,龙湾人继承了丰富而浓郁的黄河文化传统,民风淳厚,才艺双馨。大嫂子、小妹妹们兴高采烈地端菜送饭,喷香的大米饭,各种时鲜蔬果,还有美味的土鸡、黄河大鲢鱼,应有尽有;客人们尽情享用,赞不绝口,说是大西北之行"最美的一餐"。

返程时游览兰州滨河公园,这里有一座黄河母亲雕像,年轻母亲秀发飘飘,神态安详,仰卧于碧波之上,右侧依偎着憨态可掬、天真稚气的男婴。美丽的花岗岩圆雕,象征地表现了黄河母亲哺育中华儿女,生生不息地茁壮成长。和黄河母亲第一次亲密接触,不仅领略到原始古朴的西部风情,而且从筏子客、牵马人、龙湾村民身上亲切地感受到黄河儿女质朴豪爽、智慧坚强的优秀品质。我想,有黄河母亲哺育的坚强不屈的人民,有如此丰饶美丽的土地,我们这个历尽沧桑的古老民族,还有什么艰难险阻不能克服,还有什么敌人不能战胜呢。

(2011年8月)

天山天池寻梦

　　20世纪70年代看过一个纪录片,时任全国人大常委会副委员长的郭沫若和夫人于立群陪同柬埔寨贵宾到大西北观光访问,宾努亲王天池考察后题词:"风光旖旎入眼帘,天池美景天下鲜。"郭沫若即席题写《七律》一首:"里加游览忆当年,此地风光胜似前。歌舞水边迎贵客,云笺天上待诗篇。一池浓墨盛砚底,万木长毫挺笔端。更喜今晨双狍子,盛筵助兴酒如泉。"郭先生在天池湖滨热情洋溢、挥臂诵诗的身影历历在目。这部风光纪录片让我从屏幕上领略了天山天池的壮美,惊叹大自然的鬼斧神工,想要远赴新疆游览天池的梦,竟然伴我40多年。

　　暑假期间,单位组织教职工赴新疆、甘肃文化考察,为了那个陈年梦想,我报名参加了。有"新浪网友"质疑"强势群体""公费旅游",他有这等误会也不奇怪,如今打着各种堂皇旗号公费旅游、公费挥霍的屡见不鲜。至于人民教师是"强势"还是"弱势",恕我说不清。就我个人站讲台数十年的体会,从没觉着自己是什么"强势群体"。特别交代一下,这回我是全程自费参加团队旅行的,坐了55个钟点火车,穿越八千里路云和月,在乌鲁木齐住下。第二天,上天山天池。

　　汽车开出乌鲁木齐市110公里,沿天山坡道盘旋而上,隔着车窗望去,景色渐有不同,只见山道两旁,雪松苍翠,云杉环立,山林间白羊枣马,点点帐篷,远处传来哈萨克牧民悠扬动听的琴声。经小天池入天门,拔地而起的便是耸入云端的峭壁,山涧里奔腾着淙淙的流泉。我们在景点停车场下车,踏着数百级木板台阶下到涧边,迎面扑来百丈瀑布的清凉,山谷里卷起白花花、清凌凌、奔腾如电的大珠小珠,游人在崖上、泉边、瀑布前欢呼雀跃,掬泉洗面,摄像留影。继续前行,那蓝澄澄、碧如脂玉的一潭,便是天池了。

从岸边望去,那一池碧水,澄明如镜。相传这里是西王母娘娘栖居的仙境,是西王母欢宴穆天子的圣地,《西游记》第五回还有"王母娘娘设宴,大开宝阁,瑶池中做'蟠桃胜会'"的故事。而天池,相传是西王母梳妆台上一面银镜。天池景区的诸多景点,像仙女浴池、会仙瑶台、西王母庙、王母脚盆、铁瓦寺、达摩禅洞等,与美丽的神话传说珠联璧合,给天山天池蒙上一层曼妙神秘的轻纱。

天池位于天山东麓最高峰博格达峰北坡山腰,湖面呈半月形,海拔1900多米,长3400米,最宽1500米,湖水最深处103米。远眺博格达峰三峰并立,直插云端,峰顶有冰川积雪,阳光下闪烁着皑皑银光,与天池澄碧的湖水相映成趣。天池周边,群山环抱,林木葱茏,繁花似锦。景区的森林,大多是形如宝塔的原生态雪岭云杉,那墨绿的层层叠叠的云杉,挺拔、威猛、整齐,绵延起伏,形成一片气势雄伟的林海。时值盛夏,徜徉在蓝天白云,水天一碧的湖滨,你会享受到秋日的清凉。新疆境内有广袤的荒滩沙漠,有时日行千里也难见一片绿洲,假如你去过如火如荼的吐鲁番再来天池,这"神池浩渺,天镜浮空"的仙居之地你会相见恨晚,爱得如醉如痴。

带队的是一位维吾尔族导游,说一口流利的普通话,穿一身黑礼服,一双黑色高跟鞋,这身打扮叫人摸不着头脑。原来今天她要去参加"发小"的婚礼,她说老公处理一起突发车祸不能带队,临时由她代班了。这女子颇有责任心,要大家服从她的"领导"。没有一位导游不希望游客多消费、多买土特产的,她坦言每百元购物会有若干元提成,不像三年前在香港遭遇的那位导游,恶森森地关你在珠宝店里强迫购物没商量,用软硬兼施的方式狡黠而轻松地达到捞金的目的。维吾尔族女孩到底爽快且能吃苦，高跟鞋爬山越爬越累，后来干脆提溜着鞋，赤脚走完全程。

绕行天池一周，回到停车场已是当日下午。抬头望去，那绵延起伏的天山之巅，朵朵白云间高悬一弯明月，月下云间有硕大的苍鹰在山顶盘旋。这苍茫雄丽的情景，让我想起古代诗人的佳句："明月出天山，苍茫云海间""愿做天池双鸳鸯，一朝飞去青云上"。新疆朋友崇拜展翅翱翔的苍鹰，天山天池是他们的骄傲。在告别这片神奇土地的时候，祝愿维吾尔族和新疆各族人民，像亘古常新的天山明月一样，生生不息地建设现代文明，创造新的奇迹！

（2011年8月）

西双版纳的知青情结

晚秋季节,远行大西南,最后一站是西双版纳。这天清晨离开昆明商务酒店上车,换了一位导游,他负责我们西双版纳二日游。与此前所见的土家族、纳西族、彝族导游不同,新导游是一位肤色白皙、器宇轩昂的帅哥。按照傣族人的见面礼,上车后他双手合十,躬身问候"老波涛"(叔叔)、"老咪涛"(阿姨)早晨好!他说"我叫岩朱",母亲是西双版纳居民,父亲是20世纪60年代江苏徐州的下放知青。他的血管里流淌着汉族的血液,一下子拉近了我们之间的距离。在两天的行程中,大家七嘴八舌地打听他的身世,他坦然地讲述父亲的故事——

"父亲1968年下放傣寨,18岁离开父母,来到遥远的边疆。当年西双版纳遍地种植鸦片,鸦片害苦了傣族居民,内地知青新来乍到,更是苦不堪言。父亲和他的小伙伴难忍饥渴,经常到我外婆家摸果子,摸鸡,后来把我母亲也摸去了。1979年落实知青回城政策,父亲离开了傣寨,留下我和弟弟,一去不复回了。"

这位42岁的汉子平静地讲述父亲的故事,他说"不恨父亲"。傣族人有信仰,从小信佛。按照傣家习俗,岩朱五岁进寺庙,读佛经,学技艺,十岁回到傣寨,后来读中学,做导游。岩朱说,信仰就是天边那一抹光明。傣族人没有占有欲,没有嫉恨心,讲宽容,讲布施,讲感恩,傣族人心地一片光明。父亲和知青对边疆建设做出了贡献,傣族人感恩知青。

岩朱口齿清晰,普通话极好,说话总是面带微笑。他带我们游览野象谷,观赏大象表演,观赏原始森林公园的孔雀放飞,参观《曼听公园》(傣王御花园),他说要带我们看西双版纳"精华的精华",还用傣、汉两个民族的语言为我们唱一首西双版纳民歌《想找竹楼安个家》:

> 绿色的山啰绿色的水,/绿色的西双版纳令我陶醉,/想找个竹楼安个家,/西双版纳傣族园,风光最美。/哎罗哎啰……哩咧诺! 召比哎! /温柔善良的傣家姑娘,/你是那天上的星星,天上的月亮,/你可愿意做我的新娘,/一辈子在槟榔树下比翼双双飞。

岩朱说,这是父亲当年爱唱的歌,知青爱上了梦一样的西双版纳和水一样的傣家姑娘。

第二天,岩朱带我们参观一个被誉为"同心寨"的傣寨(景洪市嘎洒镇曼丢民族特色村),有幸亲临傣寨,体验一回傣族人的习俗和生活方式,特别开心。

大巴车在傣寨门前停下,就有一位温良恭谨的"少哆哩"(女子)双手合十向所有的客人问候:"说早呢!"(早上好!)这位名叫玉香的傣族女子,是我们考察傣寨的向导。按照岩朱口授,我们用傣族的方式回礼:"说早呢!"走近高高的傣寨门楼,门额中央一幅毛主席像格外引人注目,小玉说:"傣族人有善心、爱心、感恩心,感恩毛主席派来了知青,铲去鸦片开辟橡胶林,大家身体好了,日子一天天过好了。"

进门是一条开阔的大路,路两边有水势泱泱的鱼塘。放眼望去,一座座尖顶翘檐的干栏式傣族民居整齐地排列在池塘对岸。房前屋后,花木成行,瓜果飘香,远近传来声声鸡鸣。寨子里少有闲逛的居民,偶见几位少哆哩在塔形的水井边洗衣、挑水。这是全寨人饮用水的水源,十分珍贵。井边有"滴水祈福"的竹具,几年前泰国总理英拉在此举行过祈福仪式。小玉说,这井水清冽温润,冬暖夏凉;大家掬水洗面,果然清凉软爽,滑润芳香。

信奉佛教的傣族人,尊老爱幼,乐善好施,人人和睦相处,谁也不会为土地、房屋、钱财争吵斗殴。小玉说,内地的电视剧多半是吵吵闹闹,争强打斗,我们都不想打开电视机了。傣族的风俗重女轻男,女婚男嫁,生女是"赚钱货",鞭炮齐鸣,生男是"赔钱货",无声无息。男子嫁入女方要做三年苦力才有资格进卧房。

傣族老人特别受到尊重。小玉说话很轻,不用话筒,"怕惊扰了寨子里的老人"。老人不留钱财给子孙,有余钱就捐给寺庙,或帮助孤寡老人(有儿无女的空巢老人),只有土地和橡胶树留给后人。老人百年后火葬,家家不送红包送柴火,熊熊大火中亲人们目送老人到另一个世界去,骨灰撒在树下、草地或山上,他们相信浴火重生,凤凰涅槃。

小玉邀请我们到她家去做客。一楼一底的傣家宅院,掩映在翠绿树丛中。楼下置放杂物,三轮卡、摩托、木材、箩筐和各种生产工具。二楼过道墙上贴有毛主席、周总理和影视明星的照片,进门是一个大约百余平方米的客堂,左侧有电视、冰柜、柴灶和炊具,右侧是垂挂了两张门帘的卧房。这栋楼除了底层砖柱和屋顶青瓦,几乎全用木材构建而成,木楼梯、木栏杆、木地板、木檩、木椽……没见到竹材的构件呀,为什么叫"竹楼"呢?觉察到我们的疑惑,小玉说:"傣族人住竹楼已有1400多年历史啰。传统竹楼全用竹材和茅草搭盖,室内家具也以竹制品居多。随着时代的进步,竹楼有了新的变化,竹材结构逐步向木材结构乃至砖混结构发展啰,但绝大多数傣族民居还保留着干栏式的建筑造型,所以至今仍叫作'竹楼'。"小玉家原有11口,外婆外公去世后,只有9人了。老人进老人的门,孩子走孩子的门,老规矩不可逾越,所以卧房有两张门帘。三代人同住一室,按长幼次序坐卧,中间用帕垫及黑色布帐隔开。按照傣家风俗,客人不可进卧房,也不许窥视,谁窥视就留在这里做苦工啰。小玉的哥哥出嫁时赔掉300株橡胶树和60床棉被,而小玉娶亲时,毛哆哩的陪嫁是700株橡胶树,赚得老咪涛(小玉母亲)很开心啰。

说起傣家人的生活大变样,小玉动情地说:"感恩毛主席,感恩知青",如果不是毛主席派来知青,铲除鸦片,砍伐荒林,改种橡胶树,傣家还得至少贫穷20年。知青在我们这里很苦啰,有的跟我们的少哆哩生了孩子。1979年,寨子里40多名内地知青全部返城,留下了少哆哩和小孩子。孩子是带不回去的,有的被傣家哺育成人,有的遗落荒山,被野兽吃喽。知青留下11个孩子,这些年被认领6个,还有5个在这里呐。西双版纳的知青故事,说得我们心里酸酸的,几位做过知青的女士一个劲地抹泪。

从小玉家出来,房前屋后鱼塘边拍几张照片,女士们在附近超市买了许多新鲜廉价的热带水果,一提两提,大包小包,压得返程的大巴更加沉重了。我和岩朱一路走出寨门,又聊起父亲的话题。他早已原谅了父亲,以为一去不复回也不全是父亲的错,那是一个时代留下的伤痕。

我问:"有去内地寻找父亲的计划吗?"

他说:"还没有。母亲早已改嫁,我们一家人生活得很好。父亲回到内地也会重组家庭,他们有自己的生活。我想不能打破两个家庭的平静。有一天我会去内地看看的,什么时候去,看母亲的意思吧。"

岩朱说得很诚恳,他能够直面个人的不幸,关注的不只是自己,而是两个家庭的幸与不幸,顾及社会的和谐安宁,果然是一位有宽容心和感恩心的好男儿。岩朱对我们这个银发团队也似乎特别依恋,提议我们大家在傣寨门前合个影,说:"我会想念你们的!"

告别了岩朱,我们团队的大巴穿过无数隧道,接受三道边防公安检查(边境地区,毒品走私检查甚严),夜晚12时回到昆明。一路上,岩朱微笑的面影总是映现在眼前,《想找竹楼安个家》的歌声一直回荡在耳畔:

美丽的山啰美丽的水,/美丽的西双版纳令我陶醉,/想找个竹楼安个家,/神奇的西双版纳,姑娘最美。/哎罗哎啰……哩咧诺! 召比哎！/聪明可爱的傣家姑娘,/你是那最美的花朵,最香的花瓣,/你可愿意做我的新娘,/一辈子在竹楼里幸福万年长。

岩朱和小玉讲述的知青故事,让我联想起90年代的电视剧《孽债》:"美丽的西双版纳,留不住我的爸爸,上海那么大,却没有我的家……",一首幽婉感伤的片尾曲,传递出支边知青的伤心和困惑,赚取了无数观众的泪水。西双版纳的知青故事,折射出一个民族数十年的沧海桑田——罂粟园改种了橡胶林,高脚竹楼变成了干栏木楼,岁月的流逝,未能湮没知青建设边疆的辉煌。傣族儿女用自己的双手营造了新生活,抚平了历史创伤,在现代变革的大潮中,他们心灵深处却珍藏一个温暖的知青情结,真是情深义重、心地光明的人民呵!

祈愿岩朱和他的傣族兄弟姐妹:一辈子在竹楼里幸福万年长!

（2017年2月）

桐城老街和"六尺巷"

　　春节长假去桐城,当地老乡提议:"去千年古镇看看?"顾不得冷雨寒风,遍地泥泞,老少三代撑着雨伞,带了相机,兴冲冲去孔城老街观光。

　　老街全长2.2公里,呈S形,据说是华东地区现存最长的老街,素有"楚皖遗珠""安徽第一古街"之誉。相传为北宋时代孔子后人所建,迄今1800多年历史了,故名"孔城老街"。老街由一条主街、两条横街组成,清一色的麻石铺成地面,店铺、房舍多为前店后坊,青砖灰瓦。一眼望去,飞檐翘角,木镂花窗,显得古朴苍劲,庄重素雅,融合了江淮水乡和徽派建筑的风格。一条长河穿过老街古镇通向长江,给老街染上一层江南水乡色彩。

　　老街商贸在宋代开始形成并发展,明清时期达于鼎盛。千百年来,这个大码头,"里多富饶,人善商贾",李鸿章在此地也曾开过钱庄。受桐城文脉影响,此地一向重视启蒙教育,至今犹有私塾学堂。现今,一家旅游地产界龙头企业雄心勃勃,要以文物保护和传承文化遗产为旨归,将绚丽的商业文化和传统的儒家文化结合起来,并糅合民间市井文化,将老街打造成一个以商业文化为基础、水乡风情为特征、多元文化为内涵的度假旅游古镇;并初步拟定未来五年恢复古桥、古河和洋油时代的水陆码头,营造古渡口的夜生活场景,还计划打造一台大型古河旧貌实景旅游情景剧,等等。

　　我们在孔城老街走了一个来回,风雨中拍几张照片,偶见值班人员和几个小商铺店主,街上罕有行人,好像一条"雨巷",寂寥而悠长。据当地老乡说,地产开发商要求老街居民统统搬迁出去,想要避免西递、宏村重建后带来的无序经营、环境污染等负面影响。XS说,千年古镇的文化主体还是居民,不是器物。古镇"重生"的长远规划固然令人心仪,若将老街居民统统迁走,绝不是好主意;这样做,无异于拔除本根,割断血脉。笔者甚以为然,离弃了生生不息的居民,老街的人气不再,民俗焉存?

午后雨渐止,回到桐城市区。西后街新修一条狭窄小巷,长约百余米,宽二米,两排青灰砖墙,鹅卵石铺就的路面。这条不起眼的"六尺巷",桐城人引为自豪。据县志记载:"张闻端公居宅旁有隙地与吴氏邻,吴越用之。家人驰书于都,公批诗于后寄归云:'一纸书来只为墙,让他三尺又何妨。长城万里今犹在,不见当年秦始皇。'吴闻之感服,亦让三尺,其地至今名六尺巷。""六尺巷"的故事,传遍海内外,可谓家喻户晓,人人皆知。

张英、张廷玉父子在康熙、雍正、乾隆三朝为官,人称"父子宰相"。"六尺巷"讲的是老宰相张英的故事。张英世居桐城,其府第与吴宅为邻。吴家建房占用了张家地界,双方争执不休,告到县衙,县官不敢得罪权贵,迟迟不能判决。张家写信求告宰相张英,指望他维护家族权益。张英不赞成争夺地界、惊动官府,家书上题诗四句,告诫家人退让地基。张家人深感愧疚,主动让出三尺地基,吴家被宰相张英的大度所感动,也退让三尺,两家院墙之间便留下一条六尺宽的小巷。一封家书化解了邻里纠纷,张吴两家的礼让之举,成为数百年来的乡土美谈。

六尺巷虽小,却意味深长,让我们领略了宰相张英的宽广胸怀。当族人与邻里发生纠纷时,张英并不营私护短,仗势欺人,即使自家权益受到侵占,也能友善为怀,礼让三分。"六尺巷"已成为中华传统美德的文化符号,礼让和友善的文化精神影响了代代中国人。1956年,毛主席接见苏联驻华大使尤金时,曾以"万里长城今尚在,哪见当年秦始皇?"的比喻,表达中国人民坚守和平友好原则,推进中苏友好、维护世界和平的愿望。在朝鲜核武问题的六方会谈中,外交部副部长武大伟也曾引用"六尺巷"典故,表明我们劝和促谈的诚意。2006年11月,国务委员唐家璇参观六尺巷时,盛赞桐城文化博大精深,欣然题词:"桐城六尺巷,和谐名城扬。""六尺巷"故事还搬上了戏剧舞台,2006年安庆市黄梅戏一团编演的《六尺巷》,荣获中宣部第十届"五个一工程""入选作品奖";2010年1月4日,中央电视台11频道播出桐城市黄梅戏剧团演出的《桐城六尺巷》。

一纸书来只为墙,让他三尺又何妨。

万里长城今犹在,不见当年秦始皇。

"六尺巷"是一种情怀,一种智慧,一种境界,一首"懿德流芳"的诗章。历史进入21世纪,我们不必要求当代人去学康熙王朝的宰相张英,但在社会生活中,诚爱、友善、克己、礼让,还是可以倡导一下的。友善和礼让,架设心与心沟通的桥梁,拆除人与人之间那一堵"高墙"。多几分"让他三尺又何妨"的雅量,地铁和公交车上就不会上演老拳相向、啼笑皆非的悲喜剧,兄弟姐妹也不会为了争夺祖上遗产撕破脸皮对簿公堂。假如人人都做到友善待人,礼让三分,中国社会就不会再有阴霾,而是到处洒满了温暖的阳光。

(2014年2月)

静静的万佛湖

"五一"前夕,到皖西舒城县去寻访万佛湖。这是大别山下一个湖泊型的观光旅游景点,环湖皆山,重峦叠嶂。万佛湖以龙河口水库为主体,南有万佛名山,东有万佛温泉,山水相依,层林尽染。湖上有66个小岛,已开发11个。我们不想看什么风情表演,也不去体验水上飞机,徜徉在寂静的山林和风光旖旎的山水间,感受大自然赐予的那一份亲和、宁静和淡泊。

乘游船在湖面上游弋一圈,春日阳光映照下,50平方公里的湖面上波光潋滟,晴空一碧,湖水透明清澈,最深处40多米。据说万佛湖没有开发时,湖水可以直接饮用,现在看起来清凌凌的,却不能掬而饮之了。登上芙蓉岛,迎面矗立一座高大的慈航观音塑像,湖上浮动的小岛就像是万佛拜观音,"万佛湖"因此得名。

踏上燕子岛,漫山遍野都是松树林,沿着林间小路旖旎上行,那里养了许多见人就翘尾巴开屏的花孔雀,就像时下一些自我感觉良好、心气浮躁的"精英";玻璃房里放了一只千年大龟标本,据说那龟是自己爬上岸来的,后来被好心人收养,大概日日思念它的故乡,没几年就郁郁而逝了。千年龟尚且难免一死,人类即便是权倾天下的君王,哪怕寻到"长生不老"的仙丹,也不可能万寿无疆的吧。不经意间,在燕子岛上还发现一个"瑜瞰亭"。三国时的周瑜据说是舒城人,他家祖坟就在对面五老山上。"遥想公瑾当年,/小乔初嫁了,/雄姿英发,/羽扇纶巾,/谈笑间,/樯橹灰飞烟灭。"

如今悠悠绿水寂寂青山依然,雄姿英发的周郎却随风而逝,他给我们留下的只是千年一叹。"故国神游,/多情应笑我,/早生华发。/人生如梦,/一樽还酹江月。"东波先生这首千古绝唱,我不认为是人在老境发出的没出息的悲叹,其实是他老人家悟彻了人生,参透了"天命",他提醒正在做着好梦的少年,珍惜青春,珍爱生命。

中午在农家饭店吃鱼头汤,此汤洁白似乳汁,鱼肉晶莹如玉,果然令人胃口大开。饭后参观著名的龙河口大坝,这坝长约千米,高70.4米,1958年始建,先后动员20万人次,历时11年竣工。在那个艰苦的岁月里,参加会战的民工靠手挖肩扛,用热血和生命垒成了这座"亚洲第一大坝"(土坝)。当地朋友说:"大坝底下不知倒下了多少挑坝的民工"。我们不禁黯然,肃然,不由得放轻脚步,唯恐惊扰50年前沉睡在大坝底下的魂灵。登上大坝顶部,从人工建造的女墙望去,整个万佛湖的美景尽收眼底,湖面上春阳洒金,千岛浮碧,鸥鸟翔集,舟帆点点,远处那连绵起伏的大别山,一直延伸到白云深处……

诚然,万佛湖远不如浙江千岛湖名气大,但它远离了尘世的喧嚣,淡化了市场的华丽,静静地躺卧在大别山的怀抱里。她不是搔首弄姿的盛装娇娘,而是一位素面朝天的女子,她把娴静文雅的仪态,活活泼泼的生命气息,原汁原味地呈现在你的面前,让你觅得一种可遇而不可求的原生态的美。

(2012 年 5 月)

雨中明月山行

外出旅行最不爽的就是景点拥堵,挤兑在摩肩接踵的人海里,既不能观赏山水自然之美,也不好惬意地选景拍照。只有一次江西宜春之旅,阴差阳错地失散了团队,单人独上明月山,获得一种非同寻常的体验。那天雨下得很大,几乎不见有上下山的游客,可以自由自在地俯仰山水,不受干扰地拍几张雨中明月山的风景。

赶到山下已是中午了,找一家"明月酒楼",随意买一份饭菜。没想到这里的葱花蒸鱼如此鲜嫩可口,这家店主人生意做得诚实厚道。酒楼没有别的客人,闲谈中请教老板:此山何以叫作"明月"山呢? 很有见识的小老板说,明月群山由十几座海拔千米以上的山峰组成,整个山势呈半月形,故称明月山;明月群山千姿百态,有的以绮丽著称,有的雄秀见长,有的险峻争奇,有的幽静取胜。明月山的命名有一个民间传说的版本——

宋朝皇帝派人到宜春选美,钦差在溪边遇见一位衣衫褴褛、美艳无双的小姑娘,打听芳名,她笑答道:"我的名字有时落在山腰,有时挂在树梢,有时像面圆镜,有时像把镰刀。"这位机灵而美丽的姑娘姓夏,叫云姑,家境贫寒,靠砍柴种地为生。不仅长得漂亮,而且心灵手巧,农活样样精通。进宫后先做皇太后的贴身宫女,后由太后做主嫁太子赵昚,次年赵昚登基即位,云姑册封为成恭皇后。皇上为她在城里立了牌坊,下旨"文官经过必须下轿,武官经过必须下马"。夏皇后体恤臣民,以为这礼节太过烦琐,下一道懿旨把牌坊移到她的家乡夏家里,因为有了牌坊,此地改名为夏家坊,明月山也因夏皇后的小名明月而得名。讲到这里,老板叫我去明月广场观赏云姑的雕像。景区门前广场果然有一座美丽而浪漫的雕塑"云姑沐月",这座大型雕塑形象地诠释了古老的传说。

山下正在大兴土木,林立的脚手架和漫天的塑料帐篷,遮蔽了明月山的灵秀。偶遇行者和索道售票员,都说徒步上山须三个半小时,要爬七千个台阶。真想乘索道去观光素有"江南第一漂"美誉的明月湖,好心的售票员提醒我:刚刚接到管理处通知,山上可能有泥石流,您上到"云姑飞瀑"就可以返回了。看来只好放弃登顶计划,顺着弯弯山道上木板铺设的台阶一级一级向上攀行。云腾雾卷,奇峰罗列,涌泉飞瀑,响若惊雷。茂林修竹沐浴在迷蒙雨水中,更添几重秀美神秘。山谷里绿意葱茏,空气清新(据说是国家标准的 35 倍),人在雨中行,胸次格外舒爽,明月山真不愧为负有盛名的"天然氧吧"。

独自一人在寂静无人的山谷里穿行,寻访远近美景,倾听山谷里流泉的巨响和沙沙雨声,这是怎样空灵超脱,美妙绝伦的境界呵!不觉得寂寞,也无所谓恐惧,只是沿着木台阶上行。70 多岁老翁了,举步也有艰难时。山路上前后不见人影,没有谁能够帮助你,雨水淋湿了两侧的木椅,没有方寸歇脚之地。唯有喝口水,深呼吸,放松心情,默默地前行,前面有飞瀑流泉,还有旖旎的风景,岂能退转去?

攀行一个多小时,惊喜地遇见几个女孩,她们是宜春市的学生,也是第一回结伴进山。她们高兴我的出现,有人给她们拍照了。山谷里有了生人气,不再感到孤独无依,腿脚也添了力气。满山雨意,山色空蒙,天空和山峦的界限已看不真切。前面就是"云谷飞瀑"了,瀑布的源头是狮子岩,远望像头雄狮(俗称"狮子喷泉")。飞瀑宛若自天而降,银白色水花在半空中回旋飞舞,下面是冰冷袭人的一潭,纵是盛夏酷暑,也有寒气逼人之感。清代诗人江为龙诗云:"轻烟漠漠锁山腰,一道泉流玉屑飘。气壮白虹晴欲雨,瀑飞翠壁夜闻潮。经年匹练寒幽谷,尽日银河泻紫霄。我欲振衣千仞上,饱餐灵液涤尘嚣。"(《云谷飞瀑》)诗人赞美飞瀑之奇美,以为它的灵气可以洗涤尘世的烦忧和污浊。

飞瀑潭前,风大雨狂,索性扔掉雨伞,也不管镜头会不会淋湿,你我轮番地在瀑布前留影,就算"到此一游"了。此刻畅爽无比,哪管衣衫湿透?

明月山有"绝壁惊人,怪石争奇,苍松斗妍,山花织锦"四绝,它的峰、瀑、洞、石堪与黄山媲美。今天顶风冒雨上山,无缘饱览明月山胜景了,只能从远处拍几张拜月亭、悬索桥、晃月桥的风光照。天色渐暗,大雨将至,理智告诉我,既到云谷飞瀑,不能再向上乱闯了,原路返回吧。

这回单人独上明月山,既有雨中畅游的快乐、惊喜,也有些冒险和遗憾。此山有五大景区和一个度假村,"云谷飞瀑"一路只是其中一个景区(潭下景区),此外还有太平山日出、高山草甸、乌云崖绝壁、明月湖等自然景观,还有以禅宗文化、民俗风情为主要特色的人文景观,等等。生命不息,旅行不止,相信还有重游明月山的那一天。

(2015年5月)

探访恭王府

早年在北京就听说什刹海附近有座恭王府,许多年不见庐山真面目,先是北京师范大学女生院的校舍,后为中国艺术研究院的办公和教学点。2008年北京奥运会开赛前,听说这座有着230多年历史的恭王府宅邸正式开放了,可一直无缘观光,今秋北上京城,自然要去这座神秘的王府探访一回。

在什刹海下车,找到前海西街17号,眼前这座高耸的门楼就是恭王府大门了。正门五开间,门前蹲一对威风凛凛的石狮。这座王府始建于18世纪末,初为乾隆宠臣和珅的宅院,后改赐道光第六子恭亲王奕䜣,始称恭王府。恭亲王调集千百位能工巧匠,添置山石林木,融江南园林与北方建筑于一园,将中国园林建筑与西洋建筑融为一体,建成一座恢宏富丽的王府园。在北京60余座清代王府中,恭王府是规格最高、保存最好的一座。

恭王府包括府邸和花园两部分,分为东、中、西三路,中路有大殿、后殿、延楼三座主体建筑,东路和西路各有三个院落,与中路三座建筑相对应。府内雕梁画栋,富丽堂皇,老树苍然,庭院深深,尽显王府豪华奢侈。一直以来,恭王府被誉为"世界最大的四合院"。府邸后面是花团锦绣、精巧别致的花园(翠锦园),也分为东、中、西三路,园中20多个景点争奇媲美。东边有大戏楼,一米高的戏台,顶部宫灯高悬,地面方砖铺就。除了演戏,这里还是举行红白喜事的所在。花园西边有湖心亭,湖面明媚开阔,中有三间敞轩,是观景垂钓的好去处。园内还有假山回廊,舞榭歌台,雕栏修竹,奇花异石,以及曲径通幽处,可谓极尽工巧,秀美如画。

王府花园太湖石假山下藏有十几米长的秘云洞,洞中立有康熙亲笔题写的青石"福"字碑,恭王府最受尊崇的就是这"福"字碑了。这个被誉为"天下第一福"的"福"字,是紫禁城独一无二的国宝级文物,游人没有不进这洞、不去观赏这"福"字碑的。大家在这狭长逼仄的洞中走走停停,鱼贯而行,有的留影,有的祈福,至少排队十分钟才能一睹那"福"字的尊容。

相传这"福"字是康熙为孝庄皇太后60寿辰祈福写的。康熙仿效古人,沐浴斋戒三日,一气呵成这幅绝世珍品,正上方还加盖了"康熙御笔之宝"印玺。皇太后收到大礼后,欢喜非常,让工匠将它刻为石碑,传为大清国宝。没想到这块天佑大清的"福"字碑传到乾隆时期却神秘失踪了,它的去向像个诡异的谜团困扰清宫百年之久。原来,竟是权倾清廷、富甲一方的和珅从宫中窃取(也有人说是乾隆所赐)了"福"字碑。

走出秘云洞,我不禁胡思乱想起来:这"福"字碑有否给和珅、奕訢带来幸福呢?和珅自幼丧父,凭借俊逸聪明,文武全才,得到乾隆恩宠,官居一品,权倾天下。他把持朝政20多年,贪赃受贿,侵吞军饷,卖官鬻爵,结党营私,成为一代巨贪。乾隆驾崩后,嘉庆宣布他20条罪状,查抄其家产值银八亿两,相当于清廷20年的岁入。其中一条罪状是"僭侈逾制",指斥他的府邸花园"与圆明园蓬岛瑶台无异"。和珅贪财误国,终被赐死。恭王府后来的主人是咸丰皇帝的兄弟奕訢,勇武过人,恃才傲物,拥有一人之下万人之上的威权,他也无法逃脱其豆相煎的倒霉运,只能把郁郁不得志的苦闷寄托在王府后花园的亭榭、木石和杯酒之间。滚滚江水东流去,和珅、奕訢之流私藏"福"字碑也没能保佑他们福寿无疆,王公贵胄们穷奢极欲的"祈福"到头来不过一枕黄粱!"一座恭王府,半部清廷史",倒是无名匠人和无名建筑师给我们留下的王府建筑却没有湮没辉煌,所有那些凭借智慧和劳动给天下苍生带来福祉的人们,才是值得我们永久纪念的民族脊梁。

百多年来,传说恭王府是《红楼梦》大观园的原型,红学界争论不休。著名红学家周汝昌在《芳园筑向帝城西——恭王府与〈红楼梦〉》一书中有详细考证,认为恭王府的海棠轩,是"怡红院"的原型;贾琏偷娶尤二姐,将她安置在大观园后门一条花枝巷里,而这胡同正是恭王府后面一条死胡同,等等。周先生的结论是:"曹雪芹的园子是有模型在胸的","根据目前的线索,我很疑心曹雪芹老宅就是现在的北京师范大学女生院,这所宅院的历史如下:曹家—和坤府—庆王府—恭王府—辅仁大学女部—师大女部。"(《红楼梦新证》)恭王府究竟是不是大观园的原型呢?也许永远是个众说纷纭的话题。

周恩来总理生前特别关心恭王府的修复。早在1961年10月,他视察恭王府时就说过,不论恭王府"是"或"不是"大观园的蓝本,都要好好保护;1975年重病中还嘱托副总理谷牧务必办好三件事,其中一件就是"对社会开放恭王府"。历经28年的搬迁、修复,恭王府终于揭开了神秘面纱向公众开放了,这是天下百姓的福祉,也是对周总理在天之灵的慰藉。

(2013年11月)

古朴温情的南锣鼓巷

　　20世纪60年代在张自忠路1号住了好几年，却没去过近在咫尺的南锣鼓巷，说来没人相信，然而事实正是如此，可见我是怎样一个孤陋寡闻，见识短浅的人呵。后来听说南锣鼓巷是北京最古老的街区之一，是老北京胡同文化的名片，此番回京，务必去观光一回。

　　乘地铁6号线直达南锣鼓巷。深秋的早晨，青灰的院落，冷清的街巷，晦暗的天空下显得寂静而安详，那搭得很高的门楼和枝丫上高悬的一排排红灯却透出非同寻常的热闹欢腾。墙上有木牌和图表讲述南锣鼓巷的历史，原来这条南北走向的街巷与元大都同期诞生，700多年来一直保存着与当年差不多的肌理格局和里坊风貌。此巷地势中间高南北低，如驼背老人，明代称"罗锅巷"，清代（乾隆时期）改称"南锣鼓巷"。以南锣鼓巷为主干，东西两侧各对称地排列着八条胡同，呈鱼骨状，就像蜈蚣伸开的16条腿；传说南锣鼓巷北口曾有两口井，好像蜈蚣的两只眼睛，故有"蜈蚣巷"的别称。南锣鼓巷保存了元大都时代棋盘式的街区建筑格局，被誉为古都北京保存完好的一块"碧玉"。

　　来南锣鼓巷，当然得尽可能多地逛逛胡同。西边的八条胡同是福祥胡同、蓑衣胡同、雨儿胡同、帽儿胡同、景阳胡同、沙井胡同、黑芝麻胡同、前鼓楼苑胡同；东边的八条胡同是炒豆胡同、板厂胡同、东棉花胡同、北兵马司胡同、秦老胡同、前圆恩寺胡同、后圆恩寺胡同、菊儿胡同。这些胡同背后有些什么典故，不去考证了，其命名本真而质朴，自由而随份，令人遐想而赞叹。联想到现代中国许多城市都有一条同名的中山路、人民路、解放路，未免替现代人如此缺乏想象力和创造力感到羞愧。

穿行于大大小小胡同，犹如徜徉在历史和现代的时光隧道中。清一色的青瓦灰墙，斑驳陆离的四合院落，雕花的影壁、门楣和门前的石墩，石板铺就的街巷小路，苍劲挺拔的榆树、白杨和老槐，还有秋风中摇曳的瓦楞上的衰草，争先恐后地叙述着胡同里的古老传奇……时光在这里老去，也依然在这里永远流驶。路边，一个花衣女孩"冰糖葫芦！"的尖声叫卖，两位大爷"您老好啊！"的抱拳问候，传递着底层百姓一种温情的、鲜活的生命气息。与红墙绿瓦的故宫、恭王府相比较，青瓦灰墙的胡同与民居，显得格外实在、温暖和沉静，它的布局和肌理与市井民众的生活血肉相连。

古典的、民间的南锣鼓巷，也是京城一条很有特色的风情街。整条街巷的酒吧、饭店以四合院小平房为主体，门前院内摆放各色花篮和盆景，挂满红绸和红灯笼，"修旧如旧"的装饰风格，素朴而不失典雅，回归传统又紧追时尚，别具一种古朴优雅氛围和老北京风情。与三里屯、后海的风情街不同，这里的四合院酒吧和情调化小店显得和谐静谧，身居闹市恍若远离尘嚣，像是都市里的村庄。如果你有雅兴，不妨去"过客""三棵树""心是孤独的猎手""转角遇到爱"坐坐，这些店名就让你心驰神往。每到晚上，小巷酒吧的生意格外红火，据说蓝眼睛白皮肤的老外和中戏（中央戏剧学院，校址在东棉花胡同）的"明日之星"们是这里的常客，香飘飘的蓝山咖啡和杜松子酒让你找到一种悠然的小资情调和缱绻的浪漫情怀。

大小胡同深处星罗棋布了各种风味小吃店，无意中你会撞见某个店铺有人排长队，也不妨凑个热闹。南锣鼓巷49号的文宇奶酪店值得一提，据说这家店主的祖上得到宫廷厨师真传，至今还坚持每天限量秘制奶酪，卖完就打烊。胃口好的朋友也不妨加入"倒字对翅"的长队，品尝一下它的"对翅"是否真有京城绝味，门前那副倒字对联"不食南锣一对翅，白来京城一日游"，是不是吹牛呢？

趣味盎然的各色时尚小店，是南锣鼓巷的独异风景；与这些情调化的小店相较量，我更喜欢串游那些蜈蚣腿似的狭长胡同。这些胡同不仅飘溢着古朴温暖的老北京情味，那些青瓦灰墙大红门的四合院里还挤满了达官显贵们形态各异的宅邸。例如，黑芝麻胡同59号曾是明末清初重臣洪承畴的府邸，清代王爷僧格林沁曾住在炒豆胡同里，帽儿胡同35号、37号原来是清朝最后一位皇后婉容的娘家，后圆恩寺胡同7号做过蒋介石的驻京行辕，后圆恩寺胡同13号曾是茅盾故居……这些煊赫一时的人物早已化作尘埃散去，此地空余他们悲歌慷慨的旧邸，斑驳的门扉大都紧闭着，墙上钉一块"谢绝参观"或"×××旧宅（故居）"的木牌，昔日的峥嵘凌厉、叱咤辉煌早已随风飘逝，唯有这青瓦灰墙无声地诉说数百年的风雨变迁。

若问我为什么特别迷恋南锣鼓巷的胡同？也许跟我的童年记忆有关吧，母亲生我在一座黑瓦灰墙的深巷老宅里，而我小时候的伙伴也多半是小街小巷的顽皮孩子。

（2013年12月）

到天涯海角去看海

　　我和秋泉都爱看海,出差秦皇岛、青岛、厦门、大连,一定要去海边吹吹风,看日出日落,去沙滩散步,或礁石上留个影。还记得秋泉去厦门看海回来说:"恨不得把大海搬到家门口来!"可见她和大海的关系已到了"日日陪伴君""相看两不厌"的地步了。爱海的朋友都爱大海的辽阔、雄浑和壮美,一月中旬南行三亚,多半也为了去天涯海角看海。在那里,我们看到的大海不仅风光旖旎独特,而且别有一种难以忘怀的情味。

　　正是"三九"时节,即便是温暖的江南,气温也接近冰点了,而在三亚,这几天平均气温却是摄氏26度。在海南朋友的帮助下,住进大亚湾海滨一座假日酒店。这里面朝大海,遍地鲜花,每天清晨在阳台上就能看到海上日出的奇景,而在傍晚,只要走出酒店二、三百米,即可在沙滩上散步,濯足,眺望海上壮美的日落。

　　三亚之行是我的"寻梦之旅",自然不会满足于在宾馆看海。那天,带着追梦的心情去"天涯海角"。乘25路公交车沿海滨西行20公里,到达下马岭山脚,进入"天涯海角"景区。进门就是面向大海的八角广场,眼前展开了一幅烟波浩渺,海水与蓝天一色,令人心荡神移的壮丽画卷。也无心观光大门两侧的天涯购物寨、民族风情园和历史名人雕塑园,顺着海边沙滩直奔"天涯""海角"两块巨石而去。这一路奇石林立,椰林婆娑,巨石上镌刻着古今骚人墨客题写的诸多诗文,其中赵朴初先生的一首"七绝",引来许多游人驻足观赏:

不知何处有天涯,四季和风四季花;

为爱晚霞餐海色,不辞坐占白鸥沙。

这首诗倒是真切地写出了"天涯"的景致和游人的心情。大约右行1500米,终于走到刻有"天涯"二字的巨石下,转过这块巨石,"海角"二字镌刻在另一座高耸的石峰上。

顾名思义,"天涯海角"就是天之边缘,海之尽头。自古以来,海南(琼岛)就是交通闭塞,人迹罕至的蛮荒之地,被流放到这里来的大抵是封建王朝的"叛逆"。诗云:"独上高楼望帝京,鸟飞犹是半年程。"(李德裕:《登崖州城作》)"天涯海角人求我,行到天涯不见人。"(吕岩:《绝句》)说的就是此地如何人烟稀少,荒凉僻远,人临此境就好像走到了天地尽头,于是古人发生了"区区万里天涯路,野草若烟正断魂"(胡铨:《佚名》)的悲叹。"天涯海角"看海,放眼望去,烟涛微茫,无边无际,"潮平两岸阔,天地一沙鸥";当你真的以为自己站在海之角、天之涯时,你会悟彻个体生命如尘芥,天地悠悠,多么神秘而伟大! 你会产生一种莫名的孤独,你会对无限的大自然和一切有生怀有一种顶礼膜拜的敬畏之情。你会感悟到,人不可以无法无天,悖逆自然,只有感恩天地,"天人合一",才能实现人与自然、人与人的和谐共处。

闻说有人到海南旅行不肯去"天涯海角",忌讳"天涯海角"这个词语"不吉利",怕走到"天涯海角"无路可走了,他们怕影响到官运亨通、财源滚滚,怕断送了个人前程。普通人的想法与达官贵胄总有些不同,此地只是中国大陆的最南端,向南有域内的南海诸岛,南海之外有太平洋、印度洋,地球之外还有太阳系、银河系和无限的宇宙星辰,天地之大,无边无际。在天涯海角看海,碧波荡漾,渔帆点点,海浪拍打礁石溅起如雪浪花,弄潮儿在海上劈波斩浪一往无前;有一颗平常心,绝不会发生"无路可走"的忧虑,相反地,你能感受到大自然无限的生命力和伟大的创造力,会激发起"海阔凭鱼跃,天高任鸟飞"的生命激情,去不倦地探求真理,探索宇宙的奥秘。

去过"天涯海角"的朋友,还有说那里"只有几块石头,没啥可看的","石头上刻的字,都是人为的,被人忽悠了"的。殊不知,这些巨石皆有来历。相传古代一对恋人,分别来自两个有世仇的家族,他们的爱情遭到家长反对,双双逃出家门,逃到下马岭。前面是白茫茫的大海,身后是如狼似虎的家丁,二人生死相依,紧紧相拥,投身大海。霎时间海上电闪雷鸣,风雨大作,"轰"然一声巨响,所有人都被劈成了石块。那相向而立的"天涯""海角"石峰是生死情人,周边高高低低的小石块便是众家丁。从"天涯""海角"往回走500米,海边立有一块高约七米的巨石,刻有"南天一柱"四字。相传很久以前两位仙女偷偷下凡,为南海的黎族渔家导航打鱼。盛怒之下,王母娘娘派雷公电母捉她们回去,两位仙女至死不从,宁可化为巨石立于人间,终被劈为两截,一截掉进黎安一带海里,一截落在"天涯"石旁,是为"南天一柱"。

这些替百姓排忧解难、向善爱人的故事和中国版的传说"罗密欧与朱丽叶",给景点注入了底蕴深厚的人文精神,披上一层神秘的轻纱。从前,"天涯海角"被称为"情天恨海",诗人有"天涯地角有穷时,只有相思无尽处"的浅斟低唱,相悦的男女则以"天涯海角永相随,地老天荒不变心"表示坚贞不移。身临此境的朋友,不仅饱览"天涯海角"的良辰美景,也会更加感恩自然,眷顾生命,更加珍惜友情,珍爱自己身边的人。

(2012年2月)

风情浪漫的海滩

　　两个年轻人数月前就策划好全家去普吉岛（泰国）旅行，签证、机票、宾馆早已办妥。正月初五，我们从浦东机场出发，开始了普吉岛之行。2月13日凌晨2时步出普吉岛机场，阵阵热浪迎面扑来，刹那间从春寒料峭的江南跌进如火如荼的热带旱季。住进宾馆后，赶紧脱去多余的衣装，换上单衣短褐，打开空调，享用清凉。

　　第二天清晨，没用早餐就去看海。宾馆离巴东海滩不远，步行一刻钟就看见白茫茫的大海。太阳刚刚升起，海风轻轻吹拂，海面上波平浪静，天空呈现一片宁静的天青色。远近的海面上不见帆影，靠沙滩的海边停泊着一两只游艇。来此地度假的外国朋友，比我们起得更早，不少人迎着晨光在海滩上跑步，有的带孩子在海边学泳，有的盘坐在沙滩上做瑜伽。清晨的海滩，没有雾霾，没有尘嚣，宁静，祥和，秀丽而温柔。两个娃娃早已急不可耐地甩掉鞋子，追逐海浪去捡贝壳了。面朝大海，做深呼吸，摄下美丽的大海的早晨。

　　早餐后，去巴东小镇转转。蓝眼睛黄头发的朋友在火焰似的日照下逛来逛去，他们晒得棕红流油的皮肤真叫人羡慕嫉妒。物欲横流的街市不适合我们生存，还是回转去看海吧。午后的海滩沸腾起来了！海上有各种型号的游艇"突突突"地奔驰，空中有硕大的载人热气球自由飘移，沙滩上搭满了五彩缤纷的伞蓬，许多不怕晒的朋友在海边顶着烈日漫游，人们尽情地享用大自然赐予的豪华欢乐的盛宴。

海滨绿荫下铺满了席子帐篷,我和秋泉在芭蕉树下歇凉,两个娃娃专心致志地做沙滩上的游戏。小弟用树叶卷了细沙说"灌红蚂蚁",结果自然是劳而无功;小姐姐捡贝壳,也很难找到一只像样的。既是导游又是译员的儿子XS让我们看好两个娃娃,他去买来方便食品和几只打开盖的柚子,此地(热带)水果特别香甜鲜美,且价格低廉(一只柚子40泰铢,折合人民币8元)。

三天后,我们这个"自由行"小团队转移到卡塔沙滩附近一家坐落在陡坡上的景观酒店,下榻后去海滩闲逛。普吉岛的沙滩有不同类型,巴东的黄沙,皇帝岛的白沙,卡塔的比较粗粝的暗黄色沙,等等。卡塔海滩不如巴东海滩辽阔,不过由于游客较少(大抵是住在附近宾馆的常客),这里的海水特别清澈。据说南边海域还有漂亮的珊瑚礁群,那是卡塔海滩最迷人的地方,适合游泳浮潜,可惜夕阳西下,来不及去观赏了。

卡塔海滩的黄昏,夕阳似火,发散出最后的光和热,它带着对于山海的眷恋,从容而欢悦地,从大海对面那座远山背后冉冉西沉了。倏忽间,天边现出七彩霓虹,海水中变幻着、摇曳着红黄紫色的碎影,最后一只迟归的游艇被辛勤的主人推上了沙岸,最后一对忘情的恋人日落黄昏后还不愿离去,在黯淡的海水和远山的映衬下,晚霞和归舟织成一幅多么壮美的夕照美景!

普吉岛是泰国南端马来半岛西海岸安达曼海(归属印度洋)上的一座宝岛,大小无数的海滩是普吉岛一道绮丽的风景。每年在海滩上举办的体育赛事丰富多样,你可以在这里体验到精彩纷呈的娱乐活动,享受到魅力无穷的海滨度假的快乐。普吉岛海滩生生不息,富有灵性,弥漫着异国情调和神秘气氛。她不是没有生命的沙和水,她是一位长袖善舞、浪漫风情的美媛,多么活泼秀丽,多么雍容华美!她温柔,绝不俯就,热烈,却不放荡;她美得真实自然,美得从容大气,她立于山海之间,用古典的舞姿和现代的光影,美化了生活,愉悦了人心,激活了生命。

（2016年3月）

巴东小镇散记

　　普吉岛旅行的头几天,入住巴东(patong)镇KEE假日宾馆。宾馆客房宽敞而明亮,楼下便是餐厅和泳池。用早餐的时候,就有人带孩子学泳了。西方人自由随性,没有东方古传思想的束缚。从早到晚,他们在摇滚和流行音乐伴奏下,泳池里玩得快乐开心。上午十时的阳光很辣,却是他们日光下恣意狂欢的时刻,浴床上横陈着晒得发红的丰盈的肌体,亭榭里一群男女高举酒瓶或酒杯豪迈地畅饮,南国的棕榈、燕尾竹在日光下摇曳生姿,清澈见底的池水给休闲的人们送去清凉。

　　没有远行计划的这天上午,我们去街上闲逛。一个和旅游业同时繁荣起来的巴东商业区,展现出东西方文化交汇的新姿。繁华的街道上拦街横挂一串串红灯笼,灯上触目地写着"恭喜发财""吉祥如意"的汉字,到处悬挂有通红的中国结,热气腾腾地开着中国饭店。泰国是一个"自由之邦",95%的国民信奉佛教,欧美生活方式也跟随西方新思潮汹涌而至。小镇上星罗棋布的宾馆、酒店,可看出西洋的格局和作风。太阳已经很高了,华人同胞不是打伞就是擦防晒霜,大街上时常会撞见摇着膀子、晒得流油的赤膊的欧美男人和着装清凉、肩背暴露的西方女人,古铜色的肌肤炫耀他们享受阳光的快乐和自由。

　　这个繁荣的商业化市镇,有普吉岛最大的购物中心和最高的建筑(皇家天堂酒店),有浩浩荡荡的酒吧街,还有721连锁超市和脱衣舞场。街面上随处可见庙堂式的木质尖顶建筑,星罗棋布地矗立着迷你型的佛龛,供奉着各路真神,商店主人每天在家门口就可以馨香顶礼,膜拜神佛。其中香火最旺的是"四面佛",它掌管人间一切事务,它的四尊佛面分别代表爱情、事业、健康与财运,据说它是世上有求必应的最灵验的佛。

除了泰国本土人士,也有缅甸人、巴基斯坦人来此地寻找发财机会。大概信佛至诚的缘故,生意人极和气友好。迷路时一位宾馆执勤保安主动为我们带路,那位自称巴基斯坦人的店主竖起拇指用汉语说:"中、巴是兄弟!"欢迎我们拍摄他和他的小店。午时在一家饭店歇凉就餐,两盘泰式炒饭,一盘豇豆肉片,一碗冬阴功汤(一种最具泰国特色的柠檬味的菜汤,内有热带植物的根块、花叶和虾仁,散发着特殊香料的气味),清爽而味美,付泰铢500元(人民币100元)。饭前每位送一杯冰水(或凉开水),结账后送给孩子小礼品,热情地送客人出门,一顿简餐品尝到情意和友善。XS说,在上海很难找到这样的饭店。

因为KEE宾馆饭资忒高(每位500泰铢以上),这天晚上我们去镇上找饭店。出门就是热闹非凡的酒吧街,白天空荡荡的大小酒吧现在拥挤着潮水似的人群。男人们在自家酒吧门前高举彩牌招徕生意,酒吧内外有穿着暴露的泰女卖笑拉客。所有酒吧都挤满金发白脸的洋人,无论老少男人,身边总有一两位陪酒女郎。酒吧台上,这里那里,总会有一位穿三点式的摩登女郎搔首弄姿,假笑佯啼。街上水泄不通地涌动着东张西望的游客,各色人种都有。西方旅行者在普吉岛的宾馆、酒吧肆无忌惮地寻欢作乐,所谓西方文明被赤裸裸的物欲和情欲撕破了假面。

喧嚣和狂躁不适于我们生存。匆匆走过大半条街,终于找到一家客人不多的快餐店,以为这里比较僻静,价格也会比较公道。点了五份套餐(鱼汉堡包),三份炸薯条,两杯冰可乐,索款1000泰铢(人民币200元),XS说这家的东西比上海贵了将近一倍。后来发现炸薯条的食盐下得太重,原材料也不新鲜。我们误入了一家宰客没商量的快餐店,唯利是图的店主给佛祖脸上抹了黑。

　　与小镇毗邻的巴东沙滩附近，也是灯火通明，摩肩接踵的人们涌到沙滩上来凑热闹。又是一排排中国红灯耀眼地张挂在沙岸上，中间有"庆祝新年""新正快乐"一副对联。泰国人真是聪明绝顶，他们巧用中国传统节日元素的光和影，制造强烈的视觉效应，吸引了整个世界的目光，拓展了泰国旅游业的大市场。

　　两个孩子进了沙滩就甩掉鞋，沙滩上奔跑是多么惬意的事啊！可是沙滩上到处是游客扔下的塑料盒、打火机和玻璃瓶，细沙中竟然还踢出玻璃碎片来。谁不知道这些埋在沙里面的杂物会伤害人的身体呢！有些旅行者在自家国门内不失绅士风度，一旦踏上异国土地便撕破文明假面露出狼狈相——他们身后拖了一条肮脏、丑陋的长尾巴。

（2016 年 5 月）

遥远的海岛

　　泰国南端安达曼海上的普吉岛，好像一颗椭圆形的珍珠，不仅拥有风光秀丽的海滩和景色迷人的山峦，周边还有许多形貌各异、美丽神奇的海岛。你可以乘坐游艇出海，观赏海上的旖旎风光，体验各种探险活动，享受无穷无尽的海上度假的快乐。

　　XS的计划是乘船出海三次，通过酒店联系了大、中、小三种不同型号的船艇，说是"会有不同的体验吧"。做了一双儿女的父亲，还未脱尽孩子气。

　　去皇帝岛，乘坐一艘十多人的中型快艇。从普吉岛码头出发向南，渐入深海，海水由绿色变成湛蓝。非常晴朗的天空，看不到边际的安达曼海，逆风而行的快艇在海面上疾驰，船尾看过去像是一道铁犁深翻过的白花花的沟壑，那是深海里绽放的千万朵雪浪花呵。海浪从船头扑来，海水溅在脸上，有点腥，有点咸。大约南行12公里，30分钟到达目的地，海滩上早已聚满了快艇、长尾船和游客。皇帝岛是普吉新开发的景点，以其天然优美的热带岛屿风光，少有污染的海水沙滩，奢华的配套设施和温馨的服务，以及趣味性的浮潜运动，受到青睐，来此地度假、度蜜月的西方游客特别多。

　　岛上有很大的椰子，清凉解渴，又香又甜；然后被引导去一座饭庄，用了泰式午餐。热带的菜果、树叶做成各种美味，难得老少咸宜。我们两个老人+两个娃娃的小小"团队"行动略迟缓些，泰国导游托尼派三轮车来接。起初以为是宰客的盲流,车主将我们送到饭店后并不收费,才惭愧自己的多疑和短视,确信他是一位诚实的导游,不像国内某些导游宰你没商量。都说皇帝岛是"世外桃源",可惜出发前没做好住宿准备,岛上的浪漫情调少了亲身体验。不过,海滩上晒晒太阳,陪孩子们玩沙子,捡贝壳,过一把海边游泳的瘾,已然是梦中情景了。

第二次出海去皮皮(PP)岛,花三倍高价租一只小快艇,XS以为一家人专享这一艘快艇浪漫而且自由,后来提心吊胆的航行,说明不是那么回事。快艇离开码头就箭也似的射出去,海上风浪有点大,机声隆隆,七上八下,船体颠簸得厉害。"能不能慢点"?导游说"慢点你们会呕吐"。导游阿咪是位自称缅甸人的28岁变性人,广东普通话说得很顺溜。尽管已是女儿身,无论穿着、举止、说话,还是小伙子。人很随和,开朗,一路叫"爸爸""妈妈",热情地解说海上风景。

因为有阿咪,两个小朋友兴奋了一阵子,不一会儿,左边弟弟,右边姐姐,枕着爸爸的腿睡着了。一路上,XS全身心地照看两个孩子,我和秋泉不断调整坐姿,做深呼吸,波光粼粼的海水,水墨画似的远山小岛,给人无限的遐想……我奇怪为什么年轻时候乘坐海轮会眩晕呕吐,躺在甲板上睁不开眼,而现在却能克服快艇带来的不适呢?难道极致的美景和追梦的热情,真的能够坚强人的意志,激发人的潜能,忘却世上的烦忧,创造超乎想象的奇迹?

大约40分钟后,到达小皮皮岛西南,这里就是著名的玛雅湾了,我们松了口气。一座双臂抱拥的环形小岛,三面环绕着高过百米的绝壁,气象万千,中间开出一条狭窄的出海通道,"天门中断",形成巨大的视觉冲击。岛上有杂树和青草,岸边点缀着秀美的椰子树。整个小皮皮岛矗立着悬崖峭壁,罕有沙滩人迹,唯有玛雅湾人气高涨。当快艇进入半封闭的玛雅湾时,远近游船上一片欢腾:"哇!""好美!好美!"蓝天飘着白云,海水碧绿如玉,山岩笔立,锦绣如画,赛若仙境。美丽的环岛,空气中荡漾着罗曼蒂克气息,醉了你的心扉,美得你不忍离去。"美丽的邂逅,极致的诱惑",说的就是小皮皮岛——玛雅湾吧?当年,莱昂纳多·迪卡普里奥主演的好莱坞电影《海滩》在玛雅湾取景,这个鲜为人知的秘境于是声名大噪。

玛雅湾有皮皮岛的最佳潜水区,我们无意潜水,出发时给小弟租了双蛙鞋,既不能学泳,又不便携带,反倒成了累赘。几分钟后快艇驶过一座石灰岩洞穴(维京洞穴),洞内栖息着许多海燕,因其盛产燕窝,俗称"燕窝洞"。相传此地曾是安达曼海盗的窝点,又叫做"海盗洞"。据说洞中垂吊着许多美丽的钟乳石,有的洞壁还刻有史前人类、大象和船舶的壁画。从外观上看,多么荒凉黑暗、神秘可怖的岩洞呵!阿咪说那里面住进十几个中国来的探险者,他们来此地搜集燕窝做生意,每公斤燕窝50万泰铢(人民币10万元)。我的同胞到燕窝洞发财来了?是否属实,无法考证。天堂湾下船几分钟,导游限制你只能站在水里看猴子戏水、攀岩,200多只猴子,冷不防会对你发动攻击。

再向北两公里,就是大皮皮岛了。大小两个皮皮岛位于普吉东南20公里的海上,小皮皮岛悬崖峭壁,渺无人烟,除玛雅湾、维京洞穴、天堂湾几个景点外,整体上还没开发。大皮皮岛有渔民居住,岛上有饭馆,酒吧,超市,商业街,度假村,各种娱乐场所应有尽有。此地山形奇特,像是巨人张开的臂膀,只要踏上沙滩,你就能感受到它的浪漫和亲切。这里海水清澈,山岩滴翠,细沙如银,水上停泊着漂亮的长尾船,你可在海边游泳,亦可潜游海底,尽情观赏美不胜收的珊瑚礁和多姿多彩的海洋生物。两个娃娃刚才睡足了觉,现在跟爸爸在浅水区兴致勃勃地游泳,捡贝壳了。我们租两张靠椅,在海滩的浓荫下吹海风,倾听海浪拍岸的美妙节律。大小皮皮岛以其鬼斧神工的山岩洞穴,原汁原味的自然风貌,清澈宁静的海水和绵软洁白的沙滩,受到全世界旅行者的青睐。

第三次出海去攀牙湾,搭乘一艘载有106人的普通游船。攀牙湾是普吉岛东北75公里处一处海湾,隶属攀牙府,海面上遍布形态各异的石灰岩小岛(喀斯特群岛),有"海上小桂林"之誉。为了观景拍照,我登上舱顶,找一个靠窗口的位置。凭窗眺望,沧海茫茫,晴天一碧,海风像醒酒琼浆似的一阵阵拂面吹来,远近水面上盆景似的小岛隐隐地浮现在透明的薄雾里,我贪婪地享用纤尘不染的带有海水腥味的空气。

攀牙湾是一个拥有42个小岛的浅水湾,峰峦耸峙,怪石嶙峋,绿水白沙,旖旎如画,堪称世界一绝。到猴子峡谷蝙蝠洞,全体下船,三人一组,分乘数十只皮划艇,由当地船工划船进入岩洞。里外都是倒挂的钟乳状石柱,岩壁上有许多猴子目光炯炯地迎接一拨又一拨的游客。光线越来越暗,有蝙蝠在黑暗中飞翔,人好像进入一个神魔世界。划过阴暗狭长的通道,竟是别有洞天的耀眼的光明,阳光从天空直射到皮划艇上,美丽的红树林自水中冲天而立,岩壁上也缀满了青枝绿叶。

被称为"割喉岛"的岛礁群也有类似的溶洞。"割喉岛"在泰语中是"房间岛"(Ko Hong)的意思,礁石包围着一个被海水侵蚀的貌似房间的溶洞,华人取其谐音,取名"割喉岛"。在九曲十八弯的石灰岩溶洞中,密密麻麻地悬挂着狼牙状狰狞可怖的钟乳石,好几处岩壁上留有刀劈火燎的痕迹。有些地段龇牙咧嘴的海蛎子吊得很低,如果不是船工提醒,真的有可能割破喉管或肚皮。听说有些岩壁上还刻有古代人物、动物和鱼群的古画,洞中一片漆黑,无法看见。此情此景,如梦似幻,人好像置身于一场惊天动地的大变动中,惊悚,诧悸,惘然。2004年底南亚大海啸是我们记忆犹新的一场大悲剧,泰国南部一片汪洋,攀牙湾未能幸免,上千座村庄瞬间消失,数千人葬身海底。经过十多年辛苦经营,才得以好景重现。天公造化创造了大自然的神奇美丽,而那十分悲惨的历史记忆,也给人类亮起红灯,发出预警。

前面就是著名的占士邦岛（James Bond Island）。那是一块狼牙棒似的昂然独立的巨大礁石，高约30多米，形似一颗倒立的大白菜（据说不久将会消失），周边海面澄碧如镜；又像一根钉子插入海底，俗称"钉子岛"。1974年007电影《金枪人》在此取景，从此"詹姆士·庞德岛"（James Bond Island）、"007岛"的大名不胫而走。影片中恐怖分子金枪客的秘密基地就是我们脚下的平康岛，游客只能站在这里遥望对面的"钉子岛"。大爆炸的火光熊熊，金枪客的飞机从"钉子"上疯狂掠过，007和金枪客在沙滩上以中世纪的方式格斗，最终制服了金枪客。——影片播出后，007岛成为攀牙湾的标志性景观，游人争先恐后地以"大白菜"为背景留下倩影，所有攀牙湾的景观明信片都不会遗漏"钉子岛"的照片。

接近最后一个小岛（Lawa Island）时，游船停在海上，会水的朋友可穿上救生衣下水。导游说"泰国人好色不好赌，你可以裸泳，万不可以不穿救生衣"。毕竟是深海，水中还可能有水母，跳海的朋友不是很多。XS带娃娃下去试了试水，说是浑身上下有小鱼（小虫）亲密骚扰，很快回到船上来。

一天游了四个岛，真是一次浪漫的航行。大船客人多，活动丰富多彩，既廉价，又安全。旅行社的组织工作做得细致周到，几番上下船，秩序井然，意外事故等于零。全天提供冰水、西瓜、菠萝、可口可乐，自助餐也差强人意。导游是一位40来岁的泰国汉子，一口流利的普通话，他说每年交二万元学费在中国学了八年汉语。其人说话彬彬有礼，蛮有逻辑性。返程时他希望游客给船工、船主和厨师付一点小费，50泰铢（人民币10元）即可，"当然不想给也没关系"。良好的服务，友好的态度，皆大欢喜，中国人给付小费的不少，西方游客掏腰包的不多。

普吉岛三次出海，享用了阳光、沙滩和海岛的恩惠，感受到生命的自由与欢欣，这是久蛰书斋所不能获得的体验呵。其实，这些美丽神奇的海岛早已浮现在我们天马行空的梦境里,久已传播在民间故事、神话(童话)传说和历代文人的诗歌小说文本里。"遥远的海岛"已成为一种文化符号。在英国小说家笛福笔下,它是荒凉、孤独和恐怖的象征,他的主人公鲁滨孙凭借惊人的智慧和毅力,战胜了苦难,辉煌了人生,那个荒无人烟的非洲海岛,考验了人的意志(《鲁滨孙漂流记》)。而在德国诗哲尼采笔下,遥远的海岛则寄托着对于人类将来迷茫的希望。尼采抨击"现代人"堕落,梦想"超人"出现,这些"超人"会不会出现在"遥远"的海岛上呢?(《查拉图斯特拉如是说》)诗人徐志摩诅咒1920年代的中国是个"懦怯的世界",他要"抛弃这世界/殉我们的恋爱!"到什么地方去呢?

　　……看呀,这不是白茫茫的大海?/白茫茫的大海,/白茫茫的大海,/无边的自由,我与你恋爱!/顺着我的指头看,那天边一小星的蓝——/那是一座岛,岛上有青草,/鲜花,美丽的走兽和飞鸟;/快上这轻快的小艇,/去到那理想的天庭——/恋爱,欢欣,自由——辞别了人间,永远!

　　　　　　　　　　　　　　　　　　(《这是一个懦怯的世界》)

　　在诗人和哲学家笔下,"遥远的海岛"已成为爱与美、欢欣与自由的艺术符号。事实正是这样,美好的东西总在幻想的彼岸,当我们在生活中看到太多的丑陋和缺憾,往往把隐秘的情感、真诚的愿望和最高的理想指向"遥远"。

　　　　　　　　　　　　　　　　　　　　　　(2016年4月)

设计师和"贝壳"的故事

飞行将近 11 个小时，东航 MU561 大型客机于 12 日清晨抵达悉尼机场。出机场，在华人导游卢女士导引下，乘车游览了悉尼东区的玫瑰湾（情人湾）富人区。海水碧蓝，白云朵朵，别墅区特别豪华，安静。小卢笑嘻嘻地说，这里有她将来的住所，她的梦是在此地拥有一套别墅。人人都有梦想，有的切近，有的辽远，但愿小卢在异国他乡梦想成真。

悉尼的迷人之处在于 50 多个港湾，相邻的邦迪海同样秀美迷人。沙滩上晒太阳的少男少女衣着暴露，快乐而自由。澳大利亚人崇尚自然，享受日光浴，以棕红色肌肤为美。虽是深秋季节（3—5 月是澳洲的秋季），依然是阳光灿烂，暖意盈盈，人们照样穿着背心短裤在街上走来走去。

在悉尼，最想一见的风景自然是享誉世界的悉尼歌剧院。从皇家植物园远眺大剧院，宛如突兀而起的洁白美丽的贝壳，又像是漂漾在水面上的盛开的雪莲，它在碧海蓝天、绿树沙滩掩映下显得格外圣洁婀娜，令人神往。傍晚，我们再乘游轮近观夕阳下的歌剧院和凯德大桥，那濒临水面起伏连绵的建筑群，好像是蓝色海洋中乘风待发的硕大风帆。

这座伟大建筑，和一位天才设计师的名字紧密地联系在一起。20 世纪五六十年代，一伙人策划为悉尼市建一个标志性建筑，后来确定盖一座歌剧院。组委会成立后，募集资金，发行彩票，招标设计方案。1957 年，名不见经传的 38 岁的丹麦设计师约恩·乌特松（Jorn Utzon）受到"剥了一半皮的橙子"的启示绘制一张草图寄过去。组委会工作人员筛选设计稿时，将乌特松的草稿扔进了垃圾桶。组委会邀请几位世界著名的建筑学家担任评委,所有待选的作品都不能尽如人意,最后从垃圾桶里找出乌特松的设计图,认定这个美丽的"贝壳"才是未来的悉尼歌剧院的蓝图。组委会给了乌特松预算和时间,请他按照既定方案做下去。

乌特松是一位有梦想、有追求的"苛刻完美"的设计师,按照他的方案,工程造价不断攀升,技术上遇到很多问题,终因经费超支,工期拖延,建了几年还是一座"烂尾楼"。悉尼政府决定不再增加投资,设计师却要坚持"完美"的梦想,双方谈不拢,乌特松愤然离开悉尼,发誓今生再不踏上澳大利亚国土。几年后,新一届政府上台,下决心把歌剧院建设起来。在各方支持下,悉尼歌剧院于1973年终于落成、揭幕并大获成功。2003年,乌特松获得素有建筑诺贝尔奖的普列茨克建筑学奖,这个美丽的"贝壳"成为20世纪最辉煌的建筑经典;2007年,联合国教科文组织将它列入世界文化遗产名录,是公认的20世纪世界七大奇迹之一。今天这座伟大建筑已成为悉尼城市的灵魂,澳大利亚的标志性建筑。

悉尼歌剧院的成功让人们记起了设计师,悉尼政府伸出橄榄枝请乌特松来参加典礼接受荣誉。对乌特松来说,荣誉实在来得太晚了,88岁高龄的设计师信守誓言,不肯再踏上这片给了他机会又令他伤心的土地。2008年11月29日,90高龄的乌特松在睡眠中辞别了人世,这位"苛刻完美"的建筑师当"金色的贝吐出桃色的珠"的时候,却没能亲眼看见悉尼歌剧院在邦迪湾海面上美丽的倒影!

设计师乌特松的故事令我陷入沉思。我想,这个世界上,有梦想才有创造,有梦想才有希望。有梦想的人大抵不怕挫折,不计利害,埋头苦干,永不言败,他"苛刻"了自己,"完美"了世界。这个世界需要有梦想的人,这样的人多一些,再多一些,有什么人间奇迹不能创造出来呢。

夕阳西下,夜幕降临,我们乘坐的游轮在歌剧院和凯德大桥的海面上游弋,海岸那边鳞次栉比的高层建筑已是灯火通明了……

(2013年4月)

神奇的罗托鲁瓦

4月14日,我们乘晚班客机从悉尼飞抵新西兰第一大都市和商业中心奥克兰。新西兰是一个以畜牧业为主体的国家,它以旖旎的田园风光,古老的毛利文化和神奇的后火山遗迹为其特色,几乎没有大工业。而最具新西兰风光特色的,不是奥克兰这样的都市,而是新西兰北岛的著名小镇罗托鲁瓦(Rotyua)。

第二天凌晨,向罗托鲁瓦进发。沿途所见,满目青山,满坡牛羊,一片连一片的牧场丛林,远近不见人烟,难得一见的"天苍苍,野茫茫,风吹草低见牛羊"景象,在这里重现了。北岛是温带海洋性气候,秋冬季节雨水多,即便冬季也依然绿意盈盈。路边偶见高过膝盖的衰草,树梢上零落地挂着黄叶红叶,那只是茫茫绿海中的点缀,报告着已是深秋季节。中途下车在一片橡树林观光,遍地红殷殷的橡果令人爱不释手。有人想捡几颗红果带回去留念,导游警告说:"带一颗,罚400纽(西兰)币。"昨晚就有我们团队三位朋友不小心将没吃完的苹果、牛肉汉堡带进海关,警犬嗅出后每人(从轻发落)认罚133元(纽币,折合人民币709元)。新西兰人严厉查处违规入境者、依法维护国家利益的那一幕历历在目,谁还敢冒险带橡树果出境呢。

行车三小时,抵达毛利人聚居的罗托鲁瓦。毛利人是新西兰的少数民族,属蒙古人种和澳大利亚人种的混合型,身体粗壮,皮肤略呈棕色,他们有自己的语言,信仰多神,崇拜领袖,禁忌颇多。据说一千年前他们从太平洋中部某个岛屿乘木筏迁徙至此,英国航海家库克发现太平洋这块绿洲之前,他们已是这片土地的居民。殖民统治时期毛利人惨遭杀戮,人口锐减。1907年新西兰独立后,毛利人民族意识逐渐觉醒,民族文化得以复兴。七万人的奥克兰市居住着二万毛利人,眼前这个小镇,据说仅有1500多人。罗托鲁瓦素有"毛利之乡"美誉,偶见外地游客,不见当地居民,静到只听见风吹树叶的沙沙声。一座红墙尖顶的古建筑矗立在路旁,据说这里曾是毛利部落首脑的办公场所(相当于中国的省政府大楼),后来毛利社会瓦解,遗下一座行宫。这排建筑物前面的开阔地是一个繁花似锦、绿坪相连的公园,园内立有一座第一次世界大战(1914—1918)毛利勇士(烈士)纪念碑。公园另侧有温泉,系1920年发现的火山遗迹,泉水达到100°C,如今只存温泉景观,人畜不能入浴。这里没有污染,自来水尽管放心食用,漫步在"零污染"的环境里,你会感到胸次舒畅,心情放松,神清气爽。

小镇附近的中餐馆用了自助餐,然后去新西兰最负盛名的爱歌顿皇家庄园。这里有135公顷广袤美丽的牧场,也是一座独具新西兰风情的休闲农庄。我们乘坐牧场的游览车,绕庄园一周,观赏主人养殖的牛、羊、麋鹿,还有被誉为"神兽"的羊驼和日产牛奶30~40公斤的超级乳牛。山东籍的中文解说员王磊(艾德华)高兴地向我们介绍牧场的生产,热情地邀请客人品尝他们亲手酿制的100%的纯蜂蜜,每位客人都可以跟美丽的羊驼亲密接触,给那些伸长了脖颈跟你亲昵的羊驼喂食,摄下与可爱生灵和睦相处的照片。

在庄园最高处,停车眺望罗托鲁瓦湖。这是罗托鲁瓦16个湖泊中面积最大的湖,远古时代火山喷发的巨大谷地便形成了湖。湖水潋滟,清澈碧绿,有成群结队的鳟鱼在穿梭。风儿吹过湖面,掀起阵阵水波,湖面上雾气升腾。远处一抹连山,山色迷离,湖心停有几架可供游览的水上飞机,水边游弋着一群黑毛红顶的天鹅,湖畔有无数海鸥在秋风中翱翔,它们好像并不惧怕与欢乐的人群共舞。如此美丽、静谧而浪漫的湖光山色中,你会忘却都市的烦嚣,难怪总有人络绎不绝地远涉重洋来此地寻找他们梦中的花园。

天色渐晚了,感到一阵秋风乍起的微凉,导游催促我们去参观DrKir.g羊毛被加工厂。不会有人怀疑这工厂出产的羊毛被褥是货真价实的上品,20只小羊驼毛皮加工成的羊毛毡确实温软柔滑,不怕水浸,不怕污染,且常年保温,令人赞叹不已。不知道是它的价位太高呢,还是刚才喂食了那些可爱可怜的小生灵,这个团队竟无一人购买羊毛被和羊驼毡。

夜宿罗托鲁瓦假日酒店。酒店大堂门口,嗅到一种奇异的气味,透过卧室的落地窗,还能见到不远处地面升起一股股乳白色雾气。那不是雾霾,也不是排污,而是一种后火山遗迹。奥克兰市坐落在45座火山口上,在毛利语里"罗托鲁瓦"是"两个湖"的意思(一个是罗托鲁瓦湖,一个是数不胜数的热泉和泥浆池),罗托鲁瓦远古时代就是一个火山口。那些从地面、道路和人行道的裂缝中缓缓逸出的气体,对人体有益无害。

下了一宿雨,天明越下越大了。导游说,观赏地热喷泉是计划外的自费项目,须另付100元纽币(人民币550元),团队的半数在大风雨面前止步了。新西兰流传着一句话:"没到过罗托鲁瓦,就不算到过新西兰;没见过地热喷泉,就枉来了罗托鲁瓦。"我想,这难得一见的世界奇观,还是去看看吧。

距宾馆只有十几分钟路程的地方,我们下了车。风雨中无法驻足,导游的讲解也被大风吹跑了,人只能被风推着,跟着团队往前冲。越往前走,空气中硫化氢的臭味越来越浓,前面那个云蒸雾罩、冒着乳白色浓烟的巨大天坑,是一座死火山,那就是著名的"间歇性地热喷口"了。阵阵喷泉状热气蒸腾的烟雾从千百个"地窗"里喷涌而出,浓烟白雾弥漫在天际,与空中黝黑浓密的雨云相汇合。眼前的一切都在静静地讲述着远古时代发生的惨烈故事，真是天地间一幕令人敬畏、令人震撼、令人难忘的壮剧啊！顾不上风狂雨骤，很少有人带雨具，人们一个劲地在雨水和热泉的水雾中奔跑，观看"浆池"里不断涌出沸腾气泡的奇观，观赏五彩缤纷的硅石台地，见证那无比热烈、无比壮观的后火山遗迹。

绕着"地热喷口"转了一圈又一圈，感受到脚下土地的温热，惊叹地球永无休止的变动，倾听地球母亲的呼声，顿悟我们每个地球人都有呵护地球、善待母亲的责任。人类在这片土地上生息绵延了千万年，还能走多远呢？如今我们拯救地球，也是拯救我们自己啊！

（2013 年 5 月）

法兰克福印象

　　法兰克福机场是仅次于伦敦的欧洲第二大机场,所有直通欧洲的航班几乎都从这里中转,法兰克福自然会成为我们欧洲之旅的第一站。

　　欧洲的白昼特长,我们是头天晚上十时天还没全黑住进法兰克福宾馆的。次日清晨走出宾馆,穿过马路对面一座公园,就走到了美茵河边。高大的林木,青翠的草地,滔滔的河水,铺天盖地的绿,令人心神摇荡。据说,法兰克福市的绿地面积占城市总用地的70%,人均公园绿地40m²,所有污染工厂都迁出市区,原厂址改为园林绿化用地,整个城市星罗棋布着植物园、林荫道和街心花园。

　　法兰克福是德国工商业、金融和交通中心,德国第五大城市,也是一座历史悠久、人文荟萃的城市。古罗马人曾在此驻扎军营,罗马帝国衰亡后营地日渐荒芜。相传公元八世纪查理大帝兵败后逃到美茵河畔,天刚拂晓,大雾漫天,摸不准河水深浅,不敢强渡;情急中见一只母鹿不慌不忙地涉水过河了,查理大帝命大军从母鹿走过的地方涉水过河。为了纪念这件事,查理大帝下令在此地建一座城市,取名"法兰克福",意思是法兰克人(日耳曼民族的一支)的渡口。

　　法兰克福老城中心贝特曼大街的罗马(贝格)广场,是这座古老城市的缩影和见证,也是该市唯一保留了欧洲中古风貌的广场。中世纪时期,罗马广场是法兰克福的中心广场,集市和商品交易会,政治性集会和法庭审判都在这里举行。广场面积不算大,小块石板铺就的地面,浅色的模板结构楼房,绕广场一周的人字形哥特式建筑,还有广场附近古老的教堂,讲述着昔日的辉煌与沧桑。

广场左侧是法兰克福旧市政厅,三个连在一起的阶梯状人字形屋顶,是典型的德国风格建筑。旧市政厅的皇帝殿,是罗马皇帝加冕的地方。阳台上飘扬着德国、欧盟和法兰克福市三面旗帜。如此庄严、隆重的地方当然是为胜利者准备的。一直以来,罗马广场是世界杯足球赛球迷的广场,旧市政厅大阳台便是球迷们"朝拜"英雄、宣泄激情的圣地。1990年德国获得世界杯冠军,全体队员都在这里接受球迷的朝拜;2003年德国女足拿到冠军,队员们在阳台上和数万球迷一起狂欢。

罗马广场中心耸立着一尊公平女神铜像。女神英姿飒爽,裙裾飘扬,左手举起天平,象征公平,右手握剑,维护正义。铜像下面有神像座,上层四尊人头鱼身女神,下层有诸神和小天使浮雕。整个像座坐落在圆形喷泉之上,围绕喷泉水池的则是鲜花盛开的花圃。古希腊神话中有两位代表公平的女神,即西弥斯(Themis)和她的女儿阿斯特米亚(Astraea)。西弥斯是天空之神和大地女神的后代,聪明美丽,善良正直,一手持"公正之天平",一手持剑,她总是闭合双眼,全凭心中的公平做出决定,不受任何外界的干扰。西弥斯与宙斯生的女儿阿斯特米亚,则是主管人界的公平女神,负责解决有关政治和社会各种事务。在神话描述中,阿斯特米亚的双耳用谷物装饰,也是一手持剑,一手持称量谷物的秤。公平女神像落成于1611年,迄今已有400余年历史。每到圣诞节,法兰克福人在女神像前扎起圣诞树,女神脚下喷泉喷出的不是自来水而是葡萄酒,市民们一边畅饮免费葡萄酒,一边歌舞狂欢。

公平女神表达了全人类追求公平与正义的美好愿望,它不仅是法兰克福市的标志性塑像,也是世界上知名度最高的塑像之一。可是颇具讽刺意味的是,20世纪前半期的德意志却是一个玷辱公平女神的国家,统治者违背人民意志发动了两次践踏弱小民族生命与自由的世界大战,希特勒屠杀600万犹太人的法西斯暴行更是人神共愤,遗臭万年。1970年12月7日,德国前总理勃兰特在华沙犹太人死难者纪念碑下双膝跪地,垂首祈祷:"上帝饶恕我们吧,愿苦难的灵魂得到安宁!"德国总理的认罪,当然是一种明智抉择,也是公平与正义在全世界高唱凯歌的一个证明。

罗马广场附近有两个大教堂,北侧的保罗教堂是法兰克福最具历史意义的建筑物(始建于1270年)。它是第一次德意志国民议会的召开(1848年)之地,诞生了德国第一部统一宪法,外墙上纪念牌记录了这一盛事。保罗教堂不仅是德意志民主政治诞生地,也是一个文化设施,有几届诺贝尔文学奖和歌德著作展曾在此举行,遗憾的是它并非开放游览景点,不好入内参观。罗马广场东边的法兰克福大教堂是13至15世纪的哥特式建筑,已有600多年历史,虽几经战火,幸免于难。1562—1792年间,有十位神圣罗马帝国皇帝的加冕典礼在此举行,故又称"皇帝大教堂""加冕教堂"。当年由大主教为皇帝加冕,体现了"神授君权"的初衷。教堂主楼是15世纪的哥特式塔楼,高95米,从塔顶可俯瞰法兰克福市全景。

穿过古老的街道,我们来到美茵河的法兰克福大铁桥(爱思尔大桥),据说这座铁桥比法国的埃菲尔铁塔还要年长20岁。大桥两侧栏杆上挂满了同心锁,真是一座令人感动、令人流连的爱情桥呵!桥的一侧是老城区古典建筑,另侧是现代化都市建筑群,美茵河水在桥下静静地流淌。全长1320公里的美茵河是欧洲一条主要河流,大部分河段在德国境内。美茵河流经法兰克福,将城区一分为二,北岸是市中心和内城,河上众多的桥梁将内城与近郊连接起来。生生不息的美茵河哺育了这座城市,使它从一个不见经传的小城镇发展成为举世闻名的欧洲金融中心。

法兰克福还是德国的文化重镇,大诗人歌德诞生的地方。格罗撒·希尔施格拉本小街上有歌德的故居,二战期间这座建筑物被毁,战后精心修复。故居底层是厨房和餐厅,二楼是沙龙间和音乐厅,三楼是歌德父母和妹妹的房间,四楼是歌德起居和写作的地方。歌德在这里度过了他的青葱岁月,写下《少年维特之烦恼》《浮士德》(开头部分)等惊世骇俗的世界文学名著。我们无缘进入故居和博物馆参观,老浮士德自强不息的歌声却在耳边回响:

> 要每天每日去开拓生活和自由,
> 然后才能作自由与生活的享受!

(2014年6月)

阿尔卑斯山的雪

从小生长在平原，却喜爱登山，尤爱雪山的清丽壮美，卓绝超尘。早就听说阿尔卑斯（AIPs）山有欧洲最高的山峰，山上终年积雪，景观独特而美妙，此番欧游期望值最高的景点便是阿尔卑斯山雪峰了。

离别巴黎向瑞士前行，连绵不绝的阿尔卑斯山渐渐映入眼帘。车窗外由远及近的苍莽的雪峰，漫山遍野浓绿的植被和一片又一片清凌凌的湖水，撩拨得人心荡神驰，恨不能马上到达目的地，登上雪峰。

阿尔卑斯山绵亘于法国东南部、瑞士及奥地利，有两三天无论我们走到哪里，抬头就能望见雪山的靓影。国内旅行团游览阿尔卑斯山通常选择少女峰或铁力士峰，我们走的是铁力士峰一路。铁力士山位于瑞士卢塞恩（Luzern）以南的英格堡（Engelberg），"铁力士"是Titles的译音。终于来到铁力士雪山脚下，天幕下的山峦呈现一片铁灰色，纵横重叠着铺天盖地的雪影。远近的山岩全都凌厉尖锐，棱角分明，好像一列冲出硝烟、还没有卸甲的士兵。山谷中连绵辽阔的草地，透出平铺的黄绿色，一直伸展到浓密的丛林里。澄碧的天空下，一汪湛蓝的湖水漂浮在山间，鳞次栉比的楼群密集地分布在湖畔，雪峰下宁静的小镇，沐浴在夏日强烈的阳光下。

从海拔1050米的英格堡上山，须乘坐三档缆车。第一档是可坐六人的360度旋转缆车（据说世界首创，独一无二），缆车运行时会缓缓旋转，游人可饱览车窗外全景。然后再两次换乘可容数十人的缆车，便登上海拔

3020米的铁力士雪峰。缆车往返,单程大约45分钟。从车窗望出去,无论哪个角度,你都能发现如画如诗的美景。峰顶的云朵袅袅升起,缥缈的云雾时聚时散,澄明的蓝天,葱郁的浓绿和远山的雪影相映衬,会使你产生一种莫名的冲动,情不自禁地要呼喊,要和她相拥,融化在一起。这里已是海拔2000米的高空,温度肯定在摄氏零度以下,银白色的一条条雪带清晰可见,然而山谷中的树木依然青翠,高山耐寒植物这种不畏风寒、傲然挺立的高洁品格,令我惊奇,令我肃然。

走出缆车,就有一股清凉之气迎面扑来。山顶有一座五层建筑,这里有餐厅、酒吧、照相馆、纪念品店和观景台。铁力士雪山以终年不融的冰川和冰川裂缝闻名于世,我们先去体验一下冰川溶洞的惊奇。底层的走道被各色彩灯照亮,地面满是冻得坚硬的冰凌,越往里走越冷,进入一个门洞形的冰窟,就能触摸到晶莹剔透、冻得粘手的冰墙了。据说这冰窟是在万年形成的冰川中开凿的,在冰川地表下面20多米。冰窟里冷得打战,即便加了衣服,谁也不敢久留。

乘电梯上到五层,出门就看见白雪皑皑的峰顶。一年四季,铁力士雪峰都是一片白色的世界,这里有欧洲最大的天然滑雪场,雪道蜿蜒而下,滑雪设施极其完美,爱好高山滑雪的朋友大可在此一展身手,可我们团队的年轻人也大抵是喝长江水长大的,况且在瑞士滑雪费用极高,只好望而却步了。

抓一把雪擦在脸上,粗粝,干湿,冰爽,却不寒冷,跟我们如粉如沙的北方干雪与晶莹美艳的南方水雪大不相同。山坡并不陡峭,踩着深深的雪脚印,和秋泉手挽手努力地向峰顶攀爬。倏然有一种爬雪山的感觉,当然不会有前怕狼后怕虎的恐惧,而是沉浸在终于登上阿尔卑斯山峰的欢乐和遐想之中。

想起法国画家雅克·路易·大卫(Jacques-LouisDavid)的一幅名画:《跨

越阿尔卑斯山圣伯纳隘道口的拿破仑》,这幅画艺术地再现了第二次反法同盟战争期间(1794年),拿破仑率军穿越阿尔卑斯山的情景。当年那个充满幻想的拿破仑,指着高耸的山峰狂妄地说:"我比阿尔卑斯山还要高!"鲁迅在一篇杂文中提醒拿破仑说话时"不要忘记他后面跟着许多兵";"倘没有兵,那只有被山那面的敌人捉住或者赶回,他的举动,言语,都离了英雄的界线,要归入疯子一类了"。200多年过去了,自视很高的拿破仑和他"史诗般的远征"早已灰飞烟灭,而阿尔卑斯山依然带着粗粝和苍凉的颜色,屹立在美丽的欧罗巴。亘古常新的高山大川,生生不息的万象自然,难以形容其伟大壮美!无论拿破仑还是哪一路豪强,充其量不过是山脚下的一粒沙石,雪峰上的一个雪脚印,单独的个人是多么渺小,多么微不足道啊!

(2014年8月)

琉森湖的夏日

　　从冰封雪盖的铁列士峰乘索道返回卢塞恩（Luzern，音译"琉森"），午后骄阳火辣辣，山下气温32℃，少男少女是背心短裤，我们脱了外套也热得不行。今天星期日，碧波万顷、波光潋滟的琉森湖迎来了国内外无数观光休闲客人。下午的自费项目是游览琉森湖，上船时间尚早，我们在湖畔和卡佩尔廊桥（Chapel Bridge，又名教堂桥）一带闲逛。

　　卢塞恩是瑞士中部高原一座湖光山色相映衬的美丽城市，罗马时期这里只是个小渔村，后来修了座导航灯塔，有了现在的地名（拉丁文"卢塞恩"就是"灯"的意思）。罗伊斯河将城市分为东西两部分，阿尔卑斯山环抱着小城和湖泊，城市就在河与湖的交汇处繁荣起来。在瑞士历史上，琉森有特殊的意义，相传瑞士国父威廉·泰尔就出生在琉森湖畔，在这一带抗击暴政，获取了自由。1332年，卢塞恩作为第一个城市州，加入联邦，因此，卢塞恩湖区也是瑞士联邦的发祥地。

　　只有15万人口的琉森，是瑞士最大的夏季旅游避暑胜地。这里有屋顶尖尖风格各异的教堂塔楼和文艺复兴时期的宫院宅邸，有铺设了鹅卵石的古老街道和寂静的广场，还有百年老店和咖啡桌前怡然休闲的老人，一切显得多么宁静、和谐。卡佩尔廊桥是卢塞恩的地标性建筑，始建于1333年。这座横跨罗伊斯河长约200米的木质桥梁，造型优美，在河中央拐个弯，廊顶木梁上饰以数以百计的壁画（至今保存有17世纪的10块版画），描绘瑞士联邦的历代沧桑和琉森的古老传说，廊桥两侧一长溜绿叶红花在午后阳光照射下分外鲜艳。桥中段水上有八角形水塔塔楼,相传这里曾是古代军用瞭望台,也曾关押过犯人,桥下河面上有高昂着头颈的天鹅和各种水鸟在游弋。

琉森湖畔,雪山碧水,如诗如画。漫步在湖畔,你会沉浸在无限喜悦和微醺的遐想之中,因为这里的石板路曾留下德国哲学家尼采、美国作家马克·吐温、英国诗人拜伦的足迹,托尔斯泰在此写出同名小说《琉森》,毕加索晚年在琉森留下大量画作,瓦格纳在琉森谱写了传世杰作《纽伦堡的诗人》和《诸神的黄昏》,法国作家大仲马赞美"琉森是世界最美的蚌壳中的珍珠"……

湖滨不远处有座被誉为"城市徽章"的石雕——狮子纪念碑(Lion Monument)。一潭碧水那边,壁立的山岩上静卧着一只受伤的石狮,一支长箭深深插入它的脊背,它痛苦地缄默着,前爪摁住盾牌和长矛,盾牌上刻有瑞士国徽。狮子纪念碑由丹麦雕刻家特尔巴尔森设计,为纪念法国大革命时期(1792年)保卫路易十六及玛丽·安托内特王后而战死的786名瑞士雇佣兵而立。马克·吐温盛赞卢塞恩的石狮是"世界上最哀伤、最感人的石雕",静默在这尊狮子石雕前,你不能不受到强烈的震撼,你一定不去理会它原先的保皇含义,而宁可相信它是瑞士人勇敢坚毅的象征,你会厌弃一切惨绝人寰的大杀戮,为人类祈求永久和平。

绵延几十公里的琉森湖,是瑞士第五大湖泊,据说相当于20个杭州西湖。它静卧在阿尔卑斯山群峰之间,湖岸线曲折蜿蜒,沿湖一带多有冲天而起的峭壁山峦,有的海拔千余米,湖光山色相映衬,美得人心醉。琉森湖水源自雪山消融的泉水,美如碧玉,清澈见底,最深处200多米,终年不会结冰。

下午五时,我们乘坐游船从市区码头出发,遥看卢塞恩古城隐约可见的钟塔和双尖顶的豪夫教堂。夏日的风吹动一池湖水,游船缓缓地踏浪前行,那掩映在绿树深处的私人别墅、大酒店和高尔夫球场,山坡上的瓦格纳纪念馆、马根霍恩城堡和天主教修道院,湖畔山崖上高耸的21英尺高的耶稣雕像……,过电影似的在眼前闪过。露天浴场欢聚着来自世界各地的休闲游客,岸边停泊着一排排蓝色游艇,湖上穿梭着身着泳装的少男少女的游艇和帆船,悠闲快乐的年轻人向过往的游船频频挥手致意。

从打开的舷窗望出去,湛蓝如镜的湖面,气象万千的流云,美丽玲珑的湖畔小镇和雄丽壮美的雪峰,还有蘑菇云般整齐挺拔的大树,飘扬在建筑物上空的十字形瑞士国旗,构成一幅色彩斑斓的山水图卷。在这纤尘不染、如幻如梦的环境里,无论老幼,自由爱美的天性都会尽情释放,精神和肉体也会自内而外地得到洗涤和净化。

(2014年8月)

凡尔赛宫和路易家族传奇

　　法国大革命时期,巴黎平民无法忍受专制压迫,不避风雨,高呼"消灭神甫! 消灭贵族!"口号,向凡尔赛进军,冲进凡尔赛宫,羁押了国王路易十六和王后玛丽·安托内特。这场革命风暴扫除了笼罩欧洲的阴霾,改写了人类社会的历史。

　　凡尔赛宫坐落在巴黎西南郊23公里的凡尔赛镇,初建于路易十四时代。相传路易十四应邀到财政总监大臣富盖新建的府第赴宴,富盖新宅的豪华引发了国王的嫉妒心,他以贪赃枉法的罪名将富盖投入监狱并处以无期徒刑,然后动用富盖府第的全部设计施工人员,兴建一座更加华丽的皇宫。此宫于1661年破土,1689年竣工,距今320多年历史。

　　这是一座长达半公里的宫殿群,整体建筑左右对称,雄伟庄严,正宫东西走向,两端与南宫、北宫衔接,典型的古典主义风格。宫顶摒弃巴洛克圆顶和法国传统尖顶风格,而采用平顶,显得庄重而雄浑。宫殿建成后,路易十四把整个王室和政府搬过去,后来路易十五、路易十六也住在这里。凡尔赛宫作为法兰西宫廷长达107年(1682—1789),它是欧洲最大的皇宫,世界五大宫廷之一(还有故宫、克里姆林宫、白金汉宫、白宫),1979年列入《世界文化遗产名录》。

　　我们肃静排队进入宫廷,人山人海中有导游通过耳机作些中文解说。500多间大小厅堂的内部陈设和装饰金碧辉煌,极尽奢华。主楼二层的"阿波罗厅"(路易十四自诩"太阳王",故又名"太阳神厅")自1682年起就是国王的御驾厅,顶部用金漆彩绘天国世界的神圣庄严和国王的文治武功,墙壁为深红色金银丝镶边天鹅绒,地面铺有深红色波斯毯,中央为纯银铸造的御座,木制家具的雕刻精美绝伦。

路易十四是个精力旺盛、雄心勃勃的君主,执政期间强化中央集权,几番战争扩大法国疆域,促进了法兰西统一。晚年横征暴敛,国库空虚,农民起义不断,王朝开始没落。其人不仅马术高超,酷爱狩猎、戏剧、音乐和舞蹈,还是一位颇具艺术鉴赏力的国王。他以优厚条件吸引艺术家们定居巴黎,创办绘画与雕刻学院,鼓励艺术创作,从而奠定了法国重视艺术的传统。他不惜重金收购艺术品,派许多人到意大利收购古希腊罗马及文艺复兴时期的作品,以致意大利教宗一度下令禁止各类艺术品出关。由于他的坚持,法国皇室的收藏由最初的数百件增加到数千件,他把各地收集来的艺术品陈列在罗浮宫。路易十四弘扬艺术的慷慨热心,实属史上罕见。

"阿波罗厅"有一幅构图独特、技艺高超的肖像画:路易十四被王座、王冠及权杖等权力符号簇拥着,蓝色长袍饰以百合图案,是国王加冕礼的穿戴,也是法国王室的象征。尊荣显贵的身份,华美绝伦的服饰,忧郁孤独的眼神,传达出画中人意力坚强、忧郁自恋的性格。想不到他还是出色的芭蕾舞者,肖像画露出一双穿着高跟鞋的"美腿",是不是他本人的主意呢?路易十四身高1.56米,却变态地强迫所有王妃情妇穿上他突发奇想独家发明的高跟鞋,吓得许多嫔妃情妇仓皇逃出宫去。

匆匆走过"狄安娜厅""维纳斯厅""海格立斯厅""丰收厅"等大小厅堂,最为金碧辉煌的还是被誉为"镇宫之宝"的"镜厅"。镜廊两侧有罗马皇帝和古代天神的雕像各八座,拱顶悬挂着迄今二、三百年的巨型水晶吊灯24盏。镜廊一侧墙壁上镶嵌17面大镜子,对应另一侧17扇大型落地窗,镜子反射出窗外后花园芳草如茵、佳木葱茏的美景。在17世纪,镜子是财富、权力和奢华的象征。镜厅是路易王朝接见各国使节的专用宫殿，也是王室举行盛大舞宴会的地方。法兰西宫廷生活一个重要内容就是频繁地举办舞会宴会，国王通过这些活动掌控权臣，权贵们也得以接近国王。据说路易十四记忆力惊人，他一眼就能看出谁在场谁不在场，因此谄媚邀宠的权贵们谁也不敢迟到缺席。这种杯光舞影的奢靡之风，腐蚀了权力，加重了人民负担，也是最终导致波旁王朝覆灭的内因。镜廊也是1919年6月法、英、美等国和德国签订《凡尔赛和约》的地方，第一次世界大战就此宣告结束。

凡尔赛宫的"战争画廊"陈列了许多战争题材油画，如《战神驾驶狼驭战车》《普瓦蒂埃大捷》《里沃利战役》《亨利四世进入巴黎》《路易十五创造和平》《拿破仑加冕礼》《跨越阿尔卑斯山圣伯纳隘道口的拿破仑》等，藏有来自世界各地的无数艺术珍奇，内中也有中国古代瓷器。

在众多王室成员的肖像画里，我们辨认出路易十六和玛丽·安托内特。法国大革命中先后被处决的这两位传奇人物，历来争议颇多。有人说路易十六牙齿不齐、眼睛近视、拙手笨脚、面颊肥厚，整天表现得怠惰、昏庸，"给人的印象，他似乎是在森林中出生和受教育的"，他的兴趣甚至在即位后，也只在狩猎、制锁、做泥瓦匠等个人爱好上。有人对路易十六抱有同情，说他爱好读书，性格谦和，生活简朴，思想有深度，是虔诚的基督徒，甚至妻子或情人出轨也能宽容，素有"善人路易"的雅号。

玛丽王后出身名门，父亲是神圣罗马帝国皇帝弗兰西斯一世，母亲是奥地利女王玛丽·特雷莎。有人说她是法国社会"奢侈"和"放纵"的代名词，她对珠宝首饰和鞋帽服饰一类奢侈品有近乎变态的渴望，一个夜晚赌博能把一年的积蓄输光，她所有奢侈无度的费用全部由路易十六动用国库金钱买单。愤怒的法国民众给她起了"赤字夫人"的外号，常用鄙夷的口吻称呼她："那个奥地利女人！"也有人津津乐道于她的漂亮，时尚，说她的美貌智商高于常人，没有野心，不关心政治，一手营造了法国式的浪漫，奠定了巴黎时尚之都的基石。如果是平常女子，她可能成为明星，但她偏偏做了第一夫人，37岁被处死，这是她的人生大悲剧。奥地利作家斯蒂芬·茨威格在为她写的传记《玛丽·安托内特》中写道：她"既不是保皇派所恭称的那种伟大的圣人，也不是革命派所攻击的那种无耻的妓女……她并非特别有才，也不特别愚蠢。……她缺少愚蠢的凶蛮，同时也不具备成为英雄的激情"，她不过是一个"普通的女人"。总之，这个奥地利女人生如夏花绚丽，死如烟花飘散，法国人唾弃她又替她惋惜，她悲情的一生赢得无数同情和讴歌，人们甚至忘却了她的过错。

不过，据欧洲近代史记载，路易十六在位15年，法国的经济危机、政治危机接踵而来，特权等级（教士和贵族）腐化堕落，人民贫困和不自由达到极点。按当时法律，平民偷窃12个苏（一个苏等于1/20锂）就被处以死刑，而盗窃国家几亿锂的达官显贵反而享有特权。大革命爆发后，国王动用武力驱散制宪会议，命令军队向起义民众开枪，并勾结普鲁士、奥地利等封建君主，密谋逃亡、复辟，1792年11月，杜伊勒里宫中的铁柜里发现了国王卖国通敌的罪证。

（2014年7月）

新天鹅堡和一个国王的悲剧

西欧各国的高崖峭壁和四面环水的小岛上，建有许多高低不同、气势恢宏的古城堡。在中世纪攻城略地的战乱中，古城堡有抵御强敌的军事防卫功能；还有些城堡，是国王的行宫和骑士们的习武之所。德国南部拜恩州的群山中巍然傲立的新天鹅堡（英文：New Swan Stone Castle 德文：Schloss Neuschwanstein），以其辉煌壮丽的建筑、高贵华美的气质和美轮美奂的景观，不仅在14000座德国城堡中首屈一指，还被誉为"欧洲城堡的皇冠"。世界上没有哪个国家像德国拥有如此众多的城堡，有人说新天鹅堡是德国的象征。

所有参观者的大巴，只能停放在山下小镇的停车场上，循着山道去新天鹅堡大约30分钟，乘坐古老的两驾马车上山也别有情趣。我们团队预约参观的时间是下午五点，有太多时间在城堡外面徜徉。新天鹅宫是罗马建筑风格，融合了德国中世纪骑士城堡的样式。抬头望去，这座白墙蓝顶的城堡矗立在高峻的山崖上，山中树木繁茂，云雾缭绕，高低错落的城堡尖顶与空中的流云相伴。从不同角度看过去，新天鹅堡风姿绰约，百态千姿，好像翩翩仙子降落人间。这个"最接近童话的地方"激发了现代人的灵感，美国加州迪斯尼乐园、香港迪斯尼乐园睡美人城堡、东京迪斯尼乐园，还有许多现代童话城堡的原型大抵来自新天鹅堡。由于它是迪斯尼城堡的原型，也有人叫它"白雪公主城堡"。

新天鹅堡依照巴伐利亚国王路德维希二世的梦想设计，花费17年时间建造而成。它的神奇壮美,令人赞叹,而路德维希二世的悲情故事,也令人唏嘘。路德维希二世的童年与年轻的表姑、后来的奥地利王后茜茜公主一起度过,茜茜公主15岁出嫁了,她美丽的倩影在王子心中刻下永远的印记。尽管后来与巴伐利亚公主索菲有过一段恋情,但他终生未娶。后来接触到瓦格纳戏剧,便沉浸在童话般的幻想里。新天鹅堡的设计灵感源自瓦格纳的著名音乐剧《天鹅骑士》,他设想这座城堡曾是白雪公主居住的地方,邀请画家和舞台设计绘制建筑草图,他要建一座白色大理石的童话城堡,给天鹅骑士和白雪公主提供一个浪漫的舞台背景。1869年,在旧天鹅堡遗址上,他开始督促修建新天鹅堡。

他是一个特立独行的人。在王权至上时代,并不看重国王身份,厌弃宫廷奢侈腐败,钟情于山水自然,向往自由,喜欢艺术,尤其爱好音乐和戏剧。他沉溺在虚幻的梦境和唯美的世界里,沉浸在对茜茜公主的眷恋和对天鹅骑士的幻想中。他的政见与内阁长老时常相悖,他不愿久住慕尼黑,而倾心于巴伐利亚山区新天鹅堡工地,在这里他获得了精神上的快乐自由。他和瓦格纳的交往不惜挥霍巨资,他修建新天鹅堡几乎掏空国库,因此受到阁僚和人民的激烈反对。1886年,他入住尚未完工的城堡,收到茜茜公主赠送的彩瓷天鹅礼品没多久,被告知退位,被放逐到施塔贝尔格湖皇家山庄去疗养,几天后便有人在湖中发现他和一名医生的尸体。新天鹅堡是路德维希二世未完成的梦,德国人在他死后将梦想变成了现实。路德维希二世的悲情故事,为这座辉煌壮丽的城堡平添几分浪漫感伤气氛。

在一位双手震颤、残疾无语的黑衣人导引下,我们按时进入新天鹅堡。黑衣人示意排好队,不可喧哗,脚步要轻,不要照相,更增加了古堡的神秘气氛。新天鹅堡的参观从二层"红色的回廊"开始,马赛克的地面上铺有红色地毯,陈列了路德维希二世生前的肖像画,让参观者先认识一下城堡的建造者，是个不坏的主意。导游用华语通过耳机说，新天鹅堡共有360个房间，只有14间按照最初的设计完工，其余346间在路德维希二世死后完成。黑衣人领我们参观了豪华的寝宫，国王的厨房，路德维希二世的办公室和歌手表演大厅。厅室的四壁和穹顶满是模仿中世纪的壁画，这些画大抵取材于古代历史事件、英雄传奇和瓦格纳的歌剧，所有陈设都体现了19世纪后期欧洲最先进的工艺。我们静默着、盘旋着，一层一层登上城堡，那高大的廊柱，美丽的穹顶，庄严的壁画，无数的天鹅雕塑，造成一种浪漫抒情气氛。年轻国王任性不羁的性格，对于童话世界和古典艺术的痴情，令人感叹不已，无怪乎人称他是"童话国王"。城堡里里外外都是路德维希二世心仪的天鹅形象，不独城堡的外形按照传说中白雪公主城堡的式样建造，就连盥洗间的自来水龙头，也装饰成天鹅头颈的形状。

走出城堡，从高处远眺，左前方是阿尔卑斯湖，右前方是较小的天鹅湖。两湖的后面是德国、奥地利边界连绵的阿尔卑斯山和迷人的巴伐利亚乡间美景。壁立千仞的高崖和蓝茵茵的湖水环绕在城堡周边，新天鹅堡就像是隐匿在山水间的一座童话王国，你不能不承认路德维希二世是天才的环境设计师，不能不惊叹严谨精致的德国人也同样具有曼妙的浪漫主义激情和无限的想象力。

（2014年8月）

漂浮的水城威尼斯

从奥地利山城因斯布鲁克出发,穿越奥地利和意大利交界的阿尔卑斯山,大约四个半小时,午后二时许我们来到水城威尼斯。在一家挂满大红灯笼的"中国餐馆"用餐后,大巴沿着亚得里亚海滨驶进威尼斯游船码头。

眼前是一派烟水苍茫,千帆竞发景象,水面上密集地停泊着色彩缤纷的船舶,船头高昂的游轮从平静的水面穿梭跃过,站在船头眺望威尼斯岛上的城区,好像一艘漂浮在水上的硕大的航空母舰。中心城区200多座始建于14—16世纪的错落有致的宫殿豪宅,在水边绵延数公里,那些拜占庭、巴洛克、哥特式和威尼斯本土风格的建筑,看上去就像水中升起的一座座艺术长廊。

令人不可思议的是,威尼斯岛上所有建筑物的地基竟然是埋在水下的千千万万根密集的木桩。威尼斯原是一片咸水沼泽地,被围在一个新月形的泻湖中央。公元五世纪罗马帝国走向衰亡,日耳曼人纵横欧洲,直下意大利亚平宁半岛,好几万难民避居于这片沼泽之乡。难民们在此地建房,先将木桩插入水中打牢地基,木桩上铺设木板,然后用砖石建造房体。这些水中木材与空气完全隔绝,历久弥坚,不会腐烂。据说考古学家从马可·波罗故居挖出的木桩,已是化石一样坚如铁石的物体了。

乘游船半小时,在威尼斯本岛上岸,迎面便是当年威尼斯共和国的市政宫(总督官邸和法院),毗邻的石头建筑是当年关押重囚的监狱。近前看这监狱,黑黢黢铁窗粗大的铁栏里面封锁着一座阴森森的囚牢,据说进了这座监狱,没有人能够活着出来。从通向城区中心的大桥上望去,小运河上架有连接"天堂"与"地狱"的"叹息桥"。这座建于1603年的小桥,外观像房屋,顶部呈封闭状,开两个小窗,被押解的犯人从这里走过时,只能透过小窗看一眼蓝天,无奈地发出一声叹息。

步行不远,就是著名的圣马可广场(即威尼斯中心广场),总面积约一万平方米的梯形广场四周,鳞次栉比地排列着文艺复兴时期宏伟壮丽的宫廷建筑,著名的有圣马可教堂、公爵府、新旧行政官邸、拿破仑大楼和圣马可图书馆等。建筑物的造型典雅、和谐,石雕精美、逼真。广场东侧矗立着建于十世纪末,高达99米的圣马可钟楼,过去是观察敌情的瞭望塔,现在成了远眺阿尔卑斯山脉,俯瞰威尼斯全景的最佳去处。广场周边设有许多咖啡屋,露天桌椅排放在行政官邸楼前。这里有穿苏格兰裙的男人,算命的吉卜赛女郎,风度翩翩的街头画家,精明的威尼斯商人,还有堪与好莱坞明星媲美的盛装女子。圣马可广场一直是威尼斯政治、宗教和传统节日的活动中心,曾被拿破仑称为"欧洲最高雅的客厅"。

圣马可大教堂始建于829年,因埋葬了耶稣门徒、《新约·马可福音》的作者圣马可得名。据说,圣马可在埃及殉难,两名威尼斯商人于公元828年将他的干尸偷运回来,存放在大教堂的祭坛下,从此圣马可便成为威尼斯的保护神,其标志便是广场入口处高耸的圆柱顶上昂立着的"带翼的狮子"。圣马可教堂曾是中世纪欧洲最大的教堂,是威尼斯的荣耀。教堂正面马赛克的华丽装饰是拜占庭风格,教堂内外有400根大理石廊柱,整座教堂结构呈现希腊式的十字形设计,那五座圆顶则源自土耳其伊斯坦布尔的圣索菲亚教堂,东西方建筑艺术在这里达到优美和谐的融合。教堂壁画据说是含金的材质镶嵌制作,故有"黄金教堂"之誉。广场上拥挤着排队参观的游客,因时间关系,我们回到码头,分乘数艘游艇,穿越威尼斯黄金大运河,观光威尼斯的水域。

威尼斯是一座古老而浪漫的水城,瀚海茫茫,波光粼粼,水巷纵横,小桥流水,是这座海上城市神秘而独特的美。一条长四公里,宽30—60米的"S"形运河穿城而过,在中世纪,"S"形象征着奇迹和神秘。城市面积只有7.8公里,177条纵横交错的水道将城市分割成188个小岛,350座桥蛛网似的将小岛与运河相连,整个城市只靠一条长堤与意大利大陆相连。全城2300多条水巷,唯一的交通工具就是舟楫。开门见水,出门乘船,虽然人口稠密,却无车马之喧嚣。威尼斯运河被誉为威尼斯水上的"香榭丽舍"大道,河道两岸分布着众多风格迥异、富丽堂皇的宫殿、教堂等古老建筑,遍及运河两岸的商铺、银行、旅馆等,也给这座水城增添了无限活力。

运河上不仅有轮船、汽艇穿梭往还,还有渔船、轮渡船、远洋船、领港船、救护舰等时隐时现。一种黑色平底、首尾尖翘的小木船"贡多拉",是河道上最常见的代步工具。这种自然奔放,纤巧玲珑的轻舟,已有千年历史。由于导游坚持租赁游艇,没能乘坐"贡多拉"在密如蛛网的水巷自由穿行,威尼斯之行留下一点遗憾。

游艇在风光旖旎的运河上航行,许多中世纪建筑从身边疾驰而过,两侧爬满青苔的老墙发出潮湿气味,一座造型特别的桥梁突然映入眼帘,它就是莎士比亚喜剧《威尼斯商人》(1596—1597年作)提到过的里亚尔托桥。当年,里亚尔托桥是横跨威尼斯运河最宏伟的桥,也是威尼斯最著名的商业中心,莎士比亚誉之为"水上华尔街"。剧中唯利是图的高利贷者夏洛克有句台词:"里亚尔托桥可有什么动静?"可见这个商业中心不同凡响。如今,里亚尔托木桥虽然早就改建为石桥,却依然可见当年商业繁盛的景象,桥上有两列商铺,桥下两侧有不少餐厅和商店,在现代商人眼里,"里亚尔托桥"也是"市场走向"的代名词。

水,是威尼斯的生命之源,流动的清波,神秘的水巷,令人心动神移。整个威尼斯本岛就像一只浮游在碧波之上的华美海豚(本岛的外形如海豚），将亚得里亚海湾装点得生动迷人，它那久久挥之不去的诗情画意唤起你无限的遐想。但在全球气候变暖的情势下，海平面上升，大陆板块漂移，地下水无节制的开采，这座1500多年的历史名城正在全人类密切关注的目光中以惊人的速度下沉。为了挽救城市不被海水吞没，科学家们提议修建防洪水闸并将海水注入地下，以抬高整个威尼斯城。

欧游归来两个多月了，威尼斯的旖旎风光如在目前。全世界善良的人们密切关注环境安全，制止一切破坏生态、扼杀生命的犯罪行径，诅咒一切污染环境、危害人类的不文明行为，祈祷"亚得里亚海的明珠"威尼斯永世长存。

（2014年9月）

佛罗伦萨的艺术气氛

对佛罗伦萨的憧憬，是从阅读徐志摩的诗文开始的。志摩1925年带着心灵创伤来到佛罗伦萨，享用温暖的阳光和轻柔的风息，倾听大自然的音波，夜莺的歌唱，寄情于山水，徜徉在静谧的自然里，这才把人世间的纷争，和陆小曼恋爱带来的烦恼祛除干净。诗人对佛罗伦萨可谓一见钟情，暮春的胜景使他文思泉涌，如痴如醉。他在这里写下《翡冷翠的一夜》《欧游漫录》《翡冷翠日记四页》等诗文集。回国后他说"翡冷翠"是他的"新宠"，是一个"具有音乐性"并足以唤起许多"美丽的联想"的名字。他不喜欢按英文Florence叫它"佛罗伦萨"，而别出心裁地按意大利原文Firenze音译，给它起了一个诗意盎然的名字："翡冷翠"。

今天跟团游览佛罗伦萨，走马观花，匆匆来去，不可能有徐志摩那样细致的观察和深切的感悟；触目所见的中世纪大教堂、古老雕塑和建筑，略微呼吸到一点文艺复兴的时代气息，感受到一种神秘浪漫的艺术氛围。

佛罗伦萨最早兴建于罗马恺撒大帝时期，公元前59年成为罗马帝国的殖民地，此后翻云覆雨，于1282年成立共和国。15世纪，科西摩·梅第奇（Cosmo Medici）家族执掌了佛罗伦萨最高权力。这是一个曾经出过三位罗马教皇和两个法国皇后的非凡家族，在这个权势显赫、酷爱艺术的大家族保护和资助下，一大批极具才华的艺术家和文化名人（达·芬奇、拉斐尔、米开朗基罗、伽利略、但丁、提香、薄伽丘、多纳泰罗、乔托、彼得拉克等）云集佛罗伦萨，他们以天才的创造力创作了大量闪耀着时代光芒的建筑、雕塑、绘画和文学作品,从此佛罗伦萨作为文艺复兴的重镇和欧洲艺术文化中心闻名于世。佛罗伦萨市民也是文艺复兴的支持者和艺术鉴赏家,他们扶植并培育了文艺复兴,可他们又是最挑剔的批评家,许多艺术家因为不堪忍受苛刻的艺术批评而不得不逃离佛罗伦萨。有人认为,佛罗伦萨文艺运动的兴衰与当地市民的支持和批评有关。

佛罗伦萨有一条穿城而过的美丽的阿诺河,河上有几座文艺复兴时期的老桥。我们团队的大巴车在一座桥边停下,走过几条具有中世纪风貌的狭仄小街,到达市政广场。广场始建于13—14世纪,被认为是意大利最美的广场之一。东边有一栋造型朴素的三层建筑韦奇奥宫(又名老宫,建于1294年),齿牒状的顶部矗立着近百米高的方型钟楼。正门不大,饰有蓝底白边的"皇座",两端伸出的平台各有一只狮雕,它便是佛罗伦萨的市徽——狮子守卫百合花。广场中央和左侧,陈列了许多传世的石雕和铜像,整个广场像一座露天的中世纪艺术馆。

广场上最著名的雕塑是米开朗基罗的代表作《大卫》(1501—1504),原件由一块取自阿尔卑斯山的纯白大理石雕成,最初置放在市政厅门前,后来收藏在佛罗伦萨学院美术馆(Galleria Academia)。《大卫》表现大卫王决战巨人歌利亚的神态,它是佛罗伦萨精神的象征。作品精雕细刻人体肌肤、血管纹络和关节,被认为是西方美术史上最完美的男性人体雕像之一。我们观赏了佛罗伦萨两件《大卫》复制品,一件在市政厅门前,一件在佛罗伦萨城郊米开朗基罗广场中央。

佛罗伦萨市民为拥有米开朗基罗的《大卫》和波提切利的绘画《维纳斯的诞生》这两件具有阳刚之美和阴柔之美的顶级作品而自豪。《维纳斯的诞生》是乌菲兹美术馆(Uffizi)的镇馆大作,爱与美的女神在贝壳中踏浪而来,长发凌空飞舞,眉眼间透出一抹清愁,倾倒了世间无数痴男信女。据联合国教科文组织统计,意大利囊括了全世界60%的艺术品,而这些艺术品有一半集中在佛罗伦萨;全世界60多幅顶级绘画杰作,有27幅在乌菲兹美术馆。

《大卫》雕塑的右侧是《海神喷泉》(1563—1575),水池正中海马拉的双轮战车上立有高大的海神,他是宙斯的老兄,坐骑是白马驾驭的黄金战车。水池四周有许多神态各异的众神雕像。喷泉北边耸立着科西摩一世的骑马像(1594),他是梅第奇家族的早期家长,佛罗伦萨国的第一任领袖,为家族、为佛罗伦萨、为文艺复兴做出重要贡献,他永远高昂头颅,骑在马上,守护佛罗伦萨。广场左侧有一条晚期哥特式风格的敞廊,建于1376—1382年,密集地陈列着许多取材自神话传说的雕塑作品,其中,切利尼的《帕尔修斯》(1554)是最为精彩的原作,表现天神宙斯之子帕尔修斯砍下蛇发女妖美杜莎头颅的情景。他右手持刀,左手高举头颅,左腿弯曲,足踏美杜莎的躯体。雕塑技巧极其精湛纯熟,肌肉轮廓清晰健美,人物姿态真实自然。这件作品意在警告科西摩一世的敌人,谁要斗胆越界,就要承担悲惨的后果。

离开市政厅广场,穿过几条小街,来到圣母百花大教堂广场。广场上,杜奥莫(即圣母百花)大教堂、乔托钟塔和八角形圣乔瓦尼洗礼堂三位一体,显得格外雄伟壮观。哥特式风格的圣母百花大教堂是文艺复兴时期一座伟大建筑,1295年动工,150年后建成,其建设工期可谓世界之最。它是佛罗伦萨无可争议的地标性建筑,也是世界第四大教堂。天才建筑师布鲁内勒斯基一改教堂单调沉闷的色调,设计了巨大而漂亮的橘红色教堂圆顶,用粉红、绿色和奶油白三色花岗岩贴面,将文艺复兴所推崇的古典、优雅与自由诠释得淋漓尽致,无怪乎人称"花之圣母寺"。它的艺术成就叹为观止,连教皇也说像"神话一般"。后来米开朗基罗模仿它设计了梵蒂冈圣彼得大教堂,却不无遗憾地说:"我可以建得比它大,却不可能比它美。"

在佛罗伦萨的街道和广场,不难见到有古装的马车停歇在那里或悠闲地在人群中穿行,驾者沉默地喂马或赶车,乘载的客人也不多,这些18世纪的马车给美丽的佛罗伦萨古城平添一道神秘浪漫的风景。

（2014 年 10 月）

红场和无名烈士墓的火焰

　　我们这一代中国人，大抵有个怀旧的苏联情结。"十月革命一声炮响，给我们送来了马克思列宁主义"。新中国诞生不久，我们欢呼过"中苏友好同盟"；马特洛索夫、卓娅和舒拉、保尔·柯察金等一大批苏联英雄的战斗诗篇，激动了少年的心。高中到大学，俄文是必修课，普希金、莱蒙托夫、屠格涅夫、陀思妥耶夫斯基、果戈理、契诃夫、车尔尼雪夫斯基、托尔斯泰、高尔基、肖洛霍夫、法捷耶夫……渐次地映入阅读视野。苏联的解体，令我辈感慨系之；三年前一场大病的生死较量，也不曾动摇俄罗斯旅行的决心。七月间，我们和几个兄弟姐妹结伴飞往莫斯科，第二天午后参观克里姆林宫和无名烈士墓，在"俄罗斯的圣地"——红场，倾听"战斗民族"的历史回声。

　　走过特洛伊桥，通过一座高耸的塔楼，进入克里姆林宫。克宫是世界五大著名宫殿之一，俄罗斯的心脏和象征。这里有历代沙皇的宫殿，有莫斯科最古老璀璨的建筑群；十月革命后是苏联党政机关所在地，现在是俄罗斯总统和政府办公场所。今天，总统官邸屋顶有国旗飘扬，表明普京总统正在里面上班。中央广场有15—16世纪修建的多座教堂。圣母升天大教堂是俄罗斯东正教的中心和圣地，历代沙皇在这里加冕，颁布最重要的国家法令，普京总统也在这里宣誓就职。宫墙四周有20座塔楼，最高峻的那座塔楼尖顶上，装饰有斯大林时代的宝石红五星（1937）。

　　克里姆林宫露天广场排列了800门火炮，伊万诺夫广场西侧架起一尊1586年铸造、口径为890毫米、重约40吨的青铜质"炮王"。和总统官邸相毗连的军械库前、侧,也令人惊异的架起纵横两排大炮！导游小刘说,克宫堪称收藏火炮最多的"皇宫博物馆",军械库两排大炮对准德国和土耳其两个方向。众所周知,第二次世界大战中,苏联人民和德国法西斯展开了殊死的战斗,1945年5月,苏军红旗插上了柏林国会大厦的屋顶。17—19世纪,俄罗斯反对奥斯曼帝国的扩张和侵略,持续进行了241年的鏖战,结果是俄罗斯扩大了疆域,土耳其日渐衰微。

宫墙外边,是长方形的亚历山大花园,园内林木葱茏,绿草如茵,莫斯科市民在喷泉、雕塑、花木丛中惬意地徜徉。花园北侧克里姆林宫红墙下面,有建成于1967年卫国战争胜利日前夜的无名烈士墓,这里埋葬了保卫莫斯科战斗中牺牲的一名士兵,他是二战中为国捐躯的全体无名英雄的化身。深红的大理石陵墓上,陈列了青铜雕塑的钢盔和锦旗。墓前地面上有凸起的金色五星火炬,那"永不熄灭的火焰"在五角星中央跳跃,象征烈士精神光耀人间,世代相传。花岗岩平台上镌刻着醒目的文字:"你的名字无人知晓,你的功勋永垂不朽"！东侧一块石碑上刻有马克思、恩格斯的名字;西侧排列着12座长方形花岗岩标志物,刻有卫国战争中12座英雄城市的名字和模压的金星勋章图案。

烈士墓两侧的岗亭,两名神情肃穆的哨兵,日夜持枪守灵。据说这"全国第一岗"原先设在列宁墓前,不知何时挪到了这里。每有外国代表团来访,一般都要瞻仰无名烈士墓并敬献花圈,新婚的莫斯科青年也会来到墓地,怀着崇敬的心情向无名英雄献上美丽的鲜花。

俄罗斯人崇尚英雄,铭记英雄。无名烈士墓的火焰,象征地表达了俄罗斯民族的历史创痛和战斗决心。莫斯科不相信眼泪。俄罗斯著名历史学家克柳切夫斯基说过:"如果丧失对历史的记忆,我们的心灵就会在黑暗中迷失"。

下午六时,我们从北入口步入莫斯科红场。早就盼望观光莫斯科市中心这块圣地。难掩激动心情,我在红场踱两个来回,摄下西、北、东、南的克里姆林宫、国立历史博物馆、古姆百货大楼和瓦西里布拉仁教堂色彩斑斓的外景照片。红场是一个不规则的长方形广场,修建于15世纪末,17世纪后半期取名"红场"(美丽的广场)。没有北京天安门广场那么宏阔广大(有人统计1:5),二者皆有古老皇宫与国家功能建筑交相辉映的壮美。

不远处,莫斯科河在静静流淌。落日余晖里的红场,美丽而庄严。

列宁墓矗立在红场西侧中部,背靠克里姆林宫红墙,红墙下栽有一排四季常青的枞树。这是一座方型三级阶梯状建筑,红色花岗岩和黑色大理石建构,紫檀色天然大理石镶嵌,总共四层,一半在地下,一半露出地面,像古埃及的金字塔。墓顶平台为检阅台,两侧有万人观礼台。我们没能瞻仰列宁遗容,只好面向镌刻有"列宁"二字的巨大门额默哀敬礼。

在列宁墓与克里姆林宫红墙之间,一条僻静墓道上,立有斯维尔德洛夫、伏龙芝、捷尔任斯基、加里宁、日丹诺夫、斯大林、伏罗希洛夫、布琼尼、苏斯洛夫、勃列日涅夫、安德罗波夫和契尔年科等12名苏联党和国家领导人的纪念柱和半身塑像。宫墙的墙体和地面上还有许多墓碑,朱可夫、高尔基、加加林和苏联党政军、科学家及文化界数百人也下葬在这里。红场北边,国家历史博物馆门前,昂立着二战英雄朱可夫元帅的骑马雕像。

苏联解体20多年了,红场仍保留着苏联时代的历史遗迹。

俄罗斯总统普京是具有浓厚历史感的政治家,他欣赏彼得大帝和叶卡捷琳娜女皇,志在重塑俄罗斯的辉煌。他倡议俄罗斯立法,禁止国民诽谤列宁、斯大林。他在《国情咨文》(2004年4月25日)中指出:"苏联解体是20世纪地缘政治上的最大灾难,对俄罗斯人民来说这是一个悲剧。""谁不为苏联解体而惋惜,谁就没有良心;谁想恢复过去的苏联,谁就没有头脑。"他借用马克思的名言对外国记者说,苏联解体是"在泼水的时候,连同孩子一起倒掉了";毁坏苏联时期一切象征性的标志从原则上讲是错误的,否定历史会使整个民族"数典忘祖"。

红场是英雄的广场,胜利的广场,它见证了苏联卫国战争的光荣。

莫斯科人不会忘记,那个大雪纷飞的清晨,苏联红军在莫斯科郊外阻击疯狂进攻的德军,城内照常举行十月革命24周年的大阅兵。莫斯科红场响彻了最高统帅斯大林的话音:"保卫我们的城市和乡村,战斗到最后一滴血!""让伟大的列宁的胜利旗帜引导你们,彻底粉碎德国侵略者!消灭德国占领者!"阅兵方阵中不少士兵衣衫褴褛,灰尘满面,士兵们通过红场后直接奔赴战场。莫斯科红场先后举行了200多场庆典和阅兵,1941年11月7日的大阅兵,写下红场阅兵最为雄强悲壮的一页;其后,士气高昂的苏军将德军驱离莫斯科数百公里外,取得了莫斯科保卫战的辉煌胜利。历史家说,这是苏联创造的"一个冬天里的奇迹"。1945年6月24日,红场再度举行庆祝二战胜利的盛大阅兵式,200多面法西斯军旗被红军士兵扔到列宁墓前,踩在脚下。

苏联解体后,俄罗斯接过红场阅兵的传统。2015年5月9日纪念卫国战争胜利70周年庆典,中国国家主席习近平应邀出席了红场阅兵式,中国人民解放军三军仪仗队手持95式突击步枪,高唱二战时期的苏联歌曲《喀秋莎》,威武雄壮地走过红场检阅台。

天色渐渐黯淡下来,克里姆林宫红墙披上一层朦胧的轻纱。

队友们去俄罗斯最大的百货商场(古姆商场)观光购物了,我在红场一侧台阶上休息,闲看莫斯科市民和肤色不同的人们在铺满古旧条石的广场上漫步,情侣们在列宁墓前玩自拍,新人们披着婚纱留影,孩子们在人群中顽皮地穿行……

暮霭中的红场,天空,宫墙,墓园,游人,观礼台,一切显得祥和而宁静。节气虽在盛夏,莫斯科傍晚的空气却有点微凉。导游小刘招呼我们上车。

"до свидания!"(再见)光荣、美丽的红场!

(2018年9月)

吴忌散文的生命关怀和诗性特征
——读《稀薄的秋凉》

　　走进吴忌①的散文,你会发现这位美髯飘飘的中年汉子,原来是悲悯众生,仁爱天下的人。他对自然美和生命律动情有独钟:"一年四季的阳光总是美丽的,风雨霜雪也别有情韵,我们生活着就是一首抒情诗。"(《阳光总是美丽(代序)》)多年前发表的那篇风行一时的美文《鸟是树的花朵》(2003年),便以细致的观察,唯美的文字,绘出大自然永恒的美丽和生命蓬勃生长的欢悦:"我"惊喜地发现一些鸟落在冬天的树上,仿佛绽开了满树的花朵,排练了舞蹈,播放了音乐,再造了冬日的生机;鸟在四季都有艳丽的颜色,舞蹈,鸟鸣,"鸟儿从来就是树上的花朵"。②他敏锐地发现鸟与树的依存关系,从这种关系中发现了优美、和谐的意境,他祈盼人与鸟、人与自然也能形成这样一种亲密无间、和谐共存的关系。而在《稀薄的秋凉》里,他喜欢秋天雨后树叶"干净的绿"和"稀薄的蝉鸣",喜欢观赏秋花的烂漫,倾听"秋天的呼吸和呐喊",而九月"重新开始"的教学工作也让我"无尽的喜悦"……吴忌不吝啬情感的付出,始终保持儿童一样新奇的感受力,去观察生活,解释生活,"情感付出的越多,收回来的就越大"(孙犁

---

　　①吴忌,1963年生于安徽宿松,安徽省语文特级教师,安徽省散文家协会理事。出版散文集《雨的缝隙》《凝视一切》《以痛止痒》《稀薄的秋凉》等。《雨的缝隙》获2002年安徽省人民政府第五届"安徽文学奖",《稀薄的秋凉》被推荐"青少年必读的精品美文"。

　　②《鸟是树的花朵》,最初发表于《散文》2004年第3期,其后有《读者》《青年文摘》《中华活页文选》《2004年中国精短散文100篇》《儿童文学·选粹》等书刊转载。原文见《凝视一切》。

语),他笔下的自然和人事便具有了"极致的美丽",充盈着蓬勃的生命力。

吴忌散文的基本主题,是自然美的抒情和对于生命的关怀。一个女人牵两岁的男孩街上散步,拨动他温暖的情怀(《女人与小男孩》);他在教室里"一遍遍看孩子们春天的脸""一直微笑到下课",透出生命成长的喜悦(《雪后》);校园里的小叶女贞被修剪而失去生长自由,他会生出感伤:"难道学校不正是这样,年复一年如此这般剪平了学生么?"怎能容忍对于生命自由的压抑与摧残?(《小叶女贞》)当遥远的汶川、玉树流淌着鲜血的时候,他厌弃报纸上"激昂慷慨的面孔"和"在电视里娱乐的人","疼痛连着疼痛,悲悯连着悲悯""那些远处的灾难,紧紧贴着我的脊背"(《远处的灾难更加疼痛》);"即使一个瓦砾下的婴孩,我也要真诚地祭奠,鞠躬,呼喊。"(《谷雨的雨》)他从一朵错过花期的孤独的广玉兰"迟迟坚守的高贵""品味到生命的深刻的丰富和热烈"(《七月广玉兰》);他呼吁对残疾人不应只是"表层的关怀""深层次的应是精神层次的尊重"。(《残疾人》)《向国之死》《逼写挽联》两篇悼文,倾诉出失去优秀同事和朋友的悲哀,顿悟到"生与死就这样随意,平凡",但绝不悲观:"活下去,上课,看更多的事,默想那些健在和早逝的人……"字里行间传达出对于个体生命的关爱、尊重和生死"随意"的达观态度。

《稀薄的秋凉·跋》表明了贴近人生,关注现实的创作理念。作者坦陈"我只是热爱生活、工作;热爱孩子们;热爱大自然",以为散文创作不能脱离"特定的人生处境"。所以他的取材,大抵是乡村和小城镇寻常的或不寻常的人事。他从司空见惯的牛粪老屋、春花秋雨感悟人生百味和人性多元,在一地鸡毛的生活碎影的记叙和回忆中,见出作者对现实的忧思和率性自由、恬淡素朴的人生态度,那些岁月无痕的俗世人事,那些诙谐中透出忧郁的不羁文字,闪耀着倾听自然、回味人生的从容和智慧。他感觉"牛粪有稻草的馨香",小时候"搭牛屎粑"的手艺很不寻常,牛粪的亲切传达出刻骨铭心的乡土之恋（《亲切的牛粪》）。他修缮荒芜斑驳的老屋并非为了占地贪财，而是"善后我已经年迈的父母"（《老屋深锁》）。舅妈有着独一无二的优雅和高贵，美貌和端庄，这位从小亲近如娘的舅妈教会了"我"："人应该有所追求，有所寄托，且必是唯美的，且必是高贵的。"舅妈的美感助"我"成长为"以散文表达生活、表达美的存在的人"（《画蝴蝶的舅妈》）。

他着意诗化生活，不屑于粉饰太平。坦言："我写散文多率性随意，书写真心与实境""我从不回避残缺与忧伤，不掩饰失意与过错"。那位身患绝症，隐瞒病情，坚守岗位，积劳成疾的40岁的向国老师死了，主管局发文号召"向严向国同志学习"，而"我"只有难受和悲伤："现在没有语文教师严向国了。""我不想向向国兄弟学习什么了，只想向我的同行们说一声保重，大家都'在尘世获得幸福'。"作者问道"我学什么？怎么学？"（《向国之死》）这哀而不伤，欲哭无泪的呼声，令从教者感同身受，引发强烈共鸣。《月夜无眠》将"文革"时代一场"抄家"的闹剧安放在一个月光如水的夏夜，并以一个孩子的眼光再现实境，反思历史，凸现出造反派的丑陋和"文革"悲剧的荒诞。

当他回望乡村的安宁和美丽时，城乡的新变令人喜忧参半。《紫花泡桐》赞美泡桐树"纯粹"而"高贵"的品性，可它在人类的野蛮开发中遭遇到了不幸，作者于诗意叙述中，展开"那时"和"现在"的对比，透出无言的忧伤："偶尔看看她们纯粹的紫色，依然高于村子里的桃花，高于泥土上所有急促的春天……然而紫色，那些眼神，那些声音，她到底是忧郁，还是忧伤？"《叠叠重重望青瓦》透出城市文明的隐忧与反省："城市的空调的矫情让我多少有些虚伪了""书籍电视也夜以继日地顾而又同，谁还需要别人的关心和探看？精神已经雷同得虚空了一切。"他思考一条河从乡村流向城市的不同命运，河流诗意了城市，而城市弄脏了河流，"河流就是城市的直肠，城市就像一个大活人，上面吃着美味佳肴，喝着琼醪，排泄之物自然少不了。"（《抽象一条河流的臆想》）他从水田里一块崭新的石头联想到新兴城市"暴戾"的开发酿成了灾害，乡村环境的骤变令人感到"陌生，也不惊喜"，他把乡村城市化进程中难忍的阵痛和创作主体内心的矛盾，诗意地描绘出来了（《水田里那块崭新的石头》）。在这些徘徊城乡、反顾乡土的篇什中，他赞美乡村的纯净美丽，还有"一个人从娘胎里带来人世的良心、灵魂"，而对于城市化进程带来的种种社会弊端陷入忧思，时时流露出现代人对乡村和城市文明眷顾而陌生、失望又无奈的复杂情绪。

吴忌是执教30年的语文教师，不认同"玩文学""侃文学"的高蹈论调，直言文学肩负着"为青少年励志"的"使命"，"励志"的文学不必带有教训味，"励志可直接，更可隐藏。"《水杉树上的桑寄生》看似漫不经心地讲述冬天桑树上的寄生植物，然而说着说着便率真地表达了"我"的人生态度："我既不需要那株无骨的藤蔓，需要一棵冬天的落叶树木撑持自己不倒的鲜活形象，且爬到高处，获取更多、更温暖的阳光；也不是一棵落叶的乔木，需要一棵常春藤的装点或者遮掩。"《安静》《夜深酒醒》也是关注人格，激励上进的作品。前者感悟自然美，崇尚"安静的自然"，以"简洁为美"，拒斥矫情的"伪饰"和"华丽的遮掩"；后者于静夜里沉思：一个人"位子（地位）的大小不同，无关胖瘦高矮，大小不是我们的身躯，而是尊严，灵魂，襟怀。"小人物也有"普通的幸福"，我们可以"摆平自己的心态，感恩一切事物，感恩一切欢笑，甚至感恩这个夏夜聚会的空调。"在当下这个纷乱浮躁的时世，他从极平常的自然、人事感悟人生，敞开心扉、循循善诱地引导青少年树立健康的审美观和人生观，这些"正能量"的警语格言犹如春风化雨，润物无声。

吴忌对散文美有独到的理解，他说："欢乐是美的，而哀伤之美往往更深切"。《阴雨连绵》便是表现"哀伤之美"的代表作。荫翳却慈爱的外婆早已躺在黑色的棺材里,而她的"缄默"和"玄色的旧衣",她的"秘密"和"极大的悲痛",在三尺男孩的记忆里永远是解不开的谜,而40多岁的"我"在失眠的夏夜里也只能"隐隐约约"地记得外婆家庭的变故,外婆及母亲的叹息,以及从没见过的外公那一星半点的故事……尽管"黄昏时候的外婆"的故事令人哀伤,作者的文字却不阴沉,那寂静无声的老屋里,大眼睛、喜欢笑的大表妹和有着清脆的"城里小学声音"的大舅妈,给阴暗沉闷的老屋平添几分亮色。在这里,明与暗、动与静的对照,简约、诗意的文字,呈现出一种令人微醺的蕴藉、静谧和安详。

"真正的散文是充满着诗意的,就像苹果饱含着果汁一样。"(巴乌斯托夫斯基:《论写作》)冷静观察,潜心思考,恬淡抒情,是吴忌散文的显著特色。有些篇章,如《抽象一条河流的臆想》《水田里那块崭新的石头》纯然是散文诗,《路上的雨》《高速村头》《弄堂春》《失眠的声响》等等,也满蕴着盎然诗意。比如《路上的雨》,抒写天阴下雨打伞上班时的一种心情:尽管褐色的雨伞遮盖着"我"的浮想,孤独,紧迫,却不能遏止联翩的追问和诗意的遐想,"我""喜欢阳光,热爱坦荡",厌弃天空的"阴暗"和雨水的"潮湿","希望自己在雨天里依然是一个干爽的人";希望"自己的心情再好一些,好到一树秋花的脸,好到秋日晴空的头顶,而我干爽的心情,一鹤排云。"他的语言简约、含蓄、隽永,即便写人叙事之作也带有浓浓抒情味,一任内心的意趣和渴望尽情驰骋;而联翩的象征和绮丽的比喻,更增添了诗性散文的现代韵味。像"要开镰了,忙碌的村子就将那些布谷鸟的歌声也收割了"(《折断布谷》),"干旱的诗意不如一根斑鸠鸟潮湿的羽毛"(《雨点斑鸠》),"一个城市午餐的酒杯就可以与另一个城市晚餐的酒杯碰在一起"(《高速村头》),"一年四季都如姑娘们早春冻得通红的脸庞上的青春"(《谛听早晨》)……这些诗意文字,表明作者并不缺少诗人的激情,飞腾的想象力和创造力。

　　所谓"一切应在言说之中,在结构之上,甚至在语言之外",所谓"恬淡地'散'在生活之中,随意写下能写之'文'",是他对散文艺术的个性化表述。吴忌不是墨守成规的作者,将近20年的散文探索中,初步形成了自己的风格:自由而有节制,峭拔而不失从容,兼有怡然的幽默。比如《喝茶》,讲述"我"奇特而异乎常人的喝茶习惯:不喝好茶,尤其拒绝清明前初萌的芽尖,"就喝那种老茶叶皮"。为什么会有如此怪异的癖好呢?说出一番令人惊心的道理来:"我本来就不愿茶叶被早早采摘了的。想春意初萌,早茶如此,你伸出的老手碰触的,仿佛都是小孩子嫩嫩的手指。这何尝不是摧残,不是粗暴,不是强迫。一杯清茗,无数芽尖于沸水之中柔弱上下,无力转身,我们面对,何雅之有?人心对于早春之茶,未尝不是个'贪'。或许茶园里的春天就是最残忍的春天。"你也许不会跟他一样爱喝老茶叶皮,但你不能不折服他对于幼者弱者的关爱,不能不认同他对人心之贪的抨击。《月夜无眠》回忆小时候亲历的"文革"抄家闹剧,也没有剑拔弩张的控诉和矫情的申讨,只是选取细节,书写实境,于轻描淡写中抨击那个坏人当道的年代,而贯穿全篇的"姑恶姑恶"的水鸟传说,则布下一个感伤的诗意背景,衬出世道的不公与不平;事后父亲"潮湿的笑",母亲的哭泣,奶奶的骂人,"我"感到的"一丝战栗",这些随意而有节制的抒写,则有力地鞭挞了那个将人不当人的年代。吴忌的幽默是一种优雅、怡然的幽默。他从一只青蛙"咕呱呱"的叫鸣,听出它的苏醒,它的发言,它的爱情;校园围墙上三个短句标语,他会联想到一只青蛙王子对一只青蛙公主的求欢:"我能行,我负责,我快乐"(《一只青蛙咕呱呱的夜》)。即便像"切除我的胆囊"这样苦痛的记忆(《被手术》),他也能自嘲,自慰,悠然,欣然,透出笑看人生,从容达观的人生态度;这些怡然幽默的文字,令人忍俊不禁。

　　吴忌是真诚的作者,他"率性随意"地"书写真心",要把真心交给读者。巴金说过:"我的写作的最高境界,我的理想,绝不是完美的技巧,而是高尔基草原故事中的'勇士丹柯'——'用手抓开自己的胸膛,拿出自己的心来,高高地举在头上'。我要掏出自己燃烧的心,要讲心里的话。"(《在四川省文学创作会议上的讲话》)有温暖良心的作家无不倾注毕生精力,去攀登巴金所描述的创作境界。散文是情感的艺术,它的魅力不能靠炫弄技巧,而源自作者的真心和坦荡,《稀薄的秋凉》被编辑策划者举荐为"青少年必读的精品美文",可谓实至名归。冷静地观察,缄默地思考,不舍地追问和推理,是作者艺术思维的特长,但个别篇什读后略有繁复散淡之憾,少量文字的艰涩朦胧也会成为阅读障碍。作者已收获了散文创作的丰硕成果,倘若持久不断地进行艺术耕耘,创作出更加精粹完美的作品,并在散文苑囿里独标高格,应该不是读者大众的奢望吧。

(原载《文艺百家谈》2014年第1辑)

跋

　　放下本职和兼职工作后,我开始了夕阳下的人生旅行。数十年的文字爱好纠缠着我,一时停不下脚步,除了偶尔写几篇论文,有更多的自由空间,写些散文、随笔、回忆录之类短文。

　　这个集子里的文字,按体裁分为三辑:"一衰烟雨任平生",是故乡、童年和早年下放劳动及山区教书的回忆。平民出身的少年,感受到党的阳光温暖,和共和国一起在艰难的境遇中成长。特别是乡下13年,饱尝羁旅动荡、辗转漂流的况味。在艰苦劳动和教学工作中,磨炼了意志,和底层社会相亲近。"风声雨声读书声",有笔调较为轻松的文艺随笔,也有关于精神文明建设的杂感小品。这些随笔大抵蕴有"寻梦"的意趣,带有文学欣赏的特点。有时也尝试着用杂感形式对精神文明建设等社会问题发出微弱的声音,相信我们这个社会尽管还有种种缺陷,然而到处生长着爱意、友善和希望的新芽。"直挂云帆济沧海",选辑20多篇游记。山海游历和文化考察,苏醒了审美,开阔了心胸,陶冶了性灵。有人说,一个人去过多少地方见过多少人,决定他的思维宽度和生命长度,不无道理。无论读书抑或旅行,其实都是生命的延展,人生的扩大,我们在阅读和旅行中感知世界,思考人生,探寻生命存在的意义。卷末"附录"散文评论一篇,约略可见笔者读解散文的几个观点。

　　书名《行行重行行》,语出《古诗十九首·行行重行行》,取其行而不止,"道路阻且长"之意罢。"行行",是人类普遍的生存状态,是生命存在的一种形式。夸父逐日行而不止,精卫填海永不歇脚;"逝者如斯夫,不舍昼夜!"孔子感叹大河奔流不息,奔向"仁""爱"的海洋;海德格尔的"诗意栖居"不是闭门宅居,而是生命进行时的诗意表达。罗丹的雕塑《行走的人》,一个没有头颅没有双臂的残缺躯体在行走,他跨出的第一步便是生命前行的开步走,他永不歇脚地走,不知从哪里来,向何处去,但他毫不犹豫,一往无前。这尊塑像是人的主体精神力量之绝妙象征,任何自然力都阻挡不住他行进的脚步。与之媲美的是鲁迅笔下浑身带伤,绝不"回转去"的"过客",过客以有限的生命寻找无限,决绝了所有的精神退路和逃路,沉默坚韧地向荒原深处走去……"行行重行行",让我想起古往今来不倦地探索前行的精神流浪者,也自然会联想到南北辗转、四方漂流的个人经历。夕阳下,内心依然有个声音在召唤:"你还可以行走,岂能就此老去!"不仅读书写作在路上,山海旅行在路上,与疾病抗争也是在路上。

春天来了。万紫千红,百花争艳,大自然呈现出无限生机,生命像潮汐似的生生不息,奔流向前。跨进2019年,笔者向耄耋之年又靠近一步。诗云:"朝看花开满树红,暮看花落树还空。若将花比人间事,花与人间事一同。"诗人龙牙(唐代一位禅师)以一个譬喻咏叹人事由盛到衰的定律,一年四季不都是"花开满树"的春天。生命的路何尝不是如此?由少到壮,到老衰,不可抗逆。然而,"生命是进步的""生命总是踏了这些铁蒺藜向前进"(鲁迅《生命的路》)。昔有读者对笔者的文字批评曰:"人并不在回忆中感怀,却因了回忆的重温,任年少的热血一遍遍地沸腾。"他说得多好!一代人年轻时候的芳华褪去了,青春季节的激情并没有燃尽。我相信,天公造化会眷顾"行走"在路上的人们。

南京大学文学院副教授洪宏博士慨然为小书作序,睿智的评论,精美的华章,传递了友谊、温暖和热情的嘉勉,为拙作增光添彩。谨致谢忱!

程致中

2019 年 3 月 23 日

柳岸斜风　春色中分